阿姆河畔采气人

邓民敏 著

石油工业出版社

内 容 提 要

本书采用纪实文学的形式,围绕百年来中亚油气产销大国、特别是天然气产销大国——土库曼斯坦在沙俄时代、苏联时代和独立后三个不同时代所开展的"超级工程"、油气生产和天然气出口多元化历程的追踪描述,重点介绍了位于中亚母亲河——阿姆河畔的中土两国在天然气领域合作的标志性工程、也是中国在境外规模最大的天然气民生保障项目——阿姆河右岸天然气产品分成合同项目的艰辛历程和成功经验,通过两国"采气人"艰苦拼搏的真实故事、凿通"蓝金路"所带来的重要启示,展示了"一带一路"倡议下的中国—中亚天然气合作项目投产运行以来的"蓝金效益",以及对中亚—俄罗斯地区地缘政治产生的"溢出效应"。

本书可供研究中亚—俄罗斯历史和国际天然气合作的专家学者参考,也可作为相关战略研究、高等院校、咨询机构等的参考读物。

图书在版编目(CIP)数据

阿姆河畔采气人 / 邓民敏著 . —北京:石油工业出版社,2022.1
ISBN 978-7-5183-5117-6

Ⅰ.①阿… Ⅱ.①邓… Ⅲ.①纪实文学—中国—当代 Ⅳ.①I25

中国版本图书馆CIP数据核字(2021)第253196号

阿姆河畔采气人
邓民敏 著

出版发行:石油工业出版社
(北京市朝阳区安华里二区 1 号楼 100011)
网　　址:www.petropub.com
编 辑 部:(010) 64255933　图书营销中心:(010) 64523633
经　　销:全国新华书店
印　　刷:北京晨旭印刷厂

2022年1月第1版　2022年1月第1次印刷
710毫米×1000毫米　开本:1/16　印张:24
字数:370千字

定　价:198.00元
(如发现印装质量问题,我社图书营销中心负责调换)
版权所有,翻印必究

谨以此书：

热烈祝贺：

中国近邻土库曼斯坦独立 30 周年！

（1991.10.27—2021.10.27）

中国—土库曼斯坦建交 30 周年！

（1992.1.6—2022.1.6）

土库曼斯坦向中国累计供气 3000 亿立方米！

（2009.12.14—2021.5.21）

中国境外最大规模的天然气项目——中国石油土库曼斯坦阿姆河右岸天然气项目累计产气 1300 亿立方米！向中国累计供气 1000 亿立方米！累计实现 3 亿人工时安全生产无事故！

（2009.12.14—2021.3.20）

谨以此书：

献给我敬爱的母亲万淑珍

（1931.4.8—2021.5.2）

序 一

哈萨克斯坦和土库曼斯坦油气合作项目，是中国石油实施"走出去"战略最早的项目之一。得益于三国领导人的高瞻远瞩、亲切关怀和大力支持，中哈项目、中土项目取得了令世人瞩目的丰硕成果，不仅为所在国经济发展做出积极贡献，也在保障中国的油气供应中发挥了重要作用。截至2021年年底，两个项目已累计向中国输送原油、天然气超过2亿吨和3200亿立方米，分别占中国同期进口量的5%和35%。油气合作项目已经成为中国与哈萨克斯坦、土库曼斯坦两国经济合作的"压舱石"，成为中国"一带一路"倡议与哈萨克斯坦"光明之路"新经济政策、与土库曼斯坦"复兴丝绸之路"倡议有效对接、共同发展的关键领域。

时值中哈、中土建交30周年之际，《里海边的石油人》和《阿姆河畔采气人》两本书，以作者在哈萨克斯坦、土库曼斯坦工作近20年的亲身经历，回顾了两个国家石油、天然气出口多元化的历程，重点总结了哈萨克斯坦北布扎齐项目和土库曼斯坦阿姆河天然气项目合作的成功经验和重要启示。书中记录的中外员工共同学习、工作和成长的故事，情真意切，令人印象深刻。两本书对进一步扩大与哈萨克斯坦、土库曼斯坦两国在油气和新能源领域合作有重要借鉴价值。这两本书是新时代央企在推进"一带一路"建设中讲好"中国故事"的有益探索，也是有效提升国际传播能力的积极实践。

是为序。

中国石油天然气集团公司原党组书记、董事长

周吉平

2022 年 1 月 5 日

序 二

我于 2008 年 9 月至 2011 年 1 月任中国驻土库曼斯坦大使。在此期间，乃至我三十多年的全部外交生涯里，最值得骄傲和自豪的就是见证和参与了中国和土库曼斯坦的天然气开发合作和中国—中亚天然气管道工程建设。最难忘的是，2009 年 12 月 14 日，中国国家领导人和土库曼斯坦、乌兹别克斯坦、哈萨克斯坦国家领导人共同主持了中国—中亚天然气管道竣工投产仪式。随着四国国家领导人一起转动管道阀门，承载着中国和中亚人民友好情谊的强大天然气流呼啸着奔向中华大地，直达中国南海岸的珠三角，成为中国经济腾飞的重要能源安全保障之一。

庆典日的晚宴上，我抑制不住喜悦和激动，即席赋诗一首，记录天然气工程建设的筚路蓝缕，赞美中国石油建设者的英雄气概：

中油旗下聚好汉

龙吟虎啸出阳关

金盔千顶战阿姆

蓝流万里入华南

壮志能吞四百亿

豪情敢撑三十年

庆功宴罢含笑问

何处再有新气田

阿姆河畔采气人

十二年来，中国—中亚天然气管道始终保持稳定供气，总量超过3000亿立方米，可替代约4亿吨煤炭，减排约4.26亿二氧化碳及660万吨二氧化硫。土库曼斯坦也从对华出口天然气收益良多。中国—中亚天然气管道正在造福于中土两国，乃至整个中亚地区的国家和人民。值此中国与土库曼斯坦和中亚其他四国建交30周年之际，邓民敏先生整理出版了纪实文学作品《里海边的石油人》和《阿姆河畔采气人》，它们对于广大读者了解中国和中亚国家在油气领域的合作具有现实的指导和参考作用，也歌颂了中国石油人的精神风貌。

三十年弹指一挥间。中国和中亚国家间的真诚友好互利合作已经取得丰硕成果，展望未来，我们也一定会在"一带一路"建设中创造更加辉煌的成就。

中国驻土库曼斯坦前任大使

2022年1月5日

序 三

　　值此中国与哈萨克斯坦、土库曼斯坦建交30周年之际，作者邓民敏用近10年时间收集整理在中亚哈萨克斯坦、土库曼斯坦两国工作、生活近20年的亲身经历写就两本反映中国石油（包括中国石化）与两国在油气领域合作的纪实文学——《里海边的石油人》《阿姆河畔采气人》两书，集中体现了中国央企在地质工程、生产运行、经济评价、社会公益等一体化优势及其在中亚两大资源国的成功实践——哈萨克斯坦里海边的北布扎齐油田由一个30万吨的"试采区"上升至200万吨规模的大油田，土库曼斯坦阿姆河畔的"巴格德雷"区块在五年内建成1000万吨油气当量的天然气民生保障项目，土库曼斯坦两大气源（阿姆河+康采恩）已累计向中国供气超过3200亿立方米，成为中国冬季保供的主供气源之一。为"一带一路"油气资源开发和利用做出重大贡献。

　　2007年10月项目启动之初，我曾率中国石油专家组赴土库曼斯坦阿姆河现场调研，并且在土库曼斯坦—阿富汗边境考察地质露头，对阿姆河项目勘探、开发、生产运行提出许多建设性意见建议，当时项目的条件之艰苦、环境之恶劣，仍历历在目。更感叹于中国石油海外将士的艰苦奋战创造了奇迹。衷心祝贺两书的出版,祝愿中国与中亚国家在油气领域的合作取得更大发展。

中国科学院院士

2022 年 1 月于北京

序 四

利用两种资源和两个市场确保中国油气长期供应安全是国家早已确定的发展方略。哈萨克斯坦和土库曼斯坦既是中国的近邻，也是油气资源最富有的国家，对实现中国油气供应安全具有重要的地缘政治地位。其中，哈萨克斯坦以300亿桶的石油储量位居世界第十一位，土库曼斯坦以50万亿立方米的天然气储量位居世界第四位。30年来，在中国国家领导人和哈萨克斯坦、土库曼斯坦两国领导人的高度重视和亲自推动下，哈、土两国已经成为中国境外第一组油气管道——中哈原油管道和中土天然气管道（三线运行）的油气供应的主要来源，特别是于2009年12月投产通气的中土天然气管道，投产运行12年来已累计向中国供气超过3200亿立方米，成为中国天然气冬季保供的主供气源之一，为中国减少二氧化碳排放和推进能源转型都做出了重要贡献。

值此中国与哈萨克斯坦、土库曼斯坦建交30周年之际，作者邓民敏教授用近10年时间收集整理了他在中亚哈、土两国工作生活近20年的亲身经历，写就两本反映中国石油（包括中国石化）与哈土两国在油气领域合作的纪实文学——《里海边的石油人》与《阿姆河畔采气人》两部作品，集中体现了中国央企通过发挥一体化优势（包括地质工程、生产运行、经济评价与社会公益等）在中亚哈土两大资源国开启了成功利用国外油气资源的实践，所获经验对未来不断开拓利用国外油气资源一定会有启发和借鉴意义，特别是作者长期在国外生活，并长期参与与资源国的谈判、交流与合作，对哈、土两国合作方式、两国人民以及、俄罗斯、美国、英国等国家人民对中国人、中国文化和对中国的态度都感受颇多，积累丰厚，点点滴滴都情真意切，入木三分，读后如身临其境，这是用钱用时间都买不来的"无价之宝"，一定会让读者获益匪浅。

我于 2007 年 10 月中土项目启动之初就曾赴土库曼斯坦阿姆河现场考察调研，亲身感受了中国技术和管理人员精诚所至、不负国家、勇于开拓的雄心壮志和奋斗精神，对他们能取得令自己感到自豪、令石油人感到荣耀的业绩早有预判和期待。欣慰邓民敏教授在繁忙的管理工作之余，历经近十年时间写成的两部作品今天终于问世，我向各位读者推荐一读，相信大家会从他的亲身经历中汲取营养，获益良多。衷心祝贺两书的出版，祝愿中国与中亚国家在油气领域的合作取得更大发展。

中国工程院院士

2022 年 1 月于北京

目录

金色土库曼

国土广袤　历史悠久 / 003
1. 国土广袤 / 003
2. 历史悠久 / 006
3. 土库曼斯坦与中国 / 013

油"盛"气"旺" / 020
1. 油"盛" / 020
2. 气"旺" / 023
3. 用 PSA 进行油气合作的国家 / 026
4. 国企布局天然气最早、成果最丰硕的国家 / 028
5. 唯一对外开放的陆上天然气项目 / 032

政体独特　物产鲜明 / 033
1. 政体独特 / 033
2. 不"土"，还"洋" / 035
3. 既"出气"，还"出马" / 036
4. "蓝金"、地毯和神犬 / 040
5. 既中立，还担责 / 040

i

历史阿姆河

母亲河 / 051
1. 取名最多、流速最快的内陆河 / 051
2. "两河流域"与"中亚宝藏" / 053

沧桑史 / 054
1. 彼得大帝因阿姆河而开疆中亚 / 054
2. 沙俄的抵抗者 / 055
3. 世纪工程 / 058
4. 阿姆河桥变迁史 / 067
5. 阿姆河见证沧桑史 / 068

鏖战阿姆河

立国之策 / 073
1. "中亚同盟"对"斯拉夫同盟" / 073
2. 中土天然气合作历程 / 074
3. 多元出口的制约 / 075
4. 老总统的执着 / 077
5. 中土天然气合作取得实质性进展 / 078
6. 新世纪"超级工程" / 080
7. 古有"丝路",今有"蓝路" / 083
8. "红流"铸造"森林",铺设"长龙" / 084
9. 阿姆河项目简介 / 086

严酷现实 / 087
1. 刚性工期、硬性指标 / 087

目录

- ② 复杂地质、潜在风险　　　　　　　　　　/ 088
- ③ 敏感环境、特殊国情　　　　　　　　　　/ 090
- ④ 运输瓶颈、突发事件　　　　　　　　　　/ 091

对外"三尊"　　　　　　　　　　　　　　/ 095
- ① 尊重国情　　　　　　　　　　　　　　　/ 095
- ② 尊敬权威　　　　　　　　　　　　　　　/ 097
- ③ 遵守行规　　　　　　　　　　　　　　　/ 098

对内"三做"　　　　　　　　　　　　　　/ 101
- ① 做大国内支持　　　　　　　　　　　　　/ 101
- ② 做强现场实施　　　　　　　　　　　　　/ 108
- ③ 做精首都协调　　　　　　　　　　　　　/ 112

主要成果　　　　　　　　　　　　　　　　/ 114
- ① 创新气藏经营理念　　　　　　　　　　　/ 114
- ② 建成复兴大气田　　　　　　　　　　　　/ 119
- ③ 开辟工程主战场　　　　　　　　　　　　/ 120

4 辉煌阿姆河

建成大项目　　　　　　　　　　　　　　　/ 125
- ① 四国元首出席庆典　　　　　　　　　　　/ 125
- ② 土气带动乌气、哈气输华　　　　　　　　/ 125
- ③ "复兴"输华　土气"争气"　　　　　　/ 126

确定大地位　　　　　　　　　　　　　　　/ 128
- ① 中亚管道主供气源　　　　　　　　　　　/ 128

❷ 民生保障效果显现　　　　　　　　　　　　/ 129

形成大格局　　　　　　　　　　　　　　　　　/ 130
　　❶ 既掌控资源，又调控资源　　　　　　　　/ 130
　　❷ 既开拓通道，又开拓市场　　　　　　　　/ 130

创造大典范　　　　　　　　　　　　　　　　　/ 132
　　❶ 投资拉动建设、金融支撑项目　　　　　　/ 132
　　❷ 保险服务项目、支持中土合作　　　　　　/ 132

搭建大舞台　　　　　　　　　　　　　　　　　/ 134
　　❶ 中华文化传播者　　　　　　　　　　　　/ 134
　　❷ 人才培养孵化器　　　　　　　　　　　　/ 135
　　❸ 产业发展引领者　　　　　　　　　　　　/ 136

重塑大地缘　　　　　　　　　　　　　　　　　/ 138
　　❶ 中亚气由"北"转向"东"　　　　　　　/ 138
　　❷ 国际社会高度认可、普遍赞扬　　　　　　/ 139
　　❸ "蝴蝶效应"显现　　　　　　　　　　　/ 141

5 品味阿姆河

互为天然气产销大国　是中土合作基础　　　　　/ 151
　　❶ 土库曼斯坦天然气产、销计划　　　　　　/ 151
　　❷ 中国天然气产、销计划　　　　　　　　　/ 151

引航指路　　　　　　　　　　　　　　　　　　/ 153
　　❶ 以"复兴""宝马"寓意两国关系　　　　/ 153
　　❷ 总统强力推动、盛赞合作成果　　　　　　/ 155

目录

关怀鼓舞 / 161

国企优势 / 166

    1 核心优势 / 166

    2 先发优势 / 169

    3 整体优势 / 170

    4 比较优势 / 181

    5 阿姆河畔奉献者 / 182

友谊历史渊源　交往心心相通 / 199

    1 友谊历史渊源 / 199

    2 爱中华的"土人"们 / 204

6 回望阿姆河

幸福之道在于多条管道 / 251

    1 建成并运行中土管道 / 251

    2 阿姆河项目特殊意义 / 252

    3 中亚油气合作重点 / 252

    4 中亚兼具战略重要性和脆弱性 / 253

    5 当今中亚于中国，类似于 30 年前中东于美国 / 253

人文交流稳步提升　阿姆河畔再创佳绩 / 255

    1 抗疫期间 / 255

    2 洪灾期间 / 257

    3 中立 25 周年 / 257

    4 人文交流 / 258

	5 增供保障	/ 263
	6 创建一流企业	/ 266
来自阿姆河畔的感悟		/ 267
	1 建功阿姆河	/ 267
	2 情系阿姆河	/ 296
	3 惜别阿姆河	/ 319

7 附录

近邻送福气　温暖中国心 / 339
——写在土库曼斯坦向中国累计供气 3000 亿立方米之际

    1 中土关系　/ 339
    2 有关土库曼斯坦　/ 342
    3 中土天然气合作　/ 344

缅怀国宝　/ 348

怀念老卡　/ 352

阿姆河天然气项目大事记（2006—2017 年）　/ 355

后记	/ 363

1

金色土库曼

国土广袤　历史悠久

1. 国土广袤

① "沿河""靠海""临山""沙盖"：土库曼斯坦位于中亚西南部，国土面积49.12万平方千米，人口562万，（截至2019年1月）。西濒里海，东沿阿姆河，北部与哈萨克斯坦、乌兹别克斯坦的乌斯秋尔特盆地接壤，南部分别与伊朗隔科佩特—达格山脉相望，与阿富汗、乌兹别克斯坦隔库吉坦格山脉相望，中部为卡拉库姆沙漠所覆盖（卡拉库姆土库曼语为"黑色沙漠"的意思，约占土库曼斯坦全国面积的80%），卡拉库姆为中亚最大、世界第四大沙漠。所以，"沿河"：中亚母亲河——阿姆河流域面积80%流经土库曼斯坦；"靠海"：土库曼斯坦与里海海岸线长达1780千米；"临山"：土库曼斯坦东部、南部分别与伊朗、阿富汗、乌兹别克斯坦三国隔科佩特—达格山脉、库吉坦格山脉相望；"沙盖"：土库曼斯坦全国80%面积为卡拉库姆沙漠所覆盖，成为土库曼斯坦的主要地理特征。土库曼斯坦属典型的大陆性干燥气候，这种气候的特征是日夜和四季温差很大，降水少，空气湿度低且云量少，导致土库曼斯坦的气候极度干燥（近20年来土库曼斯坦政府大力提倡人工造林，干燥气候已有明显改善），其温度变化年均值在21～34℃之间。土库曼斯坦幅员辽阔，东西长1100千米，南北宽550千米，面积为英国的两倍，差不多和西班牙相等。土库曼语为官方语言，通用俄语。

② "世界岛"与"心脏地带"：土库曼斯坦位于英国地理学家麦金德（Hulford John Mackinder）所述"世界岛"的"心脏地带"，为中亚第二大国土面积国，面积仅次于哈萨克斯坦，是里海五国之一（里海

阿姆河畔采气人

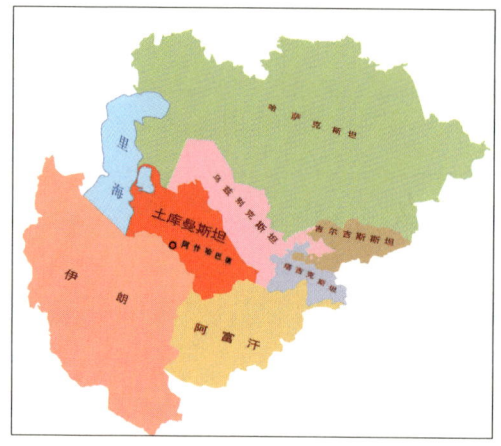

土库曼斯坦地理位置示意图

土库曼斯坦行政区域示意图

周边为北部俄罗斯、哈萨克斯坦，中南部阿塞拜疆、土库曼斯坦和伊朗）。土库曼斯坦自古以来就是东、西方文明的交汇处和重要的交通枢纽。19世纪英国著名"陆权论"作者麦金德认为：世界上最主要的地区是由亚洲、欧洲和非洲大陆组成的"世界岛"，而世界的中心则是亚洲中部和东欧，即"心脏地带"。谁控制了欧洲，谁就控制了"世界岛"；谁控制了"世界岛"，谁就控制了世界。

③古丝绸之路的"中枢"与"隘口"：在2000多年的古丝绸之路文明中，土库曼斯坦不仅地理位置异常重要，为丝绸之路的中枢，而且是丝绸之路最安全的"隘口"。据中世纪史料记载，当时商贾、旅人可以安心穿过土库曼斯坦的土地，不必担心他们生命和财产的安全……土库曼斯坦是丝绸之路上最可靠、最安全的地段。现代即使在20世纪80年代末、90年代初苏联解体前夕，中亚一度成为苏联民族暴力冲突最严重的地区之一。在此期间，中亚五国均发生过严重的民族冲突，导致人员伤亡，塔吉克斯坦更是演变成一场持续5年之久的内战。而在尼亚佐夫领导之下的土库曼斯坦，是苏联改革年代最稳定的共和国，经济状况也是最好的……土库曼共和国在这些年自始至终没有发生过严重的暴力事件，这与尼亚佐夫总统牢牢控制着共和国的局势很有关系。尼亚佐夫总统曾在《永久中立 世代安宁》一书中写道："在苏联所有共和国中只有土库曼斯坦得以经受住了苏联的瓦解并在实际上没有任何损失的情况下获得了独立。我可以自豪地说，在土库曼斯坦境内，没有一个人成为政治不稳定的牺牲品。土库曼斯坦政府清楚地认识到，只有

靠公民和睦与民族和睦才能实现土库曼斯坦的建国思想。"❶ 凡是去过土库曼斯坦的外国人，包括公务与游客，对土库曼斯坦最大的印象就是社会和谐、政局稳定、人民安居乐业。笔者曾于2003年5月从哈萨克斯坦首次公务出差土库曼斯坦，之后又于2007年8月—2017年8月在土库曼斯坦首都阿什哈巴德、土库曼纳巴特（原查尔朱）连续工作、生活了10年，2017年12月再次赴土库曼斯坦公务出差，协调保供事宜，对土库曼斯坦国家安全、社会稳定、人民安居乐业深感敬佩。

④**全世界最安全的国家**：2020年11月5日，美国权威民调机构盖洛普（Gallup）公布了2019年全球法律和秩序指数排名，据此列出了全球最安全的国家，土库曼斯坦与新加坡并列第一。据盖洛普的数据，土库曼斯坦与新加坡两国得分均为97分（满分100分，中国以94分的成绩跻身前三），远高于中亚其他四国及俄罗斯。在中亚其他国家中，乌兹别克斯坦以92分位列第九，塔吉克斯坦以91分位列第十二，而哈萨克斯坦（79分）、吉尔吉斯斯坦（77分）、俄罗斯（74分）则位居中间名次。

早在21世纪初（2002年），台湾著名学者傅仁坤在其《神秘丰富的国度 中亚 政治 经济 文化》一书中写道："土库曼斯坦是中亚五国中最重视少数民族特色的国家，其各民族彼此之间相处甚为融洽。"美国前国家安全事务特别助理、世界著名地缘战略专家布热津斯基（Brzezinski,Z.）在其名著《大棋局：美国的首要地位及其地缘战略》(*The Grand Chessboard: American Primacy and It's Geostrategic Imperatives*)一书中对中亚五国特点有清晰概述："哈萨克斯坦是本地区的屏障，而乌兹别克斯坦是本地区多样化的民族的觉醒的灵魂。从俄罗斯的殖民统治下崛起的其他三个中亚国家吉尔吉斯斯坦、塔吉克斯坦和土库曼斯坦当中，只有土库曼斯坦在种族上是比较有凝聚力的。"

---

❶ [土]萨·阿·尼亚佐夫. 永久中立时代安宁[M]，赵长庆，等译. 东方出版社，1996：序，49，63.

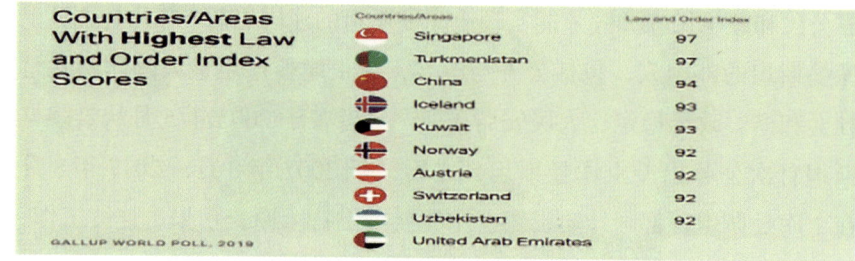

美国权威民调机构盖洛普(Gallup)公布的2019年全球法律和秩序指数排名

2. 历史悠久

①**世界最古老的民族之一**：在古代，土库曼斯坦就是中国历史上的"大宛国"。土库曼人在其悠久历史中建立过70多个国家，土库曼奥古兹（中国称为乌古斯）人的兴盛持续了从1世纪到13世纪漫长的历史时期。帕提亚王国、伽色尼土库曼国、塞尔柱土库曼帝国和库尼亚乌尔根奇土库曼王国，都对世界的历史政治趋势产生了明显影响。但同时，土库曼历史上又曾被波斯人、马其顿人、突厥人、阿拉伯人、蒙古鞑靼人所占领。公元9—10世纪，受塔赫利王朝、萨曼王朝统治。11—15世纪受蒙古鞑靼人统治。15世纪基本形成土库曼民族。16—17世纪，隶属于希瓦汗国和布哈拉汗国。19世纪60年代末至80年代中期，部分领土并入俄国。土库曼人民参加了1917年的二月革命和十月社会主义革命，1917年12月建立苏维埃政权，其领土并入土耳其斯坦苏维埃社会主义自治共和国、花拉兹模和布哈拉苏维埃人民共和国。在划定民族管理区后，于1924年10月27日建立土库曼苏维埃共和国，并加入苏联，成为苏联版图中最南端的一个加盟共和国。1990年8月23日，土库曼最高苏维埃通过了国家主权宣言，1991年10月27日，即加入苏联整整67年之后，土库曼斯坦宣布独立，正式改国名为"土库曼斯坦"，同年12月21日加入"独立国家联合体"（以下简称"独联体"），2005年8月26日退出。

②**人间七条路的十字路口**：经过数千年不懈努力和抗争，土库曼斯坦形成今天世界最大的内陆国家之一，也是丝绸之路上最可靠、最安全的地段。土库曼斯坦曾被"丝绸之路"商队称为"人间七条路的十字路口"。人间七条路通常解释为：

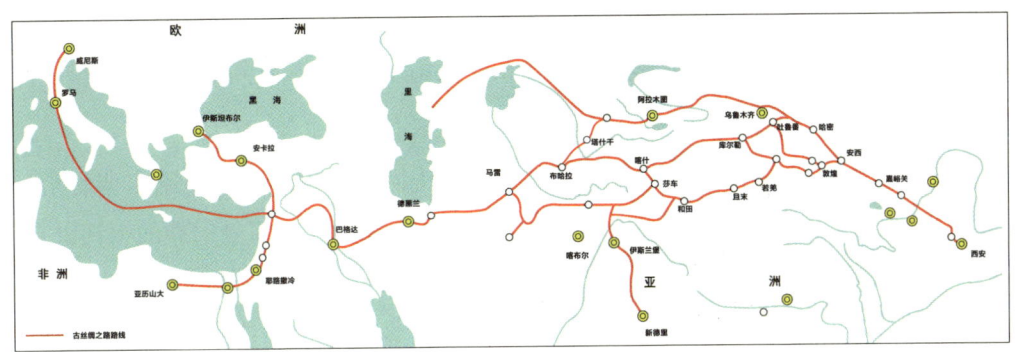

古丝绸之路路线示意图

为人之道是宽容

处事之道是赤诚

夫妻之道是包容

父子之道是孝敬

母女之道是倾听

教子之道是培养

朋友之道是真诚

③**精神和物质财富**：土库曼斯坦前总统尼亚佐夫在其专著《鲁赫纳玛》中就有关土库曼斯坦历史写道："尽管土库曼斯坦民族并非人口众多的民族，但也不是弱小的民族，尽管它没有跻身伟大民族之列，但也像不列颠民族、伟大的印度人民和中国人民一样，在世界历史上留下了光辉的足迹，对人类文明的发展做出了卓越贡献。"土库曼人民为世界奉献了：

纯种的土库曼赛马（指阿哈尔捷金马，中国称为汗血马），

精美绝伦的土库曼地毯，

工艺精湛的民族服饰品，

独具民族特色的服饰，

纯白小麦，

萨雷贾兹羊（也称卡拉库里羔羊，为生长在卡拉库姆沙漠边缘的一种优质羔羊，其羔皮具有独特而美丽的轴形和卧蚕卷曲，图案美观漂亮）。土库曼人对

在中国出版的土库曼斯坦现任总统别尔德穆哈梅多夫的专著（从左至右）：《天马飞翔》《土库曼民族的精神世界》《金色的土库曼斯坦》《幸福鸟》，前任总统尼亚佐夫的专著《鲁赫纳玛》

阿姆河畔采气人

2021年5月25日,"爱之城"——土库曼斯坦首都阿什哈巴德隆重庆祝建城140周年

人类生活的形成、世界科学和生产的发展做出了巨大贡献。精神财富和物质财富绝不会凭空出现。

土库曼斯坦现任总统别尔德穆哈梅多夫在其新著《土库曼民族的精神世界》中写道:"《土库曼民族的精神世界》讲述了什么是'生命之美,幸福、永恒、科学和教育分别在社会发展中的重要性,健康生活方式的原则,勤劳、好客、友情、兄弟情、道德基础和团结',展现了土库曼民族的优良传统。当代的根形成于过去,而枝叶则形成于未来。民族文化是时代积淀的成果。土库曼民族的传统、寓言、神话及传说,世世代代根植于民族思想之中,自古以来口口相传,它们是从现在通往未来的桥梁。"

④ "爱之城"——阿什哈巴德:土库曼斯坦首都阿什哈巴德,译成汉语为"爱之城"或"令人恋慕之城",是属于人类所知的最古老的文明地方之一。阿什哈巴德与伊朗接壤的科佩特——达格山麓平原是古代由中央亚细亚和中国通往西方,以及由西方通往中央亚细亚和中国的人流通道。阿什哈巴德于1881年5月在沙俄时期,在原商贸集散地的基础上正式建城。1948年10月6日毁于一场9~10级特大地震,之后在苏联中央政府帮助下开始重建。1991年苏联解体、土库曼斯坦独立之后进一步加快了城市建设步伐,在原老城基础上完成了素有"白色大理石"称号的阿什哈巴德新城建设。2021年5月25日,土库曼斯坦政府引进中国产烟花爆竹,隆重庆祝阿什哈巴德正式建城140周年。

⑤ 帕提亚王国/安息国中心——"尼撒古城":位于土库曼斯坦首都阿什哈巴德西北约13千米的"尼撒古城"遗址据称是马其顿国王亚历山大建造的,这座城市起初叫亚历山大罗波里,曾经是幅员辽阔的帕提亚王国(中国称安息国)的中心,建于公元前250年—公元224年,它的历史超过了2500年。其中,帕提亚王国有500多年历史,面积横跨今天中亚、西亚(伊朗)和外高加索地区,正是在帕提亚王国米特

土库曼斯坦"尼撒古城"遗址

里达特二世时期，古代"丝绸之路"得以开通，即在此开始向欧洲延伸，使东、西方文化首次在帕提亚王国（今土库曼斯坦）实现对接，可以说，是土库曼人（帕提亚人）将中国人与罗马人联系起来。土库曼斯坦现任总统别尔德穆哈梅多夫曾经在一次重要会见中自豪地说道："正是有众多土库曼这样真诚可靠的'胡人'，才形成了横贯东西的伟大'丝绸之路'（当时中国人将来自中亚西域一带的商人统称为'胡人'，将来自中亚西域的产品名称之前都加以'胡'字称号，以示区别，例如胡椒、胡瓜等）。"据古代的地理学家们说，尼撒以花园繁茂著称，水从山上引来，通到许多房子里，而且在个别地段，为了避免水分蒸发过多，水是在敷设于地下的管道里通过的。

⑥**以黄龙为图腾的安努古城**：位于阿什哈巴德东南约 9 千米的安努城的历史已超过 7000 年，安努文化约出现于公元前 5100 年，是美国第一个正规的中亚探险队于 1903 年勘查发现。考古学家在安努古城有两项重大发现：一是发现了 5000 年前生长在这里的白麦种子（阿克布格达伊小麦），从而证实土库曼斯坦是白麦的原产地。二是安努陵墓正门上的图案不是古代伊斯兰教建筑装饰上通常所用的几何图形，而是彼此相对张着口的两条龙的形象。龙的形象破坏了伊斯兰教艺术的传统，在伊斯兰教的艺术里，复制生物的形象（哪怕是像龙一样的幻想的形象）都被认为是犯忌的。此类以黄龙为图腾的装饰图案，在中亚其他的那些著名建筑上是一处也没有的。考古发现和出土文物已经阐明了苏联中亚的许多地点，那里是古代城市文明的中心，也揭示了佛教寺院和石窟的存在。

⑦ "世界的女王"—梅尔夫 / 马雷古城：土库曼斯坦东南部的马雷（古称梅尔夫）是古代雅利安人的发源地，其鼎盛时期被誉为"Marv-i-shahjaha"，即"梅尔夫—世界的女王"，它与大马士革、巴格达和开罗齐名，一道被称为伊斯兰教的中心。梅尔夫以其悠久历史、灿烂文化备受称赞："在中国古代的编年史中，梅尔夫被列为从中国到伊朗的通路上的最大城市"。梅尔夫是 12 世纪世界上最大的城市。一千多年前，地球上其他任何地区可能不曾有过如此多不胜数或精心修建的城市综合体。保存下来的实物证实，这些城市中心曾经非常富有，甚至中产阶级的住宅都是两三层的楼，拥有自来水和通过燃烧木炭供热的地暖管道❶。梅尔夫出现于 4000 年前，是古代土库曼人发达的文明中心。这座城市在自己的历史发展过程中一直被誉为东方明珠。在土库曼汗国时代，桑贾尔苏丹在位时，梅尔夫的居民超过 200 万人。13 世纪初，成吉思汗毁掉了这座城市，土库曼人重新将它修复。100 年以后，它遭到跛子跖木尔的入侵，再次变成废墟，土库曼人又将它重建起来（跖木尔为 14 世纪下半叶—15 世纪初的中亚雄主，曾于 1402 年 7 月率军打败了土耳其奥斯曼帝国，后计划发兵 20 万攻打中国明朝，但在进军途中病逝于流量略小于阿姆河的中亚另一母亲河——锡尔河附近）。1787 年，布哈拉的可汗又把梅尔夫夷为平地，但它从原地又一次崛起，成为不可撼动的民族圣地。世界上还有哪一座城市经历过如此多的浩劫，而且能从废墟中一次又一次站立起来？

梅尔夫不仅历史悠久，文化灿烂，而且得益于其独特而优越的地理气候条件：海拔 242 米，位于北纬 62° 与东经 37° ~ 40° 之间，日照充沛，水质优越，适宜的紫外线照射强度让所有人大吃一惊，此地的空气湿度比黑海岸边的疗养院低 20 倍，尤其是空气干燥度适中……沙俄帝国在中亚地区建立的第一个直属于圣彼得堡（沙俄首都）的官

---

❶ [印] 拉贾特·纳格，[德] 约翰内斯·F. 林，[美] 哈瑞尔达·考利. 2050 年的中亚 Central Asia 2050[M]. 董幼学，马轶伦译. 北京：中国大百科全书出版社，2018：2, 24, 123, 75-176, 208, 385.

邸就位于巴依马雷，俄国沙皇宫殿内烤制面包的粮食就来自巴依马雷产的香味独一无二的白色小麦。

今天巴依马雷疗养院是中亚乃至欧洲唯一治疗肾病的疗养院。尼撒古城和马雷两城均被联合国教科文组织命名为"世界文化遗产"。

⑧**恐龙与巨人**：1980 年苏联考古学家在土库曼斯坦东北部靠近阿富汗、塔吉克斯坦一侧的科伊坚达格，发现了奇怪而巨大的恐龙脚印并为此专设自然保护区——恐龙高原。令人惊奇的是就在发现巨大恐龙脚印的土库曼斯坦霍贾伊皮尔村，涌现出了当时世界大力士胡代贝尔达·密什安（1882—1917 年），此大力士将一块重达 584 公斤的巨石，在众村民的目睹下，徒步搬到了恐龙发现处，真乃"恐龙故乡出巨人"。土库曼斯坦政府为此专门设碑以表纪念。

⑨**始祖奥古兹汗**：土库曼斯坦之所以能长期保持社会稳定、人民安居乐业，与其深厚博大的民族精神、文化底蕴、当政者亲民、百姓者守规密不可分。相传土库曼的始祖奥古兹汗（中国人称乌古斯汗）有六个儿子，他们的名字分别为象征世界的六个部分：（象征太阳的）长子戈勇汗、（象征月亮的）次子阿依汗、（象征星星的）三子伊尔德兹汗、（象征天空的）四子格约克汗、（象征高山的）

位于土库曼斯坦东南部的马雷（古称梅尔夫）遗址

遍布土库曼斯坦全国的古遗址

恐龙脚印

土库曼斯坦始祖奥古兹汗

阿姆河畔采气人

诗圣马赫图姆库里雕像

五子达格汗和（象征大海的）幼子德尼兹汗。每个儿子又有四个儿子，由奥古兹汗的这 24 个孙子形成了 24 个土库曼部落，每个部落都有自己的名称和吉祥物标志。"目前生活在世界上的土库曼人都是奥古兹汗这 24 个支系的后裔"❶（生活在中国的撒拉族就是奥古兹汗五子达格汗的长子——手持宝剑的撒洛尔支系的后裔）。奥古兹汗的遗训："一箭易断，捆箭难折。要学会忍耐、要乐观豁达，不要抱怨自己的命运！用不着怨天尤人，这毫无益处。这样只会破坏情绪，导致失败。只有充满崇高精神的人才会成功，只有精神不倒的人才能获得幸福，在自己家里遵守规矩的人，在本地区和全国也能这样做，这样就不会有小偷和说谎的人了。"等等，在世代土库曼人中得到很好的传承。

⑩**诗圣马赫图姆库里**：近 300 年来，对土库曼斯坦国家意识、民族思想影响最大的莫过于 18 世纪土库曼斯坦最著名的伟大诗人、思想家马赫图姆库里·斐拉格（Magtymguly Pyagy）。他的著名诗词有：

关于国家团结

万众一心，心与心相连，

凝聚的力量将岩石化为熔岩。

汇入一个大家庭共用一席餐，

土库曼的前程无比灿烂。

关于做人

做人需要倾听忠告和规劝，

与学者交谈多多益善。

风风火火敢作敢为的青年，

有时需要安静的港湾。

---

❶ [土]萨帕尔穆拉特·土库曼巴什.鲁赫纳玛[M].李京洲，邢燕琦，侯静娜，等译.土库曼斯坦国家出版局，27，51，66，139，169，200，233，236.

千万不要糟蹋粮食，
做人应有美德和信仰。
不要把穆斯林心灵刺伤，
诚实的狗比窃贼仁善。
也许不该降生于人间，
来到人间至少不该再回阴间！
即使你无能为力没能行善，
至少仁慈宽厚心要善。

马赫图姆库里的上述诗词反映出的哲学思想与中国古代孔子等儒家学说有许多相同或相似之处。在土库曼斯坦，上至总统，下至黎民百姓，均深受马赫图姆库里思想的影响，对这位大思想家给予高度评价。土库曼人常说：我们土库曼人降生到这个世界，迎接我们的摇篮曲是马赫图姆库里的诗，离开这个世界时，又是马赫图姆库里的诗为我们送行。活在这个世上，一生都信奉他神奇诗歌中体现的深刻哲理。

土库曼斯坦现任总统别尔德穆哈梅多夫将马赫图姆库里誉为："医治人类心灵的神医……我们的人民把马赫图姆库里当做在痛苦、迷茫、忧愁时解除伤痛的神医。"

土库曼斯坦前总统尼亚佐夫曾这样赞誉马赫图姆库里："足以与人类伟大的儿子——孔子、屈原、菲尔多西、莎士比亚、但丁、歌德、陀思妥耶夫斯基齐名。"

3. 土库曼斯坦与中国

① "党的十八大"后中国国家领导人出访的第一个中亚国家：2013年9月3—4日，中国国家领导人出访俄罗斯、中亚四国的首站即为土库曼斯坦，在此次历史性的出访中，中土两国确定为战略伙伴关系，中国因此成为奉行永久中立国策的土库曼斯坦历史上第一个以政治文件形式确立的战略伙伴。在此次出访期间，中国国家领导人在土库曼斯坦国家领导人陪同下，专程驱车赴马雷州，参加由中国石油天然气集团有限公司（以下简称"中国石油"或"集团公司"）承建的土库曼斯坦复兴气田一期工程（规模为100亿米^3/年）投产竣工仪式并

亲笔题词：加强能源合作，造福中土人民。土库曼斯坦国家领导人题词："最好的祝愿送给土中天然气管道，同时祝愿两国人民幸福安康！"中土两国领导人的亲笔题词，饱含了对中土两国传统友谊和两国人民的美好祝愿，极大地鼓舞了奋战在中土天然气合作一线的广大建设者。中土天然气合作由此迈上规模、可持续发展的新阶段。

②土库曼民族与中华民族：在中亚五国主体民族中，哈萨克族、乌兹别克族、塔吉克族、吉尔吉斯族在中国均有分布，尤其是在新疆地区，哈萨克族、塔吉克族称呼也与中亚国家一致，但乌兹别克族在中国称为乌孜别克族，吉尔吉斯族在中国称为柯尔克孜族，土库曼斯坦的主体民族土库曼族在中国称为撒拉族，撒拉族的祖先是来自中亚的一个叫做"撒劳尔"（Salor，或 Salyr"撒勒尔"）的部落，居住在土库曼斯坦的东南部，为土库曼斯坦始祖奥古兹汗六个儿子中的五子达格汗的长子撒洛尔支系的后裔，也即奥古兹汗 24 个孙子之一的后裔。元朝末年来中国时"取道撒马尔罕"（现今乌兹别克斯坦境内）迁移到中国的青海省循化撒拉自治县。可以说，中国的撒拉族与土库曼斯坦的土库曼族有着亲戚关系。撒拉族的文化结构和文化基因很独特。由于撒拉族的历史发展进程和所处地理位置与众不同（撒拉族所处的青海省循化地区位于黄河上游青藏高原游牧文化与黄土高原农耕文化的结合部），使其文化基因非常独特，在长期的社会实践中，撒拉族即传承了伊斯兰文化的终极关怀理念，又弘扬了突厥文化的开拓进取精神，吸收了蒙古文化的豪放大气风格、藏族文化的睿智豁达风度、汉族文化的厚德载物风范，所以，撒拉族具有兼容并蓄、固本创新的特点和旺盛的生命力和创造力[1]。与中亚其他四国主体民族不同的是，撒拉族只有语言，没有文字。在中亚五国的主体语系中，只有塔吉克语系与中亚其他四国主体语系穆斯林的突厥语系不同，塔吉克语系是与伊朗、伊拉克等国家同语系的波斯语语系。

③第一个正式承认土库曼斯坦独立的国家——中国：土库曼斯坦

---

❶ 马明良. 中国撒拉族[M]. 银川：黄河出版传媒集团、宁夏人民出版社，2012：2.

于 1991 年 10 月 27 日宣布从苏联独立。仅仅两个月之后，即 1991 年 12 月 27 日，中国即承认土库曼斯坦独立，又于十天之后的 1992 年 1 月 6 日，即苏联解体（1991 年 12 月 25 日）仅 12 天之后，中国即宣布与土库曼斯坦正式建立外交关系，中国因此成为第一个与土库曼斯坦建立外交关系的国家。

④**历史上接待的第一批外国人——中国人**：据历史考证，张骞西域"凿空之旅"的第二次远征地即为今天的土库曼斯坦（帕提亚王国/安息古国），并由张骞团队将土库曼斯坦阿哈尔捷金（即中国古称汗血马）介绍给了汉武帝。

英国著名作家彼得·霍普柯克（Peter Hopkirk）在其名著《丝绸之路上的洋鬼子》（Foreign Devils on the Silk Road）一书中写道："张骞出使西域这中间最最重要的则是在大宛（国）（即土库曼斯坦）发现的一种惊人的新型战马。据张骞的报告说，是'天马'的后代，这种马迅速、高大，而又强壮有力，这对于当时的中国人来说，是一种新的发现。因为那时中国的马是今天人们所熟知的泼里奇伐尔斯基马（Prejevalsky's Horse）的品种，这种马身躯矮小，行动迟缓，现在只有在动物园里才可以看到。"

中土两国有着长达 2000 多年的传统交往和友谊。唐代《通典》第一百九十三卷里写到："在葱岭西（即今天的帕米尔高原），大国，一名栗特，一名特拘梦。"中国有学者认为"特拘梦"就是"土库曼"（Türkmen）那时的汉字音译。当时，属于突厥乌古斯（即土库曼斯坦的始祖奥古兹汗）部落的土库曼人已迁移到中亚的花剌子模（今乌兹别克斯坦北部）、马雷等地。

土库曼斯坦现任总统别尔德穆哈梅多夫在其新著《土库曼民族的精神世界》一书中对此有专门表述："据基督教大事年表记载，公元 2 世纪，一个匈奴可汗给中国皇帝写信，表示愿意在边境开放大门开展贸易，信中同时也列出了所需要的商品和安全规范。"

⑤**土库曼人与敦煌莫高窟**：1904 年，一位在中国新疆哈密地区经商的土库曼商人告诉正在当地进行挖掘考古（实际是盗窃）的德国考

阿姆河畔采气人

张骞第二次出使西域路线示意图

古队一个惊人的传说，引起了后者的极大兴趣。该考古队由艾伯特·范莱考克（Albert von Le Coq）和其助手西奥多·巴塔斯（Theo dor Barus）组成，该考古队是在军火商克虏伯公司和德皇资助下来到新疆吐鲁番地区的伯兹克里克进行挖掘之后到达了哈密。根据这个土库曼商人的说法，这件事是在5年之前，在戈壁正南二百哩的绿洲敦煌发生的。当时一个中国道人偶然在一间密室里发现一所巨大的藏书室，其中藏着几世纪的许多古代图书和手写文件。敦煌很早就是佛教徒朝拜和研究学习的中心❶。最终这支德国考古队还是错过了去敦煌挖掘（盗窃）的机会，因为他们决定用旋转中国钱币——银元进行占卜的方式决定去留。银元旋转至反面，于是他们从哈密向南去喀什迎接这支德国考古队的队长——伤病痊愈后返回的艾伯特·戈伦维德尔（Albert Grünwedel）。可以说，是从事中土两国民间贸易的土库曼商人在百年之前向国际社会隆重介绍了中国敦煌莫高窟的神秘和伟大，引起了这只德国考古队的极大兴趣，但同时也是中国的古钱币挽救了敦煌莫高窟免遭一次浩劫。

⑥ "复兴丝路"与"一带一路"：2013年9月，中国国家领导人在出访中亚期间，在哈萨克斯坦首次提出的"丝绸之路经济带"倡议

---

❶ Peter Hopkirk *Foreign Devils on the Silk Road* [M]. Great Britain：Hachette Company, 1980：16, 133.

与土库曼斯坦国家领导人提出的"复兴丝路"倡议高度吻合,将使中土两国形成更紧密的战略协作伙伴关系。2019 年 8 月,在土库曼斯坦里海城市——土库曼巴什举行的由里海五国(俄罗斯、哈萨克斯坦、阿塞拜疆、伊朗、土库曼斯坦)国家元首/政府总理参加的"首届里海经济论坛"上,土库曼斯坦国家领导人强调,中国国家领导人提出的"一带一路"倡议和土库曼斯坦提出的"复兴伟大的丝绸之路"倡议具有共同的历史基础,有助于促进地区国家发展繁荣。他说:"历史上,无论在任何时候,无论在哪一个世纪,丝绸之路均是跨大陆的交通通道,而且是一条陆路的双向交通通道,它总是把不同国家的人民联系起来;现有大量历史文献均可证实,历史上土库曼斯坦曾是丝绸之路的心脏(中枢)。土库曼人的祖先在不同的人之间建立起了桥梁,将不同的人联系起来,现今土库曼斯坦正在建设这样的桥梁,其正在将里海地区的人民联系起来。中国合作伙伴的'一带一路'倡议和土库曼斯坦'复兴丝路'思想有相通之处,两个经济方略均旨在服务于各国人民的福祉、实现繁荣。目前,恢复丝绸之路这条古老贸易通道的关键,就是要扩大亚欧人民之间贸易、经济、文化和文明联系,必须尊重丝绸之路形成和发展的历史。"

⑦**中土贸易**:中土两国贸易额在土库曼斯坦独立之后的 30 年间(1991—2021),主要历经起步、探索、提升和突破四个阶段:独立之初的 1992—1994 年每年两国贸易额仅百万美元(起步阶段),这阶段主要以民间小额贸易为主。1995—2005 年的十年之间基本保持在千万美元左右(探索阶段),这期间,中国国企(中国石油、中国石化、首创荣基等)陆续进入土库曼斯坦油气、城市建筑市场。2005—2010 年的五年间发展至亿美元规模(提升阶段),这期间,中国石油承担的老油田提高采收率项目、中国石化承担的老油井侧钻水平井技术相继在土库曼斯坦获得成功,但规模仍然较小。可以说在土库曼斯坦独立之初的 20 年期间,中土两国贸易额总体表现是规模小且稳定性差。中土两国贸易额的重大突破、跨越式发展是从 2011 年开始,即 2009 年 12 月 14 日中国—中亚天然气管道竣工投产,2010 年土库曼斯坦两大气源

阿姆河畔采气人

中土天然气贸易额与中土贸易总额、土库曼斯坦GDP总额比较

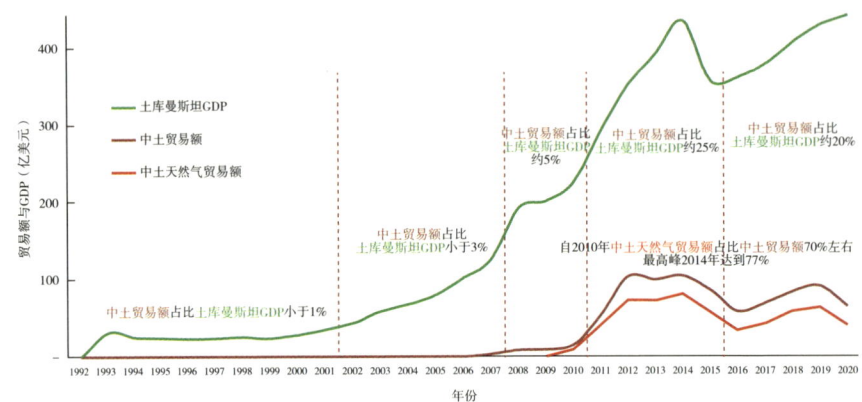

（中国石油阿姆河、土库曼斯坦天然气康采恩所属气田）开始向中国大规模供气之后，两国贸易额随之大幅提升。2011年由数亿美元规模快速上升至超50亿美元，同比增加5倍以上，当年土库曼斯坦向中国供气由一年之前的不足50亿立方米迅速上升至超过百亿立方米，同比提高3倍以上，而结算气价由于受当年国际油价上升影响，同比增加1/4以上。2012年堪称中土两国贸易额实现历史性突破的一年。当年中土双边贸易额历史性地突破百亿美元，同比上升一倍以上。这首先得益于当年土库曼斯坦向中国供气超过200亿立方米，同比提高近一半，而结算气价受国际油价升高影响（2012年当年国际油价最高超过128美元/桶），同创历史新高，同比增加1/5，2012年中土双边贸易额首次超过乌克兰，位居俄罗斯、哈萨克斯坦之后，土库曼斯坦成为中国与俄罗斯—独联体地区第三大贸易伙伴国。高峰时中土天然气贸易额占两国贸易总额的3/4，占土库曼斯坦国家GDP总额的近1/5。中土天然气合作项目的启动和发展，为两国和两国人民带来了实实在在的好处。中国国家领导人曾不止一次讲到：中土两国是成色十足的战略伙伴，天然气合作是中土关系互利共赢的鲜明体现。

⑧**两国互为最大的天然气贸易国**：在中土两国元首的高度重视和推动下，经过两国政府部门、驻在国使馆及时协调、双方企业共同努力下，中、土两国已互为最大的天然气贸易国。土库曼斯坦是中国管道天然气进口的"首供"国和"主供"国。在向中国供气方面，土库

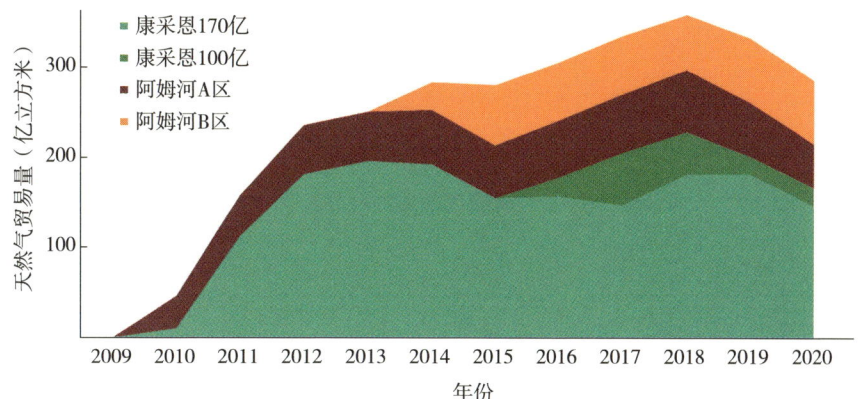

2009—2020年中土两国天然气贸易量示意图

曼斯坦已形成一个国家、两类气田群（中国石油作为作业者的阿姆河右岸合同区块，分 A 区和 B 区两个篱笆区块，以及土库曼斯坦天然气康采恩所属气田群）、执行三份供气合同、每年 400 亿立方米规模向中国供气的良好格局。截至 2021 年 6 月 30 日，土库曼斯坦已累计向中国供气 3050 亿立方米，接近中国 2020 年全年天然气消费量（3172 亿立方米），惠及中国长三角、珠三角地区超过 5 亿人口，占同期中亚三国（土库曼斯坦、乌兹别克斯坦、哈萨克斯坦）总供气量的 80% 以上，占中国管道天然气进口量的 40% 以上，高峰时土库曼斯坦向中国日供气量近 1.4 亿立方米，相当于中国最大气田—长庆气田的日供气量，接近中国天然气日消费总量的 1/8。土库曼斯坦是中国—中亚天然气管道 A/B/C/D 四线的主供气源（已投产运行 A/B/C 三线，计划建设 D 线）。

油"盛"气"旺"

1. 油"盛"

①发现最早、资源最丰富的国家之一：土库曼斯坦是苏联、独联体地区发现、开发油气资源最早，也是油气资源最丰富的地区/国家之一。从油气地质学视角审视，土库曼斯坦的含油气面积达47.2万平方千米，占其全部国土面积49.12万平方千米的96.1%。也就是说，除了山脉地区尚未发现油气显示以外，土库曼斯坦境内几乎每一寸国土面积（包括水域）都是含油气的。

②"西油东气"：土库曼斯坦的石油资源主要集中在土库曼斯坦境内西部的巴尔坎州，天然气资源主要集中在土库曼斯坦境内中、东部的达绍乌兹州、列巴普州（苏联时期称为查尔朱，也是阿姆河右岸天然气项目所在地）和马雷州（土库曼斯坦最大气田复兴气田所在地）。按盆地分，土库曼斯坦油气资源分布在东、西两个盆地，东部阿姆河盆地以产气为主，西部南里海盆地以产油为主，另有少量分布于北高加索—曼格什拉克盆地。据2020年10月28—29日"土库曼斯坦第二十五届油气论坛"土库曼斯坦官方披露的信息：土库曼斯坦油气资源总量（碳氢化合物总量）超过710亿吨石油当量，包括超过20亿吨石油和超过50万亿立方米天然气（天然气可采储量30万亿立方米），高峰时土库曼斯坦石油、天然气年产量分别达到1620万吨（1973年）和878亿立方米（1990年），油气产量当量超过8000万吨。目前油气产量分别稳定在1200万吨和650亿立方米左右，油气产量当量超过6000万吨。据报道，2000年世界人均天然气使用量为400立方米，阿联酋居第一位，为14300立方米；科威特居第二位，为5300立方米；

土库曼斯坦境内主要油气田,按区域分布(左),按盆地分布(右)

土库曼斯坦居第三位,为2900立方米。1961—1980年的20年间,土库曼斯坦一直保持着苏联时期中亚原油、天然气、棉花等原料的主要原产地、出口地和中转地(通过克拉斯诺沃茨克港口,现称土库曼巴什)的角色。这一时期,土库曼斯坦原油储量、产量分别占中亚总储量的80%、总产量的86%~91%。

③ "石油山":土库曼斯坦西部的涅比特—达格(译成中文为"石油山"或"石油丘陵"),是苏联、甚至是全世界最早开发石油的地区之一。大约13世纪被人所知,19世纪早期的1825年旅行家巴朗诺夫记录:"在石油山还是一个岛屿的时候,土库曼人曾在这里开采石油。"1848年,这处岩石海岸出现了世界第一座以机械钻取的油井,当时这里尚属俄国外高加索省(即今天的土库曼斯坦大部分地区)管辖。这座油井比德瑞克上校(Colonel Drake)在美国宾夕法尼亚州钻的石油还早十一年(不过现在都认为是德瑞克上校开启了石油时代)。该油田正式发现于1882年,而它的投入开发又颇具戏剧性:20世纪早期的1927年,苏联组织专家重新勘探,但接连失利。直至1931年5月,就在苏联结束委员会成员削好鹅毛笔尖准备在退出石油山开发的最后判决书上签字的时候,一口油井发生强烈井喷,在3小时15分钟的时间内喷出了500吨石油,由此决定了石油山的命运。可是继续钻探又没有什么结果,就在苏联专家准备第二次放弃石油山钻探的时候,第12号钻井突然大规模喷油了,连续喷了56个小时,一昼夜间喷出的石油达5000吨,所有的油库都灌满了,只好把石油储在临时挖好的沟洼里。沟洼填满后,石油向四处溢流,利用了每一处低洼地方和每一条渠来

阿姆河畔采气人

13世纪被世人所知，记录于19世纪的1825年，发现于1882年的土库曼斯坦西部涅比特—达格油田

对涅比特—达格附近的古姆达格油田进行采油作业的首批中土专家

古姆达格油田所使用的中国捞油设备

储存石油。这真像是一座火山的喷发。从那天起，开发石油山的利益已无可怀疑了。涅比特—达格于1933年正式投入开发，1936年生产原油35万吨。该油田只用3年时间就完成了苏联第四个五年计划（1946—1950）的原油产量，而在1950年一年的石油产量就已超过五年计划的4/5（83%）。涅比特—达格因此成为土库曼斯坦最大的油田，也是与阿塞拜疆巴库齐名的苏联时期最著名的油田之一。当时苏联中亚地区开发石油资源的时间顺序为：土库曼斯坦的克拉斯诺沃茨克地区（今土库曼巴什，即"石油山"所在地）开出了石油（占中亚石油产量的一半）；哈萨克斯坦的古里耶夫（今阿特劳州）和阿克纠宾斯克地区（今阿克托别州）也相继开采出了石油。

④ **采油史**：得益于在土库曼斯坦涅比特—达格（石油山）钻进了一个新的"喷穴"（这是地球上所发现的最丰富的油藏之一），土库曼斯坦原油产量在20世纪60年代一直保持中亚领先地位。1913年，土库曼斯坦和哈萨克斯坦石油产量各半（各约为13万吨），1928年，土库曼斯坦石油产量停滞（主要是涅比特—达格当时没有商业发现），40年代时产量由哈萨克斯坦、土库曼斯坦、乌兹别克斯坦分摊（按重要性顺序）；1961年，土库曼斯坦生产原油610万吨，

土库曼斯坦历年原油产量表

年份	1913	1924—1925	1940	1960	1961	1966	1970	1973	1975	1978	1979
产量（万吨）	13	6	58.7	52.78	610	1067.2	1450	1620	1557	1300	1100

部分数据来自《Туркменйтан》，Статйстйцеский，Ашхабад，1967。

哈萨克斯坦为 170 万吨，乌兹别克斯坦为 170.05 万吨，三国原油总产量 950.05 万吨，占中亚总产量（995.2 万吨）的 95.5%。其中，1961 年土库曼斯坦一个加盟共和国原油产量（610 万吨），占中亚总产量（995.2 万吨）的 61.3%，约占当时苏联原油总产量（约 1.66 亿吨）的 3.7%；1966 年土库曼斯坦原油产量首次突破 1000 万吨，达到 1067.2 万吨。20 世纪 70 年代前半期，土库曼斯坦原油生产达到了高峰，1970 年生产原油 1450 万吨，1973 年达到历史高峰 1620 万吨，1975 年稍微降低到 1557 万吨，到 1978 年降低到 1300 万吨，1979 年又继续下降到 1100 万吨。

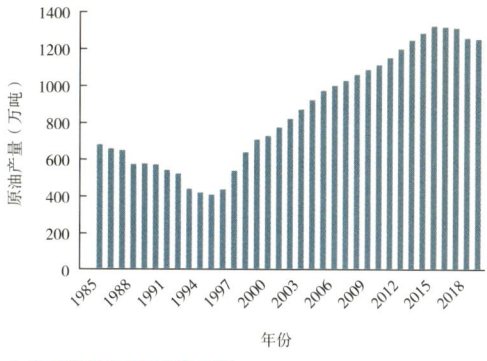

土库曼斯坦历年原油产量

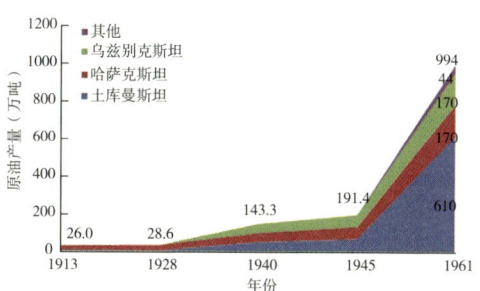

数据摘自：[美]迈克尔·刘金著，陈尧光，译，《俄国在中亚》北京：商务印书馆，1965：53.

20 世纪 60 年代初中亚五国原油产量构成

2. 气"旺"

①**采气史**：20 世纪 50 年代，苏联开始对位于乌兹别克斯坦、阿富汗、土库曼斯坦境内的阿姆河盆地进行天然气风险勘探，于 1956 年在土库曼斯坦的达尔瓦扎（Darwaza）气田第一次发现天然气藏，随后又陆续发现了 Gugurtly, Achak, Shatlyk, Dauletabad–Donmez, Malay 及其他构造共 48 个气田，包括 1968 年发现的沙特雷克气田、1978 年发现的马莱气田（前者是土库曼斯坦向苏联建成的"中亚—中央"天然气管廊早期供气的主供气源，后者是土库曼斯坦向"中国—中亚"天然气管道供气的主供气源之一）。在此期间，土库曼斯坦天然气工业的最大发现是 1974 年探明了地质储量达 1.7 万亿

立方米的达乌列达巴特气田。该气田为凝析气田，位于土库曼斯坦东南部靠近伊朗的边境地带，产在巴特赫兹—卡拉比尔高地北坡，被认为是伊朗大型气田汉基拉兰气田的延伸部分，为背斜—岩性构造圈闭，早期探明的天然气储量约为17000亿立方米，凝析油储量1330万吨。历经40多年开发，目前该气田每年产量仍保持在200亿立方米左右，达乌列达巴特气田以其储量大、产量稳，成为土库曼斯坦向"中亚—中央"天然气管廊以及后期建设的土库曼斯坦—伊朗（东线）天然气管道（2009年12月建成通气）供气的主供气源。但另一方面，由于早期工程技术条件的限制和气藏地质条件复杂，在阿姆河盆地发现有厚达1000米以上的巨厚岩膏层，地层压力系数最高达1.9，井口压力6兆帕，硫化氢含量每立方米达到45%～50%，二氧化碳4%，属典型的"三高"（高压、高含硫化氢、高二氧化碳）气藏，导致50年代苏联时期在土库曼斯坦阿姆河盆地虽然打井190多口，但烧毁钻机10多部，地质报废率达33%，工程报废率达34%，成功率仅30%左右，钻井工程、地质工程报废率达70%左右。由于受当时历史条件所限，一些事故井长期未得到有效治理，导致气藏内油气水界面、渗流通道已发生根本变化，井身结构变异，"水窜""气窜"频发，为后期在阿姆河右岸，尤其是在阿姆河右岸东部地区勘探开发带来了很多安全挑战。

②**井喷史**：21世纪初（2006年10月28日），土库曼斯坦采用国外钻机，在马雷州约洛坦地区的奥斯曼3井钻天然气探井，在经历了814天的钻探，钻至4577米时，突然发生强烈井喷，火焰高度达70米，强大的气流将长达400多米的42根钻杆喷飞出来，大火冲天而起，瞬

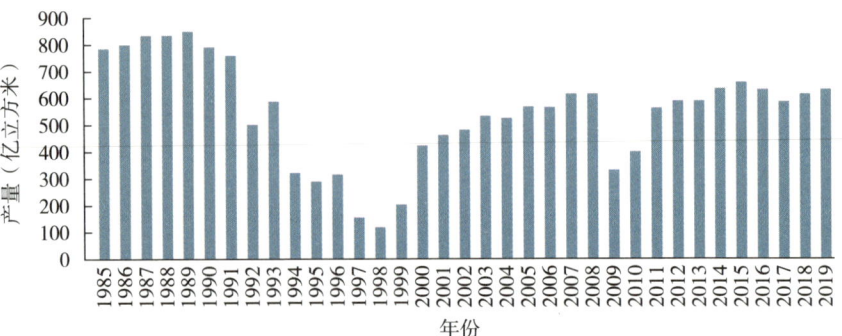

土库曼斯坦历年天然气产量

金色土库曼 1

发生于2006年的土库曼斯坦奥斯曼3井特大井喷现场。清障后喷出火焰（左），中国石油川庆钻探组成的抢险队伍在灭火现场（右）

间吞噬了钻机。一名井架工躲之未及，当即死亡，转眼焚骨扬灰。情急之中，土库曼斯坦政府试图用坦克炮灭火，经过多次炮击之后，不仅没有达到灭火目的，反而造成封井器弹洞累累，喷口增多，横向火焰长达40米。一个偌大的井场随即被淹没在火海中，熊熊大火烧得土库曼斯坦高层乃至时任总统尼亚佐夫心急如焚。一名副总理被派往现场指挥，总统天天电话询问。为尽快控制井喷，土库曼斯坦政府紧急邀请了包括美国、土耳其、中国等国灭火队进行灭火。中国石油第一时间派出了业内公认的顶级灭火队赴土库曼斯坦进行灭火抢险，灭火队由长城钻井公司牵头，四川石油管理局负责组织，经过50多天的生死较量，最终采用中国方案得以将狂烈的火龙制服。基于奥斯曼3井特大井喷事故的相关数据（目测该井天然气日产量达500万立方米以上）和后续钻探结果，土库曼斯坦发现并探明了独立以来最大气田、也是世界最大单体气田—复兴气田（Galkynysh Gas Field），气田天然气资源量达27万亿立方米。此项重大发现，为土库曼斯坦天然气出口多元化战略提供了新的资源基础。

③ "地狱之火" "三坑" 景观：20世纪70年代初（1971年），同样是在土库曼斯坦西北部阿哈尔州的达尔瓦扎地区，钻井发生重大事故导致地层坍塌、钻机烧毁。为防止地层有毒气体对周边居民的伤害，现场施工人员点燃了喷出的天然气，形成了今天直径超百米、深度超过50米、燃烧半个世纪而不灭的 "地狱之火"。苏联解体后，土库曼斯坦于20世纪90年代末、21世纪初开始尝试在阿姆河右岸地区自主勘探开发，但仍然受制于上述地质、钻井难题无法解决，包括原井喷

025

阿姆河畔采气人

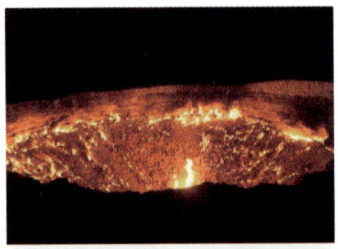

发生于20世纪70年代初的土库曼斯坦"地狱之火"（上）和直径超百米的"地坑"（下）

阿姆河右岸工区内独特的"三坑"景观

事故区存在浅部"次生高压气藏"、部分长段盐膏层内存在异常"高压盐水"、直井和定向井储层中严重井漏、漏喷转换快等问题，导致部分井在钻井、完井过程中或完井后发生井喷、井漏或事故处理不彻底遇雷电导致起火，形成了今天阿姆河右岸地区独特的"三坑"（"火坑""水坑""天坑"）景观。

④站在"大气泡"上的国家：风景独特的阿姆河右岸"三坑"景观、熊熊燃烧的"地狱之火"、刻骨铭心的特大井喷事故，构成了土库曼斯坦成为中亚乃至世界的"火气"旺盛之国。土库曼斯坦家庭基本没有火柴的概念，小火长明，意喻家业、事业兴旺，更为重要的是由此奠定了土库曼斯坦天然气储量位居世界第四（居俄罗斯、卡塔尔、伊朗之后），雄居中亚第一的地位。土库曼斯坦是"中亚—中央"天然气管廊（为苏联时期建设的通往欧洲乌克兰的天然气管道）和中国—中亚天然气管道（2009年12月投产A线，后陆续投产B线、C线）的主供气源。其境内发现的复兴气田为世界第二大单体气田，地质储量达27万亿立方米。有人曾半开玩笑地说："土库曼斯坦当真是一个站在'大气泡'上的国家。""扔个烟头，地下天然气就可能被引燃。"

3. 用PSA进行油气合作的国家

土库曼斯坦是在苏联解体后，中亚五国中最早开展油气对外开放的国家之一，而且是唯一全部采用国际通行的做法，与外国公司签订

在土库曼斯坦作业的主要外国石油公司（IOC）区块位置图

油气产品分成合同（PSA）。该合同的特点是在确保资源国基础油（包括资源税、矿费等）份额的前提下，优先保证外国投资者回收投资（成本油），之后根据项目效益情况进行投资者与资源国政府之间的利润分成（利润油），体现了外国投资者与资源国政府对"一个项目（油气项目）、三块蛋糕（基础油、成本油、利润油）"的公平、透明分配，很受外国投资者欢迎。据公开数据报道，截至 2019 年年底，土库曼斯坦已与阿联酋的龙油（Dragoil, 2000 年开始）、中国的中国石油（CNPC, 从 2007 年开始）、意大利的埃尼（Eni, 1999 年开始）、马来西亚的马石油（Petronas, 从 1999 年开始）、奥地利的米托（MITRO）等五家国际石油公司（IOC）签署产品分成合同（PSA），上述龙油、埃尼和中国石油三家公司累计在土库曼斯坦油气领域投资已超过 170 亿美元（龙油 70 亿美元、中国石油 82 亿美元和埃尼 21 亿美元），合作后累计生产原油 6300 万吨、天然气 1000 亿立方米，其中，"龙油"公司在土库曼斯坦里海的切列肯油田产油 4500 万吨，"埃尼"公司在捏比特—达格陆上油田产油 1800 万吨，中国石油公司在阿姆河右岸项目累计生产原料天然气 1000 亿立方米，累计生产凝析油 150 万吨。采用产品分成合同进行油气领域的对外合作成为土库曼斯坦的一大特点。

4. 国企布局天然气最早、成果最丰硕的国家

①中国石油：于1993年，即土库曼斯坦从苏联独立后不到两年，即成立中国石油驻土库曼斯坦办事处，是苏联解体后中国国企在中亚成立最早的办事处。当时中国石油给该办事处赋予的职责是负责中亚五国的油气合作并力争在中土天然气合作方面率先取得突破。为全面了解掌握土库曼斯坦油气现状和政府的相关政策要求，中国石油分别于1993—2008年的15年间，又先后成立了驻土库曼斯坦物探、物资装备、工程建设3个专业分公司，对土库曼斯坦相关领域进行专项服务。期间中国石油领导马富才、张永一、吴耀文等多次陪同国家领导人出访土库曼斯坦，探讨双方在油气领域，（包括建设天然气管道向中国、日本出口天然气）的合作事宜。按照中国石油的统一安排，这期间中国石油各专业累计有上百人次到访土库曼斯坦先期进行石油天然气领域的合作谈判。1997年9月，中国石油工程建设公司（CPECC）与土库曼斯坦石油康采恩签署老井修井提高采收率技术服务合同（实际施工单位为中国石化胜利井下作业公司），标志着中国油企正式进入土库曼斯坦油气资源市场。之后中国石油于2002年1月，正式启动了《土库曼斯坦古姆达格油田提高原油采收率技术服务合同项目》，在合同期限5年内累计增产原油达23.4万吨，超额70%完成合同规定的原油生产任务，产值接近1亿美元，成为海外业务"小项目、大效益"的典范。在2003年5月，中国国内"非典"期间，国内领导出访"临时冻结"之际，但为履行之前与土库曼斯坦政府达成的谈判"契约"，中国石油临时决定从哈萨克斯坦派出代表赴土库曼斯坦履行与土库曼斯坦方面达成的谈判事项。2007年10月，中土天然气合作正式启动之初，中国石油即以党组会议纪要形式明确了拥有50多年天然气设计、勘探开发、生产运行经验的川渝地区作为中土天然气合作的主要对口支持单位。截至2020年12月31日，中国石油工程设计有限公司西南分公司（CPE-SW）完成了总计600亿米^3/年、五座当时亚洲规模最大、功能最全的天然气处理厂设计，其规模相当于2020年土库曼斯坦全国天然气产量、2020年中国天然气产量的1/3。中国石油川庆钻探

公司（CCDC）完成各类风险探井、开发井173口，总进尺65.51万米，成功率100%，成为土库曼斯坦"六高"气田（高含硫、高含二氧化碳、高含氯离子、高温、高压、高产量）钻完井行业的引领者。中国石油西南油气田分公司（SWOG）派出320多名生产骨干同时运行土库曼斯坦阿姆河、复兴气田两大气田共计300亿米^3/年的生产规模，相当于目前中国石油全年天然气产量的1/4，为土库曼斯坦培养高含硫天然气运维骨干上千人。拥有50年工程建设经验的中国石油工程建设公司（CPECC），承担了阿姆河右岸天然气项目的处理厂建设及集输、电厂扩建、铁路、外输管道（180千米）等配套工程，所有工程均实现了投产一次成功，该公司最先在阿姆河右岸项目现场成立的培训学校为土库曼斯坦培训焊工、铆工等专业产业工人2000多人。中国石油国际事业公司（中联油），独家承担了中土两国每年400亿立方米的天然气贸易额以及阿姆河公司的中方份额凝析油、硫黄的销售业务，成为中土两国最大的天然气贸易商。与此同时，中国石油勘探开发研究院、寰球工程公司、长城钻探、东方物探、中国石油技术开发公司、新疆油田公司、运输公司等单位都给予中土天然气合作项目以大力支持。

②**中国石化**：中国石化胜利油田井下作业公司从1997年9月开始进入土库曼斯坦老油气田修井工作，作为首批整建制进入独联体国家油气行业的中国修井队伍，中国石化修井队伍克服语言、环境、井下复杂等一系列困难和挑战，20多年来累计签订修井服务合同超过7亿美元，在土库曼斯坦西部油田累计修复停产油井1000多井次，完成油井防砂225口，实现了通过修复老井使整个老油田复产的海外油气合作先例。在土库曼斯坦东部气田修复废弃气井150余口，增产天然气超过一亿立方米；在北部油田完成高压盐水层、低压产层高难度钻井11口，通过上述作业为土库曼斯坦累计增产原油超过550万吨。1999年9月，时任土库曼斯坦总统尼亚佐夫访华，与中国国家领导人谈及当时中土双方在油气领域最大的合作项目——中国石化胜利油田井下作业公司所从事的修井防砂项目的时候，尼亚佐夫总统说，土库曼斯坦曾经邀请西方的石油专家在不通知中国石化修井公司的情况下，对

阿姆河畔采气人

20世纪90年代中国石化胜利井下作业公司在土库曼斯坦的艰苦创业历程。中土两国工人在作业（上），风餐露宿在现场（下）

他们的防砂质量进行了抽查，发现他们的修井质量并不比西方修井公司修井质量差，他们的工作是一流的。2000年7月，中国国家领导人访问土库曼斯坦，尼亚佐夫总统再次对中土双方这一当时最大的合作项目给予了高度评价，并就双方在石油天然气领域扩大合作表示了浓厚的兴趣。2015年11月，土库曼斯坦总统别尔德穆哈梅多夫访华期间，在接见中资企业领导人时讲道："过去我们只知道打直井产油，是你们（指中国石化胜利油田井下作业公司）的技术启示我们开窗造斜（指胜利井下作业公司在土库曼斯坦主营业务）也能产油，而且还能高产。"别尔德穆哈梅多夫总统的赞誉，充分肯定了中国石化胜利油田修井队伍在土库曼斯坦开展的修井业务。

③中国国家开发银行（以下简称"国开行"）：为支持土库曼斯坦的天然气产业发展，从2008年开始，中国国家开发银行先后两次以两国签署的天然气购销合同为抵押，为土库曼斯坦政府提供优惠贷款数十亿美元，用于土库曼斯坦开发复兴气田一期300亿米^3/年工程，工程承包商包括中国、美国、阿联酋和韩国等，工程内容包括钻完井（其中中国石油川庆钻探公司承担22口）、地面工程（中国石油川庆钻探公司承担100亿米^3/年、阿联酋的Petrofac和韩国的现代公司共同承担200亿米^3/年、集输工程、外输管道工程以及相应的配套工程（全部由中国石油川庆钻探公司承担）。2013年9月，在中土两国元首的共同见证下，复兴气田一期工程（300亿米^3/年）正式投产并开始向中国供气。2021年6月，土库曼斯坦政府对外宣布还清全部国开行贷款。国开行对土库曼斯坦政府的这笔优惠贷款，成为"工程拉动建设、金融支撑

项目的典范"。

④**中国石油大学（北京）**：根据阿姆河右岸项目产品分成合同规定的义务要求，在土库曼斯坦政府教育部、油气署（后合并至土库曼斯坦天然气康采恩）的共同监考下，中国石油大学（北京）每年从土库曼斯坦近千名报考者中择优录取15名青年学子到学校学习天然气勘探开发工程，目前已累计培养近200名青年学生毕业返回土库曼斯坦各行各业，成为中土友好合作的桥梁和纽带。

⑤**中国兰州大学**：中国兰州大学于2020年成立兰州大学土库曼斯坦研究中心，全面、系统、及时介绍土库曼斯坦政经形势以及社会、民生动态并开始在中国尝试"零基础"土库曼语教学。该中心目前已成为中国点击量最多、人气最旺的介绍土库曼斯坦的网站（兰州于1992年与土库曼斯坦首都阿什哈巴德建立友好城市），人称中国版的《土库曼斯坦日报》。此外，最早接收土库曼斯坦留学生的中国院校还有中国兰州交通大学、新疆财经大学等。

经过近30年不懈探索和实践，中土天然气合作已呈现出点线结合、校企协作、全面推进的良好局面。

由中国石油承建的土库曼斯坦天然气处理厂一隅（下左），中国石油、中国石化员工与土库曼斯坦员工一起工作（下右）

5. 唯一对外开放的陆上天然气项目

土库曼斯坦唯一对外开放的陆上天然气项目—阿姆河右岸天然气项目，由土库曼斯坦总统别尔德穆哈梅多夫用土库曼语命名为"巴格德雷"，意为"幸福之地"，项目指定中国的"CNPC"（中国石油）作为唯一作业者。根据土库曼斯坦相关法律规定，土库曼斯坦境内陆上天然气项目不对外开放，仅邀请外国投资者进行技术服务。土库曼斯坦阿姆河右岸天然气合作项目也由此成为目前中国在境外规模最大（年产原料天然气150亿立方米左右，外输商品天然气130亿立方米以及相应的辅助产品凝析油、硫黄等）、也是唯一一个中方100%控股、主导产品（天然气）100%回输中国的天然气民生保障项目，项目在土库曼斯坦被定位于国家级战略项目，由土库曼斯坦国防军守卫，项目启动14年来已累计落实六个千亿立方米气区，投产11年来已累计向中国供气超过1100亿立方米。该项目成为中土两国天然气合作的标志性工程，被别尔德穆哈梅多夫总统称为："中土合作的典范"。

中国石油、中国石化在土库曼斯坦开展业务示意图

政体独特　物产鲜明

1. 政体独特

①**政务公开**：1992年5月，土库曼斯坦通过的第一部宪法，其中规定，土库曼斯坦为民主、法制和世俗的国家，实行三权分立的总统共和制，总统为国家元首和最高行政首脑。土库曼斯坦独立后首任总统为萨帕尔穆拉特·尼亚佐夫。尼亚佐夫总统在任期间主持制定了发展经济的"十年稳定"纲领和"1997—2001年社会发展构想"。2006年12月21日，尼亚佐夫总统突发心脏病去世，现任总统别尔德穆哈梅多夫继承尼亚佐夫总统发展天然气出口多元化战略及对华友好政策，主持制定了《2018—2024年经济社会发展总体纲要》，努力实现经济年均增长6.2%～8.2%、居民工资年均增长10%等具体目标，开创了永久中立的土库曼斯坦"幸福与强盛时代"。别尔德穆哈梅多夫于2007年2月11日以89.23%的得票率首次当选土库曼斯坦总统，之后分别在2012年2月12日、2017年2月12日两次总统选举中以97.14%、97.69%的高票再次当选为土库曼斯坦总统，当前任职时间为7年。凡是去过土库曼斯坦的外国人，无一不对土库曼斯坦政务公开的高度"透明"而惊奇：无论总统外事会见，还是总统主持的内阁例会，一律全程直播，而且是多种外语（包括汉语）直播，老百姓第一时间对国家发展形势及各州州长、国家部长、油气康采恩主席（相当于部长级）直至内阁副总理的工作业绩一目了然（土库曼斯坦政府没有总理一职），这种当着全国父老乡亲的面对官员进行"奖惩"（提级奖励、训责、诫勉、免职直至追究刑事责任）的做法，一方面形成了干部能上能下、能进能出的浓厚氛围，另一方面也有力推动了各级领导勤勉干事、低调务实的作风。

②官员勤勉：作者在土库曼斯坦工作的 10 年间（2007—2017），仅天然气康采恩总裁就换了 9 位，最短任职时间不到半年，政府内阁主管油气副总理换了 4 位。最为突出的当数卡卡耶夫·亚格希格尔季·埃利亚索维奇（Какаев·Ягшыгелди·Элясович）先生，10 年间卡卡耶夫先生曾先后就任土库曼斯坦国家天然气康采恩总裁、总统下属油气署署长、内阁油气副总理（任职期间三次警告、两次重新任命、一次免职）、总统能源顾问等四个重要职务。每一次职务调整，无论升降，卡卡耶夫先生均愉快履职，忠诚尽职，作为中土天然气合作土库曼斯坦政府的主管领导，卡卡耶夫先生见证并具体指导了中土天然气合作的早期全过程，为中土天然气合作做出重大贡献。不幸的是，2020 年 7 月，卡卡耶夫先生因心脏病突发去世，享年 61 岁。土库曼斯坦政府为表彰卡卡耶夫先生为土库曼斯坦油气工业做出的突出贡献，以总统令的形式将土库曼斯坦油气大学更名为卡卡耶夫大学。作者在土库曼斯坦工作的 10 年期间，曾多次目睹土库曼斯坦别尔德穆哈梅多夫总统对国事亲力亲为，土库曼斯坦主管官员（油气副总理、天然气康采恩总裁、油气署署长、国家税务总局局长、国家标准总局局长、列巴普州州长等）凌晨六点之前到达办公室，直至晚上十点之后回家，除周日下午与家人短暂团聚之外，每天工作时间均超过 12 小时，这已成为习惯。如果恰逢土库曼斯坦政府举办重大活动，例如每年一次的长老大会（2017 年 9 月最后一次长老大会上改为人民委员会，是土库曼斯坦民众利益的最高代表机构，通常在土库曼斯坦七个州轮流举办）、重大项目开工/竣工庆典等在本人管辖范围内举办，主管官员几天几夜通宵准备部署是常有的事。土库曼斯坦政府官员，包括地方州政府官员，除授权外，从不接受外方宴请。土库曼斯坦政府各级官员的勤勉、低调务实，为世所罕见。

③百姓勤劳：土库曼斯坦的百姓勤劳、淳朴。但凡在土库曼斯坦工作的外国人，印象最深刻的除了土库曼斯坦良好的治安环境之外，就是一年四季，无论春夏秋冬、无论酷暑严寒，每天凌晨五六点天亮之前，总能看到城市清洁女工清扫街道，甚至手握干净的湿布一遍遍

擦洗路沿，天亮之后，展现在世人面前的是"水洗"一样干净的大街，能"望穿"星星一样蔚蓝透亮的天空。土库曼斯坦人民的勤劳、好学，一样体现在中国留学的土库曼斯坦学生中，据中国有关部门统计，在中国的外国留学生中，近十年来以土库曼斯坦在华留学生增长速度最快，但同时又以土库曼斯坦留学生勤奋、务实、好问而著称。在2010—2016年间阿姆河公司派往中国学习、参观的20多名土库曼斯坦员工，尽管在中国时间很短（总共不到两周时间），但几乎人人都用文字表达了土库曼斯坦人民对中国人民和中华文化的热爱。

勤奋淳朴的土库曼斯坦人民，采棉女工

2. 不"土"，还"洋"

土库曼斯坦首都阿什哈巴德新城（老城在1948年大地震中基本被毁）全部为法国人设计、土耳其人施工，外部由进口白色大理石装饰，有"白色大理石之城"的称号，这在异常炎热的夏季给人以清爽凉快的感觉（土库曼斯坦国土面积的80%由世界第四、中亚第一大沙漠卡拉库姆沙漠所覆盖）。以往"满楼锅盖"的旧楼已被"白色理石"的新楼所代替。凡是去过土库曼斯坦首都阿什哈巴德的外国人，无不惊叹以"数条腿"支撑的土库曼斯坦首都的雄伟建筑物：它们是"三条腿"支撑的中立门，象征土库曼斯坦中立、独立和民族团结；"六

风景独特的阿什哈巴德街景

土库曼斯坦首都阿什哈巴德的"四十条腿"（独立十周年纪念柱）

条腿"支撑的独立柱，柱高91米，象征土库曼斯坦1991年获得独立，是土库曼斯坦作为独立、主权国家的象征；"40条腿"支撑的国家独立十周年公园，内有十匹汗血马群雕，代表着土库曼斯坦独立十周年，而十匹马共有四十条腿，等等。此外，政府耗资数十亿美元建造的中亚地区首屈一指的阿什哈巴德新机场和室内亚运会比赛场馆，既宏伟大气，又具鲜明的民族特征。说"爱之城"阿什哈巴德是"水的世界、花的海洋、灯的长河"一点也不过分。

3. 既"出气"，还"出马"

① "出气"：得益于土库曼斯坦优越的地质埋藏条件和优质的气藏参数，土库曼斯坦在苏联时期就是除西伯利亚之外的最主要的天然气出口（加盟共和）国和资源地。据有关资料统计，在苏联的20多年时间里（指"中亚—中央"天然气管廊投产之初的1968年到苏联解体的1991年），土库曼斯坦累计（过境）出口到苏联的天然气超过1万亿立方米，由于仅仅是以原料形式出口，没有体现天然气的商品属性且价值交换严重脱离国际市场价格（土库曼斯坦出口苏联天然气价格仅40美元/千立方米左右，有时还以易货作为交换条件），这一历史问题成为独立后土库曼斯坦与俄罗斯两国争议的主要焦点，也是土库曼斯坦追求天然气出口多元化的主要原因。随着2009年12月中国—中亚天然气管道的建成投产（A/B/C三线陆续投产，年输气量达到550亿米^3/年），从根本上实现了土库曼斯坦天然气作为大宗国际商品、而非原材料出口多元化的战略目标。截至2021年6月30日，土库曼斯坦已累计向中国出口天然气超过3000亿立方米，相当于2019年中国全年天然气消费量（约3045亿立方米），是近10年来中国最大的天然气进口国，也是第一个向中国出口管道天然气的国家，两国已互为最大的天然气贸易国。目前每年执行供气合同达400亿立方米，由两大气源同时向中国供气，包括中国（中国石油）100%控股的阿姆河气田群和土库曼斯坦天然气康采恩所属气田群。土库曼斯坦出口中国天然气占中国从中亚三国（土库曼斯坦、乌兹别克斯坦、哈萨克斯坦）进口天然气量的80%以上，冬季保供期间占90%以上，占中国全部进口气

金色土库曼

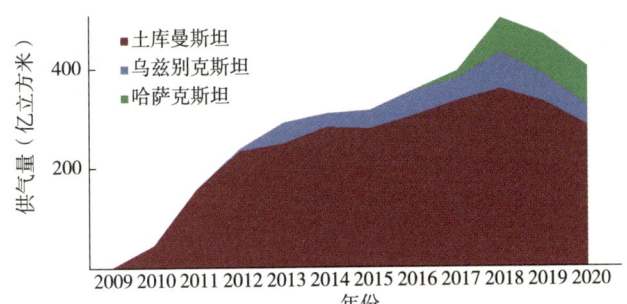

中亚土库曼斯坦、乌兹别克斯坦、哈萨克斯坦向中国供气示意图

量（包括从缅甸、俄罗斯和进口LNG）的40%以上。高峰时占中国全国消费气量的1/8～1/9。除向中国出口天然气之外，土库曼斯坦还向其两个传统出口国伊朗、俄罗斯出口少量天然气。但由于涉及气价（主要是与俄罗斯）、气款结算（主要是与伊朗）等矛盾纠纷，导致管线数次停输。2019年7月1日起土库曼斯坦恢复向俄罗斯少量供气（2019年7月1日—2024年6月30日的五年间，每年供气保持在55亿立方米）。

② "出马"：土库曼斯坦的国宝—阿哈尔捷金马，即中国古称的汗血马（英译为Sweated Blood）、天马或大宛齐马，此马产于土库曼斯坦科佩特山脉和卡拉库姆沙漠之间的阿哈尔绿洲。阿哈尔捷金马是土库曼斯坦南部沙漠绿洲中泰克部落的马种，这是世界上最陌生、最古老的马种，在土库曼斯坦那一区域，实际上并无特别的牧地，自然生成的动物，都是喂的苜蓿和大麦的混合物。阿哈尔捷金马体态匀称，威武剽悍，力量大、速度快、耐力强，性情暴烈，但驯服后却非常顺从。阿哈尔捷金马不仅速度快，一小时可奔跑60千米，一天奔跑一千里是不成问题的，是名副其实的千里马。阿哈尔捷金马还有一个极为显著的特点，就是耐高温耐干旱。它在高温50℃的极热天气中，能像往常一样长途跋涉；在干旱缺水的环境中，一天只喝一次水，也能坚持行走，最适合作为军马而转战沙场。历史上阿哈尔捷金马大都作为宫廷用马，亚历山大·马其顿、成吉思汗等许多帝王都曾以阿哈尔捷金马为坐骑。阿哈尔捷金马首次被中国发现并认知是在汉朝张骞组团赴西域的"凿空之旅"中，发现此马并将其介绍给汉武帝。汉朝司马

迁在《史记》中记载，"张骞出西域，归来说，西域多善马，马汗血。"汉武帝刘彻，闻之格外惊异，痴迷不舍，梦寐欲求此马，并将此马称为"天马"。汉武帝出"金马"欲换之。天马者，必为真龙天子驾驭也。故亲书《天马歌》云：

"太一况，天马下，霑赤汗，沫流赭。

志俶傥，精权奇，籋浮云，晻上驰。

驱容与，迣万里，今安匹，龙为友。"

汉朝特别是武帝时期，还靠着马和西域（指新疆及苏联中亚、西亚各加盟共和国）各国沟通了关系，这是中国及世界史上的大事。说起"丝绸之路"，不能不说到大汉王朝；说起大汉王朝，不能不提到"天马"。有人说，"丝绸之路"也是"良马之路"。沿着"丝绸之路"，千千万万的骏马匆匆奔过，留下了许多关于马的故事和记忆。但是，在千千万万的骏马中，天马是最强的音符，最美的身影。

③"马故事"：土库曼斯坦的国宝阿哈尔捷金马在近代出名是在1935年8月23日，阿哈尔捷金马和约穆特马（另一种土库曼斯坦本地马）以84天时间跑完了从土库曼斯坦首都阿什哈巴德到苏联首都莫斯科的约4300千米的路程。整个赛程不仅路程遥远，关键是要求已习惯在沙漠中生存的赛马在短时间内要跨越几个截然不同的复杂气候带：包括哈萨克斯坦境内辽阔无限的乌斯丘尔特高原、土库曼斯坦与哈萨克斯坦交界的寒风刺骨的咸海沿岸、哈萨克斯坦与俄罗斯交界的乌拉尔穆戈札雷山脉、俄罗斯境内雷雨交加的伏尔加河流域，最终到达寒气刺骨又蒙蒙细雨的苏联首都莫斯科。在84天的赛程中，全程4300千米是在气候及地理环境悬殊的地方，约有1000千米是旅行在干涸的沙漠中或砂砾岩石不见人烟水草的地方，有3天时间横贯360千米的卡拉库姆沙漠，由此可见它的耐劳力。此项赛程再次证明了阿哈尔捷金马的超强耐力、无畏力量，当阿哈尔捷金马跑完赛程到达莫斯科时，

土库曼斯坦的国宝——阿哈尔捷金马与驯马师

苏联领导人专门发来贺信，其他苏共领导人悉数到场迎接。贺信中说："只有目标明确，和在达到这一目标的事业中的不屈不挠的精神，以及打破一切障碍的坚强性格，才能保证这样光荣的胜利。共产党之所以能为自己庆幸的，正是因为它在我们辽阔广大的祖国大地上培养出了优秀的劳动者品质。"❶之后在1945年5月9日庆祝苏德战争胜利日盛大阅兵式上，苏联元帅朱可夫所骑坐骑就是阿哈尔捷金马。阿哈尔捷金马的一段现代传奇是1986年在巴黎凯旋门赛马比赛中获得冠军的一匹名为"丹辛格·勃里伊弗"的阿哈尔捷金马，以5000万美元的价格售出，创下了有史以来的最高纪录。

④ "宝马"与中国：土库曼斯坦政府将阿哈尔捷金马作为国宝曾先后赠送给中国三代国家领导人。2014年5月12日，中土两国元首共同出席在人民大会堂举行的世界汗血宝马协会特别大会暨中国马文化节主席会议。在这次大会上，中国国家领导人表示，汗血宝马是享誉世界的优良马种，是土库曼斯坦民族的骄傲和荣耀。中国人民喜爱汗血宝马，将之誉为"天马"。早在2000多年前，天马就穿越古老的丝绸之路，不远万里来到中国。中土建交以来，土库曼斯坦先后两次将汗血宝马作为国礼赠送中国，增进了两国人民的感情。汗血宝马已成为中土友谊的使者和两国人民世代友好的见证。中方指出，马在中华文化中具有重要地位，中国的马文化源远流长。建设国家需要万马奔腾的气势，推动发展需要快马加鞭的劲头，开拓创新需要一马当先的勇气。马是奋斗不止、自强不息的象征；马是吃苦耐劳、勇往直前的代表。别尔德穆哈梅多夫总统在致辞中表示，汗血马是土库曼斯坦的国宝，在土库曼斯坦历史中占有独特地位，也在悠久的土中交往中留下佳话，深受中国人民喜爱，相信在中国举办的本次会议及有关活动能够进一步增进两国人民相互了解和友谊。

真所谓"千年丝路远，万里情缘长"。

---

❶ [苏]斯柯塞列夫.土库曼斯坦[M].周坚操，译.时代出版社，1957：5，122-123，75-176，208.

4."蓝金"、地毯和神犬

土库曼斯坦的其他三件国宝分别是天然气、地毯和阿拉拜神犬。天然气：土库曼斯坦天然气储量超过 30 万亿立方米，据世界第四、中亚第一，其境内有排名世界前 20 名的超大气田 3 个。地毯：土库曼斯坦地毯和波斯地毯一样精美，首都阿什哈巴德建有世界唯一的手工地毯博物馆，陈列不同时期各种图案地毯、挂毯 1000 余件。土库曼斯坦国徽和国旗上都绘有地毯纹饰。阿拉拜神犬：阿拉拜神犬的来历极具神奇色彩。相传古代一只神犬拐走土库曼斯坦农村雌犬后留下了自己的后代，神犬后代远胜普犬。在成吉思汗的远征军中就有阿拉拜神犬的身影，它们在大军中担任营地警戒和守护牲畜的职责，与敌军交战时因其勇猛、善斗从而冲散敌方骑兵的阵型。2017 年 10 月土库曼斯坦总统别尔德穆哈梅多夫赠送俄罗斯总统普京一只阿拉拜小牧羊犬，作为普京总统 65 岁生日贺礼。

身着民族服装的土库曼斯坦国家元首与土库曼斯坦国宝——阿哈尔捷金马、阿拉拜牧羊犬在一起

土库曼斯坦女孩在地毯编织师的教导下学习编织地毯

的确，如果要在世界上升起一面绚丽而又完美的旗帜，那一定会是无与伦比的土库曼地毯！如果需要确定一个用来表现速度与矫健的象征物，那一定是像风一样桀骜不驯的、举世无双的阿哈尔捷金马！

5. 既中立，还担责

土库曼斯坦独立后首任领导人认真总结了土库曼斯坦民族特点：共有 100 多个民族，以土库曼民族为主体（约占 95%），其他有俄罗斯族、乌兹别克族、哈萨克族等；地理位置：东南部为长期战乱动荡的阿富汗，南部为长期受到美欧制裁的伊朗，东北部为靠近中亚"火药桶"的费尔干纳盆地。尼亚佐夫吸取土库曼斯坦历史经验教训，开创性地提出土库曼斯坦永久中立的建国之策，并于1995年12月12日经联合国批准，成为中亚唯一、世界第七永久中立国，自此土库曼斯坦成为世界上第一个正式登记的中立国。2007年2月，别尔德穆哈梅多夫就任土库曼斯坦总统后，就国际关系、区域性政治、经济问题提出一系列建议、方案和举措，赢得国际社会、周边国家广泛赞誉。具体表现在：

①在国际关系方面：土库曼斯坦于2007年中土天然气合作正式启动之初，就有预见性地向联合国提出"建立可靠、稳定的能源运输及其在确保可持续发展和国际合作中的作用"的建议，并于2008年和2013年，两次被联合国大会采纳。2007年12月10日，"联合国中亚地区预防性外交中心"在土库曼斯坦首都阿什哈巴德正式成立。这是中亚地区首个区域预防性外交中心，其主要任务是预防地区危机和冲突，促进中亚各国在政治、经济、交通、水资源利用及人文等领域合作。2009年4月，"可靠与稳定能源运输及其在确保可持续发展和国际合作方面的作用"国际高峰论坛在土库曼斯坦首都阿什哈巴德举行。联合国时任副秘书长沙祖康、土库曼斯坦总统别尔德穆哈梅多夫到会致辞，共有来自85个国家和国际组织机构的500余名代表出席，与会各方就在联合国框架内制定能源生产、过境运输和消费的国际法律文件以及如何确保可靠和稳定地向国际市场运输能源等问题进行了深入探讨。此次会议不仅是土库曼斯坦作为东道国主办的第一场能源外交主场会议，更重要的是为当年12月投产的以土库曼斯坦为气源地的中国—中亚

2009年4月，"可靠与稳定能源运输及其在确保可持续发展和国际合作方面的作用"国际高峰论坛在土库曼斯坦首都阿什哈巴德举行。联合国时任副秘书长沙祖康（左数第三）、土库曼斯坦总统别尔德穆哈梅多夫（左数第四）到会致辞

天然气跨国管线的平稳、安全运行奠定了良好的国际环境。在2020年和2021年，土库曼斯坦分别提出了"中立政策在维持与加强国际和平、安全与可持续发展进程中的作用与意义""国际和平与信任年"两项倡议，在第75届联合国大会上以决议的形式通过。正如土库曼斯坦内阁副总理兼外交部部长梅列多夫所言："上述倡议均反映了永久中立的土库曼斯坦为深化国际关系中的和平与信任而做出的努力。"

②**在应对咸海灾难方面**：由于中亚两条母亲河（阿姆河和锡尔河）流入咸海水量大幅减少（阿姆河、锡尔河发源于塔吉克斯坦、吉尔吉斯斯坦两国，流经乌兹别克斯坦、土库曼斯坦两国，汇合于乌兹别克斯坦、哈萨克斯坦两国共享的咸海，咸海为哈萨克斯坦、乌兹别克斯坦两国共有），导致曾经是世界第六大湖泊的咸海在半个世纪时间里面积干涸了90%以上，咸海裸露部分更是出现了面积达550万公顷的新盐沙漠，不仅导致每年有90多天沙尘暴天气，而且沙尘暴还携带1亿多吨风尘和有毒盐类进入大气层数千千米，使咸海生态灾难已经由中亚五国演变为一场国际灾难。据国际专家估计，在南极海岸、格陵兰岛冰川、挪威森林和世界其他许多地方都发现了来自咸海的毒盐。土库曼斯坦作为《拯救咸海国际基金会》（于1993年1月4日在乌兹别克斯坦首都塔什干成立，英语简称IFAS）五个创始成员国之一（其余为中亚哈萨克斯坦、乌兹别克斯坦、塔吉克斯坦、吉尔吉斯斯坦四国），为有效控制咸海生态恶化持续发声、有效发力，效果显现。土库曼斯坦于2017年主动担任拯救咸海国际基金理事会轮值主席国，2018年8月，土库曼斯坦在其旅游胜地"阿瓦扎"国家旅游区组织召开了由中亚五国（哈萨克斯坦、乌兹别克斯坦、土库曼斯坦、吉尔吉斯斯坦、塔吉克斯坦）元首参加的拯救咸海国际基金会成员国峰会并发表了《拯救咸海国际基金会成员国元首理事会联合声明》，在这项联合声明中，确定了由土库曼斯坦提出的解决咸海问题和中亚水资源问题的途径，认为各参与国必须尊重彼此立场，并考虑到其合法利益，联合声明为中亚国家有效利用"水外交"、均衡利用咸海水资源创造了条件。2020年9月，土库曼斯坦总统别尔德穆哈梅多夫宣布将投资建立

一个科学防治中心，研究咸海灾害对周边地区环境的影响，其任务包括最大限度地减少咸海危机的负面影响及预防相关疾病。除土库曼斯坦之外，受咸海生态灾难影响最为直接的中亚另外两大国家哈萨克斯坦、乌兹别克斯坦也为此做出不懈努力：2020年7月8日，土库曼斯坦总统别尔德穆哈梅多夫与哈萨克斯坦独立后首任总统纳扎尔巴耶夫进行电话交谈并祝贺纳扎尔巴耶夫80寿辰。两位总统在讨论新冠肺炎疫情话题时联想到了咸海问题："（土库曼斯坦、哈萨克斯坦）两国都担心咸海问题，在咸海地区上空形成的沙尘物质可被带到周边广袤的地区，对已生活在咸海地区及周边的人们的健康构成威胁。双方重申，需进一步加强在抵御新型冠状病毒肺炎与咸海方面的合作。"2021年3月4日，在经济合作组织（为跨政府的亚洲国际组织，总部设于伊朗德黑兰，成员国共10个：阿富汗、阿塞拜疆、伊朗、哈萨克斯坦、吉尔吉斯斯坦、巴基斯坦、塔吉克斯坦、土耳其、土库曼斯坦、乌兹别克斯坦）第14届峰会上，乌兹别克斯坦总统米尔济约耶夫在讲话中特别提到咸海问题："在咸海地区，我们充分感受到了环境问题和全球气候变化带来的负面影响。必须要共同努力解决这个问题，我们认为可以建立具体有效的机制。"元首们认识到必须加强努力，全面解决与改善该地区包括咸海盆地的社会经济和环境状况有关的问题，特别是在容易发生环境危机和遭受气候变化负面影响的地区。2021年8月6日，在土库曼斯坦巴什举办的《第三届中亚国家元首磋商会议》发表的联合声明中，对咸海危机的表述为：元首们强调了为改善国际拯救咸海基金组织结构和法律框架而正在进行的工作的重要性，同时需要考虑到所有中亚国家的利益和参与。据土库曼斯坦东方通讯社2021年10月23日报道，土库曼斯坦关于咸海治理新方案已获别尔德穆哈梅多夫总统批准。新方案的目的在于改善土库曼斯坦临近咸海地区的社会、经济和

在土库曼斯坦首都阿什哈巴德升起的拯救咸海国际基金会成员国（土库曼斯坦、哈萨克斯坦、吉尔吉斯斯坦、塔吉克斯坦、乌兹别克斯坦）国旗

生态状况，减少咸海生态危机的负面影响。据悉，该方案符合联合国大会与国际拯救咸海基金会（IFAS）之间的合作立场，且将持续实施至2025年。

③**在缓解阿富汗危机方面**：作为与阿富汗接壤的六个国家之一，土库曼斯坦与阿富汗有800多千米的边境线。土库曼斯坦多次强调用武力解决不了阿富汗问题，需要在联合国主导下举行让相关方参与的全民对话，通过对话解决阿富汗问题。土库曼斯坦主张，国际社会向阿富汗提供更大规模和更加精准的经济援助，应该首先让阿富汗参与该地区大型能源项目和交通基础设施项目的建设。为此，土库曼斯坦率先以极优惠价格长期向邻国阿富汗提供电力，并无偿援助/援建一批学校、医院、清真寺等。这些措施即保障了土阿边境的安全长期稳定受控，又体现了土库曼斯坦保留"邻居家的碗"的睦邻原则。早在1998年4月，联合国在土库曼斯坦召开了协调阿富汗冲突的第一次磋商会议，成立了阿富汗问题调停委员会，并决定在阿什哈巴德设立阿富汗问题特别委员办事处。1999年，土库曼斯坦利用中立国地位成功组织了在其境内召开的联合国禁毒署关于中亚国家在禁毒领域开展合作的国际研讨会以及联合国"转型国家社会经济政策"地区会议。与此同时，土库曼斯坦积极参与协调地区冲突，促成阿富汗冲突双方代表团在土库曼斯坦首都阿什哈巴德举行了两轮政治谈判。为此，联合国时任秘书长安南两次致函土库曼斯坦时任总统尼亚佐夫，高度肯定土库曼斯坦在解决阿富汗冲突问题上的独特作用和取得的积极成果。2020年3月8日，在联合国安理会召开的第8199次会议上，决定将联合国驻阿富汗援助团的任务限期延长，在联合国通过这项决议时，特别提及了土库曼斯坦倡议与推动实施的能源与交通国际合作项目的重要意义，如土库曼斯坦—阿富汗—巴基斯坦—印度天然气运输管道（TAPI）建设项目、克尔基（土库曼斯坦）—伊玛姆纳扎尔（土库曼斯坦）—阿基纳（阿富汗）铁路建设项目、青金石（The Lapis Lazuli Route）国际运输走廊，即：阿富汗—土库曼斯坦—阿塞拜疆—格鲁吉亚—土耳其运输走廊建设项目。联合国安理会正式呼吁联合国所有成

员国支持这些项目并促进其有效实施。2021年2月6日，阿富汗塔利班政治办公室代表团访问土库曼斯坦并回答了记者的提问，在随后发出的告新闻媒体书中，阿富汗塔利班首次对土库曼斯坦过去、现在和将来对阿富汗提供的政治和经济支持给予了积极评价："多年来，土库曼斯坦作为一个穆斯林、中立国家、阿富汗的邻国一直在发出各种旨在建立阿富汗和平与发展的倡议。土库曼斯坦发起的有利于阿富汗和平经济发展的基础设施项目得到了各方的特别关注和评价。毫无疑问，土库曼斯坦—阿富汗—巴基斯坦—印度天然气运输管道（TAPI）、土库曼斯坦—阿富汗—巴基斯坦通讯光缆与高压输电线路（TAP）、土库曼斯坦—阿富汗铁路项目的快速开建将有助于阿富汗和平的实现与经济发展。一方面，在我们为争取我国的独立而在作战，另一方面，我们又要确保保护我国实施的所有国家项目安全，我们也在努力为阿富汗人民的福祉与国家发展做出必要贡献。在这方面，作为阿富汗伊斯兰酋长国，我们宣布全力支持并保证在我国实施的TAPI项目和其他基础设施项目的安全。"2021年8月6日，《第三届中亚国家元首磋商会议》在土库曼斯坦里海城市土库曼巴什举行，在随后发表的联合声明中特别提到：各方确认，维持和加强中亚安全与稳定的最重要因素之一，是要尽快解决邻国阿富汗局势。在这方面，各方表示愿意提供一切可能的援助，以尽早实现阿富汗的国内和平与和谐，支持所有感兴趣的国家和国际组织为确保阿富汗的安全与稳定、恢复阿富汗的社会经济基础设施及其参与世界经济关系而做出努力。各方赞成建立"中亚安全与合作对话"机制，作为系统、定期审议地区发展热点问题的常设磋商平台。2021年8月16日，在阿富汗局势发生变化，总统加尼出走、塔利班占领首都喀布尔之后，土库曼斯坦与阿富汗之间的货物运输和土库曼斯坦向阿富汗的电力供应（只是象征性收费）以及由土库曼斯坦倡议的土库曼斯坦—阿富汗—巴基斯坦500kV高压输电线路建设项目（TAP）均正常运行，作为永久中立的土库曼斯坦并没有因阿富汗局势突变而中断之前的履约承诺。据土库曼斯坦外交部2021年8月26日报道，从土库曼斯坦运往阿富汗的货物主要经过"伊马姆纳扎尔

（土库曼斯坦）—阿基纳（阿富汗）""谢尔赫塔纳巴特（土库曼斯坦）—图贡季（阿富汗）""两个口岸，每天有 70 余节火车皮和 160 余辆公路货车过境两个口岸。土库曼斯坦主要向阿富汗供应石油产品、液化气、粮食和日常用品等。与此同时，塔利班降低了土库曼斯坦对阿富汗出口货物的关税。在电力供应方面，土库曼斯坦向阿富汗供电已有多年历史，早些年土库曼斯坦向阿富汗供电基本上属于人道主义援助，只是象征性收费。土库曼斯坦主要向阿富汗北部、西部及西北部地区供电，其中包括的主要省市有赫拉特省、巴德吉斯省、朱兹詹省、巴尔赫省、法利亚布以及马扎里沙里夫、希伯甘、赫拉特等城市。土库曼斯坦阿富汗边境货物运输的畅通，为缓解阿富汗民众，尤其是与土库曼斯坦接壤的阿富汗西北部地区人民的生活困难起到了很大帮助作用，也再次体现了土库曼斯坦作为永久中立国的担当。2021 年 10 月 2 日，土库曼斯坦总统别尔德穆哈梅多夫在接受俄罗斯塔斯社记者专访时表示："我们土库曼斯坦密切关注阿富汗局势发展和最近的事态变化。我们相信阿富汗可以在广泛协商对话的基础上以和平方式实现政权的平稳过渡。就我而言，我要强调的是，我们准备与阿富汗新政府密切合作，进一步加强与阿富汗的贸易和投资机会，巩固土库曼与阿富汗的传统友好兄弟关系。我们愿意提供必要援助，使该国局势迅速正常化，并确保其社会和经济的重生。"别尔德穆哈梅多夫总统还强调，土库曼斯坦依靠其"积极的中立国地位，秉持完全爱好和平的外交政策，不干涉外国内政。"

④ **阿姆河与阿富汗**：中国石油土库曼斯坦阿姆河右岸项目与阿富汗项目有不解之缘。2012 年 1 月 5 日，由土库曼斯坦阿姆河天然气公司管理的阿富汗上游项目正式启动运行，阿富汗政府向中油国际阿富汗项目签发生产作业许可证，考虑到两个项目的地缘相近性，阿富汗项目骨干均由阿姆河项目派出。2020 年 10 月 20 日，

行驶在土库曼斯坦阿富汗边境的土库曼斯坦货运卡车

阿富汗 Angot 油田建成投产，11 月 28 日，KAHAARI 油田投产试运成功。中油国际阿富汗项目在首任总经理陈怀龙（目前任阿姆河天然气公司公司总经理）的带领下，克服阿富汗恐怖袭击多、油田低产、低渗、后勤依托极为薄弱等重重困难，实现了阿富汗项目当年启动、当年投产、当年有现金流的良好经营业绩，项目的启动，提升了中国和阿富汗两国的传统友谊，受到阿富汗政府和中国驻阿使馆的高度评价。

⑤**在共同开发里海资源方面**：土库曼斯坦作为里海五国之一，提出的多项倡议在 2018 年召开的第五届里海国家首脑峰会上获得通过，在这次峰会上，里海五国签署了《里海公约》，确保了在里海水域铺设海底管道的可能性。"公约的签署意味着修建土库曼斯坦与阿塞拜疆的跨里海天然气管道、土库曼斯坦向欧洲市场输运天然气，将不能再被否决"。2019 年 8 月 11—12 日，由土库曼斯坦发起并主办的"首届里海经济论坛"在土库曼斯坦港口城市土库曼巴什"阿瓦扎"国家风景旅游区举行，来自里海五国的国家元首、政府首脑及与会代表 3000 多人参加会议，各国领导人围绕能源、交通、工业、贸易四大主题进行了大会发言。该论坛强调：丰富的里海资源是里海沿岸国家的地缘战略优势和重要合作方向等。在此期间，土库曼斯坦首先着眼于与其隔（里）海相望的阿塞拜疆解决里海资源的共同开发。两国曾于 21 世纪初的 2001—2002 年间因里海的谢尔达尔油田主权归属问题而关闭使馆。2021 年 1 月 21 日，土库曼斯坦和阿塞拜疆签署了关于共同勘探和开发里海"友谊"油气田的谅解备忘录。"友谊"油气田石油、天然气储量分别为 6000 万吨和 1000 亿立方米。外界普遍认为，这项协议的签署不仅促进了阿塞拜疆和土库曼斯坦这两个里海沿岸国家的相互合作，还为其他国家，甚至是不属于里海地区的国家间开展相互合作提供了可能。

⑥**在缓解周边"气荒"方面**：首先是缓解南部波斯大国伊朗冬季用气紧张。伊朗虽是世界油气资源大国，但由于长期受美欧等国制裁，国内基础设施严重滞后，尤其是其东北部由于缺少天然气管道，曾在 2007—2008 年冬季极寒天气中发生严重"气荒"。为此，土库曼斯坦在已建成西部通向伊朗的"科尔佩杰（土库曼斯坦）—古尔特古伊（伊

阿姆河畔采气人

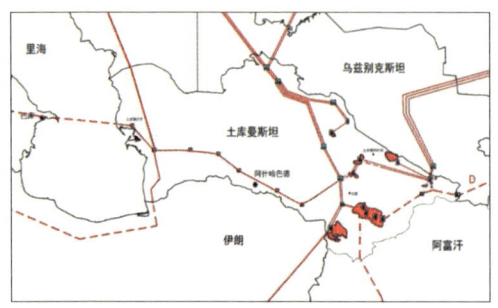

土库曼斯坦通过西、南两条管道向伊朗供气示意图

土库曼斯坦首都阿什哈巴德新建国际机场

朗)"天然气管道基础上,又于2009年12月建成了南部通向伊朗的达乌列特巴特(土库曼斯坦)—谢拉赫斯(土库曼斯坦)—汉格兰(伊朗)天然气管道,最大年输气量120亿立方米,主要用于解决伊朗东北部居民冬季用气需求,获得伊朗方面高度评价,也为土库曼斯坦赢得国际赞誉,但由于伊朗支付气款面临的实际困难,双方由此产生纠纷。最终,伊朗将偿还拖欠土库曼斯坦的天然气债款,恢复从土库曼斯坦进口天然气。土库曼斯坦与伊朗两国有25年的天然气合作协议,按照协议,伊朗过去每天从土库曼斯坦进口4000万立方米天然气。

与此同时,土库曼斯坦也利用苏联建成的"中亚—中央"天然气管廊向中亚"贫气"小国吉尔吉斯斯坦供气,未来还计划利用中国—中亚天然气管道向沿线乌兹别克斯坦(人口大国)、哈萨克斯坦(面积大国)供气。

土库曼斯坦国家博物馆

土库曼斯坦巴什经济特区——阿瓦扎经济特区

土库曼斯坦风光。雄伟的科佩特山脉背后即为伊朗

2

历史阿姆河

母亲河

1. 取名最多、流速最快的内陆河

①**取名最多**：古代阿姆河曾经有四种叫法——瓦赫许、奥古兹河、瑞伊红和加里勃。"瑞伊红"在阿拉伯语是疯狂的意思，把这条河叫做疯狂是由于它的流速湍急，河床的变化无常。"加里勃"的意思是迷路或者旅行者，中国古称乌浒水、妫水。在人类的记忆中，世界上没有一条别的河流的命运会像阿姆河那样经历过这么多变迁的了，大概也不会有一条别的河流在自己的历史上更换过这么多的名字。在6世纪的时候，阿姆河才开始以阿姆里城的名字命名，当时这个城市坐落在现今的土库曼纳巴特（苏联时期叫查尔朱，译成俄文是"四条支流"的意思）。土库曼人称阿姆河为"阿姆—达里亚"，"达里亚"一词的意思是河流，因此，"阿姆—达里亚"一词可以译作流经阿姆里，即流经查尔朱（现今土库曼纳巴特）的河流。阿姆河发源于帕米尔高原，由喷赤河和瓦赫什河交汇而成，全长2485千米，途径塔吉克斯坦、阿富汗、土库曼斯坦、乌兹别克斯坦，在乌兹别克斯坦汇入咸海，而咸海为乌兹别克斯坦与哈萨克斯坦所共享。

②**流速最快**：阿姆河最大的特点是狂暴不驯，还有它的河床罕见的不稳定性。1925年12月，苏联时期，曾发生过驻塔吉克斯坦的苏联军队占领了阿姆河的一座原属于阿富汗，但由于阿姆河流湍急，造成河床变化而"漂至"塔吉克斯坦（当时属苏联）的一座小岛，引发阿富汗强烈抗议，后在国际社会协调下以苏军撤出而平息。阿姆河河水流量约390亿米^3/年，流速则达到4～5米/秒（17～18千米/小时），比伏尔加河流速快一倍以上。阿姆河水流速大而沿岸土壤对河水冲刷

阿姆河畔采气人

中亚母亲河
——阿姆河

的抵抗力弱，是阿姆河主要河床变迁无常的重要原因。当地的河运工作者这样说到："每个人都能说出阿姆河昨天流过那里，可能谁也不能担保它明天将留到那里。"数千年来奔流不息的阿姆河水和变化无常的阿姆河床，在其干流和支流孕育并滋养了铁尔梅兹（与阿富汗隔阿姆河相望）、撒马尔罕、布哈拉（均位于乌兹别克斯坦境内）、查尔朱、乌尔根奇（均位于土库曼斯坦境内）等历史名城。而土库曼斯坦是阿姆河流经水域最长的国家，阿姆河流经土库曼斯坦1160千米，约占阿姆河水域长度的一半。作者在土库曼斯坦工作的10年间，曾亲身经历了阿姆河的狂暴不驯与变幻无常，尤其是2008年年初发生的百年不遇的极寒气候，导致巨大冰凌冲断苏联时期修建的简易阿姆河浮桥，使阿姆河项目唯一的陆路货运通道停运数周时间。5年之后的2013年6月，又发生了暴雨天气下阿姆河河流转弯改道的情况，湍急水流直冲阿姆河项目B区水源站河边堤岸，冲毁了位于工区内的土库曼斯坦国家大坝，危及水源站水井及其巡检道路，随时有冲毁水源站导致停水的危险，幸亏土库曼斯坦政府报警及时，中土两国员工及时启动紧急抢修措施，及时修复土库曼斯坦国家大坝，否则不仅将威胁阿姆河项目B

2008年年初的极寒天气，巨大冰凌将阿姆河项目A区内的浮桥撞断，导致项目唯一的陆运通道停运数周时间

2013年阿姆河流的转弯改道，将阿姆河项目B区内的土库曼斯坦国家大坝冲毁

区天然气生产,更为重要的是影响向中国供气的平稳。阿姆河,它不仅是中亚母亲河,更是中土(天然气)合作的生命河。

2."两河流域"与"中亚宝藏"

①中亚的"河中":在国际公认的世界四大文明古国中,总是与两条大河相伴而生,其中埃及有青尼罗河和白尼罗河;孕育了西亚苏美尔、巴比伦文明的是底格里斯河和幼发拉底河;类似于中国的华夏文明诞生于黄河、长江之间;古印度文明则离不开印度河与恒河。而中亚的"两河流域"(也叫"河中"地区),是指阿姆河和流量略小于阿姆河的另一条中亚母亲河锡尔河之间的区域,它养育了中亚一半以上的人口(约4000万,其中仅乌兹别克斯坦一个国家的人口就达3500万),孕育了中亚灿烂文明。古代金帐汗国(位于今天哈萨克斯坦境内)、希瓦汗国(位于今天土库曼斯坦境内)、布哈拉汗国(位于今天乌兹别克斯坦境内)等均分布于此,著名的"中亚宝藏"费尔干纳盆地就位于"两河流域"附近,它是古丝绸之路的交汇点。从人种类型上看,这一原来居住者雅利安人(Aryans)的地区已经突厥化,在突厥人领有的诸地区中,就土地肥沃、人烟繁盛而言,河中(地区)首屈一指。例如,在土库曼斯坦阿姆河流域的穆尔加布绿洲,培育生长着当时全世界最出色的细纤维棉花。

②沿河展布的天然气项目:阿姆河右岸天然气合作项目,顾名思义,整个项目沿阿姆河右岸(指从阿姆河下游到上游算起,或者从下图左端到右端算起)东西狭长地带展布,很像一条张开口的大"鲶鱼"。项目东西长约550千米,南北宽约300千米,总面积达1.43万平方千米,涵盖了阿姆河在土库曼斯坦境内流域长度的约一半,项目生产、生活、绿化等用水主要取自沿工区自东向西川流不息的阿姆河,可以说,奔流不息的阿姆河水,既是中亚母亲河,也是中土天然气合作项目的母亲河、生命河。

沧桑史

1. 彼得大帝因阿姆河而开疆中亚

①连接"两海"：18 世纪初，沙俄彼得大帝一世欲开疆中亚的起因之一就是听当地土库曼人讲阿姆河岸有大量黄金（沙金）存在，古称阿姆河宝藏。彼得大帝渴望将咸海与里海连为一体，由此将流归咸海的阿姆河引入里海，由控制"两海"（指里海与咸海）进而控制中亚。"彼得决定从里海和西伯利亚两方面举兵远征，与其说是为了黄金，不如说是为了把中亚最大的一条河流阿姆河引向里海，并以此开辟俄国同远方国家交往的方便的通道。"❶1700 年这一年有两件新事情增加了彼得对中亚的兴趣。第一件是谣传中亚阿姆河一带有金矿；第二件是基发（即希瓦古城，在今土库曼斯坦西北部与乌兹别克斯坦接壤地带）的尼亚兹王当时由于陷入了一场无休止的封建战争，致使那个地区经常民不聊生，竟来要求俄国给予保护。1717 年，彼得大帝派出一支由 6655 人组成的远征队（花 25 万卢布装备）开赴中亚，给他们的指令就是"勘察阿姆河的河流，可能的话，使河流改道流回里海，并在阿姆河岸建一座碉堡。"美国前国务卿基辛格在其名著《世界秩序》（World Order）一书中就当时俄国开疆中亚写到："欧洲开始将多极化作为走向均势的一种机制时，俄国还在中亚大草原这所严酷的学校里培养地缘政治意识。为了争夺资源，中亚地区的众多游牧民族在从未有过固定国界的茫茫大草原上相互厮杀、侵掠他国、奴役异族现象司空见惯。

---

❶ [俄] M.A. 捷列季耶夫、征服中亚史[M]. 武汉大学外交系译. 北京：商务印书馆，1980：32.

收藏于大英博物馆的阿姆河宝藏，布捷罗利　　　绘有格里芬头像的金手镯

对一些人来说，这就是他们的生活方式。独立，意味着一国人民要防御一块领土。俄国承认自己与西方文化相连，但把自己视为文明被攻击的前沿阵地，尽管它的疆土成倍增加，只有把自己的意志强加给四邻，才能确保这块阵地的安全……"可以说沙皇帝国不断扩张是因为现实证明，继续扩张比停止扩张更容易。

②**阿姆河宝藏**：在阿姆河沿岸城市——土库曼斯坦的土库曼纳巴特（苏联称为查尔朱）的博物馆内，收藏有很多在阿姆河边挖掘出的古代文物和宝藏，包括陶瓷、金杖、经书等。2015年，中国石油作业者在阿姆河工区作业时也发现了许多古陶瓷等，他们第一时间上报土库曼斯坦文物管理部门，使这批古陶瓷等得到了妥善保管，受到土库曼斯坦政府和当地居民的称赞。塔吉克斯坦现任总统埃莫马利·拉赫蒙在其著作《历史倒影中的塔吉克族》一书中就有关阿姆河宝藏写到："阿姆河河谷宝物由布哈拉商人从发现地瓦赫什河和喷赤河畔（两河均为阿姆河上游分支河）运到印度，先是落到印度文玩收藏家手中，而后成为大英博物馆收藏的珍品。"

2. 沙俄的抵抗者

①**城堡保卫战**：沙俄开疆中亚遇到的最顽强的抵抗是来自于阿姆河与里海之间的土库曼人的抵抗，在1881年之前的几次小规模的反抗阻击战中，均以善骑射、熟练使用冷兵器的土库曼人取胜、沙俄败退而告终。但双方最为惨烈的一场战斗当属1881年1月，借助于外里海铁路的修建和重武器、尤其是重型大炮的使用，沙俄军队再次围攻土库曼斯坦的格奥克捷佩城堡（距目前土库曼斯坦首都阿什哈巴德以西

约 15 千米），沙俄军队用当时最新式的大炮破城后对城堡内手无寸铁的土库曼民众进行了"屠杀"，死亡超过 10000 人。沙皇俄国对中亚的征服主要不是压倒了一个对抗的帝国，而是降伏了一个个基本上相互分离的半部落性质的封建可汗统治地的酋长国。它们只有进行零星的、孤立的抵抗能力。乌兹别克斯坦和哈萨克斯坦是在 1801 年间进行了一系列军事远征后被占领的，而土库曼斯坦是在 1873 年到 1886 年的长期战争中被打败和兼并的。这段历史已为当代俄罗斯人所编的书籍中记录："俄罗斯帝国征服土库曼人的土地后，阿克哈特克部落（即为前段所述格奥克捷佩城堡）土库曼人的一部分对俄罗斯军队进行了奋勇的抵抗，因此值得获胜者的尊重，该部落是中亚和土库曼部落中仅有的有权在公共场所携带冷武器的人，参军并在第一次世界大战的前线作战，他们为此感到骄傲……"尽管土库曼人的人数不及乌兹别克人和塔吉克人，但土库曼人是巴斯马奇运动❶中最坚决、最愿意战斗的战士。"至此之后，土库曼人在一个多世纪里再也没有获得过独立，也是从那时起，中亚被划入了俄罗斯帝国的版图并由此进一步拉近了俄罗斯帝国与大英帝国控制的印度的距离。而位于两者之间的就是当时英国刚刚战败离去的中亚与南亚的"咽喉重地"阿富汗，也由此引发了英、俄两大帝国在中亚的"大博弈"（The Great Game）。实际上在整个 19 世纪，中亚始终处于世界关注的焦点，当时沙皇俄国（通常以"科学考察"为由）与大英帝国（通常以"狩猎度假"为由）之间的那场旧的大博弈正进行的如火如荼。这场"大博弈"历经半个多世纪，最终，沙俄帝国与大英帝国在阿姆河划分了各自的势力范围，中亚地区从此成为俄罗斯的领地，而后则是苏联的边疆区。阿富汗在亚洲的腹地或中部，至少阿姆河左岸的阿富汗北部属自然地理范畴的内陆亚细亚。

❷苏军撤离线：阿姆河作为两个世界的森严界线一直持续到 1979

---

❶ 指 1918 年 2 月爆发的中亚当地穆斯林反对俄罗斯和苏联统治的武装暴动，直到 1920 年 9 月苏维埃军队占领乌兹别克斯坦的布哈拉时为止。

年苏军入侵阿富汗,十年之后苏军退回到阿姆河以北,但同时这条森严的地缘政治界线被打破了。1989年2月15日,最后一支苏联军队就是通过苏(联)—阿(富汗)边境的阿姆河大桥撤回苏联(中亚)地区的。苏联军队在驻阿富汗苏军司令员兼第40集团军司令员鲍里斯·格罗莫夫率领下通过铁尔梅兹(今乌兹别克斯坦境内)以南阿姆河上的边界大桥,格罗莫夫向围上来的各国记者大声说:"我是最后一名撤出阿富汗国土的苏军人员,在我身后的阿富汗境内,再也找不到一个苏联士兵了……我们的士兵在阿富汗度过近9年的时间,应该给他们树立一座纪念碑。"具有讽刺意义的是苏联从阿富汗撤军32年之后的2021年8月,也即美军占领阿富汗十年之后开始撤离阿富汗之际,又有很多阿富汗士兵携带武器、甚至驾驶飞机越过同一阿姆河的边界大桥,现属乌(兹别克斯坦)—阿(富汗)边境进入同一城市铁尔梅兹市(现今乌兹别克斯坦)避难,演绎了一场苏联版的"阿富汗撤退"。阿姆河作为中亚母亲河,见证了一个多世纪以来,英、苏、美三大帝国在中亚阿富汗的败退。阿富汗,也因此被称为"帝国的坟墓"。

③**纪念日、哀悼日**:从苏联独立后的土库曼斯坦将每年的1月12日(1881年沙俄军队攻入格奥克捷佩城堡日)定为阵亡将士纪念日,以纪念在反抗沙俄侵略中牺牲的同胞;将每年的10月6日定为全国哀悼日,以纪念在1948年10月6日土库曼斯坦首都阿什哈巴德发生里氏9~10级强烈地震中死亡的同胞,这次地震是苏联境内发生的最强烈地震,"仿佛大炮从地里从脚底下放出来似的"。这次强烈地震造成死亡人数超过12万人,当时首都阿什哈巴德的居民总数仅

19世纪反抗沙俄侵略的土库曼斯坦格奥克捷佩城堡纪念馆

20世纪土库曼斯坦首都阿什哈巴德大地震纪念碑

为19.8万人，有17.6万人被埋在瓦砾下。土库曼斯坦从苏联独立后，将这两个纪念日升级为国家纪念日，是在明确地告诉土库曼斯坦人民（包括在土库曼斯坦的外国人），勿忘历史，砥砺前行。

3. 世纪工程

①**外里海铁路**：按照彼得大帝的宗旨，沙俄开疆中亚后的首要任务是打通由里海到阿姆河之间的交通要道，实现从俄国到中亚，再经中亚推进到南亚阿富汗、印度等的战略通道。按照沙俄当时的意图，这条铁路是作为它进军土库曼斯坦并控制整个中亚的一种据点式的战略基地，同时，也是增强对抗英国在中、近东扩张的一种战略手段。

首先开始修建的外里海（后称中亚）铁路，在1880年到1886年修建了途径土库曼人口较多的地方：果科—杰别，阿什哈巴德，德詹，马雷，查尔朱（即现今土库曼纳巴特），一直修到了阿姆河。经过夜以继日的连续施工，终于用十个月的时间完成了从里海岸边至基牧尔阿尔瓦特一段（217千米）的铁路建设，沙皇军队因此获得了攻取制服中亚的一个锁钥之地——格奥克捷佩要塞所必需的运输条件。1887年9月初，在阿姆河底打下了第一个桥桩，1888年1月，在阿姆河木制桥桩的桥梁上历史性地通过了第一列火车。这座长达2748米的桥梁完全是用木头做成的，它在那里屹立了14年，直到1901年该木桥被洪水冲毁，在原址上修建了新的带有石头护栏的铁桥，在10年间这座桥曾经是俄国最大的一座桥梁。

之后于1888年将铁路通过阿姆河修到了乌兹别克斯坦历史名城撒马尔罕（14世纪时的中亚霸主帖木儿故居）、1898年修到了乌兹别克斯坦首都塔什干，于1894—1895年修建了克拉斯诺沃茨克（今土库曼巴什）部分。至此，沙俄花费15年时间，克服种种在今天看来难以想象的困难，在世界上首次在极端缺水、昼夜温差极大又快速流动的（卡拉库姆）沙漠中铺设铁轨，为防止强劲流沙带走枕木之间的土壤，甚至从非洲引进特别沙漠植物——"阿里法"。最终贯穿了从土库曼斯坦里海港口城市——克拉斯诺沃茨克，越过土库曼斯坦境内的中亚最大沙漠——卡拉库姆沙漠，穿过土库曼斯坦境内的中亚母亲河——阿姆河，到达中亚"河中"地区——中亚母亲河阿姆河与锡尔河之间的绿洲的长达 2354 俄里（相当于 2518 千米）的外里海铁路。铁路建设者们在实践中首次证明了在无水沙漠和流动沙地条件下铺设铁路具有可行性，这一经验后来被应用于在非洲撒哈拉沙漠内设计和铺设铁路。

外里海铁路因此成为 19 世纪世界铁路建设史的奇迹。整个外里海铁路工程动员了超过 2.3 万名工人和大批军制服务人员，组织了 2600 多峰骆驼和大批马车参加建设，昼夜施工，总计消耗金属材料 53 万多吨，木材 200 万立方米，到 1913 年的总投资为 2 亿多金卢布。后期又根据需要，相继完成了数条铁路支线的建设，包括于 1900 年完成的马雷—库什卡段（312 千米，靠近阿富汗边境）、至安集延 324 千米、至布哈拉 13 千米。与此同时，沙俄于 1899—1905 年间，又修建了从俄罗斯奥伦堡到塔什干的铁路并与俄罗斯境内密集的中央铁路网络相连。至此，俄罗斯帝国在开疆中亚之后，用了 25 年时间（19 世纪后期的 1880 年至 20 世纪初的 1905 年），花费大量人力、物力和财力，建设完成了从中亚最南端的土库曼斯坦里海，到中亚母亲河阿姆河，再到中亚中心城市塔什干，穿过哈萨克大草原，最终到达俄罗斯西南部重镇奥伦堡的长达 4000 多千米的铁路干线，实现了将中亚铁路纳入俄罗斯国家铁路网的"战略大跨越"。

外里海铁路（后续塔什干—奥伦堡铁路建成后统称为中亚铁路）的建成，对整个中亚地区加快融入俄罗斯经济社会、进而走向国际社会产生了广泛而深远的影响。时至今日，中亚铁路仍在中亚国家经济发展中发挥着重要作用，中亚铁路也是"要想富，先修路"的时代写照。法国旅行家德·居斯蒂纳侯爵称，俄国是一个把中亚大草原的活力引入欧洲心脏地带的混合体。

外里海铁路的起始段、主要途径地形（包括穿越沙漠、河流等）均在土库曼境内完成，如同阿姆河一样，外里海铁路在土库曼斯坦境内穿越超过 1200 千米，接近当时完工外里海铁路全部长度（1854 千米）的 2/3。外里海铁路的建成，不仅对中亚的经济发展发挥了重要作用，成为土库曼斯坦连接中亚乌兹别克斯坦、南亚伊朗、阿富汗、北高加

阿姆河畔采气人

外里海铁路

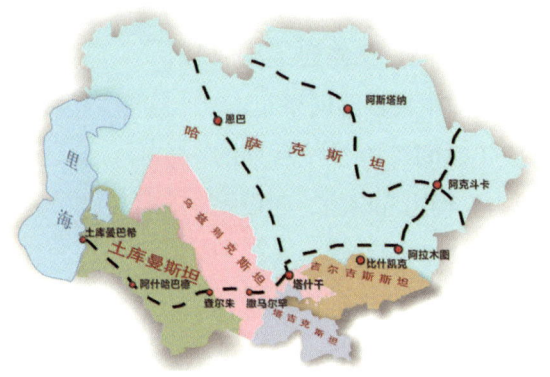
中亚铁路（塔什干—奥伦堡）

索阿塞拜疆等国家的主要交通要道，而且在第二次世界大战苏德战争中，这条铁路的起点——土库曼斯坦克拉斯诺沃茨克港口（今土库曼巴什）和阿什哈巴德火车站成了连接巴库、外高加索和黑海各国的唯一交通干线，保证了苏联军队和各种武器装备转运到北高加索和外高加索地区前线。当时，克拉斯诺沃茨克港口已成为苏联最大的港口，多次被苏联交通委员会授予"流动红旗"。这期间通过该港口转运的大型设备就包括从俄罗斯黑海港口城市图阿普谢炼厂的设备被转运至克拉斯诺沃茨克，在此基础上于1942年建成土库曼斯坦第一个、同时也是中亚当时最大规模的炼油厂——克拉斯诺沃茨克石油加工厂，后经不断扩建形成了目前土库曼斯坦最大的石油综合加工厂——土库曼巴什石油综合加工体，原油加工能力超过1000万吨，产品符合"欧5"标准。

由于外里海铁路通车百年来缺少必要的维护以及一系列内外部条件（包括苏联解体、气候变化等）的变化，外里海铁路已逐渐不能满足现代通载的要求。外里海铁路通车百年之后的2007年，当中土天然气合作的标志性工程——阿姆河天然气项目启动时，百年之前沙俄时代修建的外里海铁路以及苏联时代（1983年）修建的阿姆河公路浮桥，已然成为制约阿姆河项目货物运力的主要瓶颈因素。

外里海铁路建成一百年之后的2015年，也就是中土天然气合作项目正式启动8年之后，在土库曼斯坦政府和油气署的大力支持下，中国石油用5个月时间建成了从列巴普州（原查尔朱市）至阿姆河右岸

1901年沙俄时代修建的阿姆河铁路浮桥

工区的77千米铁路主干线,包括主干线56千米,次干线21千米,全部采用中国标准,中国产电动机车车组。这条城区新铁路的建成,不仅彻底解决了工区硫黄、凝析油等附加产品的运输销售难题,同时也大大方便了土库曼斯坦员工倒班。成为新时代外里海铁路的有效"延伸"。

②卡拉库姆运河:沙俄政府被苏维埃政权推翻之后,苏联于20世纪上半叶开始在中亚建设的两项世界级"超级工程",均与阿姆河密切相关。一项是卡拉库姆运河(也叫卡拉库姆列宁运河灌溉系统),一项是"中亚—中央"天然气管廊,从时间顺序上首先是卡拉库姆运河的修建。土库曼斯坦境内80%以上被沙漠覆盖,气候干燥、炎热、严重缺水,全年降雨量只有150~160毫米,由于解决不了水的问题,所以人们无法在那里从事任何作业……在土库曼各地,尤其是西部的工业区,几乎到处都能感到淡水资源的匮乏。有不少的城镇和居民都不得不用火车或轮船从外地运水;在

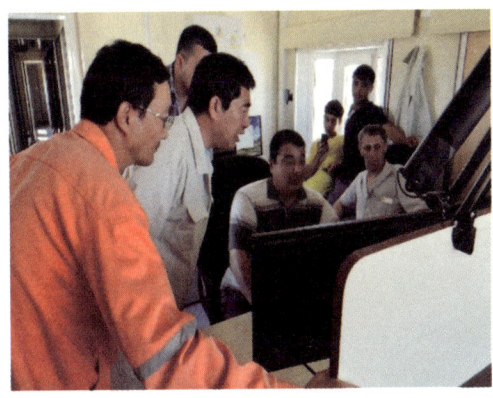

中土两国技术人员对中国产电动机车进行现场性能检测

中国产机车行驶在阿姆河新建铁路桥上

海滨地区，有的甚至采用蒸馏设备从海水中制取淡水。为了解决水的问题，土库曼斯坦采取了许多措施：到处打井，还修建许多水渠，建设了许多水库，但从前30年（指1924年土库曼斯坦加入苏联到1953年正式开工建设卡拉库姆运河一期工程）情况看，效果并不十分显著。多年以来，土库曼人同沙漠争夺耕地，他们依赖的武器就是水，土库曼人把沙漠中的一滴水比作一粒金。从阿姆河引水经卡拉库姆沙漠到土库曼极端缺水的西部成为解决土库曼全国缺水的关键，由此产生了修建卡拉库姆运河的设想。

卡拉库姆运河构思于沙俄时代、与苏联四代领导人密切相关，它发起于列宁时代、开挖于斯大林时代、建成于赫鲁晓夫时代、收尾于勃列日涅夫时代：沙俄时代的1908年，工程师叶尔莫拉耶夫编制了草案初稿，按照该方案，应在阿姆河（克孜勒—阿亚克水源地）至穆尔加布和捷詹之间修建一条运河，并灌溉这些河流流域中17万俄亩（约18.5万公顷）的土地，后由于种种原因而搁置，但方案只有在苏联时期才可以实现这一想法。在工程师叶尔莫拉耶夫于1908年编制草案初稿的十年之后，也就是在苏维埃政权建立之初的1918年5月17日，弗拉基米尔·伊里奇·列宁（以下简称"列宁"）签署了拨款5000万卢布兴建土尔克斯坦（即今天的土库曼斯坦）灌溉工程和组织这一工作的命令。一年之后的1919年，列宁在致"土库曼斯坦共产党员同志"的信中，把"跟土库曼斯坦人民建立正确的关系"，确定为苏维埃政权在中亚细亚的首要任务之一。一年之后的1920年，列宁颁布了一项旨在重建中亚棉花种植业的法令，为了发展这一产业，扩大灌溉系统就成为当务之急。1921年，列宁在给高加索共产党人的信中，再次强调了水利灌溉的重要性："建立灌溉（系统）是最需要的，使之便于改造边疆、复兴边疆并埋葬一切旧的思想，从而使过度到社会主义的事业巩固起来。"从阿姆河引灌溉渠的开挖试验始于20世纪20年代末的斯大林时代，停滞于30年代的苏联肃反和40年代的苏德战争。战争结束后在斯大林的倡议下于1950年9月由苏联部长会议做出了一项决定。当时，苏联集中了一大批的科学家及勘查设计人员，研究了大量的地质资料，决定把阿姆河的水引出来，通过沙漠使之流向里海，全长大约1700千米。这一设想除解决土库曼缺水的需求之外，与200多年前彼得大帝连通里海到阿姆河，由中亚推进到南亚阿富汗、再到英属领地印度的宏愿一脉相承（彼得大帝对继任者的遗训之一即为：推进到印度，那里是世界的仓库）。在赫鲁晓夫时代这项工程被列入全苏联的重点建设工程，有200多个城市为之提供了各种设备，修建工程所动用的人力达2.1万人。高峰时建设指挥部所在地土库曼斯坦北部城市乌尔根奇每天接收货物达1000多车皮，在该处甚至建有2000多人的囚犯营地，至1962年时已完成四期工程中的三期，成功地将阿姆河水引到了900多千米外的土库曼斯坦首都阿什哈巴德。据西方专家估算，工程所耗费的资金已超过15亿美元，而最终完成它，至少还需要两倍于这个数目的资金。到勃列日涅夫时代的1981年第四期工程收尾时，阿姆河水已经成功被引流到1100千米以外的卡赞吉克（Kazandzhik）。1986年，直径1.5米的输水管道已经联通达里海沿岸的克拉斯诺沃茨克港口（今土库曼巴什），至20世纪90年代初苏联解体之前，已完成四期工程中的绝大部分见下表：

卡拉库姆运河分期工作量一栏表

分期	开工—竣工时间	路线	长度（千米）
一期	1954—1959	阿姆河—穆尔加布	437
二期	1959—1960	马雷—捷詹	229
三期	1960—1962（1967）	捷詹—阿什哈巴德（格奥克捷佩）	260
四期	1971—1988	卡赞吉克（巴尔干州Bereket）后分别至Nebitdag和Etrek	约600

这项浩大的工程可以说集中了全苏联的力量，克服了许多难以想象的困难。首先是复杂的地形：从105千米处运河进入沙质沙漠。在这里，它穿过东南部卡拉库姆的砂土平原，称为奥布鲁切夫草原，其略微波浪形的表面逐渐从160千米处变成浅盆地，而180千米～305千米处，运河穿过了最复杂的地形，所有这些空间都布满了沙丘，高度达到20～25米，砂土中的水道是沙脊中沙丘与人工挖槽之间的自

然洪水与湖泊的交替。其次是恶劣的环境：单是沙漠中的热风就使得施工人员难以忍受，而且这种大风常常使刚刚挖好的河道又填满了沙土。据统计，整个工程大约有1/4的工时是用在重新挖掘和疏通业已完工的部分。此外，还要解决河水的渗漏流失及淤泥阻塞问题，施工人员用河水沉淀下来的淤泥铺于沙制的河床上，以防渗漏。

卡拉库姆运河的建成，对于土库曼斯坦的农业以及整个经济的发展起到了划时代的作用，充分体现了在苏联社会主义体制下，集中力量办大事的优势。运河长达1400多千米，是世界上十条最长的运河之一，上游流量最高达600米^3/秒，最深处7.5米，河面最宽200米，其中450千米可以通航。卡拉库姆运河的建成，不仅将阿姆河三分之一的水量引流到了土库曼斯坦异常干旱的内陆地区（土库曼斯坦大部分城市和人口均集中在该区），成功地使阿姆河水灌溉了超过60万公顷的土地和1500万公顷的牧场，而且在沙漠边缘开发出了呈带状的人工绿洲。得益于卡拉库姆运河开通带来的灌溉农业的飞速发展，土库曼斯坦农业部门一跃成为苏联机械化程度最高的农业部门之一。到苏联解体时，农业已成为土库曼斯坦经济的重要组成部分，耕地面积扩大到了130多万公顷，是大运河开建之前1953年（36万~37万公顷）的近4倍，耕地面积占全国总面积的比例相应由0.7%大幅上升至3%。运河灌溉区的棉花产量借助阿姆河水的灌溉而大幅提升，1982年，土库曼斯坦的棉花播种面积和产量分别达到56万公顷和118万吨，比运河开建之前的1953年增长了2.2倍和2.8倍，细绒棉产量达到31.49万吨，接近全苏联产量的1/3。但另一方面，由于从阿姆河过量取水，也同时加剧了流入下游咸海水量的急剧减少。进入21世纪，土库曼斯坦政府利用运河继续改造（绿化）卡拉库姆沙漠。土库曼斯坦现任总统别尔德穆哈梅多夫在其新著《土库曼民族的精神世界》一书中写道："目前，我们正在卡拉库姆沙漠深处建设'金色世纪湖'。因实施严格的保护措施，这里的鱼类种类在增多、生物多样性在增加，卡拉库姆的自然正发生着深刻的变化。"卡拉库姆运河是目前世界上仍旧运行的最长的运河。

③ "中亚—中央"天然气管廊：苏联于20世纪60年代在土库曼斯坦修建的又一项"超级工程"是"中亚—中央"天然气管廊（土库曼斯坦—乌兹别克斯坦—哈萨克斯坦—俄罗斯—乌克兰）。早在60年代初，苏联就对在中亚发展燃料动力工业的经济效益进行过测算，测算结果认为：如果把苏联欧洲地区的燃料动力转由中亚地区来提供，那么，苏联就可以每年节省500万～600万卢布（当时苏联卢布购买力高于美元，一美元仅能兑换0.9卢布）的开发费用，折合标准燃料100万吨；同时，还可以节省基建投资达5000万卢布。但是，究竟是从中亚直接取得燃料（天然气）好，还是先在当地建设电站，而后从中亚取得电力好？在进行过周密的考虑后，苏联感到，无论是从中亚取气还是取电，除了在当地大力进行开发建设外，都还存在着一个从中亚至苏联中部地区的数千千米长的能源运输问题。取气需要建立输气管道，取电则要建设高压输电线路。相比之下，需要建设输气管道要比建电站和建高压线路省事和费用低，再考虑到远距离输电无论采用怎样的高压，也难免遇到巨大的电力损耗，所以苏联就决定首先开始建设（"中亚—中央"天然气管廊）输气管道。"中亚"，顾名思义即中亚油气资源地土库曼斯坦（包括少量乌兹别克斯坦和哈萨克斯坦）所属气田。"中央"即俄罗斯境内属欧洲范围的中央地区，中亚气经该管廊进入俄罗斯境内之后由中央管廊统一调配（出口或民用）。

该管廊由四组管线组成，全部经过土库曼斯坦气田，其中三组管廊（САЦ-2、САЦ-3、САЦ-4）的天然气主供气源均来自土库曼斯坦阿姆河盆地周边发现的巨型气藏（例如储量达1.7万亿立方米的达乌列特巴特、别列克等）。该组管廊于1967年建设完成一期工程，全长超过3000千米，1985年完成多点管廊建设后长度增至5000千米，设计年输气能力800亿立方米，是当时世界上首次采用1200～1400毫米大管径的天然气长输管线，也是当时世界上运距最远的天然气管道。

从20世纪60年代中期至70年代中期，苏联一口气建成了四条从中亚各主要油气田通往欧洲地区和两条至乌拉尔地区的天然气输气管道，总的年输气能力达到了800多亿立方米，从而使苏联能源极度缺乏的那些地区如中央经济区、西北经济区及乌拉尔经济区得到了中亚天然气的支援。20世纪60—70年代是苏联开发中亚天然气的黄金时代，这一时期，中亚天然气的产量大约占到全苏联产量的1/3。

"中亚—中央"天然气管廊的建成，完成了苏联控制中亚三国（土库曼斯坦、哈萨克斯坦、乌兹别克斯坦）天然气出口的"联合收割机"局面。据统计，1961年，中亚的天然气产量仅为14亿立方米，而1980年则达到1100亿立方米，20年间增长了近78倍。20世纪80年代，中亚已成为苏联第二大产气区，产量仅次于西伯利亚，约占全苏联总产量的1/4。在中亚天然气中，仅土库曼斯坦一个加盟共和国通过该管廊就向苏联输送天然气超过1万亿立方米。"进入六七十年代，土库曼斯坦的石油及天然气都先后在全苏占有重要地位。目前，苏联每天从这里可以得到4万吨石油和2亿~3亿立方米的天然气，石油多从铁路运出，而天然气则全部从管道输走。"❶

该管廊在苏联解体后10多年时间里仍然是土库曼斯坦唯一的天然气出口通道，也是主要的外汇收入来源之一。与前述卡拉库姆运河、外里海铁路的命运一样，后期，特别是苏联解体后该组管廊因缺乏维护，加之中亚乌兹别克斯坦气田产量递减、土库曼斯坦诉求天然气出口多元化等因素的影响，导致管廊严重老化，至21世纪初实际输气量不到200亿立方米。从2009年年底开始，随着中国—中亚天然气管道投产之后，该组管廊年输气量从高峰时的600多亿立方米降到了不足200亿立方米。尤其是2014年中国—中亚天然气管道C线投产运行后，土库曼斯坦逐年加大向中国出口天然气量，逐渐摆脱了对该组管廊的依赖。顺便介绍一下1967年苏联曾建设了一条从中亚油气田到阿富汗克利弗气田的运输管道，其目的是要从阿富汗引进天然气，然后通过"中亚—中央"天然气管廊输往苏联的中部地区。

---

❶ 张保国. 苏联对中亚及哈萨克斯坦的开发 [M]. 乌鲁木齐：新疆人民出版社，1989：20，85，91，226-227.

历史阿姆河 **2**

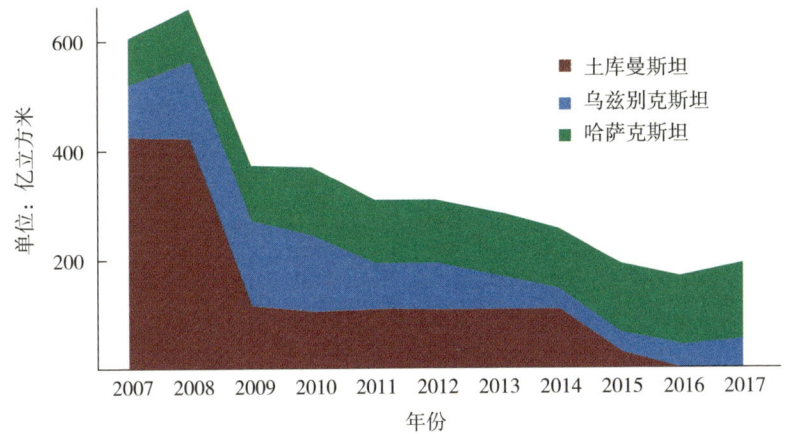

土库曼斯坦、乌兹别克斯坦、哈萨克斯坦三国历年（2007—2017年）通过"中亚—中央"天然气管廊输气运行情况

4. 阿姆河桥变迁史

①**老浮桥**：苏联解体前在土库曼斯坦完成的又一项民生工程是1983年在阿姆河建设的公路浮桥，曾经是土库曼斯坦东南部的主要运输通道，也是阿姆河天然气项目唯一的货物过河通道，公路浮桥全长约750米，大小、轻重物资全部通过汽车缓慢驶过摇摇欲坠的阿姆河浮桥，人、机、物均提心吊胆，一旦遇到极端天气（例如2008年年初的极端寒冷、雨雪天气，浮桥被巨大冰凌冲断，别尔德穆哈梅多夫总统指挥用火炮炸开冰块，才得以使河水顺畅流动，浮桥正常运行），浮桥停运，成百、上千辆各类、各国（主要是伊朗、乌兹别克斯坦等国）车辆无奈停靠阿姆河两岸，少则一天，多则数周，损失巨大又极端无奈，成为阿姆河一道独特风景。

1983年苏联时代修建的阿姆河公路浮桥

②新大桥：阿姆河天然气项目运行十年之后的2017年3月，雄壮、大气的阿姆河双向六车道公路、铁路两用大桥建成投产，使得阿姆河的通桥能力得到彻底改变，往来运输车辆，包括从伊朗、土耳其、阿富汗、乌兹别克斯坦等国的国际货运，再也不受苏联时期修建的浮桥本身通载能力和极端天气的影响，通行速度和效率大幅提升，土库曼斯坦总统别尔德穆哈梅多夫、乌兹别克斯坦新任总统米尔济约耶夫（接任于2016年9月2日逝世的乌兹别克斯坦前总统卡里莫夫）共同出席新公路大桥通车典礼并剪裁，这座大桥已成为乌兹别克斯坦—土库曼斯坦—伊朗—阿曼过境运输路线的重要组成部分，现代"丝绸之路经济带"上又增添一条新的交通大动脉。

5. 阿姆河见证沧桑史

①天灾、人祸与"大工程"：如果说土库曼斯坦近百年来多灾多难的话（天灾：1948年10月6日首都阿什哈巴德发生9～10级大地震，造成重大人员伤亡。人祸：1881年1月12日沙俄武力攻占格奥克捷佩城堡后对土库曼人实施血腥大屠杀，深刻影响了土库曼斯坦当今社会、经济、政治及民族思想［苏联解体后土库曼斯坦是较早执行"去俄罗斯"化一系列政策的独联体国家］），那么具有同样影响的还有沙俄、苏联时代在土库曼斯坦耗费巨资、动员全国（联盟）力量、耗时超过数十年陆续修建完成的三项"超级工程"：大铁路——2580千米的外里海铁路、大运河——1400多千米的卡拉库姆大运河、大管线——5000千米长的"中亚—中央"天然气管廊。这些工程均与土库曼斯坦境内的中亚母亲河——阿姆河的命运密切相关：世界上首次在湍流急、变向快的阿姆河上以木桩作为桥墩，行使火车达14年，通过外里海铁路使苏联实现了连通里海与阿姆河的战略目标并成为真正意义上的跨境（土库曼斯坦—乌兹别克斯坦）铁路；世界上最大的引水工程，从阿姆河引出了1/3河水用于土库曼斯坦（也包括部分乌兹别克斯坦）沙漠地区的灌溉，使土库曼斯坦一跃成为苏联主要的产棉区；得益于在阿姆河盆地南岸地区一系列大气田的陆续发现，建成了当时世界上运距最远的大口径天然气管道并将已建成的"中亚—中央"天然气管廊

由一组扩展成四组，气源均来自阿姆河盆地南岸，土库曼斯坦因此成为"中亚—中央"天然气管廊的主供气源地。连同1942年从俄罗斯黑海港口城市图阿普谢的炼厂设备转运至克拉斯诺沃茨克，扩建成中亚最大的炼油厂，以及在土库曼斯坦北部城市达绍乌兹、东部小镇萨亚特建设的三座亚麻厂。这些"超级工程"不仅深刻影响并大幅提高了土库曼斯坦、甚至是整个中亚地区的工农业基础，而且为独立后土库曼斯坦加快发展奠定了坚实基础。"苏联时期在中亚国家奠定的强大工业基础是单个国家经济体系的组成部分，仍然使该地区新独立的国家能够发挥自己的潜力"。从某种程度上说，围绕阿姆河，这一中亚母亲河的系列重点工程，还有本书要重点介绍的中土天然气合作项目——阿姆河右岸天然气项目，显著改变了当代土库曼斯坦的经济社会发展进程。

②"绕道"与"反绕道"：另一方面，正如美国前国家安全事务助理布热津斯基所言：由于在苏联解体之前，进入该地区的途径完全由莫斯科所垄断，所有的铁路运输、油气管道、甚至航空运输都得通过莫斯科这个中心来运营。俄罗斯的地缘政治学家们希望这种情况一直保持下去，因为他们知道谁控制或主导进入该地区的途径，谁就最可能赢得这一地缘政治和经济的大奖……莫斯科利用其影响力图使新国家最大限度地顺从其建立越来越一体化的"共同体"的想法，以及进一步扩大苏联油气管道网，并且不让铺设任何能绕开俄罗斯的新管道。俄罗斯的战略分析已公开表示，莫斯科把这一地区看作是自己特有的地缘政治空间，虽然它已不再是其帝国不可分割的一部分。后续发生的一系列围绕独立后的"斯坦国"们为争取油气资源出口多元化（主要是哈萨克斯坦的"油"和土库曼斯坦的"气"）而展开的"绕道"与"反绕道"（俄罗斯）油气管道建设的"新博弈"，就此展开。"幸福之道在于多条管道"，这一穿梭在中亚、高加索地区主要城市的出租车上的广告用语，充分体现了新型独立国家对摆脱单一（油气管道），追求多元（油气管道）的向往。其中，以土库曼斯坦为主供气源的中国—中亚天然气管道建设及上游阿姆河右岸天然气合作项目的勘探开发最

具有说服力。三条长距离（1830千米）、跨三国天然气管线在7年内陆续建成投产，年输气量达到550亿立方米，与此同时，终端消费国中国在气源地土库曼斯坦100%控股运行130亿立方米商品气项目，这本身已经对中亚—俄罗斯地区地缘政治产生了深刻而广泛的影响。

3

鏖战阿姆河

立国之策

1. "中亚同盟"对"斯拉夫同盟"

①土库曼的"怨":20世纪,影响世界的重大事件,除了两次世界大战之外,应该就是1917年苏联的成立和74年之后,1991年苏联的解体了。而处于苏联十五个加盟共和国中最南端、也是最干旱、最炎热的内陆国家土库曼斯坦,独立后向何处发展、如何发展,成了摆在苏联解体后土库曼斯坦政府,特别是土库曼斯坦前总统尼亚佐夫面前的首要任务。在苏联的20世纪60年代至90年代,土库曼斯坦作为原材料供应基地之一,通过苏联时期修建的"中亚—中央"天然气管廊,每年向苏联(联邦)输送天然气约600亿立方米,累计超过1.35万亿立方米,估价超过1000亿美元,而苏联则采用平价调拨,高价出口,低价返还,20多年实际返还土库曼斯坦政府资金仅30亿美元。1990年,土库曼斯坦国民生产总值的9.3%都用于补贴(苏联)各加盟共和国廉价使用天然气。土库曼斯坦前总统尼亚佐夫曾不止一次痛彻心腑地写到:我们在建设"光辉未来"70年中(指苏联从成立的1917—1987年间的70年),得到了什么样的遗产?不发达的工业和几乎完全是以输出原料为主的农业。石油和天然气就不用说了,我们的人民甚至得不到这些财富价值的百分之一,这就是为全苏联的实力和强大所付出的代价。所以,在土库曼斯坦谁都不知道,销售700亿立方米天然气、1500万吨石油、50多万吨棉花的利润究竟用在何处。与此同时,共和国一直置身于落后者的行列,我们实际上完全没有正常的经济基础设施,也没有加工工业部门。"按劳取酬"的原则是一个骗局,它没有执行过,也不可能执行。每年苏联从土库曼斯坦通过天然

气、石油、棉花等所获得的利润达100亿~150亿美元，而每年返回土库曼斯坦仅100万美元。土库曼斯坦不能根据自己的倡议独立地解决任何一个问题。我们开采石油、天然气，但共和国谁都不知道，也不可能知道，这些产品按什么价格销往何处。棉花的情况也是这样。我们得到的是按某个地址发货的指示，甚至没有任何权利就此题目提出问题。这些实际上决定着土库曼斯坦的经济部门要直接服从中央，对出口本国原料所取得的利润及分配，共和国不进行任何参与。但涉及税收，却对我们有着严格的要求。这是赤裸裸地歧视，除此之外，很难对这一制度做出其他的评价。在苏联解体前的1991年12月12日，在中亚领导人首次出席的阿什哈巴德首脑会议上，尼亚佐夫曾提议成立"中亚同盟"，以此制衡《别洛韦日协议》（指由时任俄罗斯总统叶利钦、乌克兰总统克拉夫丘克、白俄罗斯最高苏维埃主席舒什克维奇在白俄罗斯别洛韦日森林签署《关于建立独立国家联合体的协议》）中创建的"斯拉夫同盟"。

②土库曼的"愿"：苏联解体、土库曼斯坦独立后首任总统尼亚佐夫多次提出，通过改变供气方式和价格，实现天然气出口方向多元化，恢复天然气这一国际大宗商品的商业化属性并将其列为土库曼斯坦国家经济发展的最优先课题，举全国之力进行推动。在土库曼斯坦建国之初制定的《十年稳定/顺遂》规划中，尼亚佐夫总统提出了多元化出口天然气的具体设想，包括向西（经里海到欧洲市场）、向东（经中亚国家到中国、日本）、向南（经阿富汗到南亚国家巴基斯坦、印度）和西南（经伊朗到土耳其）等四个方向的管道建设方案，力图尽快摆脱对俄罗斯单一出口方向的过度依赖。

2. 中土天然气合作历程

中土天然气合作自两国建交以来，稳步推进，节奏加快。1992年11月，也即土库曼斯坦从苏联独立仅一年之后，尼亚佐夫总统首次访问中国，出访之前，在接受新华社记者采访时，尼亚佐夫总统说："从长远看，我们可能修建从土库曼斯坦经中亚国家通向中国的输气管道项目"。访问期间，尼亚佐夫总统提出由中国、土库曼斯坦、日本三国合作修建从土库曼斯坦—中国—日本的天然气管道问题。1994年，中国国务院总理访问土库曼斯坦。访问期间签署了《中国石油天然气集团公司与土库曼斯坦石油天然气部开展合作的意向》。在欢迎总理的宴会上，尼亚佐夫总统又一次讲道："土库曼斯坦和中国同意在石油天然气领域合作。暂时这还只是设想，但只要双方有愿望并决心合作，设想很快就会变成现实。"后续中土两国在油气领域的合作发展完全验证了尼亚佐夫总统的预言，一年之后的1995年，经日本提议，开始讨论经中国向日本出口天然气的方案。该方案由日本三菱公司出资，中国石油承担管道建设，美国埃克森公司开发气田，但由于各方利益诉求相差甚远而搁浅。美方希望气价高而获利，日方则希望气价低而有市场竞争力，中方只承担管道建设和过境义务，而土库曼斯坦政府不允许其境内从事碳氢化合物开发的外国企业使用出口管道（当时没有任何一家外国公司在土库曼斯坦从事天然气的开发）。1997年，中土双方正式启动老井大修服务合同，2002年，启动土库曼斯坦古姆达格老油田提高采收率项目，2006年，土库曼斯坦领导人与中国国家领导人正式签署中土天然气合作协议，2007年，土库曼斯坦新任总统别尔德穆哈梅多夫访华，签署两国天然气的购销协议，标志着酝酿多年的中土天然气合作项目正式启动。

3. 多元出口的制约

由于土库曼斯坦特殊的地理位置：如同其他中亚四国一样，均为内陆国家，没有出海口（乌兹别克斯坦更为世界罕见的"双内陆"国家），尼亚佐夫总统提出的天然气出口多元化方案受到多方质疑。

①**美国中亚问题专家**——玛莎·布瑞尔·奥卡特（Bartha·Brill·OIcott）在其专著《中亚的第二次机会（*CENTRAL ASIA'S SECOND CHANCE*）》中写道："尽管由于地理和地缘政治的原因阻碍了土库曼斯坦天然气工业的发展，但土库曼斯坦本身也是一个重要的影响因素。土库曼斯坦与其他产油国不同，它处在一个买方市场的地位，而非卖方市场的地位。邻国阿塞拜疆和哈萨克斯坦都拥有更具吸引力的资源和投资环境。有几种因素降低了跨阿富汗管道项目的吸引力，包括阿

富汗脆弱的安全环境；对印巴合作前景的担忧（如果天然气不能在印度和巴基斯坦销售，那么这项工程的经济前景就会出问题）；最后还有在土库曼斯坦经商所不断遭遇的挑战"。土库曼斯坦天然气传统出口国——俄罗斯，更是对土库曼斯坦天然气出口"绕道"和资源潜力表示质疑。

②**俄罗斯著名能源专家**——日兹宁在其专著《俄罗斯能源外交》一书中写到："当前，土库曼斯坦领导人不得不接受这样一个客观现实，即通过铺设新的天然气管网向欧洲、土耳其、巴基斯坦、印度、中国和日本市场提供天然气的计划，只能是纸上谈兵，计划的落实相当遥远。虽然最近重新开始了铺设从土库曼斯坦经阿富汗至巴基斯坦管道的谈判，但这条管道暂时还只能被称为'空中楼阁'。显然，在不久的将来，只有俄罗斯和乌克兰可能成为土库曼斯坦天然气的大买家。有意思的是，如果将土库曼斯坦根据双边协定向乌克兰和俄罗斯提供天然气的数额相加（2026年为1400亿立方米），那么土库曼斯坦能否保证供应就成了问题。"这位俄罗斯专家不仅清晰道出了土库曼斯坦的地缘"劣势"，而且指明土库曼斯坦油气田存在的自身困难：土库曼斯坦的天然气行业如同整个石油天然气系统一样存在着许多问题，要解决这些问题需要大量资金。地质勘探严重滞后，这更加剧了开发程度本已很高的主要气田的过量开采。早已过时和老化的设备无钱更换，一些气田的硫化氢含量很高，天然气质量达标需要大量的投入，此外大多数油气田埋深大，72%~87%的管道干线破损老化严重。另一方面，鉴于中亚丰富的能源储藏及其在俄罗斯能源地缘政治布局中的重要地位，《2020年前俄罗斯能源战略》明确规定，独联体是俄罗斯国际能源合作的重点方向。俄罗斯希望将独联体特别是中亚国家的能源资源（特别是天然气）长期、大规模地吸收到自己的燃料能源体系中。这不仅可以为后代节约俄北部天然气资源、节省勘探投入，还可降低市场压力，对俄具有战略意义。综上所述，俄罗斯主要依靠"油气管道杠杆"向推行中立政策和疏远俄罗斯及其主导的独联体的土库曼斯坦施加影响，维护俄罗斯在该国的利益。

4. 老总统的执着

面对土库曼斯坦的经济命脉——天然气出口多元化遇到的重重困难和来自国际上的种种质疑，土库曼斯坦前总统尼亚佐夫没有被上述困难和质疑所吓倒，相反，尼亚佐夫总统利用一切机会大力推介土库曼斯坦天然气出口多元化战略。在1996—2006年的十年间，尼亚佐夫总统曾多次接见中国石油、美国尤诺卡尔、埃克森以及韩国、日本、沙特阿拉伯石油公司领导人，探讨铺设土（库曼斯坦）—阿（富汗）—巴（基斯坦）、土（库曼斯坦）—哈（萨克斯坦）—中（国）—日（本）以及经里海海底—阿塞拜疆—格鲁吉亚—欧洲的天然气管道。美国甚至出资75万美元进行后一条管道的技术论证。1998年，美国埃克森公司同土库曼斯坦签署协议，对阿姆河右岸进行天然气开采的可行性进行研究。美国前国家安全事务特别助理布热津斯基曾写道："土库曼斯坦受天然屏障保护的地理位置使它离俄罗斯相对遥远，而乌兹别克斯坦和伊朗却在地缘政治上与这个国家的未来有更大的关系。一旦通向这个地区的管道建设起来，土库曼斯坦真正巨大的天然气蕴藏就会给这个国家的人民展现出一个繁荣的未来。"后续土库曼斯坦分别于1997年、2009年开通两条通向伊朗的天然气管道，于2009年、2010年和2014年开通三条由乌兹别克斯坦途径哈萨克斯坦到中国的天然气管道，实现了土库曼斯坦历史上第一次将天然气出口首先到非独联体国家伊朗、再出口到世界天然气消费大国中国的历史性跨越。另一方面，中亚极端丰富、充满活力的天然资源，给其中一些国家提供了与莫斯科和北京讨价还价的底气。2000年7月，应尼亚佐夫总统邀请，时任中国国家主席对土库曼斯坦进行国事访问。期间，中国石油天然气集团有限公司同土库曼斯坦政府签署了《中国石油天然气集团公司与土库曼斯坦石油部在天然气领域合作谅解备忘录》。2003年5月，在"非典"疫情期间，中国国内领导暂时无法出国，但为履行之前与土库曼斯坦政府达成的会谈安排，中国石油天然气集团有限公司副总经理吴耀文（当时主管中国石油国际业务领导）曾书面委托作者，代表中国石油从哈萨克斯坦阿拉木图飞赴土库曼斯坦，与土库曼斯坦就阿姆河右岸项目合作事宜进行交流，使土库曼斯坦感受到了中国石油与其合作的诚意。

5. 中土天然气合作取得实质性进展

①**莫斯科元首会见**：2005年5月9日，中国国家主席应邀出席在莫斯科举行的卫国战争胜利60周年纪念活动，在与中国国家主席进行双边会晤时，土库曼斯坦总统又一次谈到土库曼斯坦有着丰富的天然气资源，他表示可以从土库曼斯坦修建一条天然气管道向中国出口天然气。其后不久，外交部召开了一次各驻外使节的会议，时任中国驻土库曼斯坦大使鲁桂成详细介绍了土库曼斯坦的天然气资源情况："土库曼斯坦是苏联各加盟共和国中天然气储量最丰富的地区，2004年出口天然气391亿立方米，但只有苏联时期建成的单一管道向俄罗斯出口，出口价格非常低廉，土库曼斯坦有出口多元化的强烈意愿。建议可以从土库曼斯坦进口中国需要的天然气。"❶ 鲁桂成大使的发言，给时任国家发改委副主任、后兼任国家能源局首任局长（之后多次到土库曼斯坦参加谈判、庆典活动的）张国宝留下了深刻印象。

②**中国国务院副总理访问土库曼斯坦**：2005年7月，当时国务院副总理吴仪率中国企业家代表团访问哈萨克斯坦、乌兹别克斯坦、土库曼斯坦、塔吉克斯坦等中亚四国。尼亚佐夫总统在会见中国国务院副总理吴仪时再次提出可以将阿姆河右岸的天然气区块让中方参与开发。在这次访问中，中国石油与土库曼斯坦油气工业和矿产资源部签署了《关于石油天然气领域的合作协议》。在此期间发生了俄（罗斯）乌（克兰）天然气争端，俄罗斯大幅度提高向乌出口天然气的价格。在此背景下2005年3月时任乌克兰总统尤先科访问土库曼斯坦，双方制定了新的供气协议，根据这一协定，2006—2026年土库曼斯坦每年将向乌克兰提供500亿~600亿立方米天然气。与中国国务院副总理会谈之后，尼亚佐夫总统在电视台宣称，中国将从土库曼斯坦以高于俄罗斯的价格进口天然气，（此举）迫使俄罗斯将（进口土库曼斯坦的天然气）气价

---

❶ 张国宝. 筚路蓝缕—世纪工程决策建设记述 [M]. 北京：人民出版社，2018：111.

从每千立方米约 44 美元提高到每千立方米 65 美元。此间涉及多国利益的天然气"博弈",以俄罗斯"让利"、土库曼斯坦"获利"而暂时该一段落。

③**启动谈判**:2006 年 1 月 19 日上午,尼亚佐夫总统向时任国家发展改革委副主任张国宝、中国驻土库曼斯坦大使鲁桂成、时任中国石油天然气集团公司总经理助理兼中国石油天然气勘探开发公司(CNODC)总经理汪东进(负责当时中国石油的国际业务)讲解土库曼斯坦出口天然气的战略构想。

土库曼斯坦首任总统尼亚佐夫雕像(上)

④**同意上游合作**:为落实中土两国领导人达成的共识,中国石油迅速派出以汪东进为组长的谈判小组,包括气田勘探开发、生产运行、管道、销售、法律、经济评价等在内的专家组,在 2006—2007 年上半年期间,先后数十次赴土库曼斯坦与土库曼斯坦政府进行天然气合作相关内容的谈判,经过一年半时间的艰苦谈判,土库曼斯坦政府最终同意拿出阿姆河右岸的五个区块与中国石油进行勘探开发的产品分成合作,这突破了土库曼斯坦政府不允许外国公司参与本国天然气区块勘探开发的规定,因为当时没有任何一家外国公司在土库曼斯坦从事陆上天然气的开发。阿姆河右岸天然气项目也因此成为中国境外第一个,也是唯一一个 100% 由中方控股,主导产品(天然气)100% 回输中国的天然气民生保障项目。

2007 年 8 月 29 日,别尔德穆哈梅多夫总统(左一)在土库曼斯坦阿姆河右岸现场向时任国家发展改革委副主任陈德铭(持笔签字者)颁发阿姆河右岸项目勘探开发许可证(下)

⑤**元首签署协议**:2006 年 4 月,尼亚佐夫总统率团访问中国,4 月 3 日在人民大会堂由时任中国国家主席和土库曼斯坦总统代表两国签署了《中国政府和土库曼斯坦政府关于实施中土天然气管道项目及向中国销售土库曼斯坦天然气总协议》,这也成为中国历史上第一次由国家主席与外国元首共同签署的协议。

⑥**购销合同落地**：2006 年 12 月 21 日，中土天然气合作的开拓者——土库曼斯坦前总统尼亚佐夫因心脏病突发不幸逝世，享年 66 岁。2007 年 7 月 17 日，土库曼斯坦新任总统别尔德穆哈梅多夫宣誓就职后首访中国。访华期间，中国石油与土库曼斯坦总统下属国家油气资源管理和利用署（以下简称"油气署"）、土库曼斯坦国家天然气康采恩（以下简称"康采恩"）分别签署《"巴格德雷合同区域"（即阿姆河右岸区块）产品分成合同》和《170 亿立方米天然气购销合同》。土库曼斯坦方面承诺将在未来 30 年内每年向中国出口天然气 300 亿立方米，包括由中国石油运行的阿姆河右岸 130 亿立方米合同和康采恩运行的 170 亿立方米合同。两个天然气销售协议的正式签署，标志着酝酿多年的中土两国天然气合作项目正式拉开帷幕。

⑦**唯一对外开放的陆上天然气项目**：阿姆河项目成为中国境外唯一一个中方 100% 控股、主导产品（天然气）100% 回输中国的天然气民生保障项目，也是土库曼斯坦历史上唯一一个对外（而且仅对中国公司）陆上天然气产品分成合同项目。合同签署后距离合同规定的投产通气时间（2009 年年底）只有两年多一点（28 个月）的时间，比国际上同类项目建设周期至少缩短了一半以上，要在 28 个月的时间内完成阿姆河右岸的勘探开发、钻完井、工程建设和投产运行，以及与阿姆河项目同步运行的跨越土库曼斯坦、乌兹别克斯坦、哈萨克斯坦三国长达 1800 多千米的管道建设和三国完全不同的法律文件注册登记等，可以说，横在中国石油作业者面前的既有"崇山峻岭"的险，还有"纵横沟壑"的难。有些挑战（如后勤依托差等）已经显现，有些正在酝酿发酵（如政府监管、审查、劳务许可等）。如何跨过"层层的岭"，跃过"深深的沟"，翻过"重重的山"？考验着中国与中亚沿线国家土库曼斯坦（气源国）、乌兹别克斯坦（过境国）、哈萨克斯坦（过境国）作业者们的意志、能力和综合协调水平。

6. 新世纪"超级工程"

由于土库曼斯坦特殊的地理位置（内陆国，与中国不直接接壤）和中国天然气消费市场"北弱南强""峰谷明显"的基本特征，决定了规模宏大的新世纪超级工程—中国—中亚天然气合作项目由三大板块（部分）组成：一是勘探开发并投入生产运行的属于上游的土库曼斯坦的天然气资源，确保境外上游气源的落实是项目成功的关键所在；二是建设属于中游的由土库曼斯坦经乌兹别克斯坦、哈萨克斯坦到中国边境口岸霍尔果斯的中亚天然气管道，确保境外管道安全顺畅是项目顺利运行的基本保障；三是建设属于下游的由中国边境口岸霍尔果斯到达中国北方、南方天然气消费高端市场北京、上海、广州、深圳直至香港的国内天然气管道（西气东输二线），确保下游天然气消费市场的畅通是项目有效发展的核心。三者相辅相成，缺一不可。

①**境外资源**：中方必须按照已经签署的产品分成合同规定完成阿姆河右岸天然气勘探开发、钻修井及地面建设投资义务，在滚动勘探基础上完成各类风险探井、评价井、开发井100口以上，落实地质储量5000亿立方米以上，建设高含硫天然气处理厂五座，处理能力600亿米^3/年（此规模已超过2019年中国年产天然气量1763亿立方米的1/3），包括阿姆河项目一期、二期，以及后期追加的复兴气田一期、二期工程。目前运行三座大型天然气处理厂，处理能力近300亿米^3/年（土库曼斯坦政府规定，天然气处理厂设计处理能力至少留有10%的余量），包括阿姆河一期（经两次扩建达到80亿米^3/年）、阿姆河二期（90亿米^3/年）、复兴气田一期100亿米^3/年（为2009年土方追加项目）。初步概算十年（2007—2017）内投资将超过50亿美元，动迁2个地震队、14部深井钻机、6部修井机、两支油建队伍、一支路桥建设队伍，使用各种钢结构超过12万吨，各种动静设备、电气设备6500套/台，焊口数超过300万道。在阿姆河项目130亿米^3/年供气基础上，土库曼斯坦天然气康采恩按合同供气270亿米^3/年（在2007年7月签署170亿米^3/年供气合同基础上，又于2008年8月签署100亿米^3/年增供气合同）。

②**境外管道**：必须按规定时间完成由乌兹别克斯坦经哈萨克斯坦到中国霍尔果斯口岸的A/B/C三线建设1830千米（三线并行），取得乌兹别克斯坦、哈萨克斯坦两国的建设、过境、人员、机具动迁等各

类许可，完成相应的政府间协议、企业间协议的谈判、签署并成立相应的管道专业公司实施工程。初步概算三线建设使用各类型钢材超过153万吨，建设压气站27座，使用压缩机93台，焊口数超过60万道，工程设计年输气能力550亿米^3/年，总投资超过100亿美元。高峰时录用当地员工超过1万名。

③**境内管道**：中亚天然气自中哈边境的霍尔果斯口岸入境，南至广东，东达上海，途径新疆、甘肃、宁夏、陕西、河南、湖北、江西、湖南、广东、广西、浙江、上海、江苏、安徽等14个省区市，管道主干线和八条支干线全长9102千米，用钢量434万吨，是西一线（新疆塔里木至上海）的2.7倍，建设86座场站，是西一线的2.5倍，焊口数约76万道。工程设计输气能力300亿米^3/年，总投资超过1000亿元人民币。

中国—中亚天然气管道（A/B/C三线）年输气量450亿~550亿立方米，主力气源为土库曼斯坦，计划输气量为400亿立方米。其余气源为哈萨克斯坦100亿立方米，乌兹别克斯坦50亿立方米，备用气源为陕甘宁鄂尔多斯盆地、塔里木盆地，管线建成后计划向香港每年供气10亿立方米。由上述三大工程（板块）组成的中国—中亚天然气合作项目使用钢材超过600万吨，总长度超过1万千米，成为沿线国家最多、输送距离最远、投资最高、要求投产时间最短的跨国天然气管道，也是新中国成立后的第一组境外天然气管道。其主要工作量见下表：

	钢材用量	焊口数	管线长度	投资	备 注
上游	16	300	180	>50	含投产三座处理厂
中游	153	60	1830	>100	
下游	434	76	9102	>100	含支线
总计	603	436	11112	>250	
单位	（万吨）	（万道）	（千米）	（亿美元）	

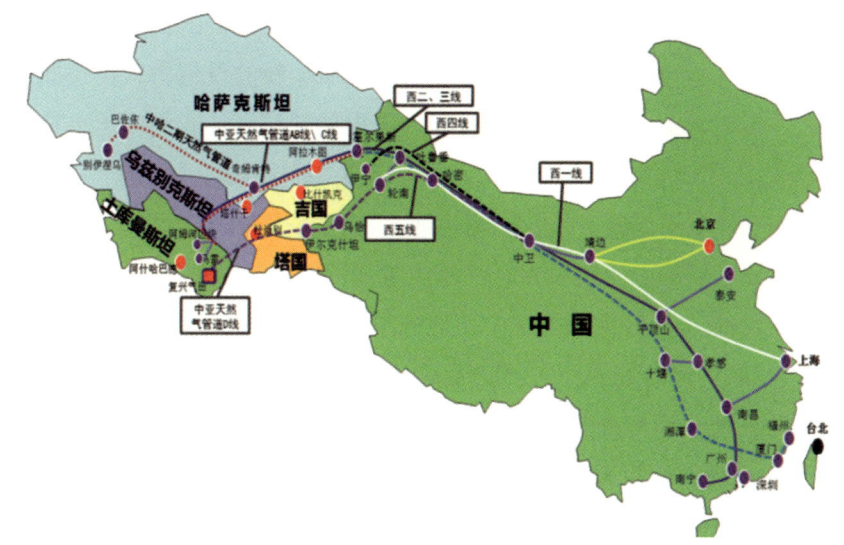

中国—中亚天然气项目三大组成部分：上游为气源地——土库曼斯坦天然气勘探开发生产运行，中游为过境国——中亚天然气管道，下游为消费国——中国西气东输二线工程

7. 古有"丝路"，今有"蓝路"

中国—中亚天然气合作项目包括上游土库曼斯坦天然气田（含中方100%控股的阿姆河右岸天然气项目和土库曼斯坦天然气康采恩所属复兴气田、马莱依气田等）的勘探开发、生产运行，中游横跨土库曼斯坦、乌兹别克斯坦、哈萨克斯坦三国、长达1830千米的中亚天然气管道（先后建成并投入运行了A/B/C三线，计划建设第四条D线）和下游"一干八支"长达9100千米的国内西气东输二线管道工程。如果说两千多年前汉朝使者张骞出使西域被西汉史学家司马迁称为"凿空之旅"的话，那么两千多年后由中国与相关国家共同建造并成功投入使用的中国—中亚天然气合作项目，将成为21世纪中国与中亚国家的"蓝金之路"。正如土库曼斯坦前总统尼亚佐夫所言："自从开辟了起始于中国土地，曾将我们两国人民连接起来的丝绸之路那一时刻起，已经过去了数个世纪。然而，只有在今天新的条件下，我们能够并且应该恢复我们两国人民之间直接地，毋须经过中间人的历史悠久的联系……大概追忆伟大的丝绸之路已成为时尚，丝绸之路在许多世纪中

就把我们的人民联系在一起,这就是过去创造了我们的历史的那些人的伟大所在。今天我们的任务是以新的发展、新的设想为人类这些最伟大的成就锦上添花,让我们两国人民更加亲密,让我们的子孙铭心不忘。"如果说,20世纪先后由沙俄、苏联在中亚地区主导的"超级工程"——外里海铁路、卡拉库姆运河、"中亚—中央"天然气管廊等是将中亚原料资源、游牧民族经济逐步融入俄罗斯"中央经济体"的话,那么,21世纪初,由中国在中亚地区主导的"超级工程"——中国—中亚天然气合作项目,则是将中亚国家的原料资源回归了它的国际商品属性,使土库曼斯坦的天然气从"阿姆河流向了太平洋"(2011年11月,土库曼斯坦天然气通过中国—中亚天然气管道输向中国广东省深圳市时的标语),打造成现代"丝绸之路经济带"上的"亲、诚、惠、荣"的命运共同体。

8. "红流"铸造"森林",铺设"长龙"

如果说中土合作的天然气管道建设是要将近600万吨大口径管道运至目的地,使它们平稳"躺入"地下,焊成超过1万千米"钢铁长龙"的话,那么中土天然气资源会战则是要将埋藏地下3000～5000米深的含硫天然气安全"采出",将超过16万吨钢结构、6500多台/套规格各异、大小不一的动、静、电气设备铸造成"钢铁森林"全部"站

中土员工组成的"钢铁红流"

铸造的"钢铁森林"

立"于阿姆河畔、"屹立"在卡拉库姆沙漠。这一切均要由中国石油与土库曼斯坦当地员工组成的"钢铁红流"在不到3年的时间内完成，比世界上同类超大型工程建设周期至少缩减一半时间。其中仅一个处理厂硫黄回收装置的尾气塔架，就高达90米，重92吨，必须用两台400吨吊车进行起吊，这样的塔架一个处理厂就有四组。

铺设的"钢铁长龙"

9. 阿姆河项目简介

阿姆河右岸天然气合作项目，是中国100%投资的迄今为止海外最大的一项天然气勘探开发工程，其主导产品（天然气）100%输往中国，是集预探、详探、新气田评价、开发、老气田恢复、调整、工程建设、生产运行、产品销售于一体的产品分成合同（PSA）项目，中国石油拥有100%权益。该项目位于阿姆河盆地内并沿阿姆河东西向展布（阿姆河盆地横跨土库曼斯坦东部和乌兹别克西南部，总面积43万平方千米，约4/5的面积位于土库曼斯坦境内）。阿姆河右岸项目合同区面积1.43万平方千米，分为AB两个区块，分为生产和勘探两个篱笆墙，合同期35年，2013年9月A区勘探期结束，2017年9月B区勘探期结束。按照产品分成合同（PSA）规定，项目利润分成顺序为：首先确保政府基础油气回收，其次考虑投资者作业发生的成本油气当年回收，之后考虑剩余的利润油气按政府、作业者达成的比例回收。气田开发建设完成后，每年向中国供气为130亿立方米的商品气（相当于1000万吨油气当量规模），另有部分凝析油（每年约20万吨）和硫黄（每年约30万吨）作为副产品进行销售。与此同时，由中方投资建设三条大口径输气管道，西起中亚的最大河流——阿姆河右岸，途经乌兹别克斯坦和哈萨克斯坦，经中哈边境口岸霍尔果斯，到达中国的华中、华东、华南，管线总长约1万千米，进入中国后管道称为"西气东输二线"。管道建成后，土库曼斯坦政府承诺再补供170亿立方米天然气，将在30年内每年向中国供气300亿立方米。2008年8月，中土两国又签署了《扩大100亿立方米天然气合作框架协议》，这意味着在未来35年内，土库曼斯坦每年将向中国输送400亿立方米的天然气。由此，中国替代了苏联（解体后是俄罗斯），成为土库曼斯坦最大的天然气进口国，土库曼斯坦也成为新中国成立后第一个向中国出口管道天然气的国家。

严酷现实

1. 刚性工期、硬性指标

①刚性工期：阿姆河项目一期工程工期（50亿米^3/年）2008年6月开工，要求2009年12月必须投产，工期18个月，成为2009年中国—中亚天然气项目竣工投产的标志性工程；阿姆河项目二期工程（90亿米^3/年）2011年11月开工，需在2014年前4个月内完成剩余60%的工作量并投产（中间因劳务许可"断档"一年半时间），是土库曼斯坦总统别尔德穆哈梅多夫当年5月访华成果的标志性工程。土库曼斯坦复兴气田一期工程22口钻完井、100亿米^3/年建设任务，为当时亚洲最大的高含硫天然气处理厂，2009年12月23日签署合同，必须于2013年8月建成投产，届时中土两国元首将出席投产庆典仪式；复兴气田二期（300亿米^3/年），完成初步设计后开工典礼计划于2014年5月与阿姆河项目二期竣工典礼同日举行，土库曼斯坦总统别尔德穆哈梅多夫与中国政府官员将共同出席开工典礼。即使在上述刚性工期内，土库曼斯坦政府以保护国家安全为由，于2010年9月和2013年1月两次大规模"收紧"在土库曼斯坦所有外资人员的签证，其中中方"断签"人数达到总人数的2/3以上，这两次"断签"突发事件对阿姆河右岸项目和复兴气田建设进度产生了严重影响。在土库曼斯坦相关部门，尤其是总统下属油气署、天然气康采恩积极协调和中国驻土库曼斯坦大使馆全力推动下，土库曼斯坦政府较快恢复了对中方正常的签证制度，中土双方万众一心、攻坚克难，以"三个没有"（没有选择、没有退路、没有余地）的决心和毅力，应对一个接一个刚性工期，完成一个又一个标志性工程，提前完成了在土库曼斯坦阿姆河右岸和复兴气

田的勘探开发、生产运行任务，在阿姆河畔为中土天然气合作交上了一份合格答卷。期间主要工程工作量见下表：

项目/气田	阿姆河		复兴		总计
	一期	二期	一期	二期	
开工日期	2007.8.17	2011.11.23	2010.1.23	2014.5.8	
竣工日期	2009.12.14	2014.5.7	2013.9.4	/	
处理量（亿米³/年）	80	90	100	300	570
设计余量（%）	10	15	10	10	
开/竣工庆典	四国元首参加竣工庆典	土库曼斯坦总统参加竣工庆典	中土两国元首参加竣工庆典	总统参加开工庆典	
备注	两次扩建	劳务许可"断档"一年半	C线气源	D线气源	

②**硬性指标**：根据2007年7月别尔德穆哈梅多夫总统访华时中土两国政府签署的协议和2007年8月别尔德穆哈梅多夫总统在阿姆河现场给中国石油颁发项目许可证时的要求，中国石油必须完成如下硬性指标：一是按规定完成阿姆河右岸产品分成合同所有义务工作量及社会赞助额，2015年实现阿姆河右岸A、B区商品气量130亿立方米并全部达到国家一类标准（指总硫含量、硫化氢、水露点、烃露点等）；二是根据总统令，清除所有露天存放的散装硫黄（一期工程每天产硫黄1000吨左右）；三是2017年9月勘探期结束，按合同要求退出无效区块；四是2020年外方人员降至200人以内；五是复兴气田一期建设工程严格按照合同规定由土库曼斯坦主管油气副总理组织相关部门进行阶段评审验收，以此作为支付中方进度款的依据；六是复兴气田二期工程必须按照土库曼斯坦政府规定的时间提交全部EPC总包合同概算及进度安排，由土库曼斯坦政府组织国际第三方进行评审，以此作为与中方谈判确定最终价格的依据，在报土库曼斯坦证券交易所后，最终上报土库曼斯坦总统别尔德穆哈梅多夫批准。

2. 复杂地质、潜在风险

阿姆河右岸在区域上横跨多个构造单元和沉积相带，多个气田横跨土库曼斯坦、乌兹别克斯坦两国，储量规模大小不一、储层类型多样、压力系统各异、气水关系复杂。上覆巨厚（1400米）盐膏岩对地震信号屏蔽严重，礁滩识别难，目标优选难。合同区两个区块A区属开发区块，要盘活已封存10多年的萨满捷佩高含硫气田，B区属高风险勘探区块，其中、东、西部地区地质条件各异，勘探风险巨大。具体为：

①**复杂地质**：A区（中部）："钻井禁区"，该地区发育浅层高压次生气藏，钻井易井喷着火，被划定为"钻井禁区"。B区（中部）："沙漠窟窿"，该地区广泛分布（异常）高压气田，与正常压力气藏相比，具有能量大、驱动力源多、钻井完井难度大，土库曼人称之为"沙漠窟窿"，前述工区内的"三坑"（"天坑""水坑""火坑"）均集中在该区。B区（东部）："勘探禁区"，属高陡构造带，构造变形强、储层成因不明、勘探程度极低，属"勘探禁区"。B区（西部）：储层薄，单层厚度一般小于5米，呈层状分布，受构造和非均质性影响，薄储层横向发育差异大，构造解释和储层预测难度大。多个气田"垮国境"：一个气田两种（采气）速度，压力坡"东倾"趋势明显，开发方式面临重大调整。

②**潜在风险**：一是井控：2006年10月，土库曼斯坦境内奥斯曼（OSMAN）-3井发生特大井喷，成为国际关注焦点，中方接手前阿姆河右岸工区多次发生井涌、井漏事故，已在工区形成独特的"三坑"博物馆；二是环保：A区日产1000吨的硫黄，B区勘探初期约1万米^3/年的钻井岩屑，工区火工品、放射源及危化品的使用储存等均成为资源国"关注重点"，尤其是受2015年8月29日中国国内天津危化品爆炸事件影响，土库曼斯坦政府在别尔德穆哈梅多夫总统督导下，最高监察院、国防部、内务部、国家安全部、环保部、卫生部、油气署等八个政府部委组成联合检查组，先后对阿姆河右岸现场进行了9次大检查，要求2015年年底前必须将40万吨库存散装硫黄全部清空，落实以总统令形式颁布的"不允许以任何形式露天大量存放硫黄"的命令，否则将面临巨额罚款；三是监管：2015年，土库曼斯坦税务总局、

阿姆河畔采气人

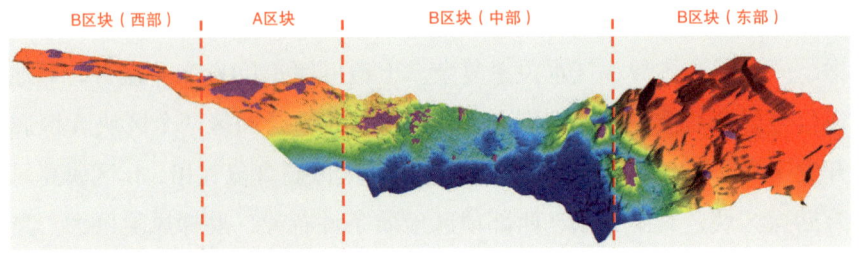

阿姆河右岸天然气项目区域位置图

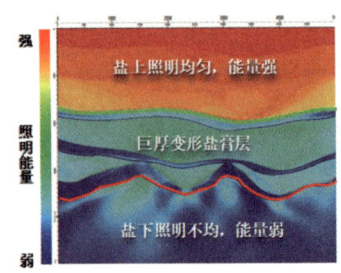

阿姆河右岸项目面对的系列技术难题：勘探"认不准""看不清"

土库曼斯坦政府权力部门在现场联合检查

劳动部组成联合检查组，对阿姆河公司2010—2013年经营活动进行长达7个月检查，开出巨额"罚单"，与此同时，土库曼斯坦政府权力部门对现场进行联合检查已成为常态。

3. 敏感环境、特殊国情

①**敏感环境**：阿姆河右岸项目地处中亚最大、世界第四大沙漠——卡拉库姆大沙漠（卡拉库姆突厥语为"黑沙漠"），风沙肆虐，最低温度 $-26℃$，地表最高温度 $60℃$，东部靠近战火动乱的阿富汗（项目B区东部的集气站距阿富汗边境仅60千米），北部邻国试采强排酸气，严重影响气田正常开发，南部邻国受美国制裁多年，货运物资受到极大限制，由于受结算外汇影响，土库曼斯坦供气时断时续。

②**特殊国情**：一方面土库曼斯坦总统强权突出，部委审批效率低下，商检清关异常缓慢，到货物资严重积压；另一方面各种许可"刚性规定"。例如天然气处理厂建设平整场地需要大量的纯黏土，但土库曼斯坦政府早有禁令，纯土壤在"沙陀国"土库曼斯坦不能随便取用，没有经过政府批准，自行取土要被判刑。另外，2010年和2013年土库曼斯坦政府对外方2次大规模拒签，强制要求80%以上人员3天内离境，导致项目建设几近停滞，大型招标延时达两年以上。

4. 运输瓶颈、突发事件

① "禁运令" + "限堵令"：阿姆河右岸项目物资公路运输完全依赖 1982 年苏联时期所建的简易沿河公路（已露路基），铁路运输则完全依靠法拉普火车站和阿姆达利亚火车站（前者建于 1901 年沙俄时代，是前述外里海铁路的一部分，每天最大容纳 400 车皮。后者由奥地利人建于 1915 年，属客货两用车站，每天最大容纳 250 车皮，而阿姆河项目建设高峰时期每天到达货物 1000 车皮以上）。2008 年 6 月份，因清关效率低，加之运输车辆和吊车机具严重短缺，造成阿姆达利亚和法拉普两个火车站积压车皮达 1600 多个，导致当地货物周转停滞，受到土库曼斯坦政府铁道部严厉警告，三次向沿途国家哈萨克斯坦、乌兹别克斯坦发出了"禁运令"。与之对应的是当时整个去中亚的货物（主要是中土天然气合作项目和中亚天然气管道项目）都要从阿拉山口出关，受通关和换轨（中哈两国铁轨宽度不一致）的限制，导致车皮严重拥堵，一度在阿拉山口拥堵了 6000 多车皮，迫使中国铁道部也在 2008 年 11 月—2009 年 1 月，连续多次发出"限堵令"。与阿姆河右岸项目遇到的铁路运输瓶颈一样，复兴气田一期建设铁路物资是在距离马雷 130 千米、距离尤拉屯（复兴气田初期名称，2013 年之后统一称为复兴气田）约 70 千米的伊玛目巴巴（Ymambaba, Ымамбаб）火车站卸货，该火车站是马雷—库什卡铁路线（属外里海铁路的一个分支）的一个小型客货火车站，向南即到达土库曼斯坦与阿富汗边界，这条铁路支线于 1900 年建成投入运行，每天最大容纳车皮甚至不如阿姆河项目（不超过 50 车皮）。

② "三靠""一没有"：指"交通基本靠走，通信基本靠吼，交流基本靠手，保障基本没有"。工区内无任何通信设施，当时土库曼斯坦全国宽带只有 6 兆，与国内通话、网络联系均十分困难。由于土库曼斯坦特殊的地理位置和工农业基础，建设所需 90% 以上的设备、材料均需进口，可以说项目启动之初是：伸开双臂，一无所有，迈步欲走，脚下无路……"交通基本靠走，通信基本靠吼，交流基本靠手，保障基本没有"是项目运行初期的真实写照。至于中方员工的住宿条件，

当时 20～30 人租民房（甚至是危房）、住通铺、打地铺是常有的事，睡的硬板床，晚上睡下不能翻身，厕所只有两个，用时还要排队。中国石油运输公司土库曼斯坦分公司一名员工的打油诗形象地道出了当时的真实情景：

躺下人挤人

坐起蚊咬人

上厕人等人

出门沙打人

乘车车练人

下工变土人

惊倒土国人

遇上外星人

一切困难都可以将就、凑合，但抢时间、争进度、不拖后、不通气、不死心成为大家一切行动的出发点。

③突发事件：一是在阿姆河右岸项目启动之初的 2007—2008 年冬季即发生土库曼斯坦 50 年不遇的低温天气，项目唯一货物通道阿姆河浮桥被巨大浮冰冲断，全体中土员工只能乘坐火车，迎着四面透风的窗户，通过沙俄时期修建的铁路桥到达营地，每晚六点之前又必须返回，货物运输几乎停滞。二是土库曼斯坦缺少熟练的产业工人。阿姆河右岸工区属土库曼斯坦重要的农牧区，当地列巴普州全州人口仅 20 万人，而中土天然气合作规模大（400 亿米^3/年）、产业链长（从上游勘探开发到中游生产运行到下游管道建设、产品销售）、要求时间紧（从 2007 年项目正式启动到 2013 年 9 月复兴气田一期工程投产，三大工程建设时间 5 年多一点时间），阿姆河项目第一天然气处理厂开工建设时，中方一次性招收 2000 名土方员工，高峰时达到 6400 多名，但大多数土方员工是"放下羊鞭走进工厂"的列巴普州当地农牧民，相当一部分土方员工甚至根本无法用俄语进行交流，加之工程建设项目的特殊性——进入工艺安装阶段人数随之达到高峰，机械完工、投产运行之后必然清退施工人员，个别土方员工为此甚是不解，只同意

"进厂"，而坚决反对"退厂"，甚至纠集同伙，打、砸、抢工区，试图暴力解决长期"驻厂"问题，2009年9月11日，一厂建设机械完工后，距离整个项目竣工投产仅剩2个多月的关键时刻，就在处理厂现场，发生了土方部分施工人员集体示威、反对"退厂"以及威胁处理厂区安全的"9.11"暴力冲突事件，教训甚为深刻。作者永远不能忘怀的是绝大多数土方员工与中方员工一道，组成"临时护卫队"，用他们的忠诚和担当，保卫已完工的处理厂装置区免受冲击。值得称赞的是土库曼斯坦边防军和列巴普州警察局得知消息后及时赶到，迅速平息，惩治肇事者。事件发生之后，土库曼斯坦政府果断决定将阿姆河右岸天然气项目升级为土库曼斯坦国家级战略项目并由土库曼斯坦边防军负责守卫，使项目得以长期保持安全、稳定。

④ "5.12"汶川地震：2008年发生的中国南方雪灾、"5.12"四川汶川大地震、甲型HN1禽流感以及2009年发生的新疆乌鲁木齐"7·5"事件等，均严重地影响了中土员工的情绪，影响到人员的动迁和物资、装备的组织与发运。特别是2008年发生的"5.12"四川汶川大地震，有相当一部分员工的亲戚家人都在这次灾难中遇难或受伤，这些中方员工挥洒着泪水，含着悲，忍着痛，泪洒中亚，情系祖国，情系汶川。为躲避次生地震灾害的伤害，川籍员工受灾亲属最需要的就是可以露天住宿的帐篷，而当时全国帐篷告急，在此危难时刻，中国石油运输公司紧急联系新疆军区南疆某部队，部队在得知海外川籍员工的援助请求后，紧急调拨15顶军用帐篷发往四川，这一感人故事成为中国人民解放军支援中土天然气合作项目的一段佳话。地震发生后，阿姆河天然气公司先后于5月12日汶川地震当日、5月20日，两次在首都及现场同时组织开展了"自愿向灾区捐款活动"和

由奥地利人建于1915年的阿姆达利亚火车站（上图）

建于1900年沙俄时代的伊玛目巴巴火车站（下图）

阿姆河畔采气人

"缴纳特殊党费,与灾区人民共渡难关"的捐款活动,共募集善款2.778万美元(约合18万元人民币),这也成为当时中国石油系统募集到的第一笔灾后善款。

阿姆河右岸项目异常恶劣的自然环境:-26℃的严寒冬季(左)和肆虐的沙尘暴(右)

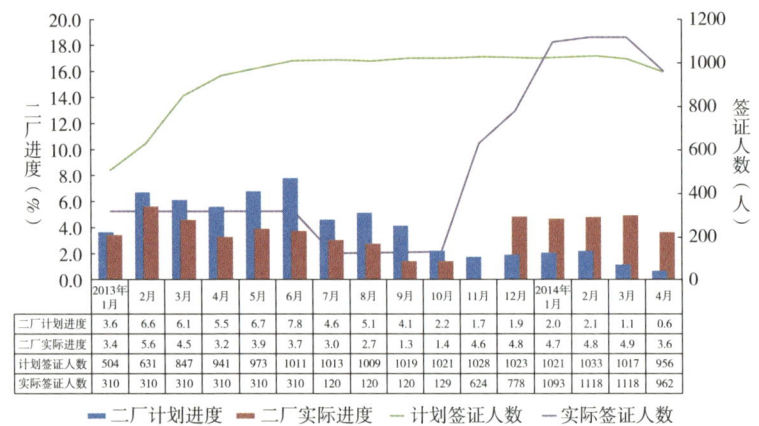

	2013年1月	2月	3月	4月	5月	6月	7月	8月	9月	10月	11月	12月	2014年1月	2月	3月	4月
二厂计划进度	3.6	6.6	6.1	5.5	6.7	7.8	4.6	5.1	4.1	2.2	1.7	1.9	2.0	2.1	1.1	0.6
二厂实际进度	3.4	5.6	4.5	3.9	3.7	3.0	2.7	1.3	1.4	4.6	4.8	4.7	4.7	4.8	4.9	3.6
计划签证人数	504	631	847	941	973	1011	1013	1009	1019	1021	1028	1023	1021	1033	1017	956
实际签证人数	310	310	310	310	310	310	120	120	120	129	624	778	1093	1118	1118	962

2013年年初签证"断签"对阿姆河二期工程的影响

2008年1月,中土员工乘硬座火车通过阿姆河(左),阿姆河被浮冰冲断(右)

对外"三尊"

1. 尊重国情

①**提高安保级别**：土库曼斯坦历史悠久，文化底蕴丰富，为中亚唯一中立国，在涉及国家核心利益，例如保持本民族文化传统、油气矿产资源开发等方面强调独立自主，为实现油气，特别是天然气出口多元化战略目标而长期不懈努力。阿姆河天然气项目作为土库曼斯坦陆上唯一一个对外合作的天然气项目，土库曼斯坦政府高度重视并举全国之力助力阿姆河项目提前竣工投产，不仅实现了土库曼斯坦建国（独立）以来的首个天然气出口多元化战略目标，而且成为国家重要的外汇收入来源（中土天然气贸易额约占土库曼斯坦外汇收入的1/5左右），项目投产之后，土库曼斯坦政府立即以总统令的形式，将每年的土库曼斯坦国家石油工人节（每年9月的第二个周末）改为每年的12月14日，也就是阿姆河右岸项目一期工程投产竣工之日，作为国家节日固定下来；由于阿姆河项目地处乌兹别克斯坦、阿富汗边境，南邻伊朗东北部地区（为土库曼斯坦向伊朗主要供气地区），安保形势严峻而复杂（合同区总面积约1.43万平方千米，其中与乌兹别克斯坦边境接壤380千米，与阿富汗边境接壤80千米，东部预处理厂距离阿富汗边境仅60千米）。土库曼斯坦的边境防御能力受到外界普遍关注和担忧，边境的紧张程度甚至被认为超过了（同样与阿富汗接壤的另一中亚国家）塔吉克斯坦。土库曼斯坦自身防御能力薄弱，在"全球火力指数—2016"对126个国家进行的排名中，土库曼斯坦位居第90位，在中亚国家是最末位。同时，土库曼斯坦作为中立国而缺乏集体安全合作机制，难以得到外部的直接军事支持。因此，尽管阿富汗战火还

没有越过边界进入土库曼斯坦，但土库曼斯坦政府对边境安全已非常担忧，部署重兵在边境和产油地区。十多年来，土库曼斯坦政府采取了一系列有效措施保证了阿姆河项目的平稳、安全受控。首先，土库曼斯坦政府决定将位于土库曼斯坦与阿富汗、乌兹别克斯坦两国边境的阿姆河右岸天然气项目列为国家级战略项目，对进出项目沿途设立三个边防检查站，严格检查过往车辆、行人；其次，工区在原边防军守卫通行道路、重要桥梁的基础上，又分别增派国防部、国家安全局、内务部消防局、紧急状态委员会防喷局等强力部门驻守合同区，从而确保处于边境地区的阿姆河右岸项目所属厂、站、井、人、机、物安全受控。与此同时，土库曼斯坦政府通过一系列在能源运输安全方面的国际对话，全面采取关于稳定可靠的世界市场能源供应的积极举措。通过不懈努力，在2008年和2013年，联合国大会两次采纳了土库曼斯坦政府提出的"可靠、稳定的能源运输及其在确保可持续发展和国际合作中的作用"的建议。

②推进多元出口：近十年来，土库曼斯坦在陆续开通向俄罗斯（在原有"中亚—中央"天然气管廊基础上恢复供气）、伊朗、中国（已占土库曼斯坦总出口量的90%以上）三国出口天然气的管道之后，考虑到国家战略和"中立"国策，又大力推广土（库曼斯坦）—阿（富汗）—巴（基斯坦）—印（度）天然气管道（即TAPI管道），加快供气气田—复兴气田的勘探开发速度，以实现中亚土库曼斯坦天然气过境阿富汗，输往南亚天然气消费大国印度、巴基斯坦的战略目标。尽管该管道受到美国、俄罗斯、欧盟等国家组织的欢迎，希望有了来自哈萨克斯坦和土库曼斯坦的石油和天然气、塔吉克斯坦和吉尔吉斯斯坦的水电的哺育，从而形成一个从阿拉木图（为哈萨克斯坦最大城市，也是哈萨克斯坦原首都）延伸到新德里（印度首都）发达的电力网络，但由于受投资、气价、地缘安全以及突如其来的新冠肺炎疫情等因素叠加影响，TAPI管道进展已经滞后于计划。

③严格监管外资：土库曼斯坦政府对各类资源、计划等高度集中，对外资外商监督严格，权力部门相对独立，政府官员更迭频繁（2007—

2017年十年间仅土库曼斯坦内阁油气副总理就更换4名，天然气康采恩总裁更换9名）。作为中土天然气合作的标志性项目——阿姆河天然气项目的领导层对此有深刻认识并制定详细措施，要求全体员工倍加珍惜阿姆河右岸作为土库曼斯坦唯一一个对外合作的天然气项目的来之不易，增强干事创业的责任感、紧迫感，日常工作中严格计划管理，加强"七不准"规范行为（不准在合同区内饮酒，不准中方人员进赌场，不准在土库曼斯坦出现重大恶性群体事件，不准与当地异性结交朋友，不准发表不利于中土两国合作的言论，不准做不利于中土两国合作的事，不准在土库曼斯坦议论资源国的国事、政治、国体问题，不准擅自对外宣传中资企业在土库曼斯坦工作情况等），尤其是对土库曼斯坦人所反

土库曼斯坦边防军守卫阿姆河右岸工区通行道路

阿姆河天然气公司定期向土库曼斯坦主管部门通报项目进展情况

感的外国人在土库曼斯坦结交异性朋友实行"零容忍"。对外联络做到工作层面每天沟通、领导层面重点沟通，重大疑难问题及时通报内阁。定期向中国驻土库曼斯坦使馆汇报，加快各项审批程序推进，及时跟踪土库曼斯坦政府政策尤其是油气行业改革、汇率、税收等变化，及时制定应对措施，有效规避各类风险。

2. 尊敬权威

土库曼斯坦具有高度的权力个性化特征，这与中亚地区其他国家一样。土库曼斯坦总统至高无上，人民高度拥戴，大事、要事总统勤策勤力，重大庆典工程、民生工程总统亲临出席并将此作为提高全民族幸福感、获得感和安全感的重要举措。在阿姆河右岸天然气项目启动之初，别尔德穆哈梅多夫总统在条件异常简陋的阿姆河右岸现场，

2008年9月，土库曼斯坦总统别尔德穆哈梅多夫视察阿姆河右岸现场，与中土建设者合影

2011年11月，别尔德穆哈梅多夫总统率领土库曼斯坦内阁成员冒雨参加阿姆河天然气公司在首都阿什哈巴德新建的办公楼竣工典礼，之后又马不停蹄飞赴现场参加阿姆河二期工程开工典礼。左为在时任中国石油集团总经理周吉平、副总经理汪东进、阿姆河公司总经理吕功训陪同下为新办公楼剪彩

冒着40度以上的高温酷暑向中国国家发展改革委、中国石油领导颁发阿姆河右岸勘探开发许可并主持管道开焊仪式，在项目建设高峰时期，又"不打招呼"，轻车简从，先后两次直奔施工现场，亲切慰问施工一线中土两国员工。据统计，在2007—2017年的十年间，别尔德穆哈梅多夫总统曾先后七次亲临中土天然气合作现场（阿姆河右岸、复兴气田），检查项目进展、出席项目开工/竣工庆典，有力推动了中土天然气合作项目高效、快速发展。阿姆河天然气项目站在讲政治的高度，高度重视总统令执行力度，定期上报总统令执行情况，积极主动参与总统出席的各项庆典活动，尤其是总统参加的每年一次的"长老大会"（类似于中国的"两会"）、国庆阅兵式（每年的10月27日）和新年招待会等，利用上述参会机会积极主动向别尔德穆哈梅多夫总统汇报阿姆河右岸天然气项目进展情况及请总统给予关注的事项，如劳务许可、货物清关等。定期编译土库曼斯坦内阁会议纪要、视频会议纪要、使馆经参处发布的土库曼斯坦信息等，使中国石油总部相关部门及时掌握土库曼斯坦最新动态。

3. 遵守行规

①沟通机制：受土库曼斯坦特殊国情影响，土库曼斯坦政府部门检查频繁，从边境到税务，从环保到卫生，从许可到计划等。权力机构也严格控制从工区保卫到天然气出口确认。整个阿姆河右岸天然气项目由土库曼斯坦边防军收费守卫，处理厂、集输站则由土库曼斯坦

内务部门（KGB）与边防军联合守卫，外输商品气量则由中方、土库曼斯坦天然气康采恩和土库曼斯坦内务部三方联合检查验收，各种许可手续，大到劳务许可，小到从工区内 A 区到 B 区间的出差等，办理繁杂，日常交流主要靠信函。为尽快适应土库曼斯坦这种特殊的公务"流程"，阿姆河天然气项目收集土库曼斯坦劳动法、税收制度和石油开发条例等法律法规，严格规范各种许可办理程序，加强沟通协调，对土库曼斯坦专业、强力、权力部门的检查做到迎检程序化、交流书面化、整改连续化。例如在项目启动之初建立的与土库曼斯坦内阁的周六例会制度，规定每周六上午 10 点向土库曼斯坦内阁汇报项目进度，鉴于中亚天然气管道建设与阿姆河天然气项目紧密相关，按照土库曼斯坦政府内阁要求，由阿姆河项目同时汇报中亚天然气管道项目的建设进展，每周向土库曼斯坦内阁报送项目生产运行表。

②**参与机制**：一是作为主要赞助商之一，中国石油积极主动参加土库曼斯坦油气领域每年两次的重头活动——在土库曼斯坦国内外举办的"土库曼斯坦油气展暨油气论坛"活动并受邀作英、俄文主旨演讲，借此宣传阿姆河右岸天然气项目运行效果及对双方和地缘政治产生的积极意义。二是积极主动参加由中国石油中亚天然气管道公司主办的由中国、土库曼斯坦、乌兹别克斯坦、哈萨克斯坦四国相关采、输、调、售气单位参加的每半年一次的"四国八方协调会议"，形成人人关心阿姆河（项目）、事事想到阿姆河的浓厚氛围，做到了项目发展与当地民生改善同步、与土库曼斯坦发展同行。三是应土库曼斯坦政府要求，成功举办了阿姆河、复兴气田系列重大开工/竣工庆典活动，尤其是 2009 年 12 月 14 日举办的中亚天然气投产竣工庆典，中国、土库曼斯坦、乌兹别克斯坦、哈萨克斯坦四国元首亲临现场出席并发表热情洋溢的讲话，2013 年 9 月 4 日举办的复兴气田一期工程竣工仪式，中土两国元首出席并发表重要讲话。不到一年之后的 2014 年 5 月，又在三地（阿姆河、复兴气田、米干村）现场成功举办了阿姆河项目二期工程竣工仪式，复兴气田二期工程开工仪式和中国援建的"米干村水厂"竣工仪式，别尔德穆哈梅多夫总统和时任中国能源局局

阿姆河畔采气人

土库曼斯坦相关部门到阿姆河现场办公

中国石油中亚天然气管道公司组织的"四国八方协调会议"

长吴新雄出席并发表热情洋溢的讲话，高度评价中土天然气合作成果。上述活动营造了中土天然气合作的强大"气势"，在中国驻土库曼斯坦使馆大力支持、帮助下，阿姆河天然气公司有效化解了土库曼斯坦方面因内部机构调整、出口创汇减少而对项目提出的修改合同要求（增加土库曼斯坦政府对招标审查最低数额的限制、动用购股优先权、增加赞助金额等），两次大规模"断签"、五年税务大检查、半年百万吨块状硫黄大清运、边境强采、（国内）冬季保供等严峻挑战，摸索出了一套具有中亚特色、土库曼斯坦特征、时代特点的油气合作新模式。

对内"三做"

1. 做大国内支持

认真分析土库曼斯坦特殊国情和项目面对的各种内外部风险挑战，及时决策建立三大国内支持中心，系统解决制约项目发展的瓶颈问题，以中国国内技术支持的超常规、高效率带动中土天然气合作项目的高速度、高水平发展。

①<u>川渝技术支持中心</u>：建立以川渝地区为主的工程设计、工程技术服务、工程建设、生产运维支持中心。2010年8月，中国石油工程设计有限责任公司（CPE）土库曼斯坦分公司（属CPE西南分公司派驻单位）获得土库曼斯坦国家油气领域和非油气领域全套勘察设计资质，这是土库曼斯坦第一家取得该全套资质的外资企业。从2007年至今，该公司高质量、高水平完成了阿姆河和复兴气田所有地面工程的勘察设计工作，共计32项，占据了该领域的技术高端，形成五类高端技术，其中专利专有技术4项，集成工艺技术10项，新技术2项，精装化技术4项，装配式技术2项。在复兴气田二期300亿米^3/年设计中，与世界先进水平对标，做到了厂站高度"橇装化、模块化"，达到了"四个减半"（即与复兴气田一期工程相比，用工、用时、用料、用地实现减半）目标，大规模推广采用具有世界领先水平的N08825复合管，从材质本身解决了复兴气田高含硫（最高含硫化氢达13%以上）对管道的腐蚀问题，确保安全供气，对后续国内高含硫天然气处理厂具有重要指导意义且实现了"四大"突破："从点（阿姆河A区项目）到面（整个阿姆河和南约洛坦市场）"的突破；"从勘察设计向EPC"的突破、"从土库曼斯坦到周边国家"的突破、"从油气领域向非油气领

域"的突破。川渝地区的川庆钻探公司（与之前的长庆钻井公司合并而成）从 2006 年开始进入土库曼斯坦，先后派出 20 部深井钻机、6 部修井机作为中土天然气合作上游钻修井作业的主力军，他们将国内丰富的高含硫碳酸盐岩气藏钻完井经验（包括教训）与土库曼斯坦复杂的地质条件相结合，克服高含硫（复兴气田含硫化氢高达 13%，阿姆河右岸萨满捷佩气田含硫化氢 5%）、高温、高压、高盐膏层带来的困难挑战。截至 2020 年 12 月 31 日，川庆钻探公司在土库曼斯坦阿姆河右岸、复兴气田、雅什拉等现场完成新井钻井 173 口井，其中阿姆河右岸 138 口井，复兴气田及土库曼斯坦其他气田 35 口井，钻井成功率 100%，钻井总进尺 65.51 万米。与此同时，完成试气及修井作业 172 口井，固井作业 1112 口井，酸化 206 口井，川庆钻探公司以过硬技术、优良服务，牢牢把握了土库曼斯坦"六高"（高产、高矿化度、高温、高压、高含硫化氢、高含二氧化碳）气藏深井钻完井、储层改造的主动权。川庆钻探公司所属川庆油建公司在"川油铁人"汪国林的带领下，更是发扬了"特别能战斗、特别能吃苦"的大庆精神、铁人精神，克服种种难以想象的困难和挑战，只用 18 个月时间，在茫茫卡拉库姆沙漠中建成年产 50 亿立方米的高含硫、高度自动化的天然气处理厂及其配套工程。处理厂占地面积达 123.4 万平方米，相当于 172 个标准足球场。之后又陆续完成阿姆河项目一厂两次扩建（扩建后处理能力由 50 亿立方米提高至 80 亿立方米）、阿姆河项目二厂 90 亿立方米、复兴气田一期 100 亿立方米、复兴气田二期 300 亿立方米前期准备（包括开工庆典）等重点工程，与川庆钻探公司一样，川庆油建公司创造了土库曼斯坦工程建设史上的奇迹。川渝地区的西南油气田分公司充分发挥中国天然气生产运行先行者、主力军作用，先后从国内川中、重庆、川东北气矿等单位选派出 300 多名天然气运行骨干支持阿姆河右岸、复

中国石油工程设计有限责任公司（CPE）土库曼斯坦分公司获得的土库曼斯坦勘察设计许可

兴气田的投产运行工作，他们在土库曼斯坦负责生产运行的天然气总规模达到商品气 300 亿米^3/年规模，相当于 2020 年土库曼斯坦全国天然气产量的一半，2020 年中国石油天然气产量的 1/4，不仅有力保障了土库曼斯坦一个国家、两个气源（阿姆河右岸和土库曼斯坦天然气康采恩所属气田）向中国平稳供气超过 3000 亿立方米，而且在实践中为土库曼斯坦培养了超过 1000 名高含硫气田生产运行骨干，包括生产调度、采气、净化、输气、计量、检修、应急处置等急需专业，准备各类培训教材超百份，为保障土库曼斯坦作为中亚天然气管道三线（A/B/C）主供气源做出了重要贡献。

②**京津冀基础研究中心**：充分依托京津冀地区技术密集、院校集中的区域优势，建立以京津冀为主的基础研究中心。阿姆河右岸是中亚地区地质条件最为复杂的区块之一。20 世纪 90 年代末，埃克森、壳牌等西方石油公司评价后认为，阿姆河右岸斜坡点礁带难以形成大型气田、投资风险高、开发难度大，最终放弃进入（受土库曼斯坦政府关于陆上天然气田禁止外国投资者进入的政策影响，美国埃克森公司于 2013 年、雪佛龙公司于 2015 年分别关闭其在土库曼斯坦的分公司/办事处）。中国石油决定整合研究力量，成立阿姆河基础研究中

川庆钻探公司的土库曼斯坦员工在下套管作业

川庆油建公司中方员工正在为土库曼斯坦员工进行技能培训

2009 年 5 月，西南油气田分公司与阿姆河天然气公司签署技术支持协议

阿姆河畔采气人

由川庆钻探油建公司承建的阿姆河右岸一期工程处理厂，建设中（上）、建成后（下）

心，包括勘探开发研究院、川庆钻探地质研究院、东方地球物理研究院、西南油气田研究院、钻井工程研究院等，主要解决勘探开发面临的"认不准""看不清""钻不下""采出难""邻强采"等挑战。"认不准"：国内外已发现的大型碳酸盐岩油气田以台缘礁滩、台内滩、岩溶风化壳及白云岩储层为主，例如中国石化的普光气田、中国石油的塔中油田、塔河油田等。而阿姆河右岸勘探对象主要是台缘斜坡未经暴露岩溶的灰岩。"看不清"：碳酸盐岩上直接覆盖的巨厚（1400米）盐膏岩，对地震信号屏蔽严重，盐膏岩强烈变形导致下伏目的层"照明"不均、振幅畸变，造成地震成像难，储层识别不清。"钻不下"：阿姆河右岸中部地区发育浅层高压次生气藏，钻井易井喷着火，被划定为"钻井禁区"，盐岩易蠕变、盐溶、结晶，卡钻事故频发，前人钻遇高压盐水层报废率达73%，钻遇高压缝洞气藏多发生恶性漏喷事故，曾烧毁5台钻机。"采出难"：台缘斜坡储层基质物性差、高角度裂缝横向连通性差，导致直井产量低、储量动用及采出程度低，难以经济开采。"邻强采"：有相当一部分气田处于两国边境上，造成一个气田，两种（采气）速度，压力损失大、产量（资源）流失多。2007年项目启动以来，基础研究中心依托中国石油、中国科学院等国内的优势资源，以国家

重大专项为平台，针对上述技术难题，开展勘探开发一体化技术攻关，在地质理论、物探技术、安全钻井、高效开发等4个方面取得了系列创新成果。在地质理论方面，创新1项沉积地质认识：首次提出台缘斜坡可广泛发育缓坡礁滩复合体；发现3类新型规模储层：即缓坡礁滩群（B区中部）、逆冲断块缝洞体（B区东部）与叠合台内滩（B区西部）；创建3类气田成藏模式：即盐下台缘斜坡与台内3类大型气田成藏模式。在钻井方面，集成创新了复杂高压地层钻井配套技术，建立了盐膏层井眼缩径方程，优选出抗蠕变、强封堵性欠饱和-饱和盐水钻井液体系，首次实现了含高压盐水盐膏层内 $0°～80°$ 的井眼定向轨迹控制。实施水平井45口，成功率100%。在井控方面，首次采用层控分段式计算方法预测地层压力。优选导向分流器，采用小尺寸领眼试钻，研发速凝水泥浆体系，实现了在浅层高压次生气层的安全钻进，解放了"钻井禁区"千亿方储量。在开发方面，创新了以气藏群整体水平井部署优化为核心的高效开发技术，水平井无阻流量为直井的3~10倍。在储层改造方面，大力推广应用了新型清洁智能自转向酸改造技术，实施酸化后单井产量大幅提升。在地面工程方面，首创100万米^3/日规模大型在线腐蚀实验橇，研发了胺法、分子筛复合深度脱有机硫新工艺，效果显著。

阿姆河天然气公司与土库曼斯坦主管领导、专家一起研究，攻克地质难点

阿姆河畔采气人

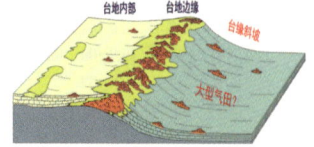

阿姆河右岸地质难点之一"认不准"

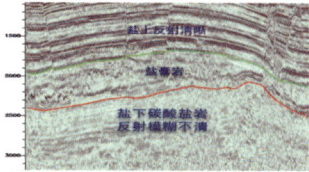

阿姆河右岸地质难点之二"看不清"

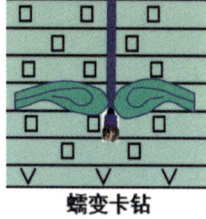

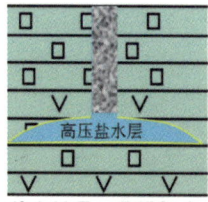

阿姆河右岸地质难点之三"钻不下"

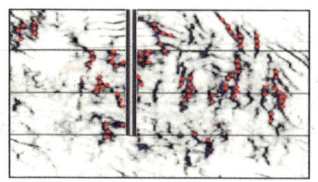

阿姆河右岸地质难点之四"采出难"

中国石油川庆钻探(上)、中国石化胜利井下作业公司(下)员工在阿姆河现场施工

阿姆河右岸项目东部地区第一口探井皮21井投产获120万立方米天然气放喷现场

③**新疆后勤保障中心**：建立以新疆地区为主的水电、道路、后勤保障支持中心。充分利用新疆作为中国陆路出口中亚的唯一出口通道和优越的地缘优势，组建物流通关办事处，及时协调解决中国边境口岸阿拉山口换装、哈萨克斯坦边境口岸多斯托克换轨等难题，针对往来车皮严重倒挂（中国出口中亚物资远大于中亚国家出口中国物资）的现状，采取"定节点、抢车皮、盯全程、备预案"的超常规运作方式，在国家有关部门大力协助下，不到4年（2008—2012）便完成了土库曼斯坦阿姆河右岸天然气项目（一、二期）、复兴气田（一期全部、二期部分）所需各类物资、设备、仪表、电缆、工具、材料等共计12万多吨，其中铁路运输3万多个车皮，公路运输1万多车次，包机70多架次，铁陆合运5000多车皮，确保了中土天然气合作上游气田的勘探开发生产运行。其中阿姆河项目一期工程所需物资1.4万车皮，动迁各类大型设备2500余套，物资动迁量为附近的法拉普火车站15年累计卸货量总和。新疆阿拉山口边境口岸也因此于2008年首次超过内蒙古满洲里口岸，获得全国铁路口岸出口总量第一，当年发运钢管物资60万吨。在保障支持方面，由中国石油新疆油田公司准东采油厂对口支持阿姆河项目电厂运行，包括燃机电站1座，共计7台机组，总发电能力达到79.23MW；110kV变电所2座，35kV变电所1座，110kV开关站1座；供电线路426千米，截至2020年12月31日，已累计安全发电超过12亿千瓦·时，由中国石油运输公司高水平、高质量完成阿姆河项目一期工程投产四国元首乘车途经之路30千米，建成65千米铁路及凝析油装车站1座，车站2座。

由中国石油新疆油田公司负责运行的阿姆河右岸项目自备电站（左）、由中国石油运输公司承建的高等级公路（右）

2. 做强现场实施

派驻现场经验丰富、协调能力强的业务骨干常驻现场，确保勘探开发一体化，地质工程一体化，方案实施滚动化，钻完试投无缝对接，调堵排采精准施策。勘探，中部滚动＋东部区域甩开；开发，稀井高产＋气田接替；钻井，突破巨厚盐膏层与窄密度窗口平衡钻井；地面，PMC＋EPCC；生产，运行总承包＋融合式管理；销售，公平竞争、优中选精，安全，实施对承包商"一月一评，一季一核，一年一定"的讲评制度，承包商的安全业绩与进度款挂钩，分包商业绩与主包商挂钩的政策，在工区作业点多、线长、面广，各项施工交叉进行的情况下，从2007年8月项目启动截至2020年12月31日，实现了2.59亿人工时安全生产无事故。在举世瞩目的阿姆河天然气项目一期工程竣工投产庆典仪式的组织筹划中，按主体工程、辅助工程、生产准备、外部条件四大专业制订详细工作计划，设立重要节点并落实到人，确保时间紧、链条长、单位多、责任重的投产庆典各项工作得以有序、安全、准时完成。

①**在主体工程**的钻完井作业中，坚决落实"三优两强"理念，持续提速提效，相继刷新取芯收获率、钻井周期、第一口水平井、第一口大口径定向位移井等多项纪录。为一期工程开工投产的28口井井口产能达到2000万米^3/日的日产水平打下坚实基础。在主体工程的内、外输工程中，在抢、帮中稳步前行。抢：是指抢时间，由于工期紧迫，工程施工交叉进行，只有做好各方面完备的准备工作，并具备扎实过硬的技术素质才能高质量的抢出进度。帮：是指帮助当地合作伙伴解决技术、质量、安全、管理问题，不但要保证自己的工作完成，还要保障合作伙伴按时完成项目任务。主体工程的核心项目——阿姆河项目第一天然气处理厂建设的困难和难度在国际、国内前所未有。时间上，没有一个这种规模（高含硫天然气处理厂处理规模50亿米^3/年）的天然气处理厂在这么短时间内完成；没有一个项目有这么大的跨国物资运输量（占地123.4万平方米，仅钢结构就达1.46万吨，混凝土8.1万立方米）；没有一个项目组织这么多人员、机具在这么一个有限

的场地施工。在国际、国内都对该处理厂能否按期建设产生疑问的时候，英雄的建设者们——中国石油川庆油建（负责处理厂）和工程建设公司（负责集输系统和外输增压站）不仅提前建成了，而且产品完全达标。这是当时中国在国内和海外建设的规模最大（年处理含硫原料气50亿立方米）、难度最高（即包含脱硫和硫黄回收、造粒，又包含常规的脱水、脱烃和凝析油回收装置，各种动、静、电气、仪表设备达7800多套）、同时也是建设时间最短（前后总计28个月时间）的天然气处理厂。它打破了国际同行天然气处理厂的建设记录。如果说中国—中亚天然气合作建设的是一条能源"大动脉"的话，天然气处理厂就是这条"大动脉"的"心脏"所在，它就像一座耸立在阿姆河畔、屹立于卡拉库姆沙漠中的"钢铁丰碑"，源源不断地向祖国输送着"绿色蓝金"。

②辅助工程包括水、电、路、讯、气、铁路和凝析油转运站等，会战时期大家的共同感受是：每一项工作的完成，都如同冲锋陷阵拿下一个山头，刚要坐下，下一个攻坚命令已经下达，必须接着干。每个员工怀着"扎下根、不送气、不死心"的决心和"为国添绿、为民送暖、为己积德"的使命感，"没有选择、没有余地、没有退路"的责任感，各项工作快速推进、投产节点一再突破。从2008年4月10日仅用3个月就完工的包括10栋宿舍楼、1栋办公楼、食堂和洗衣房在内的阿姆河公司二号营地（可容纳476人住宿、办公）竣工开始，建设进度一再提前：水来了、电通了、路畅了、（手机）有（信）号了、网络办公实现了、（工业）用气到（处理）厂了，每天都有奇迹诞生。而这一个又一个奇迹的背后，是上万名中土建设者们在卡拉库姆沙漠的艰苦奋斗，在阿姆河畔的无私奉献。

③生产准备包括组织机构、人员动迁、人员培训、物料准备、技术资料、生产调度运行、供气计划，这些工作都是牵一发而动全身，千头万绪细清理。生产调度运行是生产的大脑机关，一旦开始生产就不允许出错，2009年11月3日下午15时，投产指挥部在处理厂组织的系统投产大演练中，仿真模拟了从开井到合格产品气到达霍尔果斯

口岸的全部过程，涉及了通讯、生产调度、生产操作、外部联系，包括了应急抢险中的各方紧急联动，医护、消防、抢救、抢修及恢复生产的演练。演练涉及阿姆河项目全体参战单位、中亚管道公司、西气东输二线西段建设单位和中国石油北京油气调控中心。演练参演人数上百人、涉及中国—中亚天然气合作项目上、中、下游四国全产业链、仿真度高，由于准备充分、方案翔实，演练效果达到预期要求。这次仿真演练为确保处理厂平稳进气生产和将合格的天然气输送进中亚管道奠定了坚实基础。

④**外部条件**包括安全质量审计、开工许可、资源国各项检查、安保（尤其是土库曼斯坦—阿富汗安全形势评估）等工作，这些看似简单，实际是开工投产的硬指标，阿姆河天然气项目对建设工程的质量安全打造了三道防线：一是内部自查，对查出的安全隐患，立刻制订消项计划，"三查四定"尾项每天跟踪，形成日、周、月度会议检查制度，每周检查消项情况，及时消除质量缺陷和安全隐患。将"环保优先、安全第一、质量至上、以人为本"的管理理念落到实处。二是"请进来查"邀请工程设计公司（CPE）北京和西南院专家、有丰富天然气生产运行经验的国内西南油气田专家、塔里木油田专家、中国石油天然气勘探开发公司（CNODC）专家、中国石油天然气集团公司（CNPC）专家对工程项目的质量安全进行相互独立的拉网式检查，在此基础上与中国石油集团公司北京油气调控中心对生产运行进行检查和协调。三是"走出去学"，在阿姆河项目一期工程投产之前，由阿姆河公司领导带队，中土员工组成，分别赴中国石油塔里木油田（超深井）、西南油气田罗家寨对外合作项目（高含硫）、长庆油田长北对外合作项目（分支水平井完井）和新疆油田克拉美丽气田（低产井增压技术）进行有针对性的考察学习，将国内兄弟油气田好的

2014年11月，时任中国石油天然气勘探开发公司（CNODC）总地质师窦立荣率领的HSE体系审核组在阿姆河右岸现场工作。窦立荣（右3）与时任阿姆河天然气公司安全总监刘廷富（左1）、安全副总监雷惠博（左3）等一起进行HSE访谈与查阅资料

HSE 经验、做法吸收到阿姆河天然气勘探开发生产运行全过程中。例如塔里木油田高质量的井安系统，西南油气田应用的美国雪佛龙（Chevron）公司的"系统全集成、数据全共享、社区全覆盖、居民全动员、响应全天候"的 HSE 管理体系，长北气田应用的英荷壳牌（Shell）公司的卓越运营理念（OE），克拉美丽气田的低产井维护技术等均有效、有力支持了土库曼斯坦阿姆河天然气勘探开发和安全平稳运行。

CNODC 安全体系审核组成员管硕、于成金、窦立荣、单连政、许文庆（左数第 1～5 位）在阿姆河 A 区现场听取阿姆河天然气公司 HSE 工作汇报

在整个中国—中亚天然气项目系统投产中涉及从阿姆河项目气源到中国的霍尔果斯首站，再到中国西气东输二线，为了确保系统的安全投产，整个系统的氮气置换，统一由阿姆河天然气公司注入氮气，控制全长 1800 多千米的置换过程，从注入氮气量、天

阿姆河现场组织的应急演练

然气推动氮气流速控制等全部按照阿姆河公司流程进行调度并全程监控，在阿姆河天然气公司与中亚管道公司的统一协调下，从 2009 年 12 月 1 日 10：00 开始到 2009 年 12 月 5 日 23：58，阿姆河天然气公司的氮气到达了中国霍尔果斯首站，这一项目的完成，为九天之后的 2009 年 12 月 14 日，在中、土、乌、哈四国元首的见证下实现顺利投产打下了坚实的基础和通气保证。

阿姆河项目一期投产纪念碑（左）和处理厂夜景（右）

2008年阿姆河右岸项目重要里程碑

2009年12月5日23:58，土库曼斯坦阿姆河天然气公司的氮气头到达中国霍尔果斯口岸首站情景

3. 做精首都协调

①三地人员比例：调整骨干常驻首都，履行地区公司党委、协调小组、阿姆河天然气公司、中国石油驻土库曼斯坦办事处四项职能，按（国内）支持、（国外）现场、（国外）首都三地人员100∶10∶1的比例，首都5个部门19名中方专家，其中11人具有10年以上中亚"海龄"，8人能熟练使用英、俄两门外语，2人能使用英、俄、土（库曼）三门外语，充分发挥土方员工（首都100人左右）熟悉国情、熟悉气田的优势，与土库曼斯坦内阁、油气署、移民局、康采恩及中国驻土使馆等建立定期沟通、通报机制，加快土库曼斯坦政府对计划、预算、方案、许可的审批速度，为做大国内支持、做强现场实施创造良好内外环境。面上中土方同树一目标，甲乙方共举一面旗，国内外形成一合力，不投产、不罢休，不送气、不歇气；线上中国石油、中国石化"两桶油"齐发力，中国石化在土库曼斯坦作业的胜利油田井下作业公司关键时刻抽调两部钻机、一部修井机支援阿姆河项目；国家开发银行、中国进出口银行金融大支撑，国家开发银行分两次总计贷款数十亿美元用于土库曼斯坦复兴气田的勘

探开发；点上依据合同条款、气田特征和国内用气峰谷需求，持续开展以气价（特高气价难以持续）、产量（增长趋势放缓）、季节（由全年保供到季节保供，再到时段保供）为主的形势分析，以分区（区别对待A、B区投资需求）、控本为主的经营策略和以赢利为主的经营导向，努力实现自我滚动发展，净现金流为正，2018年阿姆河天然气项目实现投资静态回收。牢记阿姆河天然气项目是"钻台连着灶台，井口连着家门"的民生保障项目，以"安下心、不投产、不死心"为根本理念，激发大家"为国添绿、为民送暖"的激情。

②甲乙方管理：会战期间，提倡在合作中竞争，在竞争中成熟，充分发挥一体化优势，熟悉并掌控土库曼斯坦钻完井市场话语权；运行期间，提倡"搭台唱戏"，严禁"拆台砸戏"，各扬所长，有序竞争，实现中国石油利益最大化；低油价时期，提倡"跟着中国石油，跳出中国石油"，利用中国"双优贷款"积极参与土库曼斯坦陆上及里海油气田工程建设服务，加快由国内知名企业向国际优质企业的转变，中国石油技术开发公司（CPTDC）、中国石油东方地球物理公司（BGP）、中国石油川庆钻探公司（CCDC）、中国石油工程建设公司（CPECC）等单位在开拓外部市场方面均取得良好开端。

阿姆河现场施工人员在重温入党宣誓

早期阿姆河项目部分领导在现场（右一为时任总经理吕功训，中间为作者，左为现任总经理陈怀龙）

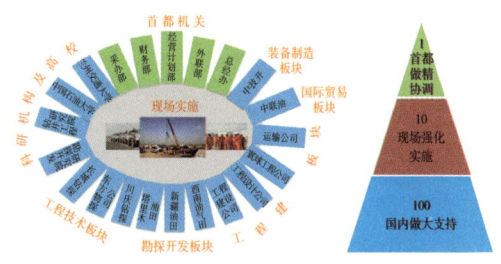

中国石油参与阿姆河项目的国内支持单位（左）和做大国内支持（蓝色）、做强现场实施（中间红色）和做精首都协调（绿色）的人员配置比例（右）

主要成果

1. 创新气藏经营理念

①**地质新理论**：提出阿姆河右岸中部广泛发育台缘缓坡礁滩复合体、西部发育台内叠合颗粒滩、东部发育逆冲断块缝洞体的地质认识，揭示出中西部继承性隆起上缓坡礁滩群与叠合台内滩多期充注成藏、东部新生代逆冲构造晚期充注成藏过程，改变了只有台缘堤礁带才可能发育大气田的传统观念，大大拓展了阿姆河右岸的勘探领域；针对盐下地震成像质量差、速度异常、构造储集层预测不准等难题，创新形成了盐下圈闭识别、盐下碳酸盐岩储集层和流体预测、盐下伴生圈闭评价、盐下岩性地层圈闭评价等特色技术。

②**勘探新认识**：创新高陡构造带缝洞型气藏地质新认识和勘探新模式，集成地质—测井—地震一体化缝洞预测技术，形成复杂缝洞型气田群高效开发关键技术，保障 B 区东部缝洞型气田群快速上产 40 亿立方米。通过开展东部山前高陡构造带地质评价研究和圈闭刻画、缝洞储层预测、风险目标评价等技术攻关，快速采集处理三维地震 1410 平方千米、重新处理 2050 平方千米，部署探井十口，实现了东部山前冲断带勘探新领域的快速突破与大气田的新发现。一是创新高陡构造带缝洞型气藏地质新认识与勘探新模式，发现了召拉麦尔根—杜戈巴、北戈克米亚尔—东霍贾古尔卢克和戈克米亚尔—高尔达克等 3 个天然气富集新区带。二是集成地质—测井—地震一体化缝洞预测技术，明确了裂缝—孔洞的空间展布规律，指导了风险探井部署，探井成功率达到 100%。2019 年 1 月 B 区东部气田投产，针对缝洞型（异常）高压气田高效开发的难点，围绕"快速规模建产，少井效益开发"两大

目标，以数字岩心仿真技术为手段，首次揭示变应力场下缝洞型异常高压气藏特殊渗流规律，指导了 B 区东部气井合理生产压差等开发指标的确定，保障单井产能年递减率低于 7%。集成缝洞型（异常）高压气藏动态描述及差异化自适应井轨迹优化技术，提高气井动态储量和产能评价的可靠性，实现缝洞型气藏井轨迹个性化设计，保障 B 区东部复杂缝洞型异常高压气田群高效开发。实施新技术以来，顺利完成 6 个气田试采方案编制，新钻开发井 9 口，高产井成功率 100%，平均单井无阻流量达 500 万米^3/日，平均单井日产量 70 万立方米，投产后气田群年产规模达 40 亿立方米，落实升级储量超过 300 亿立方米。

③**开发新特征**：首次明确"一区两速"跨境气田开发特征并实施针对性举措：对主力跨境气田——萨曼捷佩气田，一是利用沉积微相精细刻画，揭示了气田为古隆起背景上的多层叠合台内滩，突破了前人认为的储层为堤礁带台缘礁体的传统地质认识；二是通过测井精细解释和地震薄储层预测技术，准确预测了 XVac 和 XVp 储层发育规律，突破了前人认为这两层不可动用、无开采价值的认识，气田储量大幅增加 15% 以上；三是利用储层精细描述技术评价得出气藏边底水不活跃的结论，突破了前人认为气藏具有强底水的论断，为提高单井产量、提高气田产能奠定了可靠的理论基础，实现了萨曼捷佩气田产量和储量双翻番；四是利用大型跨境气田边界强采定量描述技术，预测资源流失速度，制定边界加密布井、分区带优化配产等对策，最大限度扭转了压力坡"东倾"的趋势，应对强采取得显著成效；五是通过创建气藏—地面—经济参数的增压开采优化模型、建立"台阶式"控产控压开发模式、集成高含硫气田"宽域"增压开采工艺配套技术，成功指导萨曼捷佩气田在进入平输压开采期后及时启动增压工程并顺利实施，萨曼捷佩气田增压工程是继阿姆河天然气项目第一、第二天然气处理厂建设之后又一重点工程落户阿姆河右岸，对如此大规模（80 亿米^3/年）、高含硫（H_2S 含量 5%）的跨境气田进行增压开采在国内外尚属首例。萨曼捷佩气田作为阿姆河天然气项目的功勋气田，它发现于苏联、封存于苏联解体后、盘活于中国人进入后，应对了跨（境）

采、高含硫、平输压等一系列严峻挑战，投产11年以来，向国内输送天然气超过680亿立方米，惠及国内千家万户，成为井口连接灶台的示范工程。

④**破解钻井难**：成功突破了原井喷事故区存在的浅层高压次生气藏、部分长段盐膏层内存在异常"高压盐水"、直井和定向井储层中严重井漏、漏喷转换快等三大钻井难题。集成创新了复杂高压地层钻井配套技术，建立了盐膏层井眼缩径方程，优选出抗蠕变、强封堵性欠饱和－饱和盐水钻井液体系，首次实现了含高压盐水盐膏层内0°~80°的井眼定向轨迹控制，实施水平井45口，成功率100%。在井控方面，首次采用层控分段式计算方法预测地层压力，优选导向分流器，采用小尺寸领眼试钻，研发速凝水泥浆体系，实现了在浅层高压次生气层的安全钻进，解放了"钻井禁区"千亿立方米储量，实现钻井工程成功率100%，无钻井工业死亡事故，未发生钻井严重井控事件、井喷失控及H_2S泄漏等井控事故，无钻井环境污染的良好HSE业绩。成功处置了78井次不同程度的井漏、溢流、井涌，占钻井作业井数的63%，其中：浅表层地下水严重溢流2口、浅层恶性井漏1口、高压盐水层内发生溢流处理井漏16口、钻进气层发生不同程度的井漏、溢流、井涌及堵漏、压井59口，累计完钻173口井（其中阿姆河右岸138口井），总进尺65.51万米。

⑤**成藏准识别**：深化沉积模式、油气成藏理论认识，形成（异常）高压气田开发关键技术。一是创建（异常）高压裂缝—孔隙型气藏单井稳态产能方程，提高了评价单井产能的可靠性；二是创建（异常）高压气藏变岩石压缩系数动态储量计算方法，校正了不考虑岩石弹性能量变化导致动态储量计算结果偏大的问题；三是形成整体水平井（大斜度井）开发井网多参数同步优化技术，大幅提高了钻井成功率；四是形成（异常）高压气藏数值模拟技术，实现气藏开发的精细刻画；五是集成创新了复杂高压地层钻井配套技术，实现了盐膏层下伏气藏与浅层高压次生气层安全钻进。利用上述五项（异常）高压气藏开发关键技术，指导了B区19个气田的平稳生产，投产6年多以来，累计

生产天然气超过410亿立方米。

⑥精辨薄储层：利用盐下复杂碳酸盐岩薄互层预测技术解决薄储层识别难的问题，发现西部薄储层构造—岩性气藏，为一期工程储备接替气源：一是针对B区西部台内滩储层相变快、储层薄的预测难点，提出"波谷上缘+波峰上缘+波峰"3种碳酸盐顶界面地震解释模式，利用井震联合频带展宽技术（LSHR）和叠前叠后联合反演技术，大幅提高薄储层的分辨率和预测精度，解决薄储层构造解释和储层预测难的问题，在B区西部成功发现了东伊利吉克、西基什图凡、加兹恩等7个台内滩薄互层气藏，落实了另一个千亿立方米级气区的储量；二是创新集成薄互层随钻跟踪调整技术，优选钻探井位目标，设计钻井轨迹，随钻优质储层快速评价，确保钻井井位精准中靶，成功指导十多口探井/开发井的部署。B区西部气田作为第一处理厂重要的接替气源，将在萨曼捷佩气田增压进入递减期时快速投产，对保障阿姆河项目持续稳产140亿立方米具有极其重要的意义。根据上述创新地质理论和特色技术，发现并落实阿姆河盆地右岸天然气地质储量超过8000亿立方米，完成了三维地震10537平方千米，二维4303千米的采集处理解释，获得三级储量8071亿立方米，形成6个千亿立方米气区，建成产能150亿米^3/年，完成探井、开发井共173口井，探井成功率82%，开发井成功率100%；28个月完成一厂50亿立方米产能建设（先后两次扩建至80亿米^3/年），30个月完成二厂90亿立方米产能建设，以及相应的水、电、（公、铁）路、讯、绿化、营地等配套设施。

⑦治水新模式：建立生物礁滩识别模式，利用"多元一体化"精细建模技术，制定五类出水模式下的长效治水对策，实现了水驱气藏整体长效治水及稳产开发策略。以储层精细刻画为突破口，针对巨厚变形盐下高能礁滩体地震地质特征，建立生物礁滩识别模式：用"相面法""时差法"识别生物礁；正演模型验证生物礁；岩心、薄片、测井等确认生物礁；地震反演落实礁滩展布，实现了礁滩储层评价与井位优选的生物礁滩识别与描述。利用出水模式判断方法，在常见的底水水锥型和裂缝水窜型基础上，新增3类出水模式：边水—断裂水窜

型、高压盐水倒灌型和浅层淡水倒灌型。利用"多元一体化"精细建模技术精细表征水体来源、水侵通道、水体能量等，预警出水时间、预测出水量，为合理治水提供依据。针对不同时期、不同出水类型提出了相应的长效治水对策，形成有水气藏稳产配套技术：边水—断裂水窜型产水气井实施"内控外排"，阻滞边水横侵、保护气藏内部；高压盐水倒灌型产水气井治理思路为"尽早利用地层能量排出有限水体"；浅层淡水倒灌型产水气井制定"充分利用自身能量和外来水能量主动排水"策略，减少倒灌水波及范围等。皮尔古依、基尔桑、鲍坦乌、扬古依等B区中部主要产水气田综合治水方案实施后，增加动用储量超200亿立方米，释放气井产能500万米^3/日以上。B区中部水气比稳定在1.5方/万立方米以下，连续6年平均年产气70亿立方米。

⑧**投资快回收**：2018年上半年，阿姆河天然气项目实现（中方）静态投资全部收回。阿姆河天然气公司单位操作费、单位勘探成本、单位发现成本均低于中国石油内部平均指标，探井成功率超过80%，明显高于海外平均水平，连续10年在大规模建设投资情况下保持现金流为正。该项目已成为中国企业"走出去"最成功的项目之一，成为"一带一路"上的"棋眼"项目。

由中国石油承建的阿姆河右岸天然气项目实景照片（天然气处理厂及水、电、路、讯、营地、办公、绿化等）

2. 建成复兴大气田

①工程规模大：2008年12月29日，中国石油川庆钻探公司与土库曼斯坦天然气康采恩，在阿什哈巴德正式签署了南约洛坦气田（即复兴气田）年产100亿立方米商品气产能建设EPCC总承包交钥匙《合同》，合同总价超过30亿美元，合同工期36个月（三年）。整个合同期工程含三个部分，一是钻井22口，年产原料气115亿立方米；二是建100亿立方米生产能力的净化处理厂1座；三是二套集气管道（直径278毫米），二个预处理厂，每个厂占地1.3平方千米（相当于182个标准足球场大）。外输管道110千米（直径1420毫米），年输气能力200亿~300亿立方米，输向土库曼斯坦沙特雷克管道增压站。2010年1月开工建设，2013年6月10日，项目公用工程试运投产；6月18日，项目机械完工；8月21日，项目实现首气投产。截至2013年9月下旬，项目累计实现安全人工时9810万，安全行车3206万千米，实现了"零事故、零污染、零伤害"。项目质量管理体系运行正常，总体受控，在设计、采购、施工及试运行方面取得了45项管理和技术创新成果，118个单位工程质量符合设计及标准规范要求。中国石油川庆钻探公司只用三年时间，1070个日日夜夜，就在世界第二大气田——复兴气田建立起亚洲最大的天然气处理厂。

②投产意义大：2013年9月4日，中土两国元首——中国国家主席习近平和土库曼斯坦总统别尔德穆哈梅多夫共同出席竣工典礼，是复兴气田一期（300亿米^3/年规模）三个项目中第一个完工、第一个供气、第一个移交的项目，包括22口生产直井的井筒作业、对应的采集气管道、2座预处理厂（集气站）、天然气处理厂、外输管道以及燃气发电厂、永久性营地、铁路、公路、水源站等配套工程设计和建设。该项目建成后每年生产商品天然气100亿立方米，凝析油8.05万吨，硫黄67.79万吨，解决当地600~800人的就业。目前复兴气田一期工程已累计外输商品气超过300亿立方米，回款率达99%，复兴气田一期工程按期成功投产运行，不仅使土库曼斯坦向中国供气能力由300亿米^3/年增加至400亿米^3/年以上，而且为土库曼斯坦政府将复兴气

由中国石油川庆油建公司建设完成的复兴气田一期100亿米³/年工程实景照片。处理厂、集气站（上）、员工宿舍、中控室（中）、铁路桥、公路、铁路（下）

田二期工程（300亿米³/年）交由中国石油建设投产运行奠定了良好基础，也为土库曼斯坦扩大向中国出口天然气夯实了资源基础。

3. 开辟工程主战场

经过近30年的不断探索，尤其是近15年中国石油、中国石化的辛勤耕耘，土库曼斯坦已成为中国石油工程建设和工程技术服务的主战场之一。中国石油一体优势、整体合力、集体荣誉在土库曼斯坦波澜壮阔的天然气大会战中得到充分彰显和有效回报，中土两国在油气领域的合作呈现出规模大、潜力大的"两大"和钻井成功率高、市场占有率高的"两高"特点。

①**投产规模大**：土库曼斯坦独立后规划建设天然气处理厂7座，总规模800亿米³/年。其中中国石油独立承担设计5座，总规模600亿立方米，占土库曼斯坦规划总量的75%，在阿姆河、复兴气田一期分别建成3座，总规模300亿米³/年并成功投入使用，规划建设2座（指复兴气田二期工程2座，每座规模达150亿米³/年），总规模300亿米³/年。

②**合作潜力大**：2013年土库曼斯坦政府指定中国石油承建中国—中亚天然气管道D线主供气源——复兴气田二期300亿立方米项目，

总投资超过 100 亿美元。2015 年，土库曼斯坦政府邀请中国石油承建马徕依气田增压项目及复兴气田一期剩余钻井服务。2016 年，土库曼斯坦政府邀请中国石油参与复兴气田三期建设（规模 300 亿米^3/年，为土—阿—巴—印（TAPI）管线主供气源）；2021 年 1 月和 8 月，别尔德穆哈梅多夫总统先后两次出席向中国供气的主力气田——马徕依气田增压站投产仪式和复兴气田新钻井开钻仪式。

③**钻井成功率高**：中国石油川庆钻探公司在土库曼斯坦三大气区（阿姆河右岸、复兴气田、雅什拉等）独立完成 173 口钻完井服务，总

中土方员工风采，摄于中土天然气合作主战场——阿姆河右岸天然气项目和复兴气田

进尺 65.51 万米，成功率 100%，占同期土库曼斯坦气田钻井总数的 80% 左右，签署合同超过 5 亿美元，牢牢把握了土库曼斯坦"六高"（指高产、高压、高温、高寒硫化氢、高矿化度、高含二氧化碳）气田钻完井主导权。2021 年 6 月，土库曼斯坦政府宣布中国石油川庆钻探公司中标承担复兴气田一期工程剩余三口井钻完井工程并首次同意使用中国支付气款作为川庆钻探公司三口井的预付款。

④**市场占有率高**：在土库曼斯坦独立后油气工业装备改造过程中，中国装备占 70% 以上份额。通过中国石油技术开发公司（中技开，CPTDC）引进的中国产钻机、修井机 100 套（钻机 27 套、修井机 73 套），合同总金额超过 3 亿美元；各类油/套/钻杆 5.7 万吨，销售额 1.5 亿美元，占据土库曼斯坦 75% 的市场。依托中土两国在油气领域装备出口的示范作用，中国累计向土库曼斯坦出口机车车头 300 余台（包括阿姆河公司采购 2 台）；客运车厢超过 400 套，承担了超过 85% 的土库曼斯坦客货运任务。

古姆达克油田提高采收率项目

CCDC 承建复兴气田一期 100 亿立方米项目

CPECC 承建土库曼斯坦东西管线压气站及 SCADA 系统

BGP 承接德国莱茵公司里海勘探作业

CPECC 承接 Petronas 管线吹扫作业

CCDC 承钻土库曼斯坦地质康采恩那卡拉奇 2 号井

中国石油相关单位在土库曼斯坦"跟着阿姆河、跳出阿姆河"业绩

4

辉煌阿姆河

建成大项目

1. 四国元首出席庆典

高质量、高效益、高速度建成中国境外第一个百口井、百亿方、千万吨级油气当量规模的天然气民生保障项目——阿姆河右岸天然气项目一期工程。2009年12月14日，时任中国国家主席胡锦涛、土库曼斯坦总统别尔德穆哈梅多夫、乌兹别克斯坦总统卡里莫夫、哈萨克斯坦总统扎尔巴耶夫到中国—中亚天然气合作项目的气源所在地——土库曼斯坦阿姆河右岸天然气项目第一天然气处理厂现场，共同出席中国—中亚天然气项目投产庆典仪式，四国工程建设者分别在中国北京中国石油油气调控中心、土库曼斯坦阿姆河右岸天然气合作项目外输增压站现场、哈萨克斯坦阿拉木图中哈管道公司中心调度室、乌兹别克斯坦WKC1首站，以视频方式向四国元首报告通气准备情况，请示投产指令。随后，别尔德穆哈梅多夫总统邀请胡锦涛主席、纳扎尔巴耶夫总统、卡里莫夫总统共同开启通气阀门，这标志着承载了四国人民互利共赢、世代友好的"蓝金之路"正式开通。投产通气之后，首先向中国—中亚天然气管道输送的就是产自阿姆河第一天然气处理厂净化之后的合格商品气。

2. 土气带动乌气、哈气输华

从中国—中亚天然气管道投产12年来，中土两国"采气人"以高度的政治责任感和强烈的使命担当，确保了以阿姆河项目供气的高标准，带动土库曼斯坦天然气康采恩改善气质条件，以土库曼斯坦两气源（阿姆河右岸、土库曼斯坦天然气康采恩所属气田）的高质量，带动沿线国家乌兹别克斯坦、哈萨克斯坦提高供气质量。中亚三国（土库曼斯坦、乌兹别克斯坦、哈萨克斯坦）最高向中国日供气量接近 1.4 亿立方米。与此同时，随着阿姆河右岸勘探开发的不断展开，六个千亿立方米储量规模气区逐步落实，地面工程随之加快建设，继阿姆河右岸第一天然气处理厂于 2009 年 12 月竣工投产之后，位于阿姆河右岸中部的第二天然气处理厂于 2014 年 5 月竣工投产，位于阿姆河右岸西部的第一天然气处理厂扩建工程（由 50 亿米^3/年分两次扩建至 80 亿米^3/年）于 2015 年 10 月竣工投产，使阿姆河右岸项目的商品气供应能力提前超过了产品分成合同规定的 130 亿米^3/年，位于中西部的两大处理厂就犹如阿姆河畔的"车之双轮""鸟之两翼"，以"无一日短供、无一时断供"的优良业绩，成为中国—中亚天然气管道的主供气源之一。

3. "复兴"输华　土气"争气"

在圆满完成阿姆河右岸项目建设任务的同时，中国石油川庆钻探公司克服重重困难（包括土库曼斯坦政府两次"断签"带来的巨大人员缺口、土库曼斯坦运输瓶颈带来的大量货物短缺等），圆满完成了土库曼斯坦复兴气田一期工程 100 亿米^3/年特高含硫（含硫化氢 13%）处理厂及其配套工程的建设任务以及 22 口特高含硫、特高压、特高温、特高产（每口井平均无阻流量达 300 万立方米以上）气井的钻完井任务，

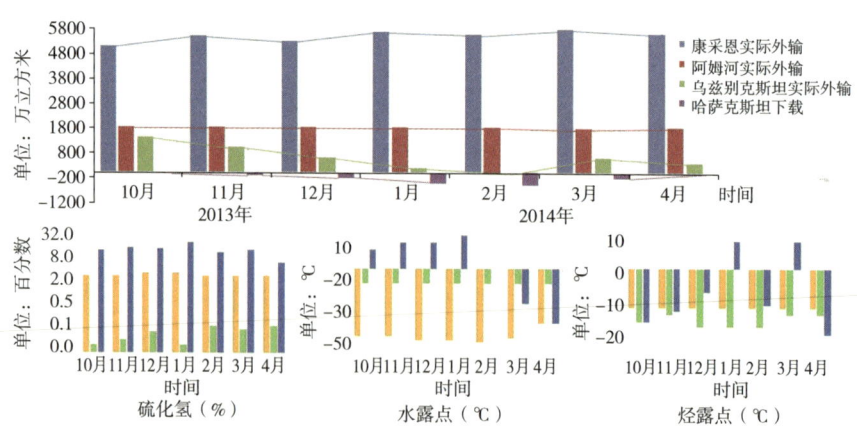

2013—2015 年间，中亚管道土库曼斯坦、乌兹别克斯坦、哈萨克斯坦三国供、输、下气情况（上）及供气质量图（下）

是多个国际同行承担的处理厂建设项目中，工作量最大、同时也是第一个完工、第一投入使用的工程。复兴气田一期工程的竣工投产，为土库曼斯坦天然气康采恩持续、稳定向中国供气提供了坚实的资源基础。2013年9月4日，中国国家领导人、土库曼斯坦总统亲临复兴气田现场出席一期工程投产竣工典礼，并发表重要讲话，两国元首高度肯定中土天然气合作项目（阿姆河右岸、复兴气田一期）在短时间内取得的丰硕成果，高度赞扬中土两国传统友谊，祝愿两国合作像"复兴"寓意一样枝繁叶茂。

确定大地位

1. 中亚管道主供气源

确定中亚管道主供气源战略地位。作为 21 世纪初国际能源界的一件大事，中国—中亚天然气合作项目启动之初，国际社会除了对项目能否在如此短时间（28 个月）、在四国竣工投产持有疑问之外，最担心的还是土库曼斯坦是否有足够的天然气资源，每年输气 300 亿立方米（后续追加 100 亿立方米，达到每年 400 亿立方米），供应中国（作为世界天然气消费大国）30 年以上。在中国、土库曼斯坦、乌兹别克斯坦、哈萨克斯坦四国建设者的共同努力下，在四国政府（包括使馆）的大力推动下，中国—中亚天然气合作项目不仅实现了比预定时间提前投产（2009 年 12 月 14 日一次投产成功，四国元首齐聚阿姆河右岸现场参加庆典），而且在管道的主供气源地——土库曼斯坦先后发现并落实了阿姆河右岸和复兴气田两大新增超大气源区，落实新增地质储量超过 10 万亿立方米。由此在土库曼斯坦境内形成了中国石油自产气（阿姆河右岸天然气产品分成合同）、土库曼斯坦天然气康采恩购销气，"一国两气源"同时向中国供气的良好局面。截至 2021 年 6 月 30 日，土库曼斯坦已累计向中国供气超过 3000 亿立方米，包括中国石油（阿姆河）自产气 1000 亿立方米，土库曼斯坦天然气康采恩购销气 2000 亿立方米，占同期中亚三国土库曼斯坦、乌兹别克斯坦、哈萨克斯坦总供气量的 80% 以上，冬春保供期间达 90%，占同期国内总进口气量（包括中俄管道气、中缅管道气、LNG）的近 40%，占同期国内天然气消费量总量的 1/8 ~ 1/9。这奠定了土库曼斯坦作为中亚管道主供气源的战略地位，打破了之前国际社会（包括个别国家）对土库曼斯坦天然气资源量是否靠实的疑问。

2. 民生保障效果显现

超过 3000 亿立方米土库曼斯坦天然气的引进，相当于中国减少标准燃煤 3.85 亿吨，减少二氧化碳排放 4.68 亿吨，二氧化硫、硫化物排放 900 万吨和 385 万吨。以土库曼斯坦天然气为主的中亚天然气的引进，包括阿姆河右岸天然气项目的成功运行，已经惠及中国华北、西北、长三角及珠三角 5 亿人口。建设高峰期拉动管道沿线土库曼斯坦、乌兹别克斯坦、哈萨克斯坦、中国四国增加就业机会超过 5 万人，同时创造了可观的管输收入。建设高峰期之后，目前运行期间仅中亚土库曼斯坦、乌兹别克斯坦、哈萨克斯坦三国稳定参加就业人数超过 5000 人，其中超过 90%，约 4600 人为土库曼斯坦、乌兹别克斯坦、哈萨克斯坦三国当地员工。作为新中国成立后建成的第一组境外天然气管道，中国—中亚天然气管道和上游土库曼斯坦天然气田（阿姆河 + 康采恩）的成功投产运行，为中国能源转型，建设美丽中国做出了重要贡献。

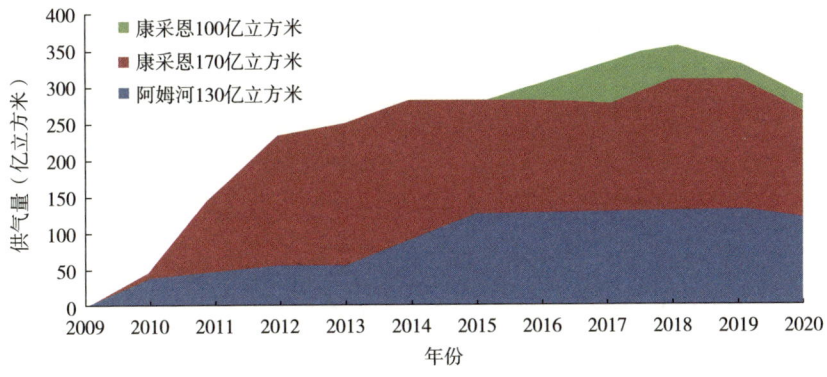

土库曼斯坦分年度向中国供气图

形成大格局

1. 既掌控资源,又调控资源

中国—中亚天然气合作项目的成功运行和上游土库曼斯坦两大气源阿姆河、康采恩所属气田的靠实,使中国与中亚相关国家之间形成了既掌控资源,又调控资源的合作格局,既开拓通道,又开拓市场的发展局面。在近年寒冷冬季,中亚管道沿线陷入无计划下气、无预报断气、中国京津冀地区严重缺气中,唯有土库曼斯坦两大气源日供气量逆势攀升,由 2014 年 1 月的 7000 万立方米上升至 2017 年 1 月创纪录的 1.1 亿立方米,稳居当时国内大管网日供气量第一位,以量稳质优成为中国冬季保供主供气源。同时,面对国内天然气市场淡旺季调峰(配产供气计划最高时相差近一倍)的额外需求,土库曼斯坦两气源比较好的履行了淡季限产、冬(旺)季提产的保供要求。中方 100% 控股的阿姆河天然气项目已实际达到 140 亿立方米的年生产能力,与往年不到 110 亿立方米年计划外输量相比,相当于在境外形成了 20 亿~30 亿立方米的储气调峰能力,为国内冬季保障用气做出了较大贡献。

2. 既开拓通道,又开拓市场

继 2009 年中国—中亚天然气管道 A 线开通之后,又分别于 2012 年、2014 年开通了中国—中亚天然气管道 B/C 两线,继土库曼斯坦之后,中亚乌兹别克斯坦、哈萨克斯坦也分别于 2012 年、2017 年开始向中国供气,使中亚气源向中国年输气能力由 300 亿立方米提升至 550 亿立方米,国内西气东输二线工程随即扩建,由国内长三角向珠三角延伸并于 2011 年 11 月抵达深圳,中亚土库曼斯坦、乌兹别克斯坦、哈萨克斯坦三国天然气已惠及国内 5 亿人口以上,中国天然气市场由

辉煌阿姆河 4

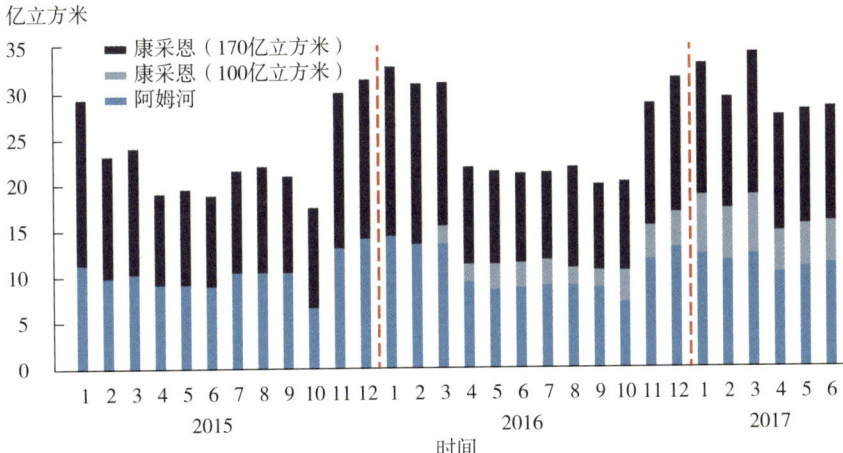

土库曼斯坦向中国供气基本顺应国内"峰谷差"要求

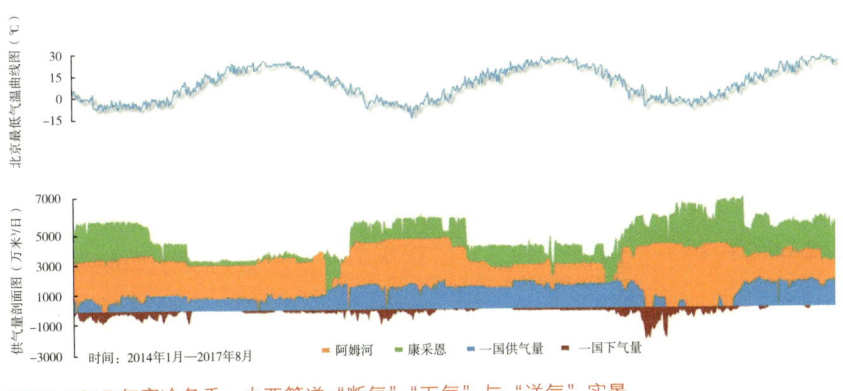

2014—2017年寒冷冬季,中亚管道"断气""下气"与"送气"实景

此呈现出"由点向面,由民向工,由城向村"快速推广的良好局面。此乃"近邻送福气,温暖中国心"。

创造大典范

1. 投资拉动建设、金融支撑项目

中国—中亚天然气合作项目的成功运行,创造了投资拉动建设,金融支撑项目的典范。2007—2017年的十年间,阿姆河天然气项目累计投入超过50亿美元,累计回收超过40亿美元,连续7年在大规模投资情况下保持现金流为正,效益指标始终名列中国境外投资项目前列并于2018年上半年实现投资静态回收。与此同时,阿姆河项目充分利用产品分成合同条款,精细策划,公平竞争,先后有包括中国石油(12家单位)、中国石化(胜利井下作业公司)、中国华为(独联体分公司)在内的20多家中资企业进入项目,签约合同额占总投资额的一半以上,国企、央企一体化优势充分彰显。受土库曼斯坦政府申请,两国金融机构同意以中土两国已经签署并正常运行的每年400亿立方米天然气购销合同为抵押,国开行向土库曼斯坦政府提供两笔贷款共计数十亿美元用于土库曼斯坦复兴气田一期300亿立方米产能建设及其配套工程,截至2021年6月30日,土库曼斯坦政府已全部还清两笔贷款。国开行的贷款,不仅缓解了土库曼斯坦政府资金困难,而且有效支持了土库曼斯坦复兴气田一期工程建设投产和相关老气田恢复生产,为中土两国扩大在能源、金融领域的合作奠定了良好基础,也为中国与中亚其他国家在金融领域的互利合作树立了良好典范。

2. 保险服务项目、支持中土合作

受国开行支持土库曼斯坦开发复兴气田的影响,经过中土双方深入谈判交流,2017年4月15日,中国石油专属保险股份有限公司(以

下简称"专属保险")与土库曼斯坦国家保险公司达成合作协议,成功承接阿姆河右岸天然气项目保险份额,保费收入达数百万元人民币。专属保险公司因此成为首家进入土库曼斯坦保险市场的中国保险公司。2017年5月,经国务院国有资产监督管理委员会(以下简称"国务院国资委")及中国石油内部测算,阿姆河右岸天然气项目全产业链价值贡献处于较高水平(尚未考虑中国石油技术服务单位的一体化收益)。2021年6月,同样以土库曼斯坦天然气康采恩向中国

2017年4月,中国石油专属保险股份有限公司总经理魏国良(右数第四)、阿姆河天然气公司时任总会计师牛刚(右数第二)等与土库曼斯坦国家保险公司领导举行会谈

供气合同为基础,土库曼斯坦政府以总统令的形式,首次同意以土库曼斯坦向中国供气170亿立方米气款,作为向中国石油川庆钻探公司支付3口高难度气井(位于土库曼斯坦复兴气田)的进度款,合同总额达数千万美元。

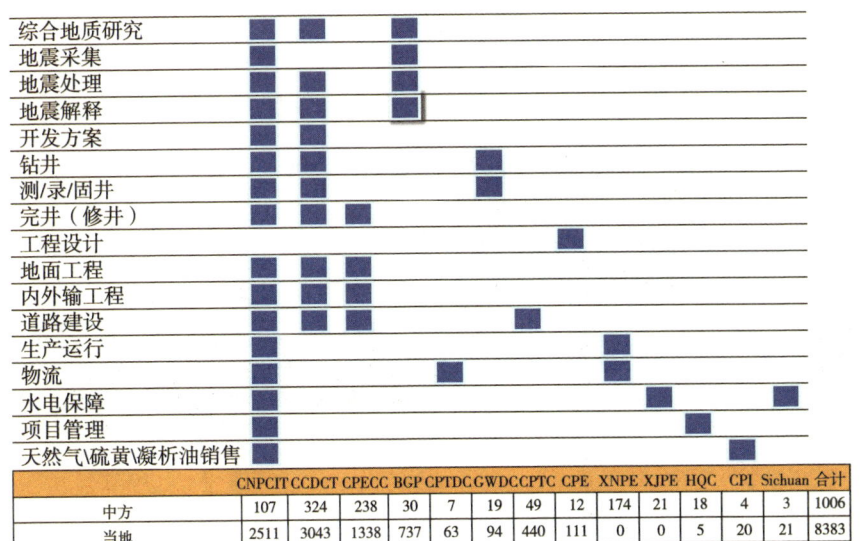

	CNPC IT	CCDC T	CPE CC	BGP	CPT DC	GWDC	CPTC	CPE	XNPE	XJPE	HQC	CPI	Sichuan	合计
中方	107	324	238	30	7	19	49	12	174	21	18	4	3	1006
当地	2511	3043	1338	737	63	94	440	111	0	0	5	20	21	8383

中国石油六大板块13家单位在土库曼斯坦的主要业务

搭建大舞台

中土天然气合作项目的成功运行,搭建了中华文化传播者、人才培养孵化器、产业发展引领者的大舞台。

1. 中华文化传播者

历经近30年的不断探索和15年的成功实践,阿姆河天然气项目培养了一批敬仰中华文明、忠诚中国石油企业文化的土库曼斯坦当地员工队伍,公司内具有汉语基础的土库曼斯坦员工达200多人,占土库曼斯坦员工总数的10%以上,其中能熟练用汉语进行工作交流的超过50人。2016年9月,别尔德穆哈梅多夫总统指示在土库曼斯坦全国小学推广汉语教学,土库曼斯坦因此成为第一个在全国小学推广汉语教学的中亚国家。到中企就业、到中国留学已成为土库曼斯坦年轻人的首选,目前在中国留学的土库曼斯坦留学学生已从2009年的50人,增长至2019年的2500人以上,十年间增长50倍,土库曼斯坦是近十

土库曼斯坦长老们在欣赏像"小鸟抓"一样神秘的中国绿茶

中国四川的变脸术受到土库曼斯坦民众热烈欢迎

年来在华留学生数量增长最快的中亚国家。其中由阿姆河公司出资派往中国大学学习的土库曼斯坦学生达到 129 名，在与阿姆河天然气项目相关的中国石油、中国石化各单位就业的土库曼斯坦籍员工累计超过 22000 人，约占土库曼斯坦全国就业人口的 1%。阿姆河天然气项目正式启动 14 年来，已累计上缴土库曼斯坦政府各类税费数十亿美元。中国石油于 2012 年投资近 400 万美元建成"米干村水厂"，一次性解决阿姆河沿岸地区 5000 多居民的饮水困难，成为中资企业在中亚地区最大的单项民生公益项目；与此同时，中国石油、中国石化累计投资 300 多万美元在土库曼斯坦开展了文化、教育、体育、医疗及残疾人救助等公益活动。

2. 人才培养孵化器

阿姆河天然气项目充分运用项目专项培训、在岗培训、跨岗培训和年终考核等多种手段，提高当地员工的综合素质，实现从数量到质量的提升。自 2008 年以来，通过"走出去"与"引进来"相结合的办法，与国内四川石油管理局石油学校、西南油气田分公司培训中心、土库曼斯坦列巴普州谢津技校合作（阿姆河公司出资、出师，谢津技校出场、出房）等手段，已累计培训 39437 人次，提拔 129 名当地雇员担任中层干部，已有 51 名当地雇员独立顶岗。与此同时，中国石油川庆钻探公司（CCDC）、中国石油工程建设公司（CPECC）、中国石化

土库曼斯坦员工在阿姆河现场接受培训

现场颁发 HSE 合格证后土库曼斯坦代表喜不自禁

（SINOPEC）胜利井下作业公司根据各自专业特长和工作需求，分别在土库曼斯坦马雷州的复兴气田现场、列巴普州的阿姆河右岸现场、巴尔坎州的古姆达格现场建立了大型专业技能培训基地（学校），为土库曼斯坦培养了超千名合格的产业工人，包括焊工、铆工、车工、钻修井等专业，有些员工已成为土库曼斯坦天然气康采恩、石油康采恩、建设康采恩的技术骨干，为土库曼斯坦油气产业的发展提供了有力的人才支持。

3. 产业发展引领者

①**中土签署标准互认协议**：在土库曼斯坦阿姆河右岸天然气勘探开发和复兴气田建设过程中，总计使用了超过 12 万吨钢材，22 万立方米混凝土，6500 多套动、静、电器设备，1.7 万多套仪表设备，其中从中国进口到土库曼斯坦的钢材、仪表、材料、设备等超过 60%，使用中国标准超过 70%，包括国家标准 37.8%，行业标准 16.1%，企业标准（中国石油集团）20.1%。按照土库曼斯坦国家法律规定，使用土库曼斯坦国家以外的标准，需要与国际标准对标，或在土库曼斯坦进行注册备案，如果在施工过程中，中国石油使用在土库曼斯坦注册备案后的中国标准，在技术质量要求相同的条件下，可节省投资 15% ~ 20%，并且施工进度、结算进度都会进一步加快，但由于历史原因，中土两国在标准、计量和认证认可领域规范差距较大。中国主要使用国际 API 标准，土库曼斯坦主要使用苏联的 Гос 标准，中国相关标准又未及时在土库曼斯坦注册备案，导致从中国进口的货物清关时间长、效率低（最长货物积压达 4 个月以上），成为项目启动之初的主要瓶颈难题。为打破这一困难局面，经阿姆河天然气公司分管领导李高潮等向中土两国政府反映，经过两国政府部门：中国国家标准委、中国国家质检总局与土库曼斯坦国家标准总局组成的工作组历时一年多、十余次的艰苦谈判，于 2011 年 11 月 23 日，在时任中国国家主席胡锦涛和土库曼斯坦总统别尔德穆哈梅多夫的见证下，中国和土库曼斯坦两国签署了《中华人民共和国政府和土库曼斯坦政府在标准、计量和认证认可领域的合作协议》，这是至今为止中国与中亚国家签订的第一个，也是

唯一一个标准互认协议。协议条款规定"在双方商定条件下，承认标准、计量、认证认可工作结果，如果一方关于标准、计量和规范性文件的要求不与另一方现行法律冲突，则可被另一方采用"。协议的签署对中土天然气合作具有里程碑意义，不仅有效解决了中土两国在标准、计量和认证认可领域的分歧。而且带动一批中国国家标准和行业标准及时在土库曼斯坦政府得到认可，有力有效推动了中土天然气合作步伐。

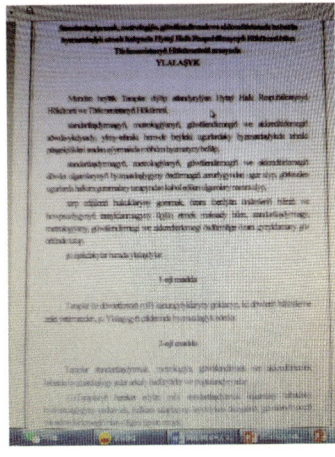

中土双方谈判组在土库曼斯坦国家标准总局进行谈判

《中土两国在标准、计量和认证认可领域的合作协议》土方文本

② "行标"纳入"土标"：根据该协议，阿姆河天然气公司一次性地将157项中国国家标准（GB）纳入了土库曼斯坦国家标准目录清单，极大地加快了中土天然气合作项目的建设物资清关速度，从2011年11月签署互认协议到2017年五年来累计快速清关物资达11000批次，而且为工程建设项目快速获得土库曼斯坦政府全面验收奠定了基础。以此协议为基础，川庆钻探公司在土库曼斯坦建立了土建实验中心，可完成原材料、混凝土、土工、道路等16类、68个项目的试验，是当时土库曼斯坦境内设备最先进、最齐全的土建实验室。经该实验室验证的原材料、混凝土、土工等制品，可迅速完成在土库曼斯坦当地的标准注册，从而快速进入施工组织阶段。阿姆河天然气项目及时制定了造粒硫黄、废液排放等标准并完成在土库曼斯坦的认证程序，填补了土库曼斯坦在该领域的空白，目前由阿姆河公司组织编制的高含硫天然气处理厂的造粒硫黄、废液排放标准已升级为土库曼斯坦国家行业标准。

阿姆河畔采气人

重塑大地缘

1. 中亚气由"北"转向"东"

中国—中亚天然气合作项目（包括上游气田、管道）的投产运行，使中亚三国土库曼斯坦、乌兹别克斯坦、哈萨克斯坦的天然气出口由传统的"北向"俄罗斯（苏联），转为"东向"中国，成为现代"丝绸之路经济带"上的"棋眼"项目，极大地改变了中国与中亚、俄罗斯地区的地缘政治格局。作为新中国成立后中国第一组境外天然气管道的主供气源地，阿姆河右岸天然气项目的投产运行，将中亚"气源"大国土库曼斯坦、人口大国（也是天然气消费大国）乌兹别克斯坦、过境大国（也是面积大国）哈萨克斯坦与消费大国（同时也是经济大国）中国紧密相连，成为真正意义上的利益共同体、责任共同体和风险共同体。也正是得益于中国—中亚天然气合作项目的投产运行，土库曼斯坦由此真正实现了其半个世纪以来（从1968年开通"中亚—中央"天然气管廊开始向苏联供气算起）梦寐以求的天然气出口多元化战略目标，实现了从原材料出口地到大宗国际商品出口国的历史性跨越。

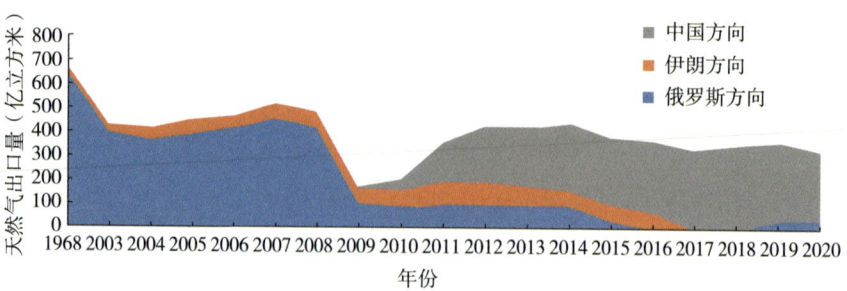

半个世纪（1968—2020年）以来土库曼斯坦天然气出口量变迁图。中国取代俄罗斯和伊朗，成为土库曼斯坦天然气最大进口国

辉煌阿姆河 **4**

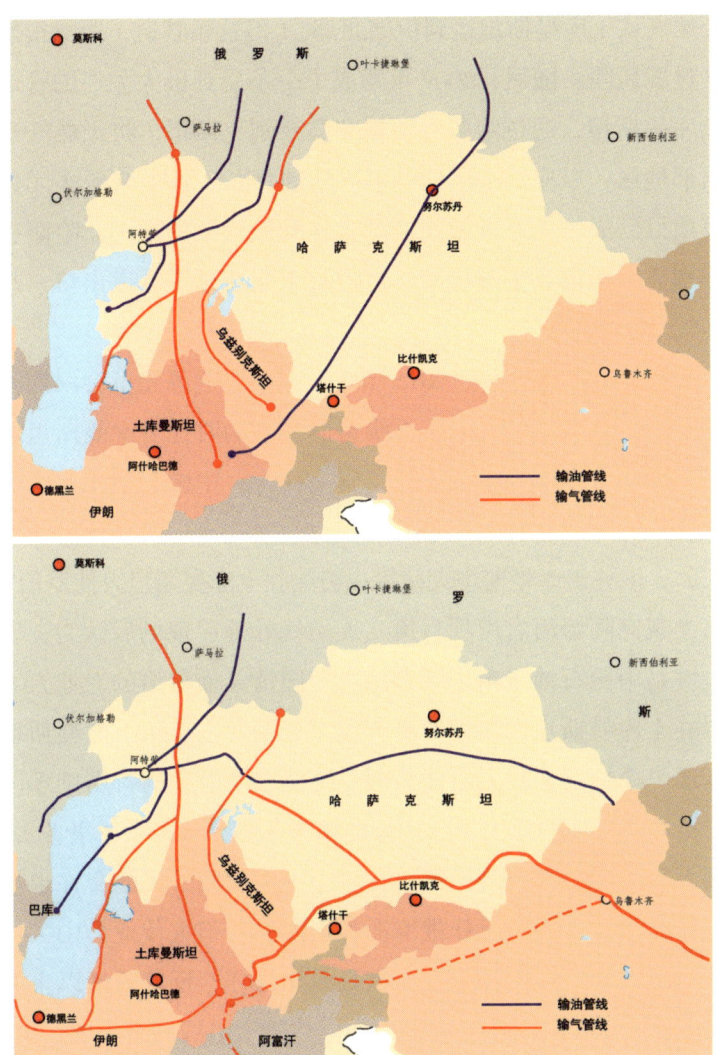

苏联解体前后中亚油气资源大国哈萨克斯坦、土库曼斯坦、乌兹别克斯坦三国油气出口走向，由向"北"（苏联、俄罗斯，上）转为向"东"（中国，下）。红色代表天然气，蓝色代表石油

2. 国际社会高度认可、普遍赞扬

中国—中亚天然气合作项目以超短时间完成超大工程，取得超佳效果，获得国际社会高度认可和普遍赞扬。

①<u>亚洲开发银行研究所</u>：在其2014年度报告中指出："本地区建设的第一条（天然气）管道是土库曼斯坦—伊朗管道（20世纪90年代），

139

它将天然气从土库曼斯坦运到伊朗北部，（但这条管道）距离很短，也不存在过境风险。随后，2009年建成了一条受到极大关注的管道，它始于土库曼斯坦，通过哈萨克斯坦和乌兹别克斯坦，将天然气送往中国的西部地区，以应对中国能源需求快速增长、供应来源多元化的要求。该项目已成为中亚区域间能源合作的最佳范例之一，哈萨克斯坦和乌兹别克斯坦得益于过境费，也得益于能通过该管道出口一些自己的天然气。"

②**欧盟能源宪章会议**：2015年3月，欧盟能源宪章会议期间，参会的欧盟副主席马洛什·谢夫乔维奇向参会的时任土库曼斯坦总统下属油气署署长卡卡耶夫表示就这条管道而言，中国石油在土库曼斯坦完成了西方石油公司不可能完成的任务。

③**美、俄驻土库曼斯坦大使馆**：美国驻土库曼斯坦大使罗伯特·帕特森在参观完阿姆河右岸项目第二天然气处理厂现场后认为，项目成功的关键是中国石油派出了既熟悉中亚国情又懂俄语的专业人才。时任美国驻土库曼斯坦大使馆领事苏珊·桑顿女士（从土库曼斯坦回美国后苏珊·桑顿女士曾先后任美国总统奥巴马时期的首席助理国务卿帮办、特朗普时期的亚太事务代理助理国务卿，负责东亚事务），对中土两国人民的传统友谊赞不绝口，希望中美两国人民的交往也能像中土两国一样深入人心。时任俄罗斯驻土库曼斯坦大使亚力山大·布洛欣则是与前述俄罗斯著名能源专家日兹宁一样，反复确认以土库曼斯坦当前的天然气资源是否具备同时向已建管道沿线国家中国、俄罗斯、伊朗三国同时供气以及为将来建成的土—阿—巴—印（TAPI）管道沿线国家阿富汗、巴基斯坦、印度三国的供气能力问题。

④**第八届中国—中亚合作论坛**：2021年10月16日在中国兰州召开的以"加强团结协作，共建安全与发展共同体"为主题的《第八届中国—中亚合作论坛》上，土库曼斯坦人民委员会副主席巴巴耶夫表示：油气合作是土中互利合作的优先方向之一，中国—中亚天然气管道是世界上最长的输气管道，不仅惠及土中两国，也造福哈萨克斯坦、乌兹别克斯坦等地区国家。管道享有"能源丝绸之路"的美誉，是复

兴伟大丝绸之路的例证。参加会议的中国代表表示：2021年是中亚五国独立30周年，30年来中亚国家成功探索出适合本国国情的发展道路。创造了政治长期稳定、经济不断增长、民生显著改善、文化日益复兴的巨大成就，成为国际社会具有重要影响力的成员。2022年1月中国同中亚国家将迎来建交30周年。这30年，在各国元首的战略引领和推动下，中国同中亚国家关系不断提质升级，取得了跨越式发展。共同实施了中国—中亚天然气管道，中哈原油管道，霍尔果斯国际边境合作中心，中乌鹏盛工业园等一大批战略性合作项目，为各国发展振兴和人民福祉带来了实实在在的利益。

⑤**第二届"一带一路"能源部长会议**：2021年10月18日，在第二届"一带一路"能源部长会议上，"中国—中亚天然气管道ABC线"成为会议发布的15项能源国际合作最佳实践案例之一。

3. "蝴蝶效应"显现

①**气源大国土库曼斯坦**：实现了真正意义上的天然气出口多元化。由传统的"北向"苏联/俄罗斯一路由，改为"东向"中国多路由，并由此奠定了土库曼斯坦在中国—中亚天然气管道四组（A/B/C/D，目前运行三组A/B/C）管线中主供气源的战略地位。在此期间，土库曼斯坦利用国开行贷款加快了世界第二大单体气田——复兴气田的开发，该气田分三期开发，钻井77口，达到年产930亿立方米规模。一、二期产能规模各300亿立方米，分别向中国—中亚天然气管道A/B/C三线供气，三期330亿立方米规模，是土—阿—巴—印（即TAPI）天然气管道的主供气源。另据英国市场研究公司HIS Market预测，随着中亚大国哈萨克斯坦、乌兹别克斯坦全国气化率的逐步提高以及本国气田的逐年递减，到2030年，中亚"气源"大国土库曼斯坦将有能力分别向地区"气流"大国哈萨克斯坦、"气耗"（加人口）大国乌兹别克斯坦出口天然气20亿立方米、30亿立方米，2050年向哈、乌两国出口天然气量将分别增至55亿立方米和110亿立方米。土—阿—巴—印（即TAPI）天然气管道投产后土库曼斯坦向该管道的年输气能力将达到330亿米^3/年，其中向阿富汗年输气50亿立方米（约

合 1400 万米 ^{3}/日），向巴基斯坦、印度年输气各 140 亿立方米（约合 3800 万米 ^{3}/日）。

也就是说，土库曼斯坦作为中亚第一、世界第四大天然气资源国，做好了在 2050 年满足自用气的前提下，至少准备 1000 亿立方米天然气出口能力，既供中国、也供中亚、还供南亚的天然气资源准备。

②人口大国乌兹别克斯坦：截至 2021 年 9 月 1 日，乌兹别克斯坦人口达到 3500.84 万，为中亚第一人口大国，是其他中亚四国人口之和。在 2009 年 12 月 14 日举行的中国—中亚天然气管道投产通气典礼上，时任乌兹别克斯坦总统卡里莫夫发表讲话时说："克服重重困难修建的宏伟的中亚天然气管道工程，采用了最现代化的工艺和最先进的技术，毫无疑问地将载入天然气管道建设史，我们也用实际行动向全世界展示了国际合作的力量。天然气管道凝结了各方的努力、经济和技术实力，在最短的期限内开发了油气资源，创建了对中亚地区具有战略意义的天然气管道运输的基础设施。作为中亚管道的参与国，乌兹别克斯坦积极准备，全力参与了境内 530 千米管道的建设，并将为管道输送提供安全保障。乌兹别克斯坦将忠实地履行本国应尽的义务。相信在古老的丝绸之路上，我们国家间的新的能源实力将会成为令世界瞩目的标志，将为国家稳定和人民福祉提供可靠保障。"乌兹别克斯坦现任总统米尔济约耶夫指出："乌兹别克斯坦和土库曼斯坦都拥有丰富的油气藏资源，出口协作会扩大我们两国能源行业多样化和进入世界市场的能力。2009 年启动的土库曼斯坦—乌兹别克斯坦—哈萨克斯坦—中国天然气管道就是一个很好的例子。"作为中亚—俄罗斯地区开发天然气资源最早的国家之一，借助于中国—中亚天然气管道的开通，乌兹别克斯坦于 2012 年 7 月开始向中国供气，由过境国变为过境国和供气国，得益于可观的管输过境费和天然气出口收入，乌兹别克斯坦与中国石油合资组建的中乌天然气管道合资公司 ATG（Joint Venture《Asia Trans Gas》Limited Liability Company）已成为乌兹别克斯坦第一大利税大户。但出于"人众气缺"的客观原因，乌兹别克斯坦于 2019 年宣布加快天然气化工和民生保障并将于 2025 年起不再出口天然气。

由土库曼斯坦政府于2017年修建的位于土库曼斯坦、乌兹别克斯坦两国边境城市土库曼纳巴特（前称查尔朱）的乌兹别克斯坦前总统伊斯兰姆·卡里莫夫雕像

2020年10月月底，乌兹别克斯坦能源部再发"重磅消息"：从当年11月1日起，停止为包括餐饮业在内的实体经济供应天然气，今后，要求在秋冬季用其他能源来替代天然气，将优先为居民和社会设施供气。2020年12月24日，乌兹别克斯坦首次从过境该国的中国—中亚天然气管道下载天然气（原本计划只向中国供气），用以供应本国在寒冷冬季民生用气（以前仅发生过寒冷冬季，乌兹别克斯坦暂时停供出口到中国的本国产天然气，用于民生保障的现象）。由此判断，在不远的将来，乌兹别克斯坦出于本国"人众气稀"的严酷现实（人口3500万，年产气与年耗气均约400亿立方米，而且老气田在不断递减，至今尚未有新的、有开采价值的气源发现），将不得不通过中国—中亚天然气管道购买来自土库曼斯坦的天然气用于本国民生，尤其是寒冷冬季的用气高峰。

③**国土大国哈萨克斯坦**：面积达272.9万平方千米，超过其他中亚四国面积之和，也是世界第九大国土面积国。在2009年12月14日中国—中亚天然气管道投产通气典礼上，参加庆典的哈萨克斯坦首任总统努尔苏丹·纳扎尔巴耶夫发表讲话时说："今天，我们正一起实现先人的遗愿，重建新的丝绸之路。沿着古人的足迹，我们修建公路和铁路，铺设大型管道，用以输送能源。中亚天然气管道的建设加快了能源合作的步伐。管道在哈萨克斯坦境内有1300多千米，还在荒无人

阿姆河畔采气人

哈萨克斯坦突厥斯坦压气站

烟的地方修建铺设了公路、输电线路和新的居住区，这对我们都是宝贵的财富。尽管面临世界金融危机，但项目在创纪录的短时间内完成。这一项目对于我们几个国家来说都有重大的政治经济意义，是几国合作的典范，我们开创了新的合作阶段，加强了中亚地区在世界能源领域的位置。哈萨克斯坦作为诚挚的合作伙伴，将一如既往地与各国加强多领域的互助与合作。"在中国—中亚天然气管道于2009年12月14日开通并过境哈萨克斯坦到达中国之后，哈萨克斯坦于2011年1月开通连接中土天然气管道的哈南线用于哈萨克斯坦南部人口密集地区的民生用气（该地区约占哈萨克斯坦全国人口的1/3以上），截至2021年9月30日，已累计输气超过500亿立方米（含通过中国—中亚天然气管道向哈萨克斯坦国内供气56亿立方米）。之后哈萨克斯坦于2017年10月开始通过中国—中亚天然气管道向中国供气，是中国—中亚天然气管道沿线国家中唯一集过境国、下（串）气国和供气国三项功能于一身的国家。同样得益于非常可观的过境管输费和出口中国的天然气收入，哈萨克斯坦与中国石油合资的中哈天然气管道合资公司AGP（Asia Gas Pipeline Limited Liability Partnership）已成为哈萨克斯坦第五大利税大户。出于改善民生考虑，哈萨克斯坦于2018年12月启动"金色草原"天然气管道项目，分四期建设，一期工程克孜勒奥尔达—卡拉干达—努尔苏丹（1081千米）段已于2019年12月17日投入运行，预计2021年将向首都努尔苏丹（前称阿斯塔纳）供气3亿立方米。得益于中国—中亚天然气管道过境哈萨克斯坦1300千米且主要途径哈

4 辉煌阿姆河

中亚 D 线
示意图

萨克斯坦人口稠密的南部地区以及哈萨克斯坦哈南线的投产，哈萨克斯坦国家天然气消费量已从 2010 年的 114 亿立方米迅速攀升至 2020 年的 165 亿立方米，10 年间增长近一半，而居民气化指标大幅攀升至 53%，约 980 万人受益，预计 2025 年将进一步提高至 60%。

④ "富水贫气"国——吉尔吉斯斯坦、塔吉克斯坦：吉尔吉斯斯坦、塔吉克斯坦两国的共同特点是人口少：截至 2019 年年底吉尔吉斯斯坦人口约 640 万、塔吉克斯坦约 932 万；面积小：吉尔吉斯斯坦约 19.9 万平方千米、塔吉克斯坦约 14.3 万平方千米；油气资源匮：吉塔两国原油年产量均不到 10 万吨，天然气年产量不到 0.3 亿立方米，天然气消费几乎 100% 依靠进口，两国均属俄罗斯—独联体地区欠发达国家，但两国水力资源丰富：吉尔吉斯斯坦、塔吉克斯坦两国境内分别有河流 268 条和 600 多条，两国水力资源分别为 1420 亿兆瓦时和 5270 亿千瓦时，水力资源分别位居独联体国家第三位和第二位（第一位为俄罗斯），塔吉克斯坦水力资源人均拥有量世界第一。由于已经投产的中国—中亚天然气管道三线（A/B/C），不经过吉尔吉斯斯坦、塔吉克斯坦两国，吉尔吉斯斯坦、塔吉克斯坦两国无法获得天然气红利，而计划建设的中国—中亚天然气管道 D 线经过两国，因此吉尔吉斯斯坦、塔吉克斯坦两国热切盼望中亚 D 线早日开通，以改变本国天然气

供应长期依赖他国（俄罗斯、乌兹别克斯坦等）的被动局面，像两国的邻国哈萨克斯坦、乌兹别克斯坦一样，成为过境天然气的稳定受益者。中国—中亚天然气管道 D 线主供气源地同样为土库曼斯坦，途经乌兹别克斯坦、塔吉克斯坦、吉尔吉斯斯坦到达中国境内新疆乌恰县，与中国"西气东输"四线连通。

⑤终端消费国中国：随着中国—中亚天然气管道 A/B/C 三线的陆续投入运行、第四条管道 D 线的加快论证，以土库曼斯坦天然气为主供气源的中亚国家向中国供气量的逐年增加，以及中缅、中俄天然气管道的相继投产，中国天然气市场供给端、需求端已经或者正在发生深刻变化，由之前的供给端发力，到目前的需求端发力，由之前的时段保供，到目前的全年保供，特别是 2020 年 9 月，中国国家主席习近平向世界宣布中国将在 2030 年实现"碳达峰"，2060 年努力实现"碳中和"目标。2021 年上半年，中国天然气消费同比大幅增长 15% 以上，在此背景下，中国政府及时对天然气领域的相关政策，包括出厂基准价、门站价、消费增值税等进行了分梯次调整。2010 年 6 月至 2019 年 12 月的十年间，中国政府对涉及天然气销售业务各环节做出了一系列的调整，使之更加符合中国天然气消费市场的实际需求。一是在天然气销售价格方面：增值税税率下调 3 次（2017 年 7 月由 13% 下调至 11%，2018 年 5 月由 11% 下调至 10%，2019 年 4 月再次由 10% 下调至 9%）；非居民用气价格调整 3 次（2014 年 9 月上调 0.4 元/米^3，

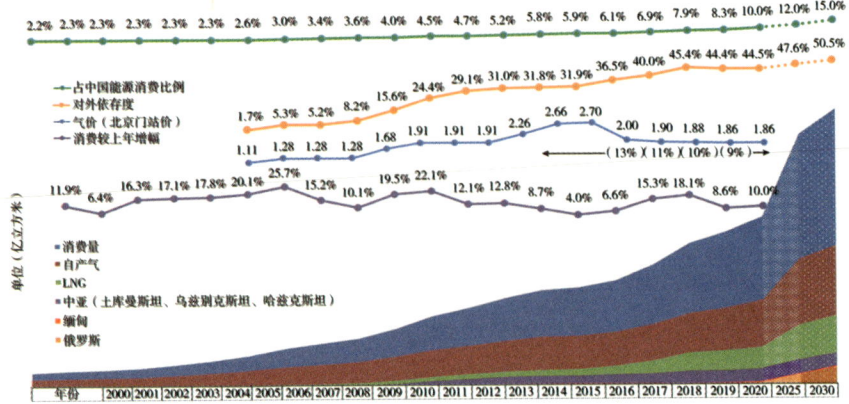

中国天然气生产、消费、进口一览表

2015年11月下调0.7元/立方米，从最高门站价变为基准门站价，自2016年11月允许浮动幅度，上浮最高20%，下浮不限，2017年9月下调0.1元/立方米）；出厂价调整1次（2010年6月上调出厂价0.23元/立方米，取消一、二档气价格双轨，最高允许上浮10%，下浮不限）；门站价调整5次（2014年9月、2015年4月、2017年9月、2018年6月、2019年4月基准门站价下调0.1元/米^3）。最终实现了"三并轨"，即：一、二档气价格并轨（2010年6月），存量气和增量气并轨（2015年4月），居民与非居民气价并轨（2018年6月）。二是在管道运输价格方面：管输费政府定价方式及价格经历4次调整。2010年4月，国家统一运价的天然气管输费上调0.08元/立方米；2017年9月，重新核定天然气跨省管道运输价格，改为不同管道不同单位运价率，按运距核算管输费；2019年4月，再次调整单位运价率；2021年6月，出台《价格管理办法》和《成本监审办法》，前者将跨省管道分为西北、西南、东北、中东四个价区，实行"一区一价"，后者将管道折旧年限由现行30年延长至40年，以降低当期运价率，释放改革红利。三是成立国家管网公司：2019年12月9日，酝酿多时的国家管网公司正式成立。这是中国石油和天然气体制改革中最为重大和根本性的改革举措，它推动和发展了中国的油气业务向市场化、规范化、系统化、多元化方向前进，为实现油气生产运营的X+1+X模式（管住中间、放开上游生产和下游销售）奠定了坚实基础，推动中国上游油气公司向市场化运营迈出了一大步。

⑥助推相关国家合作： 中土天然气合作近30年的实践证明，这种"上、中、下游一体推进"、以"投资拉动建设、金融支撑项目"为手段，实现既掌控资源，又调控资源的战略目标，是实现资源国、过境国、消费国互利共赢的最佳合作模式，已成为中国与相关国家进行天然气合作的鲜明案例和成功典范，有力助推了中国与俄罗斯、缅甸等国在天然气领域方面的合作步伐，随着中缅、中俄天然气管道一期工程分别于2013年7月、2019年12月陆续投产，中国天然气消费量的快速增加，其他中国能源公司，包括中国石化、中国海油，民营燃气

公司等，在南方沿海城市加快了 LNG 接收站的建设，中国石油、中国石化、中国海油等也在加快建设一批冬季保供的储气库建设。中国天然气产供销储贸已形成"量足"（西北部以管道气为主，东南部以 LNG 为主）、"多元"（自产气、进口 LNG、进口管道气、储气库储备）、"峰差"（北方城市淡旺季用气量普遍在 3 倍以上）的基本格局。

5

品味阿姆河

互为天然气产销大国　是中土合作基础

1. 土库曼斯坦天然气产、销计划

根据国际权威机构和土库曼斯坦评估机构资料,土库曼斯坦剩余天然气探明可采储量约为 30 万亿立方米,居中亚第一,世界第四,成为近五年世界天然气储量增长最快的国家。土库曼斯坦境内复兴、雅什拉、达夫列达巴特等气田位居世界最大气田前 15 位。而根据土库曼斯坦政府天然气发展规划,至 2030 年,土库曼斯坦天然气总产量将达到 2200 亿立方米,其中自用气 700 亿立方米,出口 1500 亿立方米。如按此计划实施,土库曼斯坦有望成为世界天然气出口大国。

土库曼斯坦主要气田储量情况

气田名称	世界排名	总储量(万亿立方米)
复兴气田	2	27.4
雅什拉	12	5
达夫列达巴特	14	1.5
总　计		33.9

2. 中国天然气产、销计划

随着中国经济由高速增长转为高质量发展阶段,对低碳、绿色能源的需求快速增长,天然气正在成为中国能源转型、北方城市冬季供暖的主要燃料。中国天然气消费正处在快速增长阶段,由 2000 年消费量 253 亿立方米、产销基本平衡(产量 281 亿立方米),上升至 2010 年消费量达到 1000 亿立方米,花了十年时间(2010 年实际消费量 1105 亿立方米,产量 990 亿立方米,当年首次从土库曼斯坦进口天

然气46亿立方米），而我国天然气消费量从1000亿立方米上升至2000亿立方米仅花了6年时间，就从2010年的1105亿立方米上升至2016年的2058亿立方米，而从2000亿立方米上升至3000亿立方米仅花了3年时间，就从2016年的2058亿立方米迅速攀升至2019年的3045亿立方米，天然气对外依存度也随之从2004年的1.7%迅速上升至2019年的44.5%。根据2021年上半年中国天然气实际消费量同比增长超过15%，而且首次呈现出"淡季不淡"的态势分析，中国天然气消费量极有可能将从2021年的3600亿立方米以上快速上升至2022年的4000亿立方米以上，也就是说中国天然气消费量从3000亿立方米上升至4000亿立方米仅花费2年多一点时间。如果按中国中长期国民经济增长速度（GDP）6%测算，则2030年中国天然气消费量将达到6500亿立方米以上，较2020年中国天然气实际消费量（3260亿立方米）增长一倍。由此可以看出，中国、土库曼斯坦两国在天然气领域具有独特的优势互补性，过去15年来的成功合作证明，天然气应该，也能够成为中土两国互利合作的"压舱石"。

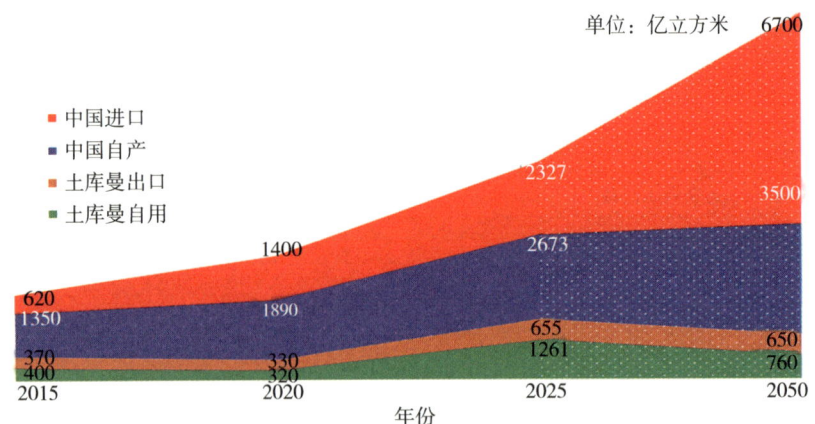

中土两国天然气产量、进出口情况一览表

引航指路

1. 以"复兴""宝马"寓意两国关系

　　1991年12月,苏联解体,土库曼斯坦独立之后,中国国家领导人高度重视并推动同中立的土库曼斯坦发展友好合作关系。1995年10月,中共代表团首次访问土库曼斯坦,受到时任土库曼斯坦总统尼亚佐夫亲切会见,在这次会见中,土库曼斯坦明确表示愿进一步扩大和发展同中国在各领域的友好合作,并将对中国经济改革的经验进行研究和借鉴。1995年10月25日,中央领导同志为中国石油和土库曼斯坦石油部第一个合资项目——亚洲宾馆题写馆名。1998年8月,与第二次来华访问的土库曼斯坦首任总统尼亚佐夫会谈中,中方重申愿积极推动本国企业参与土库曼斯坦油气资源的勘探、开采和销售活动。2007年7月,中土天然气合作以土库曼斯坦总统别尔德穆哈梅多夫成功访华并签署中土两国间天然气购销协议为标志,正式启动。2008年8月,中国国家领导人访问土库曼斯坦。赴土库曼斯坦期间,中国国家领导人对阿姆河项目做出:"加快项目建设,加大公益事业投入,实现按期投产,构建项目建设与资源国社会和谐,要让中国人民的友好情谊在这里扎根发芽"的重要指示。时隔一年之后的2009年12月14日,中国国家领导人再次访问土库曼斯坦,与中亚土库曼斯坦、乌兹别克斯坦、哈萨克斯坦三国总统共同出席在阿姆河右岸现场举行的中国—中亚天然气管道投产通气仪式并发表重要讲话,热情称赞中土双方建设者。

　　①土库曼斯坦是党的十八大后,中国国家领导人访问的第一个中亚国家:2013年9月,中国国家领导人出访中亚—俄罗斯,首访国家

阿姆河畔采气人

就是土库曼斯坦。在9月3—4日的访问中，中国国家领导人不仅见证了中土两国在天然气领域合作新项目——复兴气田二期开发的协议签约仪式，并且驱车90多千米参加复兴气田一期工程竣工典礼。在此期间，两国元首高度肯定以阿姆河右岸天然气合作项目和复兴气田（一期）开发为主要内容的中土天然气合作成果。

②**高访期间两国建立战略伙伴关系**：在2013年9月中国国家领导人这次重要的中亚、俄罗斯出访中，中土两国元首一致决定，将中土关系提升为战略伙伴关系，相互支持、互利合作、世代友好。两国元首共同签署了《中土关于建立战略伙伴关系的联合宣言》，并见证了外交、经贸、能源、林业、教育、体育，地方合作等领域多项合作文件的签署，两国元首还共同会见了记者。

③**元首题词，中土是成色十足的战略伙伴**：2013年9月4日，中国国家主席在土库曼斯坦总统的陪同下驱车亲临中国石油承建的复兴气田100亿立方米天然气处理厂现场并亲笔题词"加强能源合作，造福中土人民。"别尔德姆哈梅多夫总统用土库曼语题词："最好的祝愿送给土中天然气管道，同时祝愿两国人民幸福安康！"自2013年9月成功访问土库曼斯坦之后，中国国家领导人多次就中土关系和中土天然气合作做出重要指示，对包括中国石油在内的中资企业在土库曼斯坦积极履行社会责任，回馈当地社会表示赞赏，对别尔德穆哈梅多夫总统在中小学开设汉语课程感到高兴。2015年11月12日，在同来华访问的土库曼斯坦总统别尔德穆哈梅多夫举行会谈后，两国元首同意共同努力，提高双方各领域合作水平，不断充实中土战略伙伴关系内涵，造福两国人民。2016年6月23日，中土两国元首在塔什干（乌兹别克斯坦首都）会见。2021年5月6日，在同土库曼斯坦总统别尔德穆哈梅多夫通电话时，中方指出，中土建交以来，两国关系创造了多项"第一"，是成色十足的战略伙伴。2021年9月27日，中国国家主席向土库曼斯坦总统别尔德穆哈梅多夫致贺电，祝贺土库曼斯坦独立30周年。2021年10月15日，中国国家主席给土库曼斯坦总统别尔德穆哈梅多夫回信，感谢别尔德穆哈梅多夫总统发贺电祝贺中华人民共和国

成立 72 周年。

2. 总统强力推动、盛赞合作成果

①十年七赴现场：土库曼斯坦总统别尔德穆哈梅多夫十年间曾七次亲赴中土天然气合作现场调研、指导，强力推动合作、盛赞合作成果。2007 年 7 月 17 日，接替因病逝世的尼亚佐夫总统，土库曼斯坦新任总统别尔德穆哈梅多夫首次访华并签署中土天然气合作相关协议，包括阿姆河右岸 130 亿米^3/年天然气产品分成合同，土库曼斯坦天然气康采恩 170 亿米^3/年购销合同。一个月之后的 2007 年 8 月 28 日，别尔德穆哈梅多夫总统又赶赴阿姆河右岸现场，向时任国家发展改革委副主任陈德铭率领的中国代表团颁发阿姆河右岸天然气项目勘探开发许可证，并发表热情洋溢的讲话。别尔德穆哈梅多夫总统在讲话中特别强调："今天，在中亚最大的河流之一，阿姆河的右岸发生了重要的事件，这无疑将为土库曼斯坦人民的生活、本地区和其他国家人民的生活造福，并促进土库曼斯坦与其他国家的经济发展。我们很重视土中两国的友好关系，并为推动土中关系不断努力。我们相信，土中天然气管道项目的开工建设将进一步加深两国人民业已存在的深厚友谊。大家都知道，土中两国的友好关系源于古代，从土库曼斯坦独立以后，这种友谊进一步深化，祖先们奠定的基础由我们及未来的子孙继续传承。土中管道项目的实现不仅对土中两国有利，而且对过境国家，乌、哈提供了很大的发展机会，为广大沿线国家人民富裕、经济发展以及促进友好关系起到推动作用，让我们为中国伙伴们顺利、自由地（在土库曼斯坦）工作准备一些很好的文件，其中一个是勘探和开发天然气田许可证，我想特别指出，这种文件在土库曼斯坦历史上是第一次颁发；第二个文件是"承包商作业许可证"第三个是"作业合同区的坐标地图"。这些文件要让中国石油集团在土库曼斯坦能够更加合法地拓展业务。"别尔德穆哈梅多夫总统在讲话中进一步强调："中土两国友谊源远流长，我们珍视这友谊并为此不断努力。2006 年 4 月，土中两国政府之间签署了一系列包括经济、政治和文化的协议，巩固和拓展了土中两国关系，在两国关系的历史上谱写了崭新的一页。土

阿姆河畔采气人

中天然气合作项目将为本地区创造更多的就业机会,为改善土库曼斯坦人民的生活创造条件,为乌兹别克斯坦、哈萨克斯坦等国家提供更大的发展机会,为天然气管道沿线国家人民富裕、经济发展以及促进相互间友好关系起到推动作用。项目的建设,将进一步加深土中两国的友谊并成为两国经济的纽带,我们将全力以赴地执行此项目的建设计划,并对加紧建设、完成任务充满信心,中方伙伴为此付出了巨大努力。"建设期间,别尔德穆哈梅多夫总统又两次"不打招呼"亲临阿姆河项目施工现场检查指导,及时协调解决相关问题,给中土两国建设者以极大鼓舞。2008年1月21日,土库曼斯坦遭遇到50年不遇的寒流,阿姆河河面冻结的冰流,一夜间冲断阿姆河公路浮桥,而此时正值阿姆河右岸天然气项目正式启动之初,被浮冰冲断的浮桥如果不能及时通车,将严重影响项目所需各类物资的及时到场,进而影响一年之后的项目投产,至此危急时刻,别尔德穆哈梅多夫总统亲临现场视察,指挥调动土库曼斯坦边防军用炮弹炸碎浮冰,组织军民及时抢修浮桥,从而保证了项目尽快恢复正常的生产秩序。2008年8月28—30日,时任中国国家主席胡锦涛应邀访问土库曼斯坦,别尔德穆哈梅多夫总统积极促成了双方"扩大合作规模"的希望与要求。在两国元首的见证下,中国石油和土库曼斯坦天然气康采恩签署了《中土扩大天然气合作框架协议》。该《协议》的签订,意味着土库曼斯坦通过中亚管道每年向中国供气由300亿扩大到400亿立方米。2009年9月18日,别尔德穆哈梅多夫总统又一次"不打招呼",轻车简从直奔阿姆河右岸项目第一天然气处理厂现场,当看到在78万平方米的厂区内,近万名中土建设者顶酷暑、抗风沙、挥汗如雨,已完成8万多吨混凝土浇筑、1.5万吨钢结构焊接、1700多套动、静、电器设备和5800多套仪表设备安装,焊接管道已达401千米、铺设电器电缆609千米、仪表电缆1269千米,各项工程、作业紧张、

2007年8月28日,别尔德穆哈梅多夫总统(右数二)在阿姆河右岸现场向时任中国国家发展改革委副主任陈德铭(中)颁发阿姆河右岸勘探开发许可证,标志着中土天然气合作正式启动

交叉而有序进行，一个年处理原料天然气 50 亿立方米，回收凝析油 10 万吨，生产硫黄 22 万吨的大型天然气处理厂已初见雏形，他不无感慨地说道："这么大的工程量在两年之内建成真是一个奇迹，中国石油人是功臣，是英雄！"在离开处理厂现场时，别尔德穆哈梅多夫总统深情地注视着舷窗外，像在吟诗一样说：

土中天然气管道焊接现场

"这就是我们的国土，地上是漫漫黄沙，地下却是无尽宝藏，我们的人民多么幸福！" 2009 年 10 月 1 日，总统决定要将查尔朱（即列巴普州纳巴特市）通往阿姆河右岸合同区的近 100 千米公路全部进行改建，以迎接四国元首车队通行，并命令交通部："必须于 11 月月底完工"。

②盛赞中国技术：2009 年 11 月 14 日，也就是举世瞩目的中国—中亚天然气项目竣工典礼的一个月前，总统开车，由土库曼纳巴特到阿姆河右岸天然气处理厂一路视察四国元首即将通行的道路修建情况，详细听取了中国石油运输公司土库曼斯坦分公司总经理陶冶介绍的"中国塔里木沙漠公路修筑技术"在阿姆河右岸现场从处理厂至检查站一段 29 千米路基的应用程序和效果：先在修路基的沙漠地面上，挖好路基槽，然后铺上一层土工布，用土工布将路基槽固定起来，以防两边沙漠地垮塌。然后在土工布上铺一层黏土压碾实，再铺上一层沙土，洒水压碾，之后再铺一层石子料，石子料上再铺一层黏土，压碾之后再铺一层沙土，就这样一直铺到达到路基的设计要求，然后再用路基槽两边多余出来的土工布，折回将路基包住，再铺上一层石子料，加水压碾压实，直至路基成形，这就是沙漠路基的技术结构。别尔德穆哈梅多夫总统听了，频频点头，当场指示随行的土库曼斯坦交通部部长按此项新技术完成由土方承担的土库曼纳巴特至检查站 60 千米路程并再次要求随行的土库曼斯坦内阁副总理兼外交部部长梅列托夫务必落实邀请时任中国国家主席胡锦涛亲临阿姆河右岸现场参加庆典事宜。2009 年 12 月 13 日，在与来访的时任中国国家主席胡锦涛会谈后，别

尔德穆哈梅多夫总统高度评价土中关系，表示土中各领域合作潜力巨大，土方视中方为战略伙伴，双方在能源领域积累了丰富合作经验。2009年12月13日晚，在为出席投产庆典仪式的中、乌、哈三国元首举行的晚宴上，别尔德穆哈梅多夫总统讲道：

我们修建的这条管道源自我们共同的过去和现在，通向我们共同的未来。这是繁荣、进步的象征，是我们的国家高瞻远瞩、全面调整政策的结果，是我们对国家、人民的现在和未来的关心。

2009年12月14日，在中亚天然气管道投产竣工典礼上别尔德穆哈梅多夫总统向来宾表示热烈欢迎，并真诚地感谢所有建设者的忘我奉献精神和项目参建国对项目的支持。他指出中亚天然气管线横跨四国，使曾经紧密联系亚欧大陆商贸往来的古老丝绸之路重获新生。这个采用最新科技成果和现代化工艺技术的复杂项目，管道建设符合环保标准，天然气输送稳定且安全。他对土库曼斯坦、中国、乌兹别克斯坦、哈萨克斯坦长期合作的前景充满希望，中亚天然气管线的开通对四国具有重大意义，为经济发展注入新的活力，为千家万户送去温暖光明。同时，还创造了新的就业机会，吸引了大量外资，必将有利于社会和工业基础设施建设，造福人民，提高社会福利，提高人民生活水平和质量。

2014年4月13日下午2时，年处理原料天然气达90亿立方米，生产凝析油45万吨的阿姆河右岸第二天然气处理厂四列装置经过16个小时的生产运行，正式向中亚管道成功输送合格商品天然气。

2014年5月12日，别尔德穆哈梅多夫总统再次访华，在与习近平主席会谈时别尔德穆哈梅多夫总统表示，土中关系进入新的更高阶段，两国相互理解、相互信任。土方感谢中方尊重土库曼斯坦主权和奉行的内外政策，土方坚持一个中国政策，支持中国和平统一大业。希望通过这次访问，巩固两国传统友谊，深化土中战略伙伴关系。土方愿同中方共同努力，如期完成天然气合作项目，顺利实现输华天然气新的目标。双方还要积极扩大双边贸易规模，拓展金融、矿产、通信、电力、纺织、制药等领域合作，此外，土方支持丝绸之路经济带建设，带动两国交通基础设施领域合作，鼓励加强两国文化、教育、体育、青年交往。土方愿同中方携手打击三股势力，共同推动国际能源安全合作。

③**力推扩大合作**：2011年11月23日上午，别尔德穆哈梅多夫总统访华，与时任中国国家主席胡锦涛在人民大会堂举行会谈。会谈后，两国元首共同签署了《中土关于全面深化中土友好合作关系的联合声明》和《中土关于土库曼斯坦向中华人民共和国增供天然气的协议》。根据该协议，土库曼斯坦未来将向中国年供气量上调至650亿立方米。2011年11月24日下午，"土库曼斯坦天然气抵粤通气点火仪式"在深圳和广州两地同时举行。16时30分，别尔德穆哈梅多夫总统和时任中共中央政治局委员、广东省省委书记汪洋，广东省代省长朱小丹，出席了"通气点火"仪式并按动通气点火触摸球，共同启动点燃了来自万里之外的中亚土库曼斯坦的地火，远在广州的从化末站瞬间升起了熊熊烈焰。2013年9月4日，在与中国国家主席习近平会谈时，别尔德穆哈梅多夫总统表示，土中能源合作潜力巨大、富有成效，是两国战略伙伴关系的重要组成部分，也带动了中亚地区经济发展。"复兴"气田项目是两国能源合作的又一成功例证。土方愿同中方继续加强在天然气开采和运输、国际能源安全等领域合作，实现共同发展与繁荣。

2009年9月，别尔德穆哈梅多夫总统视察阿姆河项目天然气处理厂中控室情况

土库曼斯坦首都阿什哈巴德以"护国者"命名的别尔德穆哈梅多夫总统雕像

阿姆河畔采气人

2014年5月7日,别尔德穆哈梅多夫总统(按屏幕者)在时任中国国家发改委副主任兼国家能源局局长吴新雄(鼓掌者)陪同下出席阿姆河项目第二天然气处理厂竣工典礼

　　2014年9月12日,别尔德穆哈梅多夫总统在塔吉克斯坦首都杜尚别与中国国家主席习近平会谈时高度赞赏习近平主席在发展两国关系上体现出的远见卓识。土方坚持从两国战略伙伴关系出发,同中方加大相互政治支持,推动务实合作。土方将搞好中亚—中国天然气管道、复兴气田二期开发等项目,如期实现对华输气目标。土方愿意积极参与丝绸之路经济带建设,改善本国交通基础设施,推进中亚同中国跨境运输。

关怀鼓舞

土库曼斯坦前总统尼亚佐夫从维护土库曼斯坦国家利益出发，在与中国国家领导人江泽民、胡锦涛会谈时多次提出建设中亚天然气管道向中国出口天然气，以改变土库曼斯坦天然气出口长期依赖单一国家、受制于人的被动局面。2006年，尼亚佐夫总统批准将阿姆河右岸已探明并封存气田——萨曼捷佩纳入与中方合作的产品分成合同（PSA）中，阿姆河右岸天然气项目成为土库曼斯坦第一个，也是唯一一个对外合作的陆上天然气项目。尼亚佐夫总统早在20世纪90年代初，就对中土两国关系进行过详细阐述，他认为中国是个伟大的国家。中国在亚太地区和全世界正在发挥难以估量的作用。通过闻名遐迩的丝绸之路这条古老而又神奇的大道连接起来的土中两国人民，在漫长的历史长河中，在保持本国特色的基础上，视为亲戚和伙伴关系的友好合作不断地发展，同时又表现出许多共同的特点。土中在加强合作复兴丝绸之路时，必将以日益壮大的市场经济跨入21世纪。

中国四任国家总理李鹏、朱镕基、温家宝、李克强均对中土天然气合作给予极大关注并积极推动。

1994年4月20—22日李鹏出访土库曼斯坦，双方签署了中国向土库曼斯坦提供5000万元人民币政府贷款的协定、两国外交部磋商议定书等文件。

2001年8月30日，朱镕基总理在访问哈萨克斯坦之前接受记者采访时表示自1997年以来，中哈双方在石油、天然气领域的合作取得了很大进展，并日益显示出巨大的发展潜力。中国在哈萨克斯坦最大的投资项目——阿克纠宾油气股份公司，在两国政府的大力支持下，经

阿姆河畔采气人

卡卡耶夫先生率领土库曼斯坦政府官员到阿姆河现场检查指导工作

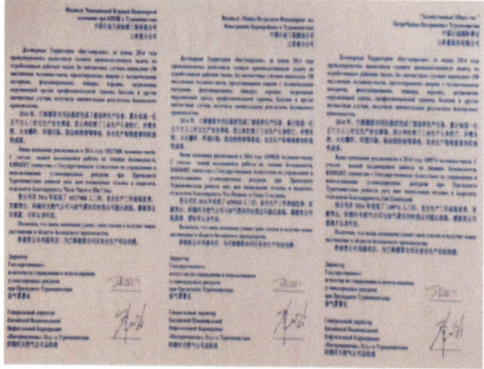

阿姆河天然气项目二期工程投产之后卡卡耶夫先生对中国石油相关单位提出书面感谢并祝贺中国农历新年

过双方员工的共同努力，经营状况良好，并取得了令人满意的效益。有关专家已经开始就建设自土库曼斯坦经哈萨克斯坦到中国的天然气管道进行磋商。

温家宝总理于1984年9月26日至10月22日，率中国地质矿产部地质代表团一行五人对苏联的土库曼斯坦、乌克兰进行了考察访问，参观了土库曼斯坦共和国地质总局、地质物探研究所、地质博物馆和位于马雷的沙特雷克天然气工业联合体，这次考察是20世纪60年代以后中苏两国地质部门首次双边交流活动。对后续中土天然气合作起到重要铺垫作用。2007年11月3日至4日，温家宝同志再次访问土库曼斯坦，对正式启动不久的阿姆河右岸天然气项目提出了"一流的工程、一流的友谊、一流的业绩"的指示要求。

2009年6月14日，在阿姆河天然气项目一期工程建设、投产进入关键时刻，时任中共中央政治局常委、国务院副总理李克强一行访问土库曼斯坦。李克强指出，中土天然气管道是互利双赢的战略合作项目，对促进两国和本地区国家经济社会发展具有重要意义。双方天然气合作项目，对保障未来中国—中亚天然气管道及西气东输二线稳定供气有重要意义。访问期间李克强副总理专门与阿姆河右岸项目第一天然气处理厂建设工地的中土两国员工进行视频互动。

新疆维吾尔自治区两位老领导——司马义·艾买提和宋汉良均对中土油气合作做出历史贡献。

以土库曼斯坦总统下属的油气矿产资源管理委员会（简称油气属）

原署长卡卡耶夫·亚格系格尔季·埃利亚索维奇（Какаев·Ягшыгелди·Элясович）先生为首的油气署（2016年6月合并到土库曼斯坦天然气康采恩），在十年间担当负责，管理专业、高效协调土库曼斯坦相关部委、地方政府，及时解决制约项目发展的瓶颈问题，包括年度工作预算（WPB）、勘探开发方案审查（ODP）、劳务许可、税务检查、边境强采等，充分体现了土库曼斯坦政府主管部门落实总统令的责任担当和丰富的国际合作管理经验，受到包括中国石油在内的土库曼斯坦外资企业一致称赞。2015年1月，在中国农历新年来临之际，时任土库曼斯坦油气署署长卡卡耶夫先生（后任土库曼斯坦内阁油气副总理和总统能源顾问）亲笔签名，对英雄的中国建设者——中国石油川庆钻探公司所属川庆油建公司（CCDC）、中国石油工程建设公司（CPECC）和从事中土天然气贸易

2008年6月，国家能源局局长张国宝参加阿姆河右岸项目第一天然气处理厂开工庆典。图为在土库曼斯坦列巴普州州长和长老引导下准备挥锹入土（后右为时任中国驻土库曼斯坦大使鲁桂成）

2021年10月24日，土库曼斯坦总统别尔德穆哈梅多夫会见钱乃成大使

的中国石油国际事业公司（中联油）表示衷心感谢并祝中国朋友新春快乐。

时任中国国家发展改革委员会副主任兼国家能源局首任局长张国宝先生，数次率团参加与土方的谈判，两次代表中国政府分别参加阿姆河右岸一期工程开工典礼和土库曼斯坦油气展。期间即经历过飞鸟撞坏飞机发动机，差点发生重大飞行事故的险情，也经历过在卡拉库姆沙漠地面温度40℃以上的高温烘烤下参加阿姆河一期工程开工庆典。2009年12月14日在阿姆河右岸现场参加完项目投产庆典之后，张国宝主任写道："中亚天然气管，穿越大漠，飞渡长江，蓝流达湘赣，不

是梦幻,钢龙万里,腾起阿姆河畔。土乌哈,石油壮士,誉满天山。"

遗憾的是,上述两位备受尊敬的中土天然气合作的领导者和践行者张国宝先生、卡卡耶夫先生,因病分别于2019年10月和2020年7月逝世。

中土天然气合作取得显著成绩的一条关键因素就是两国驻外使节全力推动,主动协调。十五年间(2006—2021年),中国驻土库曼斯坦五任大使鲁桂成、吴虹滨、肖清华、孙炜东、钱乃成在不同时期、不同节点具体协调解决双方合作过程中出现的新问题、新挑战。五位大使多次到阿姆河右岸现场、复兴气田现场慰问奋战在一线的中土员工,有针对性的就双方合作中出现的问题提出切实可行的解决方案,不仅推进了双方天然气合作蹄疾步稳,"压舱石"作用愈发凸显,而且有力推进了双方在人文领域的合作交流。

2007—2017年的十年间中国四任驻土库曼斯坦大使鲁桂成(左上)、吴虹滨(右上)、肖清华(左下)、孙炜东(右下)为中土天然气合作做出重要贡献

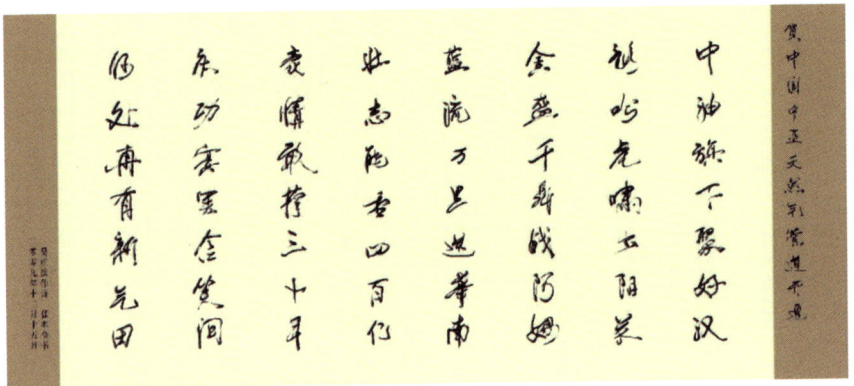

阿姆河项目一期工程投产之后，时任中国驻土库曼斯坦大使吴虹滨赋诗一首表示祝贺

2020年10月，土库曼斯坦驻中国大使杜尔德耶夫（左）与中国石油党组副书记段良伟（右）在中国石油北京大厦出席别尔德穆哈梅多夫总统新书《土库曼民族的精神世界》首发仪式

2017年3月，作者向时任土库曼斯坦驻中国大使齐纳尔女士祝贺那吾鲁孜新年快乐。齐纳尔女士于2021年9月被别尔德穆哈梅多夫总统授予"土库曼斯坦英雄"称号，以表彰齐纳尔女士为土库曼斯坦外交部做的突出贡献

国企优势

1. 核心优势

①**高度重视**：中国石油充分发挥集团公司党组战略谋划、地区党委核心作用和地区小组协调作用，通过项目启动之初的党组决策、院士调研、专家会诊，确保每一项目精准施策，达到预期效果。2007年8月和10月，中国石油党组两次专门召开会议，研究确定举中国石油全集团之力支持中国—中亚天然气合作项目，包括阿姆河右岸天然气合作、中亚天然气管道项目和国内西气东输二线项目，考虑到阿姆河右岸天然气项目的特殊重要性，中国石油以党组会议纪要形式指定国内具有丰富天然气勘探开发生产运行经验的川庆钻探公司、西南油气田公司作为阿姆河项目的对口支持单位。之后，中国石油党组领导周吉平、汪东进等多次赴土库曼斯坦协调项目运行过程中的相关问题。2020年，新一届中国石油党组高度重视中土天然气合作，成立了以董事长戴厚良为组长的中土天然气领导小组，及时协调、解决双方合作过程中出现的新情况、新问题。一年间七次召开专题会议研究中土天然气合作相关事宜。2021年5月21日，作者在土库曼斯坦向中国累计供气达3000亿立方米之际写就一文《近邻送福气 温暖中国心》（见附一）之后，中国石油党组书记、董事长戴厚良批示：要（对中土天然气合作）全面进行评估评价，充分体现了中国石油新一届党组、领导班子勇于担当负责，引导中土天然气合作行稳致远的决心和信心。2021年11月22日，中国石油集团党组书记、董事长戴厚良以视频方式参加由韩正副总理与土库曼斯坦副总理谢尔达尔·别尔德穆哈梅多夫共同主持的中土政府间合作委员会第五次会议。集团公司副总经理

2021年11月22日，中国石油集团党组书记、董事长戴厚良（左二），副总经理黄永章（左三），总经理助理李越强（左一）以视频方式参加中土政府间合作委员会第五次会议

黄永章、总经理助理李越强陪同出席。2021年10月27日，中国石油集团公司总经理、党组副书记侯启军通过视频方式出席第26届土库曼斯坦石油天然气国际大会并发言，侯启军总经理全面介绍了中国石油在推进绿色低碳转型及深化与土库曼斯坦天然气合作等方面的工作。侯启军曾在2018年至2019年间任中国石油天然气股份公司总裁、集团公司副总经理，一年间他曾四次率队赴土库曼斯坦就有关气价、气量及新项目进行谈判。2020年10月28—29日，中国石油党组成员、副总经理黄永章以视频方式出席土库曼斯坦第25届国际油气大会并做主旨发言。

②院士专家会诊：2007年10月阿姆河项目启动之初，中国石油即派出中科院院士贾承造、中国工程院院士胡文瑞、赵文智为首的专家智囊团远赴阿姆河右岸东部现场与阿富汗边界接壤的露头地区进行技术调研、现场考察，确定下步勘探开发总体策略。与此同时，时任中国石油天然气勘探开发公司（CNODC）董事长吴耀文，在时任CNODC办公室主任贾勇的陪同下，于2007年10月赶赴阿姆河右岸现场进行调研、考察，对加快开发阿姆河右岸气田给予明确要求，吴耀文董事长、贾勇主任在听取项目勘探、开发、钻井、地面、生产运行汇报后特别提出针对阿姆河右岸项目特点，要充分借鉴国内高产气

田——克拉 2 气田稀井高产和地面工程模块化的国际合作经验,在 35 年合同期内确保将天然气输往中国的同时,将资产留在土库曼斯坦境内。国内天然气一体化最为成熟的西南油气田、川庆钻探公司时任主要领导李鹭光、胥永杰,以及地震勘探、钻完井工程、工程建设、工

中国石油党组书记、董事长戴厚良对作者所作《近邻送福气 温暖中国心》的批示

2007 年 10 月,中国石油天然气勘探开发公司(CNODC)董事长吴耀文(右二)、CNODC 办公室主任贾勇(左一),在时任阿姆河天然气公司副总工程师刘有超(右三)、现场作业部经理陈怀龙(右一)的陪同下在阿姆河右岸现场调研

中科院院士贾承造(二排右六)、时任中国石油西南油气田公司总经理李鹭光(二排右五)、时任中国石油天然气勘探开发公司(CNODC)副总经理卞德智(二排右四)、中国石油勘探与生产分公司党委书记赵文智(二排右一),在阿姆河公司领导刘廷富、刘合年、雷慧博、陈怀龙(二排右七至右十)陪同下考察土库曼斯坦 – 阿富汗边境的地质露头

程设计单位时任主要领导的王铁军、侯浩杰、迟尚忠、宋德琦、顾伟康等均参加相关项目论证与调研。这些院士调研、专家会诊、领导把关，有效、有力的帮助阿姆河项目公司在较短时间内迅速理清了阿姆河右岸 A 区与 B 区，中部与东部、一期与二期，当前与长远的发展战略，有利助推了项目发展。

③**组建专业团队**：在全系统（包括国内外）抽调精兵强将组建阿姆河天然气公司，不到一个月时间就从国内的西南油气田、川庆钻探公司、国外的哈萨克项目、苏丹项目、南美项目等抽调 23 名具有丰富海外经验，尤其是中亚经验，具有扎实现场管理水平的骨干组成阿姆河项目公司，具体运行阿姆河天然气项目。

2. 先发优势

①**在土成立办事处**：1993 年，土库曼斯坦独立仅一年多，中国石油即在土库曼斯坦成立中亚办事处，统一协调中国石油在中亚五国的相关业务。这也是中国国企在中亚五国成立的第一个办事处（后期中国石油在中亚哈萨克斯坦、乌兹别克斯坦等国所从事的原油合作项目，有不少骨干均是从土库曼斯坦的中亚办事处调出的）。两年之后的 1995 年 10 月，中国石油与土库曼斯坦国家石油部成立的第一个合资公司——亚洲宾馆正式开业并由到访的时任中共中央政治局常委胡锦涛题馆名。1997 年 10 月，中国石油（签约单位）、中国石化（实施单位）正式进入土库曼斯坦老油田修井项目，项目实施 20 多年来累计增产原油 560 多万吨。

②**"小项目—大效益"**：2002 年 1 月，中国石油天然气勘探开发公司（CNODC）在土库曼斯坦开展库姆达格老油田提高采收率项目，三年增产原油 20 万吨以上，超额 70% 完成合同规定产量，成为海外"小项目、大效益"的典范。自此之后，中国石油与土库曼斯坦油气界形成了年度定期会晤的机制，酝酿双方扩大在油气领域的合作规模，即使 2003 年 4 月"SARS"疫情期间，中国实施临时"出国禁令"，中土双方的这种定期会晤机制也从未中断，此次由作者带着主管领导吴耀文的亲笔委托信函由哈萨克斯坦赴土库曼斯坦与土库曼斯坦石油部

领导进行会谈。2006年6月，中国石油长庆石油勘探局在先行在土库曼斯坦开展业务的中国石油技术开发公司（CPTDC）的引荐下，中标土库曼斯坦能源部地质勘探总公司在土库曼斯坦马雷州南约洛坦（即复兴气田）的两口"半拉子"重点探井（土方钻至复杂盐膏层无法钻进，只好暂时封井，面向全球招标），最终中国石油长庆钻井公司（后合并到川庆钻探公司）凭借过硬技术成功完钻土方原来的2口"半拉子"续钻井，受此优良业绩鼓舞，土库曼斯坦能源部地质勘探总公司又在这两口井的基础上追加10口总包探井，工程总包价增加到1.28亿美元。后续长庆与四川钻探企业合并组成川庆钻探公司，从2008年1月正式开钻，至2011年4月，12口探井全部完钻并获得百分之百的成功。中国石油川庆钻探公司在土库曼斯坦马雷州"六高"气田的成功钻探，为土库曼斯坦在该地区发现世界级大型整装气田——复兴气田奠定了坚实的资源基础。

③**制服井喷**：2006年10月，土库曼斯坦发生奥斯曼-3井特大井喷事故，国际关注、土库曼斯坦焦虑、总统着急，应土库曼斯坦政府邀请，中国石油第一时间派出顶级井控、灭火专家伍贤柱、张福祥、吴先忠等赶赴井喷现场，专家组到场后精心谋划、周密组织，最终采用中国方案得以成功制服奥斯曼-3井特大井喷事故，受到土库曼斯坦政府高度赞扬。参加此次特大井喷事故抢险的井控专家伍贤柱、张福祥、吴先忠等均已成为业内资深专家，受到广泛尊重。至2007年7月，阿姆河天然气项目正式启动时，中国石油东方地球物理公司（BGP）已在土库曼斯坦开展了详细的前期地震资料处理研究，中国石油技术开发公司（CPTDC）利用出口信贷等优惠条件，向土方出口钻机、修井机100余台（套），各类管材5.7万吨，机车车头300余台，占据土库曼斯坦一半以上的市场份额。

3. 整体优势

①**集团综合协调**：国内外对口支持，上中下游一体化运作，天然气、凝析油统一销售。针对阿姆河项目地质开发生产难点和特殊的投产要求，2007年10月，中国石油以主管领导主持的月度分析例会的

形式，及时协调中土天然气合作实施过程中不断出现的新问题、新挑战，包括上游阿姆河右岸天然气勘探开发、中游中亚天然气跨国管道、国内西气东输二线工程以及引进土库曼斯坦天然气销售等方面的问题。特别是中土天然气合作三大重点建设工程（阿姆河、中亚管道、西二线）相互交叉，时间又高度重合，2008—2009年间是运输高峰时期，由于中国与中亚国家贸易逆差严重倒挂，国内铁路车皮运出多，返回少，甚至一度出现国内、国外（尤其是土库曼斯坦）货物大量积压无法运出，整个中国—中亚铁路面临瘫痪的实际情况，土库曼斯坦铁道部为此发出了"禁运令"、中国铁道部发出了"限堵令"，为缓解铁路运输紧张，支持中土天然气合作项目的顺利进行，中国石油经研究决定出资招标采购3000个车皮，供铁路部门使用，这一举措有效缓解了国内阿拉山口铁路的货物积压。与此同时，中国石油以党组会议纪要形式明确国内具有丰富天然气勘探、开发、钻完井、销售经验的西南油气田、川庆钻探公司，作为阿姆河右岸天然气项目的对口支持单位，在时任主要领导李鹭光、胥永杰的坚强领导下，两单位坚决贯彻落实国家重点工程要求，统筹国内、国际两种资源、两个市场，在当时国内川渝地区气田勘探开发、钻完井工作量异常紧张、繁忙的情况下，毅然派出强大的气田运行、钻完井、方案设计专家共计500余人，从四川成都、重庆等，远赴中亚"沙陀之国"土库曼斯坦，指导阿姆河项目、开通大国脉、建功新丝路，描绘了一幅幅感人至深的优美画卷。

②**西南油气田运行**：派出320名生产及管理人才组成西南油气田土库曼斯坦阿姆河天然气开发项目部，依托西南油气田50多年天然气勘探开发、生产技术和管理经验，圆满完成了从单井到集气站，从集气站到处理厂，从处理厂到外输增压站整体投产试运行的生产准备工作。投产之后，采取"生产运行总承包"为主的"对口支持"模式，全面接管阿姆河项目公司天然气事业部，开始独立担当第一处理厂、采气厂、机修厂，外输增压站"三厂一站"的全部检维修和生产运行任务。面对工作量翻番：仅一厂处理规模就由50亿立方米两次扩建为80亿立方米，工作量相当于增加一个同等规模的高含硫处理厂；人员

减半：由初期320人减少至140人；外援减少：5支外聘专项检修队伍由于土方签证受限不能到场；外电异常：仅2010年就因外电不稳造成系统全停5次，装置闪停40多次；尾项增多（投产之前经"三查四定"发现尾项60多项）的严峻挑战和安全风险高：由于建设时间紧，遗留安全隐患多；投产运行过程中，陆续又出现管线振动、位移、泄漏、冻堵、自控联锁、闪停等突发重大问题频发，远多于国内相似气田，并且许多问题在国内尚未出现过，安全生产如履薄冰。产业工人"缺"：土库曼斯坦无成熟的操作员队伍，以及素质不匹配、数量不充足的管理人员，边生产、边培训、边招聘，融合式管理和本土化推进面临巨大挑战。后勤保障"匮"：土库曼斯坦基础设施相对滞后，社会依托条件差，外供电、生产物资保障不足，应急处理突发性事件的实效性严重受限。气候环境"恶"：合同区块处于卡拉库姆大沙漠中，严重干旱，夏季漫长，炎热干燥，昼夜温差大，风暴沙尘天气多，毒蛇、毒蝎、毒蜘蛛、毒蚊时有出没，员工健康及设备正常运行受到严重影响。土库曼斯坦政策"变"：土库曼斯坦限制条件多、政策多变，对外方专家签证拒签严重，双语沟通交流人员不足，本土化推进时限紧迫，管理增效任务艰巨。面对上述严峻挑战和风险，西油团队展现出超强的专业化职业化水平，他们按照"小机关、大服务，小运行、大保障"的生产运行模式——机关只有6个人；采气厂、净化厂、机修厂，三个厂只有156人（按国内同等规模编制至少800至1000人）；以生产技术"数字化"、运行管理"扁平化"、制度体系"国际化"、项目运行"本土化""四化"举措；打造"学习型""复合型""技能型""融合型""四型"团队。实现100%安全高效完成"项目建设、投产准备、开工投产"三大攻坚战，100%成功处置投产初期重大险情，100%解决投产初期重大安全隐患"三个100%"。2009年至2012年三年间，应对两次土库曼斯坦政府大规模"拒签"中方生产骨干，处理数十起遗留重大尾项的整改，应对上百次的外电线路停电造成的生产系统闪停或全停事故，实现了年度例行检修由每年一次延长至两年一次，仅此一项年节省费用超亿元，60%检修工作由外包转为机修厂独立完成，累计向中国平稳输气超过1000亿立方米，累计为土库曼斯坦培养上千名优秀的高含硫生产运维骨干，累计实现超过1亿人工时安全生产无事故，中国石油西南油气田分公司以自身60多年的天然气经验传承和专家引领，对口支持土库曼斯坦天然气勘探开发14年来，在中亚阿姆河畔卡拉库姆沙漠，向祖国递交了一份合格的供气答卷。2016年以来，从土库曼斯坦结束"对口支持"陆续返回西南油气田的中方专家，带着丰富的国际合作经验和技术，怀着对中土两国人民深厚的友谊和感情，又相继成为了西南油气田高含硫天然气项目（罗家寨、铁山坡等）的业务骨干。西南油气田以其优良的国际业绩，实现了天然气业务从"走出去"到"引进来"的同频共振。

③川庆钻探服务：在抽出17部钻机、6部修井机赴土库曼斯坦开展对口支持的同时，根据项目特点和土库曼斯坦国情，川庆钻探公司建立起支撑中土天然气合作项目（包括阿姆河右岸、复兴气田开发和其他气田技术服务）的七大保障体系：一是以川庆钻探公司地质勘探开发研究院为主体，成立"四院合一"的由60人组成的"阿姆河天然气公司勘探开发研究部"，重点开展勘探开发规划与部署、测井处理解释、构造演化研究、构造精细解释、储层预测及井位论证、地

西南油气田公司派驻阿姆河对口支持的主管领导钱治家（左数一）在处理厂中控室工作

西南油气田公司、川庆钻探公司时任主要领导李鹭光（左六）、胥永杰（左三）在阿姆河右岸处理厂中控室检查投产流程

阿姆河公司领导与西油公司领导一起在处理厂中控室

质综合研究、开发方案设计及跟踪研究、储量计算、气田经济评价、岩心分析化验、钻井地质设计、试油修井设计、钻采工艺技术等多项研究工作。二是始终遵循"发现溢流，立即关井，疑似溢流，关井检查"的原则，成功应对了土库曼斯坦井井有"复杂"、口口有风险，井井见"复杂"、口口有井漏的井控风险。2009年在阿姆河右岸B区的Gir21井曾经连续处理恶性井漏23次，消耗优质钻井液达2200立方米，研制出适合于土库曼斯坦浅层次生高压气藏和大溶洞、大裂缝、超高压的"高密度饱和盐水聚磺钻井液"，15年来川庆钻探公司在土库曼斯坦累计钻井173口井，累计进尺65.51万米，成功率100%，牢牢把握了土库曼斯坦"六高"气田钻完井的主导权。三是按照"立足中国，依托邻国，当地补充"的物资采供原则，在国内设立了11个物资堆货发运场，国外依托5个国家的货物中转站，在土库曼斯坦固定了3个铁路卸货点，组建了拥有近300台车辆的运输队伍，建立了陆海空的立体运输保障体系，及时破解了因货物大量积压而导致的土库曼斯坦铁道部的"禁运令"和中国铁道部的"限堵令"，使畅通"物流通道"成为打通"蓝金之路"的重要保证。四是建立了以钢结构库房、集装箱库房、料棚和露天堆场相结合的仓储基地2.7万平方米，形成了从物资采购、运输、清关、仓储、发放一条龙的物资保障体系。截至2009年12月31日，已发运各类生产、生活及庆典物资达13421车皮（次）。五是在各片区和生活点修建了宿舍、食堂等生活设施，配送各类生活物资9000吨，规划无土栽培蔬菜大棚100亩，培植生产了27个品种的大棚菜，生产配送大棚菜共计150万千克，形成了综合配套的生活保障体系，不仅满足了川庆钻探5个永久营地、23支钻完井队、30多个固定点的生活、工作条件，平抑了当地物价，而且川庆钻探的"无土鲜菜"很快惠及了工区近万名中土员工以及来访的各类团组。六是成立了具备机修、钻修、汽修、井控设备检维修和机加工能力的检维修中心，建立了检维修生产保障体系。七是充分依托川庆钻探公司石油学校的资源，在土库曼斯坦成立了培训中心，对中国石油下属的中方、土方员工进行语言、技能、HSE、资质取证、企业文化、风俗习惯等培训。采取"走下去、请进来、移动式"等方法,广泛开展形式多样的培训,形成了灵活多样的培训体系,举办9大类培训班共118期,培训人数超过2万人次,在较短时间内实现了"管理岗位中土员工相结合,技术岗位中土员工相平衡,操作岗位当地员工为主"的1∶9的用工目标。15年来,中国石油川庆钻探公司为"汗马故乡"的阿姆河右岸天然气项目、复兴气田一期工程建设项目扬起了"汗马蹄疾",立下了"汗马功劳"。钻井方面:提前2个月第一口井开钻,提前3个月动迁钻机、配套设备及材料,7个月完钻3口高风险井,最快的一口井仅34天完钻。处理厂方面:提前4个月动迁人员,提前5个月完成分公司注册,提前6个月动迁处理厂建设施工机具和材料,提前2个月实现第一处理厂机械完工,提前38天实现第一处理厂投产试运行。这些成绩的取得,是川庆钻探公司打破常规,提前谋划,提前介入,提前准备,提前实施的结果,更是川庆钻探公司广大员工胸怀伟大理想、践行初心使命,发扬大庆精神铁人精神一步一个脚印干出来的,是挥舞十字镐、手推小板车,一步一身汗地在阿姆河右岸、卡拉库姆沙漠推出来的,是打着火把通宵夜战,一个基地接着一个基地打拼出来的。

川庆钻探公司在土库曼斯坦钻井现场(左)

沙漠中的绿色蔬菜大棚(右)

由川庆钻探公司承建的阿姆河项目第一天然气处理厂远景

④**西南设计院规划**：作为中土天然气合作项目的对口支持单位之一，同样有着50多年天然气勘察设计历史的中国石油工程设计有限公司（CPE）西南设计分公司，面对阿姆河右岸天然气田"六高"特征，通过各项科研技术攻关并与国际同行对标，形成了具有世界先进水平的10项新技术和9项集成工艺技术、8项专利专有技术。"四个首次"：首次在海外大规模采用中国石油专有知识产权的"低温克劳斯硫黄回收专有技术"，使用后二氧化碳排放量大幅度降低；首次在天然气处理厂中采用MBR膜生物处理技术和电极气浮技术，操作方便，出水水质稳定，同时减少装置占地面积50%；首次在天然气处理厂采用独立的反渗透膜制除盐水技术，除盐水回收率提高20%以上，并且实现出盐水酸碱液的零排放；首次在中国和土库曼斯坦天然气处理厂中采用固定式的在线胺液净化装置，保障脱硫装置高效平稳运行，同时每年胺液消耗减少20%。取得"十个之最"：亚洲最大规模的中高含硫整装凝析气田开发；中土两国最大规模的含硫凝析气田处理厂；中土两国工艺处理最复杂的天然气处理厂；中国石油天然气产品质量要求最高的天然气处理厂；中国石油最大的段塞流捕集器；中国石油天然气处理厂中规模最大

土库曼斯坦境内天然气处理厂位置图

时任中国石油工程设计有限公司（CPE）西南分公司总经理宋德琦（左图右一）、土库曼斯坦分公司经理的杜通林（右图右二穿红衣者）、阿姆河天然气公司副总工程师刘达林（右图右一）、基建部经理谭志强（右图左一）在现场

时任西南油气田公司总经理李鹭光（左图面对镜头者）、川庆钻探公司总经理胥永杰（右图）在土库曼斯坦阿姆河天然气现场

的自动控制系统、规模最大的锅炉系统、规模最大的循环冷却水系统、规模最大的 RO 反渗透处理中水装置，中国石油天然气处理厂中高压电机最多、供电负荷最大的供配电系统。2008 年至 2009 年，中国石油工程设计有限公司土库曼斯坦分公司总经理杜通林带领的设计项目组，在完成了阿姆河项目 A 区 50 亿立方米地面建设总体设计任务后，又相继完成了阿姆河项目 B 区 90 亿立方米处理厂、A 区 50 亿立方米处理厂两次扩建（由 50 亿立方米扩建为 80 亿立方米）、复兴气田一期 100 亿立方米处理厂以及复兴气田二期 300 亿立方米处理厂及配套工程的总体设计。也就是说，在 5 年（2008 年至 2013 年）时间里，杜通林团队在中亚"气源大国"土库曼斯坦完成了年处理能力 600 亿米^3/年处理厂及配

2009年9月,工程建设公司中标阿姆河集气系统工程签字仪式

2011年9月,工程建设公司土库曼斯坦培训中心在阿姆河右岸现场落成

由工程建设公司土库曼斯坦培训中心编写完成的《石油工程本土化技能人才培训系列教材》

套设施,包括水、电、路、桥、讯、营地、消防、燃气电站等的总体设计,一次性成功投产运行的天然气处理装置规模达到300亿米^3/年,其中阿姆河A区80亿立方米,B区90亿立方米,复兴气田一期100亿立方米,相当于目前土库曼斯坦全国天然气总产量的一半。由中国石油工程设计有限公司(CPE)西南分公司结合其在土库曼斯坦15年高含硫天然气领域的勘察设计经验,编制完成的《土库曼斯坦气田地面工程技术丛书》,包括中、俄文对照,共八册,已成为培训土库曼斯坦,包括中亚哈萨克斯坦、吉尔吉斯斯坦、塔吉克斯坦、乌兹别克斯坦等国新员工的通用教材。通过这些设计、实施和不断完善,中国石油工程设计有限公司西南分公司积累了丰富的高含硫天然气设计、施工、管理经验,成为中国石油乃至中国名副其实的"天然气设计大咖",也由此奠定了中国石油在此领域,尤其是高含硫天然气领域的话语权。

⑤**工程建设公司主建**:作为具有丰富国际合作经验与管理水平的工程建设单位,中国石油工程建设公司(CPECC)与川庆油建一起承担了阿姆河项目工程建设主力军的责任,高水平、高质量完成了一系列重点工程:包括阿姆河第一天然气处理厂集输配套工程、第二天然

气处理厂两列装置、东部气田、西部气田集输建设和配套设施、自备电站扩建、铁路建设等，处理厂总处理能力接近200亿立方米。工程建设公司根据自身"技术强、装备优"的优势，但"资源缺、市场生"的短板，率先于2011年在阿姆河现场成立土库曼斯坦培训中心。该培训中心不仅为学员提供技能培训和就业机会，而且给予一定的物质福利，此举吸引了大批当地民众积极参加。仅2011年至2014年3年间，通过系统教学、现场实习，工程建设公司为阿姆河项目建

由工程建设公司承建的阿姆河集气总站（上）、自备电站（下）

设培养出合格的焊接、管铆等10类工种的当地员工1400余人，并选派多批优秀学员到中国培训，使大批原来仅靠务农、放牧为生的土库曼斯坦当地民众，在这个培训中心学到了专业本领，成为合格的油气产业工人。高峰时工程建设公司当地雇员达3000多人，中土用工比例达1∶30。经常在现场看到的情景是一个中国专家带着上百个当地雇员就是一个作业队，电焊队里70%的焊工都是当地人，每个中方高级焊工都有好几个洋徒弟。从2007年到2017年的10年间，工程建设公司在阿姆河右岸的13个气田建成了9座集气站、104口单井、1136千米管线、85兆瓦发电厂、59千米铁路……所有工程不仅实现一次投产成功，而且投产速度不断刷新，单井建设周期从最初的一个月完成一口单井，到17天、15天、12天，最短5天投产一口单井，工程建设公司不仅为阿姆河项目向祖国平稳供气做出重要贡献，而且为土库曼斯坦培养了一批高素质产业工人，由工程建设公司编制的《石油工程本土化技能人才培训系列教材》，已成为中国石油在土库曼斯坦技术输出的代表作，凝聚了工程建设公司土库曼斯坦培训中心教学和土方员工培训的宝贵经验和丰硕成果。为了满足复兴气田二期300亿立方米产能建设项目本土化运作的需求，工程建设公司计划建设占地8000平方

阿姆河畔采气人

由工程建设公司承建的阿姆河第二天然气处理厂第一、第二列装置

米的新培训中心。他们计划用 3 年时间,培养涉及 20 多个工种的 5000 多名当地技能和管理人员。

⑥**其他公司专攻**:东方地球物理公司(BGP),高质量、高速度、高水平完成工区 1.43 万平方千米地震采集。技术开发公司(中技开),利用中方贷款,为土库曼斯坦提供 1/3 的钻机和 1/2 的修井机。长城钻探公司,精准完成 60 多口井测试、射孔任务。运输公司,在施工现场距料场 300 千米、距砾石、水洗砂 500 千米、距沥青 1000 千米的严酷条件下,在气候异常寒冷的冬季,将人、机、物发挥到了极致,不到 2 个月建成高等级沙漠公路 9.06 千米,圆满完成 70 千米工区高等级公路和后勤服务。52 天完成 A 区到 B 区沙漠公路 43 千米,27 天完成从营地到处理厂四国元首途经的 29 千米沙漠公路和处理厂两侧 930 米绿化,7 天完成 60 多千米道路(土方已建但未达标)援建,一天一夜完成 2 个 100 米长、30 米宽的停机坪抢修,创造了土库曼斯坦、甚至中亚地区道路建设、机场修建史的奇迹。寰球工程公司,高质量、高水平完成了一厂、二厂设计、施工监理。新疆油田公司承担了工区天然气发电厂的投产运行,累计安全发电超过 12 亿度。

⑦**大学育人**:中国石油大学(北京)、甘肃兰州交通大学、新疆财经大学等三所高校先后为土库曼斯坦培养近千名高水平留学生,成为中土两国经贸合作的桥梁。特别是 2020 年 7 月成立的兰州大学土库曼斯坦研究中心网站,点击量超过 173 万人次,已成为中文版的

东方地球物理公司(BGP)在土库曼斯坦营地

《土库曼斯坦日报》，成为中国人了解土库曼斯坦的重要窗口。由阿姆河天然气公司牵头完成的《阿姆河右岸碳酸盐岩勘探开发技术》项目，获2012年度国家科技进步奖二等奖。数十篇论文在国家刊物上发表，获7项国家专利，西南设计院编写的《地面集输系统（中、俄文）》已成为国内经典教案。阿姆河天然气公司中方首任总经理吕功训、中方首任现场作业部经理陈怀龙分别获"全国劳动模范"和全国"五一劳动奖章"称号，2014年，仅阿姆河右岸天然气项目就诞生了6名省部级、集团公司级劳动模范。

行进在卡拉库姆沙漠中的BGP物探装备

4. 比较优势

①打开"潘多拉盒子"：勘探开发讲究"精细"，工程技术使用"利器"，工程建设注重"品牌"，生产运行培养"工匠"，中国石油相关单位在与国外同业对标、同行施工中，牢牢掌控了土库曼斯坦高含硫、深井、超深井地面工程、钻完井的主导权。为确保2009年12月14日全系统投产通气这一政治、刚性指标的实现，中国石油决定对之前土库曼斯坦政府封存的工区内老井进行修复。2008年1月29日，第一口老井Sam34井成功修复并获63万立方米高产，负责这次测试作业的是中国石油测井公司（CNLC），为了不留遗憾的完成中方接手后的第一口高含硫生产井，也为安全揭开已封存近20年的这口"潘多拉盒子"，他们在一个月时间内紧急从非洲的苏丹、阿尔及利亚到中东的迪拜，从北美的美国到东南亚的新加坡，从巴基斯坦到哈萨克斯坦，从阿塞拜疆到土尔其，各批次货物分乘包机、轮船和卡车陆续运抵土库曼斯坦，仅运费就投入了上百万美元，为确保所有地面测试作业设备在收到动员令后两天内全部到位，也为了确保点火顺利成功，CNLC测试工程师设计了三种备用点火方案。测试作业期间大家坚守岗位，每天安排人员佩戴正压呼吸器轮流值班，检查可能出现的险情，甚至在美国斯伦贝谢公司作业期间，CNLC还主动充当了一次待命救护员的任务，两名身背正压呼吸器

的员工随时准备抢救斯伦贝谢公司的作业人员，充分展现了国际合作互利共赢的理念，受到斯伦贝谢公司的高度赞扬，由于调研精细、准备充足、预案充分，从而确保了第一口老井修复获得圆满成功。与此同时，由川庆钻探公司承担的第一口新井Sam53-1井于2008年5月20日开钻，他们克服高温、高压、高含硫的"三高"难题，98天完钻，至2008年年底，川庆钻探公司用7个月时间成功完钻3口新井，平均产量50万立方米以上。至2009年11月一期工程投产之前，阿姆河项目已完成修井27口，新井（探井和开发井）15口，不仅安全、快速，而且口口高产，成为一期工程稳定的气源。更为重要的是通过认真对比新老井产量、稳产基础，阿姆河天然气公司重新调整了项目一期工程主供气田——萨曼捷佩气田的开发策略，由以钻新井为主、修老井为辅调整为以修复老井为主、钻新井为辅，开发策略的重大调整不仅大幅减少开发投资1/4以上，储量增加近1/3，缩短施工时间近一半，为一期工程投产通气赢得了宝贵时间，而且将有限的钻探资源提前部署在东部风险勘探地区，为阿姆河项目二期工程赢得主动。

②**率先投产复兴**：由中国石油工程设计有限公司（CPE）西南分公司设计、中国石油川庆钻探公司油建公司组织施工的土库曼斯坦复兴气田一期工程100亿立方米建设项目，是两个同类处理厂（其余一个为阿联酋Petrofac公司和韩国现代公司共建）中工作量最大，而投产时间最快、运行最为平稳的处理厂，受到到访的中国国家主席习近平、土库曼斯坦别尔德穆哈梅多夫总统的高度赞扬。

5. 阿姆河畔奉献者

面对中土天然气合作项目前所未有的刚性工期和极端脆弱的资源国基础设施双向叠加，全体参建员工发扬大庆精神铁人精神，在岗员工中提倡珍惜项目、奉献人生，在经理岗位中提倡和谐团队、精品工程，在领导岗位中提倡勤于交流，勇于担当。全体员工内化于心的是为国添绿，为民送暖，为己积德。外化于行的是尊重国情、尊敬权威、遵守行规。固化成章的是项目"八不准"规定和安全"三线"原则，孵化成型的是一个个精品工程、阳光工程、样板工程。会战期间超过

3000名中方、20000名土方员工连续工作超过半年时间，数十名员工忍受失去亲人的痛苦，连续工作半年以上，在阿姆河畔涌现出许多感人至深、催人泪下的经典故事。

① "撑起阿姆达利亚太阳的人"——汪国林（人称汪铁人）

单从汪国林的工作履历就可以看出他的"平凡"和"不凡"：从新疆牙哈油气集中处理厂、长庆陕北靖边、内蒙古苏里格天然气净化处理厂、西气东输二线中央处理厂，到中国石油与英荷壳牌合作的长庆长北气田开发项目中央处理厂、井丛及配套工程EPCC总承包等。可以说，在21世纪初中国石油国内外所有天然气处理厂的建设中，几乎都留下了汪国林作为主将

带领工程建设队伍完成的佳作。2007年10月，汪国林再次受命担任土库曼斯坦阿姆河右岸一期（A区）天然气处理厂EPCC项目部经理，全权负责该处理厂的建设和扩建项目工作。作为项目安全、质量、工期、成本的第一责任人，汪国林自为表率、身先士卒，率领员工克服了工程无社会依托、无自然资源、无机具设备三大难关，克服了采购、运输、清关、劳务许可、施工组织、外部协调六大"瓶颈"，克服了"5·12"汶川大地震、土库曼斯坦50年不遇的严寒冰雪、甲型H1N1流感等对工程各个环节带来的意外冲击和挑战。平均每天工作14个小时以上，无假日、无时差、无怨言，始终以旺盛的斗志和必胜的信心应对各种困难，迎接各种挑战。提前38天建成"中亚之最"高含硫天然气处理厂，比同规模工程工期缩短了17个月，项目HSE管理达到1500万人工时无一损失，开工投产运行一次成功，创造了国际工程建设史上的奇迹。总结汪国林有四个特点：一是重培训。土方员工增至4000人，中方员工增至2000人。为了早日让这些走出农舍放下牧羊鞭的土库曼斯坦牧人，快速变成一名合格的产业工人，汪国林采取"重点强化培训，普遍现场提高培训"的办法，先后将电焊工等13个工种

210人次送入川庆钻探公司举办的"外籍员工培训中心"进行集中强化培训,先期为项目培养了一批土方技术工人,有效缓解了施工高峰期中方人员短缺的矛盾。二是强保障。工艺安装施工高峰期中方员工增至2000人,土方员工增至4000人,如果将外国工程服务队伍包括在内少说也有七八千人,首先吃饭就成了大问题,在生活保障方面,在土库曼斯坦纳巴特建立了一个统一的生活保障中心,将当地许多商店改造为食品供应商,每天按计划、按配额给现场供给食品,并有专人送食材到食堂,每个食堂的中土厨师、管理人员、服务人员都由生活保障中心提供,为项目建立了医疗站,配备医生1名,医疗服务人员在当地雇用。在生产保障方面,建成了年生产能力180万块的机砖生产作业线;800平方米的机械维修车间,共维修保养机械设备3600余台次,建成适应各种规格钢结构及工艺管道预制防腐生产线,具备年生厂管道300千米,年除锈防腐型材5000吨的生产能力;在新疆建成年处理能力700吨和300千米的管道防腐预制设施;建成当地员工培训中心及配套设施,可满足80至100名焊工技术的培训;建立符合国家标准的土建实验室,满足土建工程36项常规项目的检测需要。"小机关、大场面、静悄悄、大会战"的理念由此形成。三是巧交叉。一边开挖、浇筑基础,一边开展营地建设,吹风扫线与试运行深度交叉,道路与场内地面铺设同时进行。工艺安装工作量最大、最难的就是焊接。从国内调来200多名焊工,又从当地土方员工中选拔出有焊接基础的100多名人员强化培训,形成一个拥有300多名焊接队伍的强大阵容,采取小包干、大竞赛等方式,每天有质量检查、探伤跟进,每周进行评估,每月有检查考核。四是做表率。汪国林作为项目第一负责人,清晨5点就起床,到办公室开始梳理一天的工作;6点,挨个巡查各作业队的晨会召开情况;7点,准时召集专业人员或当地分包商开会,解决问题,布置工作;9点至12点,16点至19:30,作业现场,了解施工进度、质量、安全,存在的问题,应对措施,下步工作安排都一一记录在小本上;19:30至21:30下班第一时间召开生产会,他要求送馒头、包子到现场会议室,边吃边开会,各单位、作业队问题解决后，翻开他当日现场小本上记录的几十项内容，逐一追踪问题、解决问题，落实措施，细化工作安排；21：30 至 24：00 继续召开多拨小范围会议，解决专项问题，安排工作；深夜，营地都沉睡了，他还要四处走走看看，方可安心回寝室。这就是他每天的必修课，365日风雨无阻。长期超高强度的劳累，汪国林的头发开始变化了，高峰期一过厂还没有建完，他的头发就全白了，40 多岁的人看上去有 50 多岁，就是有个头疼脑热感冒了，汪国林也要坚持深夜开会。四年来就是这样连续主持负责，建设了土库曼斯坦一个接一个的处理厂，规模一个比一个大（从阿姆河一期 50 亿立方米到二期 90 亿立方米，到复兴气田一期 100 亿立方米），难度一个比一个高（从阿姆河一期硫化氢含量 5%，到复兴气田一期硫化氢含量 13%），每个厂都是他指挥实施、组织施工。汪国林不仅是教授级高级工程师，而且是施工技术与管理专家，每一节点，每一道工序，他都要去看，去检查，去指导。有时，晚上 8 点多才从现场回来，没有吃饭，就在办公室吃碗方便面……2010 年 10 月，七十多岁的老母亲病了，他没顾上回家探望。爱人也是川庆油建公司的员工，在国内上班，他们在一起的时间可以说是很少。他的儿子都上完初中读高中了，学校的门朝哪个方向开着他根本说不清。有一次在成都开项目会议时，他突然晕倒被送到医院看急诊，医生的诊断是：劳累过度，休息不够。可没多久他又提着满满两大口袋煎好的中药回到土库曼斯坦现场，照常埋在工作堆里，领导同事都劝他注意休息，他总是浅浅一笑应对。他在网上给自己起了个名字叫"压力三大"，含蓄又幽默。什么意思呢？就是指他承受的压力有三：一是来自使命，中土天然气合作项目的战略使命、民生使命要求他建设优质、高效的工程。二是来自组织，组织向他要经营、要安全、要质量、要效益。三是来自家庭，家庭向他要亲情，要照应，要关心。阿姆河项目 A 区第一处理厂 50 亿米^3/年规模建成后，汪国林肩头的担子更重了，责任更大了。在土库曼斯坦，他从 A 区 50 亿米^3/年处理规模转向了 B 区 90 亿米^3/年处理规模的处理厂的指挥建设，从阿姆河右岸项目转向了复兴气田一期工程 100 亿米^3/年处理厂，又从中亚土库曼斯坦天然气处理厂转向了南亚伊朗 MIS 百万吨的原油处理厂项目，同样是高含硫，两个国家、三大油气地面工程建设与管理同步进行。伊朗 MIS 百万吨原油处理厂、土库曼斯坦复兴气田一期 100 亿立方米处理厂、阿姆河 B 区 90 亿米³ 处理厂分别于 2011 年 7 月、2013 年 6 月、2014 年 4 月正式投产运行，而且均实现了一次投产成功。细算一下，从 2008 年至 2014 年的 6 年间，仅汪国林主导建设的中亚土库曼斯坦、南亚伊朗的大型油气处理厂就达 4 座，总规模达到 2500 万吨当量。汪国林，大伙尊称他为"汪铁人"，"打不垮、压不弯、折不断"的"汪铁人"。怀揣一团火，以他的睿智、专业和担当，将他的"压力三大"，转化为"三大动力"，一身子扛到底，一竿子干到头。汪国林带领的川庆油建团队，6 年之内在中亚土库曼斯坦、南亚伊朗两个天然气资源大国竖起了四座"钢铁森林"，撑起了"阿姆达利亚的太阳"。

② "既然来了，就是刀山火海也要走一遭"的蒲远洋

时任工程设计有限责任公司（CPE）项目经理的蒲远洋本身拥有液流脱气工艺发明专利，参加中土天然气合作项目后他一人负责两大项目（阿姆河右岸和复兴气田一期）、200 亿米³/年处理厂施工图纸的现场协调。为了不耽误工作，他在阿姆河右岸天然气项目与复兴气田一期项目之间创新实施了"片区协作、交叉互动"的工作模式，在相距 800 多千米的土库曼斯坦两大城市马雷（复兴气田所在州）和列巴普（阿姆河右岸项目所在州）之间来回奔波，通宵协调设计、施工、采办、监理之间的技术问题，这样的工作一干就是大半年。由于工作休息无规律，使他原本就患有的慢性肠炎更加严重，经常痛得满头冒虚汗，但为了确保两大项目施工中出现的大量问题及时得到解决，小蒲硬是咬着牙坚持下来，用他自己的话说就是："既然来了，就是刀山火海也要走一遭。"

③辅助岗位大角色——梁宁

梁宁是一名有着13年"海龄"的高级电气技工,在工程建设公司土库曼斯坦分公司他被称为"保障员工生活的守护者"。由他带领的当地雇员组成的综合班,日夜守护着地处沙漠腹地生活营地的运行维护,保障着水、电、通信等沙漠生活生命线的畅通。"有梁宁在,我们虽在艰苦的条件下生活,但心里踏实。"这是梁宁所在的工程建设公司土库曼斯坦分公司员

工的心里话。梁宁所带领的由10多个当地雇员组成的后勤组,实则为名副其实的土建、安装、制冷制热设备维修、闭路电视、通信设备安装维护的全能班。为了能靠这支队伍建设、维护营地,让一线员工生活得安全、舒适,梁宁没少下功夫。他知道,在远离城市的沙漠中生活,解决保障问题,需要把综合班锻炼为全能班。没有成套闭路电视系统前,为让大家看上国内节目,他从当地招聘了安装工,利用当地市场零配件,仅花费了2万元人民币就装配起了一套拥有15台国内电视节目的闭路电视系统。这套土制的闭路电视给沙漠中的员工带来了欢乐,直到一期集输工程结束才光荣退休。

发电机是营地的关键设备,长时间高负荷运转难免出故障。邀请国内厂家人员赴现场维修,也只能集中一个时段,为了解决维修困扰,梁宁就借厂家来的机会一起参与维修默默学习,和"川油铁人"汪国林一样,"辅助能人"梁宁也有一个随身带的小本,他的小本上记满了发电机常见故障诊断、维修方法等。和厂家人员随时联系咨询,为每台发电机建立保养档案,带人定期更换机油和配件。2010年以后,工程建设公司使用的6台发电机再没请国内厂家修理过,炎炎夏日中被迫限电的尴尬已成历史。冷库的压缩机坏了,买来的1吨多肉没处放,行管部虽从当地买来了压缩机,但找不到专业人员安装,联系到了厂家得知安装调试方法,却没有专用工具和计量设备,不管氟里昂加多

加少压缩机都不会正常工作,怎么办?这没有难住多面手梁宁,他把称搬到现场,计好氟里昂钢瓶的原始重量,把用专业设备一次性注入氟里昂的方法改为分多次注入,直至注满5公斤准确当量,冷库终于恢复了正常工作。营地的硫化氢报警系统、电视监控机闭路系统安装全部是综合班自行完成。

2012年,综合班独立完成了建筑面积6200平方米的6栋轻板房宿舍、2栋食堂的拆除和搬迁建设,完成营地供水管道、施工用水管线安装和临时用电10千伏高压线路施工,共架电杆110根、架空导线1万多米、安装箱式变电站4台、敷设高压电缆450米。这些任务若分包给施工单位需要支付1000多万元人民币的费用,综合班发挥多面手保障作用,圆满完成任务。已是50多岁的梁宁,不但要组织安排综合班的工作,还在登杆、做电缆头、打压试验、变压器试验等最危险、关键的环节参与。相对于参加正式工程施工的员工来说,梁宁的岗位虽是配角,但配角干得好同样是大角色。一幕幕感动,织结出大家对这位普通劳动者的崇敬。

④ "爱出者爱近,福往者福临" 的 BGP

承担野外地震采集、处理、解释业务的东方地球物理公司(BGP),在阿姆河右岸的山地、沙漠、戈壁、农田、沼泽等各种复杂地形中连续工作26个月,累计完成二维地震4636千米,三维地震11243平方千米,为阿姆河项目夯实6个千亿立方米气区做出重要贡献。2007年他们刚进入工区现场时恰逢土库曼斯坦遭遇50年罕见的极端寒流,气温降至零下30℃,穿大衣披棉袄都直打哆嗦,前半夜暖气还能供暖,后半夜,小电机烧光柴油,寒冷能把人冻醒好几回,而国内运来的大型发电机、食品补给等都封在集装箱由于清关手续没办完而暂时不能开封,就这样大家煮清汤、啃硬馕,硬是撑了几星期,苦干实干精神激励着大家。技术总监徐学峰主要是靠两条腿丈量、测量放样。十年来,BGP帮助周边村民、政府部门、学校打水井上百口,给学校捐赠学习用品惠及上千人,点点滴滴暖人心,BGP用实际行动,在土库曼斯坦做到了"爱出者爱近,福往者福临"。

⑤ 成"大活"、干"下活"的光头谭平

两眼红肿,迎风流泪,耳孔积沙,双手黝黑,光光的头锃光瓦亮,这就是一位质朴的川建人——谭平,施测队副队长在工地上的真实写照。问他为什么喜欢剃光头,他的回答很简单:这里风沙大,为了每天洗头方便省事。六年间谭平带领32名中土员工,指挥着"123456"的大型施工设备:一台平地机,两台压路机,三台洒水车,四台自卸车,五台挖掘机,六台推
土机,在40℃的高温下每天工作12小时,每月洗一次澡,重复着枯燥而又高尚的测量、取土、转运、找平、碾压、洒水、夯实等基础工作,没有通信设备,靠人吼,没有道路,靠(GPS)定位,没有翻译,靠(肢体)手势,还得时时预防毒蛇异兽袭击。整整7个月,谭平没吃一顿舒坦饭,没睡一个安稳觉,人瘦了12斤,换来的是海外7年,从中亚哈萨克斯坦大草原转到土库曼斯坦大沙漠,谭平所在班组完成了长输管线测量放线及管沟开挖回填600多千米,站场场地平整测量及标高控制近200万平方米,道路施工管理及测量放线控制近200千米,培训出了22名土库曼斯坦测量员,尤为可贵的是7年时间谭平不仅干过射线检测、洗片、铆工、种植草坪、清扫道路等"正劲活",还干过捡垃圾、通厕所等"下等活"。

⑥ "黄氏三兄弟",脚丈量房连伸

大哥黄秀安,负责复兴气田一期100亿米^3/年处理厂、2个预处理厂及内部集输、外输工程仪表安装调试。二弟黄秀经,略显腼腆,是电器安装四班班长,负责预处理二厂、三厂、22口单井通信、阴保、电伴热安装调试。三弟黄秀纬(与二弟是孪生兄弟),任川建20

"黄氏三兄弟"大哥黄秀安(中)、黄秀经(左)、三弟黄秀纬(右)

队指导员,指挥了管径1420毫米,管段长115米的公路穿越,创下日焊接最高25道口、月焊接最高660道口的新纪录,组焊18千米,焊接一次合格率95.1%。除"黄氏三兄弟"以外,还有来自川庆钻探公司的"吴氏父子兵""吴氏双胞胎兄弟"以及许许多多的"夫妻档"在中土天然气会战中默默无闻又勤勤恳恳。负责阿姆河右岸项目集气站及外输管线施工的中国石油工程建设公司(CPECC)土库曼斯坦分公司副经理房连仲就是最早用脚丈量了卡拉库姆沙漠,用意志品味沙漠冷暖无情的现场指挥者,房连仲赋诗一首形容会战场面:露餐和着风,沙尘伴我行,昼顶烈日头,夜听机轰鸣,长龙蜿蜒展,站场秀彩凤。

⑦十位"小鲜肉",300亿"大概算"

工程建设公司的"小鲜肉"们正在研讨300亿立方米"大概算"

位于卡拉库姆沙漠腹地的复兴气田,是世界第二大单体气田,也是中土能源合作的重要气源地。复兴气田天然气具有压力高、温度高、硫化氢含量高、氯离子含量高、二氧化碳含量高、单井产量高六个特点,人们称其为"六高"气田。复兴气田二期工程规模大:商品气量达到300亿米^3/年,还有每年数十万吨的凝析油、硫黄附加产品,规模相当于2500万吨油气当量。时间紧:为确保在2013年9月之前达到协议签署条件,中国石油通知要求在2013年5月1日听取项目概算汇报,只有3天准备时间,要在3天时间完成一个2500万吨油气当量的处理厂工程概算并向中国石油汇报,这在常规来说是根本不可能的。而工程建设公司(CPECC)的金鑫、郑大宝、肇毅、赵军、范海成、杨亚新、张杰、王海盛、付海博、孙立国等十位"小鲜肉",硬是靠他们的"专功"与"勤勉"完成了这项按常规不可能完成的概算编制任务。吃住全在办公室、现场,每天工作12小时以上,早班、晚班加夜班,每天4顿饭,3班倒,由于采购投资占EPC工程(指工程、采办、建设总承包,为国际工程建设通用承包方式,类似PSA产品分成合同)总投资的60%,为确保概算编制准确,十位年轻人在3天时间向采购运输组发出2100多份询价单,向近100个厂家询价,形成7万多条记录的 Excel 表，在此基础上利用 CPECC—PMIS（工程建设公司项目管理信息系统）数据库中历史价格进行筛选比对，选择出合理价格作为报价依据。在 3 天时间里，他们完成了复兴气田 300 亿米^3/年商品量工程的概算清单，包括 600 多张表格、2 万多条数据。在之后的 8 个月时间里，随着不断向中土双方各级领导汇报，《复兴气田 300 亿米^3/年商品气工程建设合同文本》（738 页，中、土、俄三种语言）（共修改 31 版）平均每 7 天就修改一次。更难能可贵的是在后续完善方案过程中，他们逐一解决了项目介质腐蚀性较高和 200 万吨工程建设物资如何安全运抵施工现场的技术瓶颈。借鉴复兴气田一期 100 亿立方米项目运行经验，二期项目内、外部集输工程和 2 座 150 亿米^3/年天然气处理厂，设计大量采用 N08825 双金属复合材料新工艺。这种材质具有良好的抗腐蚀性，国外已经广泛采用，国内尚处在工程化应用阶段。技术支持组与国内外 30 多个厂商进行了面对面的技术交流，形成了不同类型产品的供货商长名单，同时在中油七建和大庆油建分别建立了两个培训实验基地。目前，两个基地正进行四种焊接方法、三种检测工艺的技术探索。土库曼斯坦地处亚洲大陆的中心处，无论从哪个方向进入，都避不开漫长的陆路运输，为此，项目物资运输组与每一个有合作倾向的运输商进行了沟通，把运输路线精确到了每个路段和环节，最终确立了"东越阿拉山口、西穿里海、南进伊朗、北走俄罗斯，火车、船舶、汽车、空运全方位的陆海空大运输"路线图。正是这批年轻骨干的专业、敬业和执着，2014 年 10 月，土库曼斯坦政府批准了复兴气田二期工程 300 亿立方米 EPC 总承包概算价格。

⑧宁可"肠梗"，不可"场堵"的杨宝君

杨宝君，时任阿姆河天然气公司总经理办公室主任。在项目启动之初的 2007 年至 2009 年间，阿姆河项目大事多、互访多的情况下，发扬大庆油田"一把铁锹闹革命"的创业精神，与时任公司总调度长陈怀龙一道，从 2008 年 3 月初开始，在"一片净土"的阿

杨宝君（图右二）与同事冯涛在沙漠临时就餐

姆河畔开始了营地建设。他们克服材料短缺、沙漠环境条件恶劣、人员不足、工期紧张等一系列困难，组织当地民工，租用当地车辆，带领部分员工进行管理与实施。凭着"白＋黑""五＋二""干馕＋泡面"的精神，每天工作 12 小时以上带头示范，经过 4 个月的艰苦奋斗，至 2008 年 6 月 1 日，终于在卡拉库姆沙漠腹地成功建成了阿姆河右岸第一个现场营地，使项目主要生产部门很快实现了从首都向一线现场的前移，为项目 A 区一期工程建设的顺利开展创造了条件。杨宝君回忆说："最困难时，我和陈怀龙吃一包方便面，我和刘秀联当试睡员……白天赶工期，晚上数星星。"就这样完成了 A 区营地建设，同年 11 月，杨宝君又与陈怀龙负责阿姆河 B 区营地建设。这次建设与 A 区相比，规模大一倍、要求高（为砖混结构）、功能全（配餐饮、办公、会议、运动等），由于工作头绪多，压力大，情绪高度紧张，每天几乎要干十四五个小时。如有代表团来访，他一天只能休息五六个小时……长时间的劳累加上饮食不规律，杨宝君病倒了，被确诊为肠梗阻。阿姆河的后勤"畅"了，杨宝君的肠子却"堵"了，幸亏发现及时，公司将杨宝君紧急送回国手术，否则后果将非常严重。2009 年春节来临之际，杨宝君与妻子、女儿在阿姆河现场营地团聚。女儿杨雪琳在营地有感而发，赋诗一首，点赞父亲杨宝君及其战友所从事的中土天然气合作。

营地归来

今朝归来自营地，

地处荒漠夹红柳。

柳暗花明又一春，

春天来时更辛苦。

苦中作乐庆新年，

年年有余出硕果。

果实累累心中酸，

酸甜苦辣工作中。

中土合作定成功，

功不可没石油人！

2009年春节于营地归来途中。

阿姆河B区营地建成后，作为主要参建者之一的杨宝君改编一首歌词。

B区雄风

我们B区，沙漠伴狂风，井架织营房；

我们B区，营房拔地起，公路伸四方；

我们B区，油气也富有，事业更风流；

我们B区，建设的号角已经吹响，让我们携手奋斗，共同创造美好的明天！

我们B区，路是沙漠的路；我们B区，黄沙飞满天；

我们B区，戈壁连成片，我们B区，风也手握手！

沙漠伴狂风，井架织营房；

B区风乍起，B区雄风震天吼！

我们B区，建设吹号角；我们B区，油气也富有；我们B区，员工最勤劳；我们B区，事业更风流！

四海会B区，中土共奋斗，

B区风乍起，B区雄风满天吼！

啦～啦～啦～啦 B区雄风震天吼！ 啦～啦～啦～啦 B区雄风震天吼！

我们B区，营房拔地起；我们B区，公路伸四方；我们B区，电网连成片；我们B区，油气通神州！

绿草伴营房，公路织管线；

B区风乍起，B区雄风震天吼！

我们B区，建设吹号角；我们B区，油气也富有；我们B区，员工最勤劳；我们B区，事业更风流！

四海会宾客，中土交朋友，

B区风乍起，B区雄风满天吼！

啦～啦～啦～啦 B区雄风震天吼！啦～啦～啦～啦 B区雄风震天吼！

啦～啦～啦～啦 B区雄风震天吼！啦～啦～啦～啦 B区雄风震天吼！

震天吼！

阿姆河畔采气人

⑨为国尽业，为家遮雨的刘合年

阿姆河项目又一批试采方案获得通过，时任阿姆河公司副总经理刘合年（图右）与土库曼斯坦研究院长握手祝贺

刘合年，时任阿姆河天然气公司副总经理。女儿初一考满分，满怀欣喜拿考分给父亲看，但此时刚回国的刘合年只是"嗯"了一声就倒头睡在沙发上。女儿不知道的是彼时负责阿姆河项目勘探、开发业务的刘合年刚刚完成一件"大作"——阿姆河项目东部（B区）六个气田试采方案一次性获得由土库曼斯坦天然气康采恩、油气属、研究院专家组成的专家组一致通过，标志着东部（B区）六个气田将提前一年半获得土库曼斯坦政府的投产许可。孩子可能不知道，为了这一天的到来，刘合年带领国内外3个部门、4个专业的数十名专家提前半年开始各种材料、各项现场试采资料的准备、论证，得益于刘合年团队扎实的基础工作，充实的现场数据，为土库曼斯坦主管部门一次性批准六个气田试采方案奠定了基础，为将阿姆河B区的勘探成果早日转化为生产经营成果赢得了宝贵时间。而当孩子给父亲刘合年盖被子时，不留意间一张花花绿绿的卡片从父亲刘合年的兜里飘到了地下，上面画着一棵大树，一只小鸟和一个太阳，旁边歪歪扭扭的挤满了几行幼稚的娃娃体：爸爸是大树，为我们遮风挡雨，爸爸是太阳，给我们温暖。这是女儿上幼儿园时的杰作，踏出国门的刘合年保留至今。

⑩竖起巾帼丰碑的"铿锵玫瑰"

来自川庆油建的九位女焊师，年龄最大的41岁，最小的23岁。她们将誓言与决心装在了焊枪上，绽放在美好的弧光里。在阿姆河项目第一天然气处理厂施工现场创造了在酷热沙漠环境下人均日用焊条15公斤、焊缝长度超过120米的新纪录，圆满完成9个2000立方米消防水罐、25个储罐的焊接，参与了4

座胺液吸收塔、4座胺液再生塔的焊接，焊口一次合格率达98%。不仅如此，整个女子焊工班先后带出了60多名"洋徒弟"，这9朵石油花用焊枪在阿姆河畔焊出了最美丽的宝石花，在卡拉库姆大漠里竖起一座巾帼丰碑。

刘铭初在阿姆河东部现场开启新井阀门

⑪ "80后"保供先锋——刘铭初

作为阿姆河天然气公司最年轻的技术骨干之一，刘铭初主动请缨到刚投产的阿姆河右岸东部地区工作，他与其他五名中方专家一道，带领120名土方员工，在条件极为艰苦（无任何后勤依托）、环境极为敏感（距离阿富汗边境仅60千米）的阿姆河右岸东部地区，担任东部采气车间第一任主任。凭着扎实的业务功底、过硬的培训效果（不到一个月时间完成对土方员工天然气产业链、全流程培训）、顽强的敬业精神，刘铭初团队最终比计划提前20天，于2019年1月10日，冬季来临之际，实现了阿姆河东部气田两个集气站、6口高产井的安全平稳投产，每天向祖国供气达到460万立方米，相当于每天增加400万个3口人之家的用气量。刘铭初作为阿姆河项

2019年2月4日，恰逢中国传统佳节春节，东部气田平稳运行的第25天，工作在B区的中土方生产团队向祖国人民拜年

阿姆河东部预处理厂

目仅有的几位"80后"年轻技术骨干,在异国他乡"为国添绿"、冬季保供这场大考中经受了考验,他个人也付出了很大代价,由于连续7个多月吃住在条件异常艰苦的B区东部现场,加上超高强度的工作负荷,在投产准备阶段,刘铭初就患上了腋下皮脂腺囊肿,化脓感染导致连续高烧,现场医生建议他休息治疗,但一想到投产准备千头万绪,刘铭初就仅靠药物维持治疗,一直奋战在投产第一线,直到整个气田投产平稳运行第25天时,刘铭初突然发现他的右眼几乎无法张开,最后甚至连刷牙、吃饭都很困难,经现场医生诊断刘铭初患了急性面部神经瘫痪,鉴于B区东部当时的医疗条件,医生建议必须尽快转移治疗,阿姆河天然气公司启动紧急预案,送刘铭初回国紧急治疗,经过3个多月小刘的急性面部神经瘫痪才得以痊愈。

截至2021年1月6日,B区东部气田日产量突破1200万立方米,接近阿姆河公司总产量的1/3,成为阿姆河右岸天然气项目继A区(第一天然气处理厂)、B区中部(第二天然气处理厂)之后向祖国供气的又一主供气源地。

⑫ **海外党建探索者——周崇志(时任川庆钻探土库曼斯坦分公司常务副总经理兼党支部书记)**

针对川庆钻探在土库曼斯坦点多、线长、面广和土库曼斯坦特殊的国情实际,周崇志组织在各基层单位先后建立了10个党支部,30多个基层工会组织,将海外党建与队伍管理有机结合起来,针对海外党建有其特殊性,但非特殊化的理由。一是合理划分片区,把各片区、各重点单位的党组织建立起来,开展党员模范岗活动。二是合理利用"倒休"时间,把党员和入党积极分子组织起来进行党课学习。三是在生产骨干中发展党员,把那些想干事、能干事的生产骨干,进行重点培养并及时吸收到党组织中来。如钻井专家巫道富,五年来一直工作在海外项目,非常优秀,经过几年组织培养入党后现在已走向处级干部岗位。四是注意在俄语基

2009年6月,周崇志(图右一),陪同时任川庆钻探公司总经理胥永杰参观展板

础好的年轻骨干中发展党员，有利于培养海外人才。五是为了有利于开展海外党务工作，利用现代化网络技术建立了一个党务工作和党员学习平台，解决了远距离交流问题，建立了开展党建工作的桥梁，实现了从国外到国内互联，资料和资源共享。

还有许多可敬可爱的人，他们中有从国内柴达木、吐鲁番，到塔里木、准噶尔，再转战到土库曼斯坦的川庆土库曼斯坦分公司钻井工程项目部 CCDC-14 队平台经理刘太武，他在连续完成阿姆河右岸三口高风险探井后不幸因病早逝，年仅 48 岁。在他的最后时刻，还惦记着中亚那个叫作阿姆河右岸巴格雷德，那个卡拉库姆大沙漠里，他的井队弟兄们的生活环境和生产动态，每每提及总是会说："等我病好后，一定要回来和弟兄们一起继续并肩战斗。"

有在七年中，父母等四位亲人先后离世，但因工作原因，或是未及时赶到，或是未能在病榻前以尽孝心，留下了对亲人深深的遗憾……

有因为工程、也因为工期、更因为使命和担当，母亲去世也没有赶回国料理后事的工程建设公司员工卢伟信，母亲下葬的那一天，人们看到卢伟信爬上那高高的沙岗子，一边化着纸钱，一边朝着东方，朝着大庆油田，长长的叩了三个头……

有妻子怀胎十月，渴望丈夫回国相伴，而建设任务繁重，国事家事面前依然选择为国尽忠的张石（时任工程建设公司俄语翻译）和张政（时任 BGP 8634A 队经理）。待到张石完成现场翻译工作回国时，儿子已经四个半月，而张政则选择在土库曼斯坦 50 年不遇的 -30℃的寒冷冬季，带领队伍圆满完成了 2400 平方千米的三维地震采集，为阿姆河右岸 B 区勘探赢得了宝贵时间。

有为了赶工期，为了将在清关过程中损坏的备品备件及时补上，毅然决定随身携带三百多公斤设备配件登机，一路从成都乘飞机到乌鲁木齐、从乌鲁木齐飞到土库曼斯坦首都阿什哈巴德，再飞往现场查尔朱（土库曼纳巴特），推着沉重的配件一次次托运、一件件转机，物资超重一次次被"阻挡"，又一次次被托运者讲述的故事感动而"放行",只为确保人在配件在,最终将所需配件及时送到施工现场的石昕(时任川庆油建公司副总经理、A区处理厂EPCC项目副主任)。

有在6天时间往返中国中、西部6个城市,行程近1万千米,只为将现场急需的一个阀门和泵配件经厂家确认无误后送到现场的付海博(时任工程建设公司(CPECC)采购协调员)。同事们惊叹付海博的这次行程,完全可以媲美美国大片的"绝命速递"。

有6年时间几乎全部"泡"在井场,胃病常发,瘦成"猴精",回到国内,夫妻相拥,泪流满面,感动路人的代宝昌(时任工程建设公司B区集输项目经理)。

友谊历史渊源　交往心心相通

1. 友谊历史渊源

①张骞西域第二站：2000多年前张骞组队开赴西域的"凿空之旅"，第二站即到达今天的土库曼斯坦。土库曼斯坦总统别尔德姆哈梅多夫在其专著《土库曼民族的精神世界》一书中写道："据基督教大事年表记载，公元2世纪，一个匈奴可汗给中国皇帝写信，表示愿意在边境开放大门开展贸易，信中同时也列出了所需要的商品和安全规范。有关土库曼斯坦外交的历史著作也证明，在古代，我们这片土地是开展贸易的理想场所。"

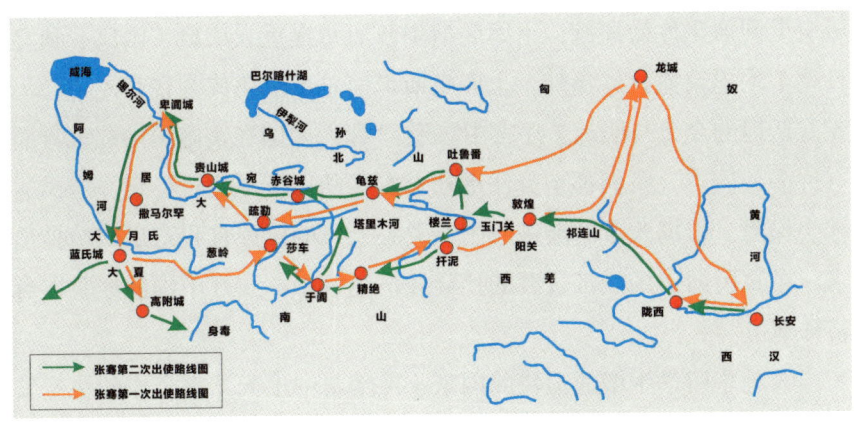

汉代张骞出使西域路线图。第一次出使路线（黄色），第二次出使路线（绿色）

②百年经贸往来：中土两国在数百年前就有经贸往来和文化交流。土库曼斯坦前总统尼亚佐夫在其专著《永久中立 时代安宁》一书中写道："土库曼人在数百年前就与大秦国有贸易关系，古代土库曼人是这样称呼你们（指中国）国家的……七百年前，我们两个古老的大国就

有了牢固的联系，包括文化联系和贸易联系。今天我们必须首先复兴丝绸之路，并将我们相互关系提高到崭新的合作水平。"

③抗战援华通道：抗战期间土库曼斯坦曾经是重要的援华通道。中国人民抗日战争末期，一批重要的美国援华物资即是通过土库曼斯坦阿什哈巴德运往中国。包括重型卡车、卫生车、抢险卡车和450吨物资。

④历史接待的第一批外国人：土库曼斯坦历史上接待的第一批外国人就是中国人。在2016年6月，阿姆河右岸项目所在城市土库曼纳巴特，别尔德穆哈梅多夫总统接见中国石油代表团时讲道："土库曼斯坦历史上接待的第一批外国人就是中国人。"这段历史，在丁笃本先生编著的《中亚探险史》一书中更有详细描述："在乌孙（今新疆维吾尔自治区伊犁哈萨克自治州及哈萨克斯坦一带）期间，张骞派出多名副使，分赴大宛、康居、大月氏、大夏、安息（帕提亚王国，即今天的土库曼斯坦）、身毒（印度）等大国，以及于阗（今和田）、扜罙（今于田县城西北）等塔里木盆地城郭小国，建立友好关系。"2016年8月，别尔德穆哈梅多夫总统指示在土库曼斯坦全国小学推广汉语教学，今天我国境内青海（循化撒拉自治县）、新疆（伊犁）的少数民族撒拉族历史上同属土库曼民族，土库曼斯坦政府每逢重大庆典（国庆、独立日等）均邀请撒拉族参加。土库曼斯坦前总统尼亚佐夫在其专著《土库曼斯坦的今天与明天》序言中写道："我们两国在实施国内政策方面有许多共同点，我们都十分注重社会发展的以下原则：稳定、居民的社会保障、市场改革的渐进原则、关心人民的民族自我意识和精神追求。在我国向市场经济过渡的社会经济纲领中，友好中国的经验占有特殊地位"。

⑤赴华留学生增速最快的国家：伴随着中土天然气合作的快速发展，土库曼斯坦已成为中亚地区赴华留学生增速最快的国家。通过严格考试竞争（由土库曼斯坦教育部、土库曼斯坦油气署、中国石油大学[北京]三方联合监考），每年由中国石油阿姆河天然气公司赞助的15名土库曼斯坦学生到中国留学的名额（录取比例约为15/1000），已成为土库曼斯坦年轻人的首选，目前在华土库曼斯坦留学生人数已由

每年由中国石油阿姆河天然气公司赞助的 15 名去中国石油大学（北京）留学名额考试成为土库曼斯坦年轻人最具吸引力的"高考"（下图）。满怀青春理想的土库曼斯坦青年学子踏入考场（上图左）、时任公司外联部经理高彬在向考生家长释疑（上图右）

2009 年的不足 50 人增加至 2019 年的 2500 人以上，十年间增长 50 倍，为中亚地区赴华留学生增速最快的国家。

⑥讴歌合作，赞叹友谊：2017 年中土天然气合作正式启动十周年之际，中土方员工积极响应中国石油阿姆河天然气公司号召，在主动撰写回忆短文、讴歌中土合作取得巨大成绩，给自己、家庭生活带来巨大变化的同时，还自发组织了"中土天然气合作十周年纪念标志"设计图案大赛，他们巧妙地将中国的五星国旗、万里长城与土库曼斯坦的国宝——阿哈尔捷金马（汗血马）通过中亚母亲河——阿姆河紧密相连，将两国元首对项目的高度重视与两国人民的热切期望紧密相连，采用中土两国国旗色彩——红色（象征力量、喜庆色彩）、绿色（象征青春力量）为主

拿到招生简章的土库曼斯坦女学生

阿姆河公司员工在指导考生

由土库曼斯坦员工设计的融合中土两国国旗颜色以及象征中土两国友谊像阿姆河一样源远流长,奔腾不息的"中土员工友好合作十周年纪念LOGO"

为纪念中土天然气合作项目正式启动10周年而设计的图案,绝大部分为土库曼斯坦员工所作

调,构成了一幅幅精美绝伦的设计图案,集中展示了中土两国人民沿着古老的丝绸之路"福气相连,世代友好"的美好心愿。其中一幅题为"中土员工友好合作10周年纪念LOGO"示意图的含义用俄文解释为:

绿色:土库曼斯坦国旗颜色,也是青春的色彩;

红色:中国国旗颜色,也是能量、力量和实力的象征;

黄色:金色代表财富,也是沙漠和土地的颜色;

")))"是现代社交网络中"开怀大笑"表情的输入符号,象征中土两国友谊像水波一样不断传播到远方。

Объяснение логотипа события.

10 лет дружной работы туркменского и китайского персонала в одной единой компании.

Зеленый цвет. Цвет флага Туркменистана. + Цвет молодости и юности

Красный цвет. Цвет флага КНР. +Цвет энергии, силы, мощи

Желтый цвет. Цвет золота. Цвет богатства, цвет пустыни, цвет земли

Закрывающие скобки современный, молодёжный символ широкой улыбки в социальных сетях.

Так же этот символ может означать продолжения развития как волны на поверхности воды.

中土员工新年联欢

中国石油驻土相关单位开展的社会公益活动：东方物探（BGP）、川庆钻探（CCDC）、工程公司（CPECC）、运输公司（CPTC）等为当地无偿提供机具、设备用于秋收、抗洪和筑路等，收到当地政府多封感谢信

中国企业在中亚地区赞助额最大的单项民生工程——土库曼斯坦列巴普州米干村水厂于2014年5月7日与阿姆河二期工程同日投产运行，一次性解决当地5000人的饮水困难，别尔德穆哈梅多夫总统以视频方式祝贺水厂投产

阿姆河畔采气人

米干村村民喜饮清洁的自来水

2. 爱中华的"土人"们

历经二十多年不懈努力和探索，中资企业在土库曼斯坦培养了一批热爱中华文化，忠诚企业精神的当地员工队伍，实现了项目发展与当地民生改善同行，与土库曼斯坦国家社会发展同步的战略目标。十年来，先后有多名土库曼斯坦当地员工撰写文章，抒发对中土两国传统友谊的珍惜、对中土天然气合作的祝愿。

① "我的中国心"——尼亚斯 Нияз

曾在中国湖南自费留学、现任阿姆河天然气公司计划部经理助理的尼亚斯懂土语、汉语、俄语、英语、土耳其语等五种语言，他以自己在中土两国的亲身经历写就一篇"我的中国心"赢得中国石油海外"汉语桥"外语比赛一等奖。尼亚斯在演讲中深情地讲道："十年来的一幕幕和点点滴滴就在眼前。十年意味着什么？十年间阿姆河公司顺利完成三大项目：巴格德雷第一天然气处理厂、复兴气田一期工程、巴格德雷第二天然气处理厂。土中天然气合作项目成了加深两国人民之间固有的传统友谊、为土库曼斯坦创造新的就业机会、提高土库曼斯坦人民生活水平的项目。土库曼斯坦总统别尔德穆哈梅多夫在讲话中说，土中天然气项目是 21 世纪的项目。十年间，我从一名普通员工历练成为部门经理助理，我个人成长很快，感觉自己在思维与心质上都有了质的飞越。我参加过公司组织的不同专业、不同岗位的培训和学习。学习了石油专业各方面的知识，包括油气田勘探与开发，钻井、井下作业、天然气生产工艺和地面基建等。对我来说，这是从一名专业人员转向综合人才、复合型人才的一种培养。每次参加培训，对我的影响很大……公司不断鼓励我学习、创新，让我们参考、比较国际能源公司最新的做法和管理制度，去学习国际化程度更高的其他外国公司是怎么做工作的，再取长补短应用到工作里……"

«Мое китайское сердце» - Нияз: Нияз, который учился в провинции Хунань, Китай, теперь является заместителем директора отдела планирования КННКИТ. Он владеет пятью языками, включая туркменский, китайский, русский, английский и турецкий, и на основе своего личного опыта жизни в Китае и Туркменистане написал статью «Мое китайское сердце», занял первое место зарубежного конкурса иностранных языков КННК «Китайский мост». Нияз с любовью выразился в своей речи: «Перед глазами по крупицам вырисовываются сцены за прошедшие десять лет. Что означают эти десять лет? За последние десять лет КННКИТ успешно завершила три крупных проекта: запуск ГПЗ-1 Багтыярлык, I фазы проекта газового месторождения «Галкыныш», ГПЗ-1 Багтыярлык. Проект сотрудничества Туркменистана и Китая в области природного газа стал проектом, направленным на углубление традиционной дружбы между двумя народами, создание рабочих мест и повышение уровня жизни народа Туркменистана. Президент Туркменистана Бердымухамедов в своем выступлении подтвердил, что туркмено-китайский газовый проект – это проект XXI века. За десять лет я прошел путь от рядового сотрудника до помощника директора отдела, очень быстро вырос и почувствовал, что совершил качественный рывок в развитии своего мышления и менталитета. Я участвовал в различных тренингах и исследованиях, организованных компанией, а также изучил все аспекты нефтяной профессии, включая разведку и разработку нефтяных и газовых месторождений, бурение, скважинные операции, технологии добычи природного газа, наземные инфраструктуры и т.д. Для меня это своего рода процесс подготовки от обычного профессионала к человеку, обладающему всесторонними талантами. Каждый раз, когда я участвую в тренингах, это сильно влияет на мое развитие. ... Компания продолжает побуждать меня учиться, вводить новшества, сравнивать новейшие практики и системы управления международных энергетических компаний, чтобы узнать, как другие иностранные компании с более высокой степенью интернационализации выполняют свою работу, чтобы учиться и применять сильные стороны друг друга в своей работе.»

② "我的中国梦" ——穆拉特 Мурад

土库曼斯坦小伙穆拉特仅在中国学习6个月就用汉语写下"我的中国梦"一文，表达了土库曼人民对中国文化的向往和热爱，引发中土两国民间热烈反响。穆拉特在他的作文中讲道："当我还是一个孩子的时候，我就已经听过很多关于中国的长城、丝绸之路、中国茶和医学等传奇故事。在那个时候，我像每个孩子一样，我的梦想就是能亲身领略这个伟大又传奇的国家。随着岁月的流逝，学习和阅历的增长，那个儿时的梦想越发清晰和强烈。在完成了中学学业之后，随即进入了大学，学习石油和天然气工程。即使在那些日子里，这个梦想仍然时刻伴随着我，不离不弃。在我们的研究所里，教授和同学们谈论石油和天然气开采、开发、生产、运输等基础设施在我国何时和如何建立。之后，我第二次陷入梦想的世界，关于中国的梦想。在古代中国，在世界上任何国家还没有具备开采铁矿，炼制金属技术的时候，中国就已经在利用石油和天然气。我很钦佩勤劳智慧的中国人民，还有他们的勇气和机智……终于，在2009年，土库曼斯坦的天然气输送到了中国，同时在土库曼斯坦建立中国石油阿姆河天然气公司。我非常愿意看到两个伟大的国家携手合作，让这个双赢计划造福两国人民，为了让我的中国梦一步一步走进现实，我决定去中国石油阿姆河天然气公司（CNPCIT）工作。在这里，我认识了许多中国朋友。现在我已经不仅是对中国古代历史的遥想和向往，而是自己能够时时听见关于现代中国这个魅力非凡的国家的声音，我欣喜若狂，但是有一面墙，阻止我们深入的理解和交流，那就是语言。幸运的是，半年前CNPCIT给我一个机会，我来到了中国石油大学（北京）学习汉语，给我的中国梦插上了翅膀，让它飞翔。现在我的同事和我在中国已经学习了半年汉语，我可以自信地说，现在的我可以读懂中文书，顺畅地书写中国汉字，与人自由随意的沟通，我的中国梦成真了。"

«Моя китайская мечта» -Мурад: Туркменский парень Мурад написал «Моя китайская мечта» и «Китайская мечта» на китайском языке всего за 6 месяцев обучения в Китае, выражая отношение туркменского народа к китайской культуре, вызвав восторженные отклики жителей Китая и Туркменистана. В своем сочинении Мурад сказал : «Когда я вспоминаю свое детство, я слышу множество легенд о Великой Китайской стене, Шелковом пути, китайском чае и медицине. В то время я, как и каждый ребенок, имел мечту - лично познакомиться с этой великой и легендарной страной. С течением времени и с ростом знаний и опыта эта мечта становилась все яснее и четче. После окончания средней школы я сразу же поступил в университет, чтобы изучать нефтегазовую инженерию. Даже в те дни моя мечта сопутствовала и никогда не покидала меня. Однажды однокурсники профессора нашего института рассказали о том, когда и как в нашей стране были созданы инфраструктура разведки, разработки, добычи, транспортировки и других нефтегазовых месторождений. Тогда это был второй раз в моей жизни, когда я попал в мир грез. Грез о Китае. Во времена древнего Китая, когда ни в одной стране мира не было технологий для добычи железной руды и производства металлов, Китай уже использовал нефть и природный газ. Я восхищаюсь трудолюбивыми и умными китайцами, а также их смелостью и остроумием... Наконец, в 2009 году туркменский природный газ был экспортирован в Китай, и в то же время в Туркменистане была основана КННКИТ (Китайская национальная нефтегазовая корпорация Интернационал Туркменистан, прим. редактора). Мне очень хотелось, чтобы эти две великие страны сотрудничали, чтобы этот беспроигрышный план принес взаимовыгоду двум народам. Шаг за шагом, идя за своей китайской мечтой, я решил устроиться на работу в КННКИТ. Здесь я повстречал много китайский друзей. Наконец мой мечта стала не просто отголосками древней китайской истории, я услышал четкий голос современного Китая, этой огромной и очаровательной страны, что приводит меня в восторг. Однако между нами осталась преграда, которая мешала нашему общению и более глубокому пониманию друг друга – это язык. К счастью, КННКИТ подарила мне прекрасный шанс полгода назад. Я приехал в Китайский нефтяной университет (Пекин) изучать китайский язык. Моя китайская мечта обрела крылья, что позволило ей взлететь. Сейчас мы с коллегами изучаем китайский язык в течение полугода в Китае. Я могу с уверенностью сказать, что теперь я могу читать книги на китайском, плавно писать китайские иероглифы, свободно и непринужденно общаться с другими на китайском. Моя китайская мечта сбылась.

③ "中国之梦"——阿塔别克 Атабек

同样为了学习汉语和中国历史与文化，带着美好的梦想来到中国的阿塔别克，在他的"中国之梦"一文中写道："我原本打算在中国政法大学修读英语本科，因为我听说汉语是世界上最难学的语言之一，所以我很害怕。但当我来到政法大学时，老师告诉我留学生不能选择读英语本科，我十分惊讶，老师告诉我需要先进修一年汉语，才能开始本科阶段的学习。我别无选择，只能开始学习汉语。不想开始之后，我发现自己对汉语产生了浓厚的兴趣，老师教会了我很多东西，后来我发现虽然英语是全世界通用的语言，但汉语却是全世界说的人口最多的语言。经过半个月的努力学习，我在 2012 年 5 月顺利通过了 HSK（汉语水平考试）五级。目前阿塔别克已经成为中国石油阿姆河天然气公司生产部综合科的一名正式员工。

«Китайская мечта» - Атабек: Атабек, который также приехал в Китай с прекрасной мечтой, чтобы изучать китайскую и китайскую историю и культуру, написал в своей статье «Китайская мечта»: «Изначально я планировал выбрать бакалавриат Китайского университета политический наук и права на английском языке, потому что я слышал, что китайский - один из самых сложных языков в мире. Это заставило меня испугаться. Когда я пришел в университет, преподаватель сказал мне, что международные студенты не смогли выбрать бакалавриат на английском языке, чему я был очень удивлен. Профессор сказал, что мне придется изучать китайский язык в течение года, прежде чем я смогу начать учебу на бакалавриате. У меня не было другого выбора, кроме как начать изучать китайский язык. После того, как я начал изучать китайский, я обнаружил, что у меня есть огромный интерес с этому языку. Преподаватели также научили меня многому. Позже я обнаружил для себя, что, хотя английский является универсальным языком в мире, китайский язык является самым распространенным языком в мире. Через полмесяца усердной работы, я успешно сдал HSK (Тест на знание китайского языка) в мае 2012 г. на уровень 5». В настоящее время Атабек является штатным сотрудником комплексного отдела произоодственного департамента КННКИТ. Выступление «Мое китайское сердце» (по центру) Нияза, заместителя директора планового отдела КННКИТ, взяло первое место в зарубежном конкурсе иностранных языков КННК «Китайский мост». «Моя китайская мечта» и «Китайская мечта», написанные Мурадом из ГПЗ (слева) и Атабеком из комплексного отдела производственного департамента (справа) заняли первое место на конкурсе китайского языка для иностранных студентов Китайского нефтяного университета (Пекин).

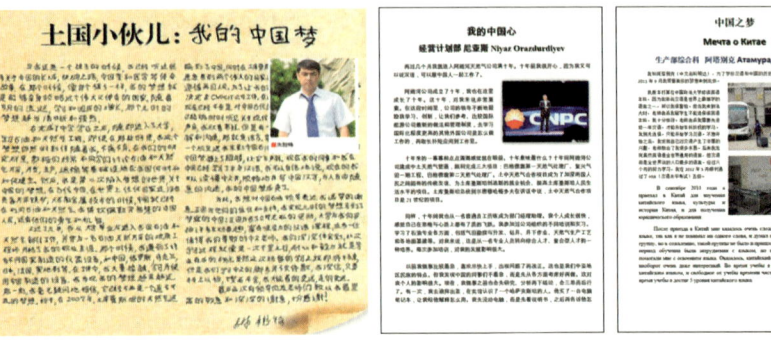

阿姆河天然气公司计划部经理助理尼亚斯的演说"我的中国心"（中）获中国石油海外"汉语桥"外语比赛第一名，由天然气处理厂穆拉特（左）和生产部综合科阿塔别克（右）撰写的"我的中国梦"和"中国之梦"获中国石油大学（北京）留学生汉语竞赛一等奖

Выступление «Мое китайское сердце» (по центру) Нияза, заместителя директора планового отдела КННКИТ, взяло первое место в зарубежном конкурсе иностранных языков КННК «Китайский мост». «Моя китайская мечта» и «Китайская мечта», написанные Мурадом из ГПЗ (слева) и Атабеком из комплексного отдела производственного департамента (справа) заняли первое место на конкурсе китайского языка для иностранных студентов Китайского нефтяного университета (Пекин).

④土库曼民族与中华民族大融合的项目——谢尔达尔·阿玛诺维奇 Сердар Аманович

生产事业部副经理。2008年8月17日在中国石油阿姆河天然气公司工作。分别获得2009年、2013年、2014年、2016年度公司杰出员工。

作为阿姆河项目培养的一线骨干，谢尔达尔将阿姆河项目比喻为土库曼民族与中华民族大融合的项目（Проект сплотивший Китайский и Туркменский народ）。他写道：自古以来中土两国人民之间就保持着友好的关系。土库曼斯坦是中国古丝绸之路的重要组成部分，自那时起，中土两国在各个领域都保持着良好的合作关系。2006年4月中土两国关系朝着积极良好的方向迈出了重要一步，那就是中土两国签署了关于铺设自土库曼斯坦到中国的输气管道，向中国出售土库曼斯坦天然气35年的合同。根据达成的协议,自 2009 年起土库曼斯坦承担起了每年向中国输送 300 亿立方米天然气的责任,其中主要的气源供给地就是阿姆河右岸的巴格德雷合同区块。开工仪式后,巴格德雷合同区块开始了紧锣密鼓的各项工作。部署了勘探井的钻探工作、老井的修井工作。中方和土方员工为了实现占地面积 983 平方千米的 A 区早日投产的目标不知疲倦的夜以继日地工作。有中方、土方等多家石油公司参与到了基建、管道、运输等多个领域,为土库曼斯坦当地居民和中方专家创造了 10000 个新的工作岗位,为提高当地居民的生活水平及经济增长速度做出了重要贡献。大约用了 2 年的时间,阿姆河右岸成了一片巨大的天然气工业区,对于当地居民来说自然环境也得到了改善,沙漠里开出了鲜花。为了提高员工技能水平,阿姆河天然气公司每年都有计划的派当地员工去往中国、哈萨克斯坦、土耳其、俄罗斯、澳大利亚等国进行工作交流与专业技能学习,特别是在中国举办的分专业的各类进修班,这有助于中土两国专家之间建立深厚的友谊,许多员工结交了新朋友并保持着良好的关系。土库曼斯坦专家开始学习中文,中国专家开始学习土库曼语,他们开始用外语进行沟通交流。阿姆河天然气公司每年派土方员工到中国参加中文培训课程,有助于两国人民在精神和文化层面上相互深入了解。土库曼斯坦和中国专家开始相互了解彼此的文化、历史、传统和习俗。阿姆河天然气公司每年还会组织中土方重大节日活动,更加增进了两国人民之间的友谊。由于中土方员工的辛勤劳动,截至目前阿姆河天然气公司每年都超额完成了年度产量计划,巴格德雷合同区块累计供气量达到 800 亿立方米。阿姆河天然气公司中土方员工

土库曼斯坦员工在西南油气田分公司接受生产运行培训
Сотрудники из Туркменистана проходят обучение по производству и эксплуатации в Китае.

有着极高的工作热情，出色地完成了肩负的工作使命，努力实现向中国输送绿色安全天然气的目标。土库曼斯坦政府为了加强同中国的友好睦邻合作关系，于2018年宣布"土库曼斯坦是丝绸之路的中心"。中国政府与土库曼斯坦政府举办了多次文化交流活动，将两国人民更加紧密地结合在一起。

С древних времен между Китайским и Туркменским народами поддерживались дружеские отношения. Доказательством этому служил Великий шёлковый путь, проходивший в древние времена через Среднюю Азию, точнее через территорию Туркменистана. С тех времён Китайский и Туркменский народ поддерживают дружеские отношения в различных сферах. Благодаря политике Китайского и Туркменского правительства в апреле 2006 года был сделан шаг к новому этапу отношений между странами. Было подписано соглашение между Китайской народной республикой и правительством Туркменистана по прокладке Туркмено-Китайского трубопровода и продаже Китаю Туркменского природного газа сроком на 35 лет. А так же между Китайской Национальной Нефтегазовой Компанией и Министерством Нефтегазовой Промышленности и Природных Ресурсов Туркменистана было заключено «Соглашение основных принципов по прокладке Туркмено-Китайского трубопровода». В соответствии с заключенными соглашениями Туркменистан взял на себя ответственность экспортировать Китаю природный газ в объеме 30×109 м3 каждый год, начиная с 2009 года. В том числе важным источником для экспорта природного газа, является газ, добытый из договорной территории «Багтыярлык» расположенный на юго-востоке Туркменистана в правом побережье реки Амударья.

После церемонии начала строительства начались масштабные работы по обустройству всей договорной территории «Багтыярлык». А именно геологоразведочные, буровые, ремонтные и восстановительные работы газовых скважин. Китайские и Туркменские рабочие с огромным желанием не покладая рук работали для достижения цели. В первую очередь было запланировано обустроить блок «А» занимающую площадь 983 км2. Для осуществления этого грандиозного проекта были привлечены одни из самых крупных Китайских, Туркменских и иностранных компаний, которые ведут свою деятельность в сфере строительства, нефтегазовой промышленности и транспортных услуг. Создались более 10000 новых рабочих мест, как для местных жителей Туркменистана, так и для Китайских специалистов. Это дало очень сильный рывок для повышения экономики этого региона, и было заметно, как повысился жизненный уровень у народа.

За какие-то 2 года правое побережье Амударьи превратилось в огромную газовою промышленную зону. Для проживания рабочих были построены поселки со всеми удобствами, было осуществлено водоснабжение всех объектов. Постепенно пустынная местность начала превращаться в живую цветущую зону.

Началась подготовка специализированных рабочих кадров для работы на объектах. Китайские компании ежегодно направляли специалистов для обмена рабочего опыта и обучения в различные страны как Китай, Казахстан, Турция, Россия, Австралия, Англия. Особенно специалисты участвовали в различных курсах повышения квалификации в Китайской Народной Республике. Это способствовало образованию близких дружеских отношений между китайскими и туркменскими специалистами. Многие работники обзавелись новыми друзьями и поддерживают отношения. Туркменские специалисты самостоятельно начали изучать китайский язык, а китайские специалисты туркменский язык. Они свободно начали разговаривать на иностранном языке. Компания КННК ежегодно направляла своих работников в КНР на курсы изучения китайского языка. Это помогло сближению двух народов на культурном и духовном уровне. Туркменские и Китайские специалисты начали изучать культуру, историю, традиции и обычаи двух народов. Руководство компании КННК на высоком уровне ежегодно организовывает все национальные и государственные праздники двух народов, это является одним из шагов для их сближения.

Благодаря усердному труду Туркменских и Китайских рабочих до 2019 года ежегодно выполнялся поставленный план по поставке природного газа в Китай, и общий объём поставки газа из договорной территории «Багтыярлык» достиг 80×109 м3. Вдохновленные специалисты компании КННК показывают огромное желание работать в целях выполнения всех поставленных задач перед ними и стараются добиваться выполнять план поставки природного газа в КНР. Правительство Туркменистана, чтобы укрепить дружеские и братские отношения между народами Китая и Туркменистана объявила в Туркменистане 2018 год годом «Туркменистан является сердцем Великого Шелкового Пути». И в этом году на государственном уровне в Китае и Туркменистане прошли несколько культурных мероприятий, которые сблизили наши народы.

⑤突破语言障碍，实现人生价值——鲁拉莫多夫·尤素普 Нурмамедов • Юсуп

任第一天然气处理厂副厂长。2008年6月26日作为工艺工程师入职在中国石油阿姆河天然气公司，是阿姆河天然气公司一位出色的土方年轻干部。

尤素普写道：公司给了我在中国进行技术培训的机会，我在四川长寿培训中心学习了天然气处理技术。近年，我多次参与了第一天然气处理厂大修，这极大地丰富了我的

尤素普在处理厂检修现场（左），尤素普在阿姆河第二天然气处理厂中控室受到别尔德穆哈梅多夫总统的亲切接见（中），尤素普在现场安排部署工作（右）

Юсуп на месте по проведению технических обслуживаний ГПЗ (слева), Юсуп получил теплый прием от президента Туркменистана Гурбангулы Бердымухамедов в центральной диспетчерской станции ГПЗ-II Амударьи (в центре), Юсуп на месте проведения работ по планированию (справа).

生产经验。因为我知道，在大修期间需要消除生产中出现的问题并防止将来可能出现的问题。我还多次参与第一天然气处理厂紧急情况处理，这增加了我应急抢险的经验，了解汉语有助于在工作中快速协调土库曼斯坦和中国专家，公司员工不遗余力地为土、中两国的发展努力地工作。公司十分重视技术工人的培训工作，早在2009年，公司就开始与谢津技校（土库曼斯坦靠近阿姆河右岸地区的当地学校）合作培训处理厂操作人员，经过近5年的合作，已为公司培养了近500名技术工人。我也多次被派到谢津技校进行讲课、组织考试并编写培训总结提交给人力资源部。在这些已接受培训的人员中绝大部分人员已可以独立顶岗，在各自的岗位上为公司安全生产做出贡献。现在我担任第一处理厂副厂长，在公司的十年工作中我获得了无与伦比的生产经验，学习了很多新技术和管理技能。

Компания КННК в Туркменистане дала мне возможность технологическому обучению в КНР. Я изучал технологию переработки газа в Чаншоуском центре обучения, изучал процесс проведения ремонтно-ревизионных работ в ЧуСианском газоперерабатывающем заводе и т.д.

За эти годы я несколько раз участвовал в процессе капитального ремонта ГПЗ-1, что добавило мне полноценного производственного опыта. Понятно, что вовремя капитально-ремонтных работ нужно устранять дефекты, которые накопились в процессе работы завода и предотвращать проблемы, которые могут возникнуть в будущем.

Я много раз участвовал в ликвидации аварийных ситуаций, которые возникали в процессе работы ГПЗ-1, что добавило опыта работы в экстренных ситуациях. Знание китайского языка помогает в слаженной и быстрой работе туркменских и китайских специалистов на ГПЗ. Работники компании КННК в Туркменистане работают не покладая сил во благо развития двух стран Туркменистана и КНР.

Компания придает большое значение подготовке квалификационного рабочего персонала. Уже в 2009 году компания начала сотрудничать с Сейдинской нефтегазовой школой. Почти за пять лет совместной работы она обучила около 500 квалифицированных рабочих. Меня также отправляли в командировку в Сейдинскую нефтегазовую школу для чтения лекций, проведения экзаменов и подготовки отчетов для департамента трудовых ресурсов. Почти весь персонал, обученный в г.Сейди может самостоятельно работать во благо безопасного производства компании.

На данный момент я работаю на должности Заместителя Директора ГПЗ-1.За десять лет работы в компании КННК в Туркменистане я получил несравненный опыт работы на производстве, изучении новых технологий, управлении и менеджменте.

⑥中国石油对气田的贡献——黑各莫夫·巴巴古雷 Хекимов · Бабакулы

2007年11月1日在中国石油阿姆河天然气公司工作。目前担任第一采气厂副厂长。

作为在阿姆河右岸项目工作时间最长、经验最为丰富的土方员工之一，巴巴古雷见证了阿姆河右岸从苏联时期的风险勘探，到土库曼斯坦独立之初的封存待开发，再到中国石油接管开发的全过程。他比较系统地总结了中国石油对萨曼捷佩气田发展做出的宝贵贡献（Неоценимый вклад КННКИТ в развитие газового месторождения Самандепе）：中国石油阿姆河天然气公司的成立开启了中国与土库曼斯坦石油天然气领域合作的新纪元，对土库曼斯坦石油天然气领域做出的贡献扩展了中土友好睦邻国家之间在经贸领域的合作空间。阿姆河天然气公司不仅在当地公共设施建设方面做出了巨大贡献，更重要的是对大型气田的开发写下了浓墨重彩的篇章。中土天然气管线的铺设为中国天然气供应提供了巨大的保障。

阿姆河天然气公司于2009年建成了第一天然气处理厂，厂内设有40多个不同的设备设施，确保源源不断地向中土天然气管道输送高质量的商品气，这是一条由先进的技术建成的能源高速公路。

第一天然气处理厂的建成是中土两国员工共同努力的结果，是中国与土库曼斯坦两国之间最强有力的合作，中土方员工克服了沙漠干旱等恶劣自然环境带来的挑战，夜以继日地工作，一连几个月的时间待在沙漠里，全身心地投入工作中，保证了第一天然气处理厂的高效安全建成投产。

我自2007年开始在阿姆河天然气公司工作，多年以来同中国同事一起做了大量的工作，建成了萨曼捷佩集气总站、集气站、单井、集气管线、AB区之间的高速公路、员工生活营地及基础生活设施，为员工提供了舒适的生活条件。许多老井通过修井作业投入生产，井口全部配置了安全可靠的安全系统。在巴格德雷合同区首次出现了大斜度井和水平井，最大程度地提高了气井产量。在精细研究萨曼捷佩天然气储量后，将原料气产量提高到65亿立方米每年。2015年第一天然气处理厂实施了改扩建工程，年处理能力达到了80亿立方米。

阿姆河天然气公司非常重视员工的培训工作，由专业经验丰富的老员工负责新入职员工的培训工作，定期还会组织员工到中国参加各种形式的培训，目的是高效的解决生产中的各种难题，同时保证生产

土库曼斯坦阿姆河右岸萨曼捷佩气田集气总站（上）、增压站（中）和单井（下）
Газосборный станция газового месторождения Саман-Депе (Верх), компрессорная станция (в центре) и одиночная скважина (Вниз) на правом берегу реки Амударья в Туркменистане.

安全平稳。

在公司领导的带领下，中土方员工团结一心、通力合作，保质保量地完成集团公司下达的任务。对我个人而言，我想说的是，我和我的同事们将继续全力以赴为公司的发展贡献全部的力量与知识。

Как один из самых долгоработающих и опытных сотрудников на правом берегу Амударьи, Бабакулы стал свидетелем процесса рискованной разведки на правом берегу реки Амударья во времена бывшего Советского Союза, хранения ресурсов в планах развития в начале независимости Туркменистана, до передачи процесса разработки и добычи нефти Китайской национальной нефтегазовой корпорацией.

巴巴古雷先生提供的庆祝中土天然气合作十周年标识
Слово для поздравления в честь десятой годовщины китайско-турецкого сотрудничества в области природного газа предоставлено г-ну Бабагуры.

Появление КННКИТ в Туркменистане это новая эра сотрудничества в нефтегазовой отрасли между двумя странами - Китая и Туркменистана. Вклад КННКИТ в развитие нефтегазовой отрасли Туркменистана расширил границы торгово-экономических связей между двумя дружественными странами. КННКИТ принимает самое активное участие в реализации масштабных инвестиционных проектов, в том числе по строительству важных объектов промышленного и социального назначения, в частности в рамках комплексного освоения крупнейшего газового месторождения Туркменистана. Большой успех КННКИТ достигла в строительстве трех магистральных китайских трубопроводов, что предоставляет большие возможности по наращиванию объема поставок газа в Китай.

Самандепинский завод, построенный 2009 году компанией КННКИТ, стал первым из двух газоперерабатывающих промышленных комплексов, включающего в себя более 40 различных объектов, призванных обеспечить высокое качество товарного газа, отправляемого в газопровод Туркменистан-Китай. Эти объекты - сооружение поистине уникальной энергетической магистрали, потребовавших применение самых высоких технологий и смелых инженерных решений.

Строительство нового комплекса заводов ГПЗ-1 является совместным трудом местного и китайского персонала, что является крепким сотрудничеством между двумя странами - Китаем и Туркменистаном. Китайский и туркменский персонал, работая совместно в пустыне, преодолевали трудности и плохие климатические условия, отказывая себе в отдыхе; некоторые из руководителей месяцами работали и задерживались в пустыне наряду с рабочим персоналом, вкладывая в дело всю свою душу, поэтому строительство ГПЗ-1 проходило ускоренно, в условиях спокойствия и безопасности.

Я начал трудовую деятельность в КННКИТ с 2007 года. За эти годы выполнен большой объем работ с китайскими коллегами. С 2007 года начали обустройство месторождения Самандепе на договорной территории «Багтыярлык», скважины, газосборные пункты, газопроводы, водозаборы, трассы автодорог дорог между блоками «А» и «В», поселки для проживания сотрудников и другие инфраструктуры. Газосборные пункты обустроены по новейшим технологиям. В поселке для проживания сотрудников созданы все благоприятные условия для отдыха и досуга. Многие скважины были капитально отремонтированы и сданы в эксплуатацию. Все скважины оборудованы безопасной системой управления устья. На договорной территории « Багтыярлык» впервые появились наклонные и горизонтальные скважины, которые обеспечивают высоким дебитом газа. После полного детального изучения материалов 3Д и подсчёту запасов газа месторождения Самандепе методом падения давления, появилась возможность по увеличению производительности сырьевого газа до 6,5 млрд. м3/год. В 2015году ГДЗ-1 ГДУ осуществлен «Проект реконструкции и расширения до 8 млрд. куб. м».

КННКИТ серьёзно относится к подготовке кадров. Обучение новых кадров проводились опытными специалистами компании. Были организованы обучения кадров по специальности в Китае. В трудных условиях работы компания обеспечила безопасную работу сотрудников. Организованно решались производственные и бытовые вопросы.

За всю свою трудовую деятельность я выполнял своевременно, безаварийно и успешно все поставленные задачи компании, благодаря хорошей организации руководства нашей компании и дружного интернационального коллектива газодобывающего завода. Со своей стороны, хочу сказать, что я и мои подчиненные постараемся сделать всё, что от нас зависит, чтобы работать и дальше с полной отдачей сил, знаний, умений и навыков во имя процветания Родины и нашей компании.

⑦美丽国家、善良民族、古老文明、现代技术，这就是我们能够看到的关于中国今天的简短介绍——哈里洛夫·巴巴希尔 Халияров·Бабашир

现任中国石油阿姆河天然气公司作业B区经理助理。巴巴希尔写道：2009年12月14日，我把这一天当作一生中的重要日子，并不是所有人都有机会参加巴格德雷合同区处理一厂生产装置启动仪式这个隆重的庆典，四国国家元首参加了这一盛会，见证了21世纪最大的能源管道投产。

中国石油阿姆河天然气公司于2009年建成处理一厂，共包含40多个不同的设施，旨在确保土库曼斯坦输往中国的天然气的品质。这条能源干线的建成需要最先进的技术和最有保障的施工方案。中土双方员工共同努力，克服恶劣的自然环境，很多领导与员工们一起在沙漠中奋战，一干就是几个月，全力以赴共克时艰，体现了中土两国之间强有力的合作精神。

我从2008年开始在中国石油阿姆河天然气公司工作，多年来与中国同事一起完成了大量工作，直接参与了处理一厂的建设与运营。

阿姆河天然气公司非常重视员工的培养，对新员工的培训是由公司经验丰富的专家进行的。在中国也组织了多次培训：2009年在重庆举办了天然气处理专业方面的培训；2010年举办了天然气处理维修专业培训；2012年11月3日至2013年7月2日，在北京石油大学组织了汉语培训；2016年11月14日至2016年11月25日，在北京举办了国际经济（石油天然气领域）方面的培训，所有培训均发放了相关结业证书。

此外，在培训过程中，也逐步向我们展示了中国的文化和历史，帮助我们熟悉中国的传统和习俗。我参观了中国的长城、故宫、颐和园等历史遗迹，这给我们留下了难忘的回忆，同时感叹中国古代建筑之雄壮。我还想说，北京烤鸭真的十分美味，有着无与伦比的味道和香气。此外，为我们组织的对中国石油总部的参观访问使我们感到自豪和钦佩，因为我们在这样一家举世闻名的公司工作。在中国石油总部，培训人员给我们讲述了中国石油和天然气工业复兴和发展的故事，这再次证明了中国在石油天然气领域处于世界领先水平。在培训期间，正值土库曼斯坦传统节日古尔邦节，我们和中国友人欢聚一堂，加深了中土双方友谊。美丽的国家、善良的民族、古老的文明、现代的技术，这就是我们能够看到的关于中国今天的简短介绍。

2009年我在A区处理一厂负责天然气加工装置运行工作，2012年我开始任处理一厂操作单元班长。2013年，我任处理二厂处理车间副主任。处理二厂是中土天然气合作的第二个阶段，处理一厂的工作经验帮助我更好地参与处理二厂的建设和运营，以及对其他员工的操作培训工作。2019年我任东部气田处理车间副主任，负责员工的管理培训与生产问题的解决。

我可以充满信心地说，我们在天然气处理、设备维修获得的知识与技能，以及汉语水平的提升对将来中土双方的双边关系以及两国的友谊都起到了促进作用。

最后，我要对中土两国领导人表示深深的谢意，特别是21世纪建成的中土天然气管道，这将进一步加强两国在社会和经济伙伴关系基础上的友谊和相互尊重。

Прекрасная страна, добродушный Народ, Древняя цивилизация, Современные технологии - вот то, что можно коротко сказать о сегодняшнем Китае, который, нам удалось повидать.

14 декабря 2009г хочу отметить как золотую дату в моей жизни. Не каждому дано участвовать в грандиозном событии эпохи торжественной церемонии запуска производства ГПЗ-1 и ввода в эксплуатацию Трансазиатского газопровода при участии лидеров

четырех стран - крупнейшей энергетической магистрали XXI века.

Строительство завода ГПЗ-1, построенный 2009 году компанией КННКИТ, стал первым из двух газоперерабатывающих промышленных комплексов, включающего в себя более 40 различных объектов, призванных обеспечить высокое качество товарного газа, отправляемого в газопровод Туркменистан-Китай. Эти объекты - сооружение поистине уникальной энергетической магистрали потребовало применение самых высоких технологий и смелых инженерных решений.

Совместным трудом местного и китайского персонала преодолевали трудности и плохие климатические условия, отказывая себе в отдыхе; некоторые из руководителей месяцами работали и задерживались в пустыне наряду с рабочим персоналом, вкладывая в дело всю свою душу - является подтверждением крепкого сотрудничества между двумя странами - Китаем и Туркменистаном.

С 2008 года началась моя трудовая деятельность в КННКИТ. За эти годы выполнено большой объем работ совместно с китайскими коллегами. Принимал непосредственное участие в строительстве и эксплуатации завода ГПЗ-1.

КННКИТ серьёзно относится к подготовке кадров. Обучение новых кадров проводились опытными специалистами компании. Было организовано обучение кадров по специальности в Китае. За период работы в КННКИТ благодаря руководству компании был на разных специальных обучениях: в 2009 году прошел обучение в е КНР городе Чунцинь по переработке природного газа и в 2010 году по проведение ремонтных работ в установках по переработке природного газа а также с 03 11 2012 по 02 07 2013 года прошел курс обучение по китайскому языку в Пекине Нефтяном университете, с 14 11 2016 по 25 11 2016 года прошел курс обучения по управления международной экономики в отрасли нефти-газа в городе Пекин -все сертификаты имеется.

Кроме этого в процессах обучения постепенно шаг за шагом раскрыли перед нами историю и культуру Китая, помогли познакомиться с традициями и обычаями Великой Поднебесной. Были организованные посещения таких древних исторических достопримечательностей как Великая Китайская стена, Гугон, парк Йихеюань, которые подарили нам незабываемые ощущения и дали возможность окунуться в эпоху древности. Также незабываемо организованная велоэкскурсия от Тианжина до Пекина, который оставил в нас неизгладимый след о красоте Китая, ее удивительных пейзажах и прекраснейших строениях. Также хотелось бы отметить исключительный и ни с чем не сравнимый вкус и аромат Пекинской утки. А организованная для нас посещение Головного офис CNPC в Пекине, пробудило в нас чувство гордости и восхищения, что мы работаем в такой по истине всемирно известной компании. Здесь же в Головном офисе CNPC, нам рассказали историю возрождения и развитие нефтегазовой промышленности КНР с прошлого века до современных дней, которое еще раз доказало, что Китай является одним из самых ведущих стран мира, имеющий высокотехнологичные инновации в области нефтегазовой сферы. Также в период нашего обучениях несколько Государственных праздников Туркменистана такие как Нейтралитет Туркменистана, Курбан Байрам совпали с нашим пребыванием в КНР и которые мы вместе с работниками учебного отдела по повышению классификации ПНУ и учителями отметили за одним большим, круглым и дружеским столом, подчеркивая наше взаимопонимание и симпатию. Прекрасная страна, добродушный Народ, Древняя цивилизация, Современные технологии - вот то, что можно коротко сказать о сегодняшнем Китае, который, нам удалось повидать.

В 2009 году перевели помощником бригадира по эксплуатации

технологических установок ГПЗ-1 блока «А». С 2012 года начал работать бригадиром по эксплуатации технологических установок ГПЗ-1.

В декабре 2013 года был переведен на должность заместитель начальника ЦПНГ ГПЗ-2 которого являющего второго этапа развития экономики Туркменистана и Великого Китая на месторождения Янкуи . Обретенный опыт работ очень помог при строительстве и эксплуатации завода ГПЗ-2, обучать персонал правильной эксплуатации оборудования и агрегатов.

С 2019 года продолжал свою работу на должности заместителя начальника УППГ Восточного газового месторождения блока «Б», подготовлен персонал способный работать самостоятельно и принимать ответственные решения во время эксплуатации.

Являясь заместителем ЦППГ ВГМ блока «Б», могу с уверенностью сказать, что полученные нами знания и навыки по переработке природного газа, по проведению ремонтных работ на установках, знание китайского языка - в дальнейшем будет только способствовать взаимовыгодным в сфере бесперебойном высококачественном производстве и двухсторонним отношениям двух великих народов, а также укреплению вечной туркмено-китайской дружбы .

И, в заключении хотелось бы выразить огромную благодарность руководителям двух стран Китая и Туркменистана за грандиозный проект 21 века газопровод «Туркменистан-Китай», что и в дальнейшем наши страны будут укреплять дружбу и взаимоуважение построенные на взаимовыгодном социально-экономическом партнерстве.

⑧这是一个欧亚长期稳定发展的鲜活例子——马恰纳夫·穆拉特 Матчанов • Муратгелди

现任中油国际（土库曼斯坦）阿姆河天然气公司作业 B 区经理助理。他将中土天然气合作形容为：这是一个欧亚长期稳定发

阿姆河畔采气人

展的鲜活例子（Воплощение данных проектов в реальность, является наглядным примером обеспечения долгосрочной стабильности и развития на евроазиатском пространстве）。

土库曼斯坦总统古尔邦古雷·别尔德穆哈梅多夫于 2007 年 7 月访华，签署了关于巴格德雷合同区的产品分成合同，并由中国石油负责合同区内的天然气勘探、开发、生产，开启了中土双边关系新时代。

中土两国之间的友谊历久弥新，两国人民以对双方文化和传统尊重的态度团结在一起。古丝绸之路将中土两国联通在一起，今天，双边友好关系包含新时代的内涵，双方在能源领域和文化人道主义合作领域开展密切合作。

中国石油阿姆河天然气公司的出现为中土两国能源领域合作提供了强大动力。公司主要负责合同区内天然气的勘探、开发、处理、运输，工区内建设了处理厂、外输增压站、天然气输气管道，萨曼捷佩凝析气田，这些都是土库曼斯坦向中国提供优质天然气的保障。

短时间内在能源领域开展如此深入的交流合作，是两国人民友谊牢不可摧的充分表现，中土两国专家开展了富有成效的合作以及全面深入了解，这是一个欧亚长期稳定发展的鲜活例子。

2009 年 2 月，我开始在中国石油阿姆河天然气公司工作，任生产部 A 区地质工程师，积极投入到了萨曼捷佩气田投产和处理一厂投产的各项准备工作当中，2009 年 12 月 14 日两个项目顺利投产。先后参与了萨曼捷佩集气总站的建设与开发，包括井口的维修，保证生产系统安全平稳运行，积极参加了各项培训工作，如地质培训、钻井培训、修井培训、井口设施培训等。2010 年 4 月，我被调往公司 B 区工作，任地质师。同年，在两国文化、教育领域深入交流互动的背景下，我的弟弟考入了中国石油大学。

2012 年 11 月至 2013 年 7 月，我被公司派往中国参加汉语及专业技能培训。通过培训，我的各项技能均得到了提升，并将所学内容应用到日常工作中。在学习培训期间，我结识了很多友好的中国朋友，并对中国的文化有了更深入的了解。

阿姆河天然气公司 B 区处理二厂投产后，各项开发、生产工作有序进行。2014 年，别列克特里、皮尔古伊、杨古伊、恰什古伊气田相继投产，在投产过程中按照安全生产原则，对天然气管道、劳动保护、卫生和消防等进行了严格的检查，确保安全稳定投产。2015 年，鲍塔乌、基尔桑、捷列克古伊、布什卢克、依拉曼气田相继投产。2017 年南霍甲姆巴兹气田投产。2019 年东部气田霍甲古尔卢克、东霍甲古尔卢克、召拉麦尔根气田相继投产。

2014 年 1 月，我任阿姆河天然气公司 B 区采气厂生产管理科副科长，获得 2014 年公司优秀员工称号。2015 年 1 月起，任阿姆河天然气公司 B 区采气厂厂长助理，获得 2015 年度公司检修先进个人，并有幸接待了来自中国的代表团。2015 年 6 月，应中国专家朋友的邀请，我参观了美丽的重庆。2016 年 11 月 14 日至 11 月 25 日，我参加了在北京举行的培训，并获得了"国际石油业务经理"证书。2018 年 4 月，我与母亲一同前往中国旅行，旅行归国后，我决定把两个儿子送往中国学习，现在他们在北京国际学院读书。

阿姆河天然气公司认真对待安全健康环保领域（零事故、零污染、零伤害），从本质上确保员工的人身安全和稳定生产，及时有效解决生产中的所有问题和隐患。公司高度重视对年轻员工的教育与培养，组织员工前往中国参加各类培训学习。在生产运行过程中能够保证安全、平稳、高效，得益于中土两国专家的共同努力和公司领导的精密计划、安排、组织、实施。

就我个人而言，我保证，用我的经验、努力、知识和技能，为中土两国人民的友谊和公司的发展做出应有贡献。

Качественно новую эпоху в истории двухсторонних отношений открыл государственный визит Президента Туркменистана Гурбангулы

Бердымухаммедова в Китайскую Народную Республику в июле 2007 года, подписание Договора о разделе продукции на Договорной территории Багтыярлык правобережья Амударьи, выдача CNPC лицензии на разведку и добычу газа.

Основа традиционных отношении дружбы и сотрудничества Туркменистана и Китайской Народной Республики составляет древняя китайская цивилизация и многовековое культурно-историческое наследие туркмен, народы объединяют бережное отношение к богатой и самобытной культуре, и традициям своих стран. Ключевым этапом многовековых плодотворных связей, дошедших до настоящего времени стали традиции взаимоотношений, заложенные в эпоху Великого Шелкового пути, пролегающего по территориям нынешних Туркменистана и Китая. Сегодня двусторонние дружественные отношения обогащаются новым содержанием времени, отношение стратегического партнерства в топливно-энергетическом секторе и культурно-гуманитарное сотрудничество.

Появление CNPCI Turkmenistan (КННКИТ) в нефтегазовой отрасли дало мощный импульс сотрудничеству Туркменистана и Китая в топливно-энергетическом секторе. Проведение разведки, разработки, освоения, подготовки, переработки и транспортировки природного газа. Строительство важных стратегических объектов нефтегазодобывающего и газоперерабатывающего назначения, дожимных компрессорных станции и магистральных газопроводов (МГ). Самандепинское газоконденсатное месторождение, Газоперерабатывающий завод (ГПЗ-1) и Дожимная компрессорная станция (ДКС) стали воистину первыми истоками промышленных комплексов, обеспечивших природным газом энергетическую магистраль газопровода Туркменистан – Китай.

Строительство столь мощных коммуникации в топливно-энергетическом секторе в кратчайшие сроки, являются примером развития крепкой и нерушимой дружбы народов, плодотворного сотрудничества и достижения полного взаимопонимания туркменским и китайским специалистам. Воплощение данных проектов в реальность, является наглядным примером обеспечения долгосрочной стабильности и развития на евроазиатском пространстве.

В феврале 2009 года я тоже начал трудовую деятельность инженер геологом Газодобывающего департамента Блока «А» в КННКИТ (Китайскую национальную нефтегазовую корпорацию филиала Туркменистане). После поступления на работу принимал активное участие в подготовке месторождения Самандепе и ГПЗ-1 к пуску и вводу в эксплуатацию 14 декабря 2009 года. Участвовал при обустройстве современными технологиями и коммуникациями газоконденсатного месторождения Самандепе, строительстве и обустройстве газосборных пунктов (ГСП), обустройстве устьев скважин, обеспечение их безопасной системой управления, капитальном ремонте скважин. Принимал самое активное участие в подготовке молодых кадров и специалистов для КННКИТ, проводил обучение в городе Сейди по темам основы геологии, бурение и капитального ремонта скважин, подземная часть скважины, устьевая и фонтанная арматура.

С 2012.11.04-го по 2013.07.02-го КННКИТ отправила меня в Китай для изучения китайского языка и повышения квалификации по программе «СТАНДАРТЫ ОПЕРАЦИЙ ДИСПЕТЧЕРСКОЙ СЛУЖБЫ» в Китайский нефтяной университет. После полугодового обучения, уровень знания был значительно улучшен, также научились более свободно и беспрепятственно общаться с коллегами, сфере организационных работ, использовать на практике. Также во время обучения знакомился с культурой Китайской Народной республики, появились очень много хороших и отзывчивых китайских друзей, и знакомых.

Проводил пред подготовительные работы по подготовке Блока Б разведочных и эксплуатационных скважин, объектов к расширению и строительству, ввода в эксплуатацию Газоперерабатывающего завода–2 (ГПЗ-2 на Блоке Б). В 2014 принимал активное участие в подготовке и строительстве газосборных станций, проводил строгий контроль проведения строительно-монтажных, газоопасных, огневых работ, подвод шлейфов скважин, установки оборудования на скважинах и газосборных пунктах, проверял содержание газопроводов, коллекторов и шлейфов в соответствии правил техники безопасности, охраны труда, санитарным и пожарным нормам безопасности. Участвовал в пуске газоконденсатных месторождений Берекетли, Пиргуйы, Янгуйы, Чашгуйы стабильной подаче природного газа и ввода в эксплуатацию ГПЗ-2. В 2015 подготовке строительства и пуск газоконденсатных месторождений Гирсан, Бота, Телекгуйы, Бушлук и Иламан, в 2017 году газоконденсатных месторождений Южный Ходжамбас, а в 2019 году ввода в эксплуатацию Восточных газовых месторождений Ходжагурлук, Восточный Ходжагурлук и Джораменрген.

С января 2014 года переведен заместителем начальника отдела по управлению месторождениями в Департамент управления производством на Блоке «Б» КННКИТ (Китайскую национальную нефтегазовую корпорация филиала Туркменистане). Выдающийся сотрудник КННКИТ 2014 года. С января 2015 года помощник директора Газодобывающего завода №2 Департамента управления производством на Блоке «Б» КННКИТ (Китайскую национальную нефтегазовую корпорация филиала Туркменистане). Наилучший сотрудник во время планового капитального ремонта 2015 года. Встречали уважаемых гостей и руководителей делегацию из КНР.

В июне 2015 года по приглашению китайских друзей и специалистов был городе Чонг-чин.

С 2016.11.14-го по 2016.11.25-го проходил обучение в КНР, Пекине получение сертификата «International Petroleum Business Manager».

В апреле 2018 года вместе с мамой поехали в туристическую экскурсию в Китайскую Народную республику, в рамках сотрудничества в сфере образования, после возвращения принял решение отправить сыновей Муратгелдиева Магсатгелды и Муратгелдыева Муслима на учебу КНР, Пекинский международный колледж.

КННКИТ серьезно относиться к сфере HSE (ноль – аварий, ноль – загрязнений, ноль – пострадавших), качественно обеспечивает безопасную работу сотрудников и стабильное производство, своевременно и положительно решает все производственные и бытовые вопросы, уделяет большое внимание обучению и подготовке молодых специалистов, организует обучение по специальности в Китае. За все время трудовой деятельности без стеснения могу отметить безаварийность и успешное выполнение всех производственных задач, чему способствовала благотворные и дружеские отношения туркменских и китайских специалистов, дух коллектива, планирование, реализация, организация и ведение работ руководством компании. Со своей стороны, заверяю, что приложу все свои усилия, опыт, знания и навыки для процветания компании, укрепления дружбы между Туркменским и Китайскими народами.

⑨我能为公司发展做出什么贡献呢？（Какой вклад в развитие нашей Компании я могу сделать？）——维帕•奥拉佐夫 Вепа • Оразов：公司钻修井作业部规划工程师

寒冷的冬天我走进屋子，感到温暖。品着妻子端来的热茶，我感到幸福。在黑暗中点起一盏明灯，我热爱光明。

同样，能够有机会去中国的人都会兴奋不已。我相信，这种兴奋

阿姆河畔采气人

多多少少与我们公司有关。从土库曼斯坦克孜勒库姆（卡拉库姆）沙漠地下开采的天然气，经过几千千米的管线输送到中国。千万人不辞辛劳、不分昼夜的工作使中土两国和人民联系在一起，过上幸福的生活。事实上，中土天然气管道正是现代和平时期伟大的丝绸之路。

公司关心自己的员工、员工珍视并尊重公司，这就像一个人的两只手。土库曼斯坦有句民谚："洗手时双手相互清洗，洗脸时双手相互协作"。的确，我们公司和所有员工在团结友好的氛围里为中土繁荣做出巨大贡献。

我们工作不仅为了公司利益、国家昌盛，对于每个员工来说，还为了家庭的平安和幸福！正如英语"win-win relationship"的意义——互利合作。

公司员工收入可观、同事之间相互尊重、家庭生活和工作环境稳定，使我们感到生活美满、家庭幸福。同时，公司也深受裨益，因为员工充满幸福感会更努力地工作，创造更大效益。

每一个因拥有工作岗位而幸福和自豪的员工都会不止一次提出这个问题：我能为公司的发展做出什么贡献呢？

中国石油是全球最大的公司之一，也是世界500强企业之一。该公司在非洲、亚洲、欧洲、北美洲和南美洲的许多国家设有分支机构。高水平的管理者管理着这样一个拥有大量资金的庞大公司。如何能让一个不在管理职位上工作的年轻员工帮助如此大的公司的发展呢？答案只有一个。我这里先给你讲述一则寓言，你就会一切都明白了。

一个星期天的早上，父亲正坐着看电视、休息。儿子走近他，请求父亲和他一起去散步。要知道，这天天空晴朗，空气清新，气温不冷不热。父亲不想去，然后他想出了一个办法，他把一张儿子玩过的世界地图撕成了碎片，然后他递给了儿子说："当你把世界地图拼好之后，我一定和你一起散步。"过去了不到10分钟，儿子带着粘好的世界地图又回到了他的父亲身边。父亲惊奇地问："你是怎么做到的？"

儿子回答说："在地图的背面画着一个人，当我把人拼好之后，世界地图就自然而然地拼好了。"

所以，在开始尝试改变公司、家庭、街道、城市、国家和世界之前，我想我们应该完善提高自己，不仅要成为在各自领域的专家，而且要成为有良好素养和友善的人。工作中，我们要与其他人建立起信任和友好的关系，这种关系与我们的职业技能同样重要。

因此，为了公司的发展我可以做出什么样的贡献？

答案是显而易见的：不仅要不断完善专业技能，而且要有沟通技巧。

Какой вклад в развитие нашей Компании я могу сделать?

Зимой в промозглую, холодную погоду заходя в тёплый дом, я радуюсь теплу. Когда моя жена приносит мне горячий вкусный чай, я радуюсь свежему чаю. В темноте включая свет, я так же радуюсь свету...

Точно также возможно и в Китае кто-то радуется. И я убежден, что к этой радости отчасти причастна и наша компания. Природный газ, добытый в недрах пустыни Кызылкум, на территории Туркменистана пройдя по газопроводу тысячи километров, достигает Китайской народной республики. Упорный и каждодневный труд тысячи людей помогает быть счастливыми и объединяет наши страны и наши народы. По сути это тот же самый великий шёлковый путь на современный лад.

Компания, которая заботится о своих сотрудниках и сотрудники, ценящие и уважающие свою компанию это как две руки одного тела. У туркменского народа есть поговорка «Рука руку моет, объединившись, они моют лицо». Точно так же, наша компания и все сотрудники, работающие в ней в дружной и сплочённой обстановке вносят свой огромный вклад в благополучие обеих стран как Туркменистана так и Китая.

Больше того, работать на благо компании, на благо страны, не в последнюю очередь означает так же и огромную важнейшую работу на благополучие собственной семьи любого сотрудника из нашей компании! Это как говорят американцы «win-win relationship», взаимовыгодное сотрудничество.

Сотрудники получают достойную зарплату, уважительное отношение к своей персоне, в семейной и рабочей жизни устанавливается стабильность, что приводит к удовлетворению от жизни и чувству счастья. В свою очередь компания от этого тоже выигрывает, так как счастливые и довольные работники и служащие работают намного усердней, намного с большей отдачей и с большей пользой.

Каждый счастливый и дорожащий своим рабочим местом сотрудник обязательно и неоднократно будет задаваться вопросом: «Какой вклад в развитие Компании я могу сделать?»

Китайская Национальная Нефтяная Корпорация одна из огромнейших на всей планете и входит в 500 лучших Компаний мира. Так же эта корпорация имеет множество филиалов во многих странах мира, Африке, Азии, Европе, в северной и южной Америке. Огромная Компания с огромными деньгами, которой управляют умнейшие люди. Как может молодой человек, работающий не на руководящей должности чем-то помочь развитию такой большой Компании? На это есть только один ответ. Я расскажу вам притчу. И Вам все станет понятно.

Однажды, воскресным утром, когда отец сидел перед телевизором и отдыхал от работы. К нему подошел сын и попросил пойти с ним погулять. Ведь день был солнечный, воздух чистый, а погода не холодная и не жаркая. Отцу не хотелось идти, и тогда он придумал хитрость. Взял карту мира, с которой играл его сын и порвал на кусочки. А потом дал сыну и сказал. «Когда соберешь мир правильно, мы обязательно с тобой пойдем гулять». Не прошло и 10 минут, как сын вновь вернулся к отцу уже со склеенной картой мира. Отец удивленно спросил: «Как ты это сделал?»

На что сын ответил: «На обратной стороне карты был нарисован человек, когда я исправил человека, мир исправился сам с собой».

Так вот, прежде чем начать пытаться улучшить Компанию, семью, улицу, город, страну, мир, наверно нам нужно начать улучшать самих себя. Стать не только профессионалами и специалистами своего дела, но еще и воспитанными, дружелюбными. Мы работаем в основном с людьми, и умение строить доверительные, дружеские отношения с людьми с которыми мы имеем дело так же важно, как и профессиональные качества.

И так, какой вклад в развитие Компании я могу сделать?

Ответ очевиден:

Путем непрерывного улучшения, как профессиональных навыков, так и коммуникационных качеств.

⑩这是一个特殊的节日，我要向你们（生产部）每一个人表示衷心的祝贺——奥拉佐娃·阿尔金 Оразова·Алтын

HSE 部安全环保工程师（常驻 A 区）Инженер по ООС ПД БлокаА。阿尔金女士就中土天然气合作正式启动十周年写道：

今天是中油国际（土库曼斯坦）分公司项目启动十周年纪念日。这是一个特殊的节日，我要向你们每一个人表示衷心的祝贺。是我们用自己的辛勤工作，使得我们公司成了土库曼斯坦最负盛誉的公司之一。同时，在世界能源领域，我们也占有一席之地。

我们都清楚，这项伟大而又艰巨的工作是为了什么。那就是希望今天、明天，甚至几十年之后，我们的消费者还能稳定地接收天然气。

你们既有丰富的经验，又有专业的态度。正是因为有了你们这样独一无二的团队，再加上勤劳严谨的干部队伍，中油国际（土库曼斯坦）分公司才能取得这样的成绩。

衷心希望我们双方取得新的胜利，新的成绩，公司稳定并获得更大发展。祝愿我们这个团队的所有人身体健康，幸福平安！在个人生活和工作中取得更大进步！同时，也祝愿我们的公司蓬勃发展、蒸蒸日上！

Это особенный праздник, и я хочу сердечно поздравить всех вас (производственный отдел). Благодаря нашему упорному труду наша компания входит в число самых престижных компаний Туркменистана. В то же время мы также занимаем определенное место в мировой энергетической сфере.

Все мы знаем, для чего проделана эта трудная работа. Все мы надеемся, что сегодня, завтра и даже спустя десятилетия наши потребители все еще смогут стабильно получать природный газ.

Вы славитесь богатым опытом и профессиональным подходом. Именно благодаря вашей уникальной команде в сочетании с трудолюбивым и скрупулезным коллективом сотрудников КННКИТ может добиться таких результатов.

Я искренне надеюсь, что обе стороны добьются новых побед и достижений, стабильности и еще большего развития компании. Желаю всем в нашем коллективе крепкого здоровья, счастья и мира! Добивайтесь большего прогресса в личной жизни и работе! Также желаю процветания вам и процветания нашей компании!

Это особый праздник для каждого из нас. Своим трудом мы сделали нашу компанию одной из сильнейших не только в Туркменистане, но и в мировой энергетике.

Мы хорошо понимаем, для чего нужна эта большая и упорная

работа. В ее основе лежит желание, чтобы и сегодня и завтра, и десятилетия спустя наши потребители стабильно получали природный газ.

Успех CNPCI (Туркменистан) был бы невозможен без вас – добросовестных руководителей и уникального коллектива работников, обладающих богатым опытом и профессионально относящихся к своему делу.

От всей души желаю вам и нам новых побед, выдающихся достижений, стабильности и дальнейшего повышения имиджа компании, крепкого здоровья всему коллективу, больших успехов на работе и в личной жизни, счастья и благополучия! А также желаю нашей прекрасной компании – процветания, перспективы, первенства!

⑪ 千里之行始于足下 —— 玛雅•哈塔莫娃 Майя • Хатамова

人力资源部劳动关系主管哈塔莫娃女士写道：很久很久以前，两个朋友都在为自己的梦想而奋斗。道路蜿蜒曲折，山路陡峭，每一步都有生命危险。他们夜以继日地攀登，追寻自己的梦想，在某一天，两个人都停下了脚步。他们发现道路已经到了尽头，被一块巨大沉重的岩石所阻挡。看来这就是梦想和理想的终点了！不要再

向前走了！其中一名行人感叹道，随后他转身踏上了返回的道路。恐惧、疲劳和难以摆脱的疑虑战胜了他。但是，他的朋友却选择继续前行，因为他相信自己的直觉。当他走到伙伴认为的道路尽头时，他惊喜地差点跳起舞来。原来，他们这些天走过的路，根本就没有被那块巨大沉重的岩石所阻挡。相反，他小心翼翼地钻到一个不起眼的凸起后面，绕过岩石，触目皆是遥远的地平线。最终，他实现了自己的梦想，而他的朋友在旅途一开始就被吓坏了，返回家中，因此也未能完成自己的使命。余生他都像父亲和祖父一样在田里劳作，忘记了梦

想，只有在难得的休息时刻，他才停下来，远远地欣赏着山峰，后悔没有继续上路。他未能意识到，千里之行始于足下！在这里我引用这句很多人都能说出的名言名句并讲述这个美丽的传说不是没有原因的。

早在 2007 年 11 月，CNPCIT 的第一批工作人员就来到了未来建设居住区和工厂的现场，其中包括：邓民敏、刘廷富、余志清、陈怀龙、李高潮、于正涛、冯亚东、赛里克、赫基莫夫 B.、罗夫沙诺夫 S.、库尔托夫 F.、胡代别尔德耶夫 R.、巴巴科夫 M.、尼亚佐夫 T.、海德罗夫 R.。就像我们寓言中的英雄一样，他们也被难以摆脱的疑虑折磨过：我们能做到不可思议的事吗？在这里，到处是裸露的沙土，没有饮用水和基本的生活条件。然而，即使在中国古代，伟大的孔夫子也说过："千里之行始于足下。"而这一步的完成，得益于中土两国人民历史悠久的支持和友谊。十年的合作转瞬即逝。但该联合工作的成果将被后代理解，并对所发生的变化感到惊讶。甚至，即使我们简单列举中土工作人员不惧困难、团结一心，在如此短的历史时期内所完成的事情，也足以让人叹为观止，会给普通人带来最强烈的情感冲击。

正如弗拉基米尔·马雅可夫斯基的名诗中所说，在一望无际的沙丘中，一座花园城市已成长起来——工作人员的办公室和居住区，可保证富有成效的工作和良好的休息条件。如互联网线那样，管道从众多集合站、集气总站延伸到天然气加工厂。在广袤的炎热沙漠中，一个完整的工业综合体已出现，并创建了拥有强大生产能力的生产基础设施。

众所周知，萨曼捷佩气田属于高温、高压、高硫气田，作业难度大。自 1993 年以来，该气田曾一度停产关闭，未进行任何作业。在那遥远的时代，正如其中一位行人怀疑是否选择正确道路一样，气田的开发也因怀疑其开发的有效性而被放弃，也正因 CNPC 新项目的启动，气田才得以恢复。在巴格德雷合同区域，已经对萨曼捷佩气田进行了大量的设备安装工程，对一批以前作业过的钻井进行了大修，并且钻探了许多新井。B区块南、东、中央区勘探取得重要发现，并且发现了新的勘探储量。两个最先进的油气处理厂、天然气增压站、连接两个友好国家，中国和土库曼斯坦的输气管道已经建成。

　　短短几年间，中土能源领域的伙伴关系取得了长足发展，符合两国乃至整个中亚地区的巨大潜力和广阔前景，而我也为自己的作品能够添加到公司作品中而感到自豪。我有幸于 2008 年 4 月开始工作，我不仅见证了所发生的一切变革和成就，也是阿姆河右岸项目整个建设过程的完全参与者。有趣的是，这些变革不仅影响了我们的工作场所，还影响了我们自己和我们的家人。合同领域被称为"巴格德雷"并非不无根据，在土库曼语中意为幸福。在这里，我们很多同事的确找到了他们的快乐。在 CNPCIT 工作时间，已经创建了十几个和睦的家庭。来我们公司工作后，所有人都在很大程度上提高了幸福感：建造了新房子、购买了新住房和汽车、并可以环游世界。得益于公司管理层的英明政策，我们不仅在国内，而且在国外都有机会进修提升我们的技术水平。为了我们国家的利益，我们获得了新的技能和经验、掌握了很多新技能，学习了中文、提高了英语知识水平。我们当中的每一个人都在不断提高自己，并进行自学，来努力满足公司的要求。生活是一条每个人都以自己的方式走过的路，不管你有多疲倦，也不管你有多想放弃，你还是要继续向前走。这是宇宙的法则，也是人与人类作为一个物种、一个民族、一个个体的生存法则。千里之行始于足下，说明当你将意志握成拳头，没有任何催促、抱怨和帮助，那么你将会以积极的姿态进行生活，而你也成了自己幸福的创造者。你的选择就是你的道路。这还有什么好说的呢？路上遇到的任何障碍都不是绝望的理由，而是要克服它们，变得更加强大，从而获得宝贵的人生经验，找到自己的幸福，并且在这种情况下，让自己变得富足。

　　如果你在路上摔倒了，请勇敢站起来继续前行！要知道，千里之行始于足下！别担心，任何事都需要过程和顽强精神。没有一位作家能够在没有打草稿的情况下写出天才小说，也没有一位参赛者能够在不进行体育锻炼的情况下创造世界纪录。就如我们公司的工作人员一

阿姆河畔采气人

样，如果没有他们的毅力和勤奋，没有他们在寒冷和炎热环境中工作，克服所有困难，那么我们就不会取得这些伟大的成就。对于我们这些渴望改变生活的人来说，这句话给出了简短但有效的回答：即"如果你想达到目标，那么就去做"。迈出第一步，然后坚持下去！因此，我想起了托尔金的小说《指环王》中的一首诗："前路漫漫。将走向哪里？哪里准备转弯？拧成什么模型？万千条路汇成一条大路。我只知道了开始，而结局怎会知道。你我应该学什么？事实上，如果你想找到自己的志向，为此你需要做出一定的努力，走自己的路，并为此寻找自己的路！在这里，你的忍耐力和坚韧的神经必不可少。要知道，如果在选择的方向上只走两步就达到自己预期的目标，这是根本不可能的事。而道路教会我们不要害怕困难、失败、错误和跌倒，因为困难会让我们变得更加强大，错误会让我们找到真相，失败和跌倒会让我们变得更有韧性。那么，对于第一个人来说是不可能的、难以置信的、无法实现的梦想和童话，对于第二个人来说就变成了现实。请相信你的心，并坚持自己的梦想，即使它对你来说似乎遥不可及，不切实际，看不见未来的路。可是当你迈出几步，可能就会看到一个'奇迹'，这时往常似乎不存在的下一段路就会向你敞开。请记住，这取决于你，是将梦想变成童话还是现实！"对我们所有人来说，中国石油土库曼斯坦分公司的土库曼斯坦项目已成了一个变成现实的童话！

阿姆河天然气公司的土方员工参观中国石油大厦时在"铁人"王进喜雕塑前合影（右），土方员工在中国石油展厅兴致勃勃的讨论中土天然气管道（左）

Групповая фотография туркменских сотрудников КННКИТ перед скульптурой «Железного человека» Ван Цзиньси в здании КННК (в слева), туркменские сотрудники обсуждают газопровод Китай-Туркменистан в нефтяном выставочном зале (справа)

Давным-давно двое друзей стремились к заветной мечте. Дорога их шла извилистыми отвесными горными перевалами и сулила смертельную опасность. Сутками, карабкаясь к своей мечте, в какой-то момент оба человека остановились. Ещё издалека заприметили они, что избранный ими путь заканчивается, упираясь в подножье тяжелой скалы. - Вот и конец мечтам и грезам! Дальше не пройти! - воскликнул один из путников. Развернувшись, он пошел обратной дорогой. Так страх, усталость и червь сомнения одолели его. Однако его друг продолжил путь, так как верил тому, что подсказывало сердце. Дойдя до места, где ему с товарищем померещилось окончание пути, от удивления и радости путник чуть было не бросился в пляс. Выяснилось, что дорога, по которой они шли все эти дни, совсем не заканчивалась у подножья огромной скалы. Вместо этого она осторожно ныряла за неприметный выступ, огибала скалу и стелилась дальше к горизонту – куда падал взгляд. В конце концов, он достиг своей мечты, а его друг, испугавшийся в самом начале пути, вернулся домой, так и не выполнив своего предназначения. Все, что ему осталось, это - работать в поле, выращивая рис, как его отец и дед, забыть о мечте, и лишь в редкие минуты отдыха, любоваться издали горной цепью, сожалея о том, что сбился с пути. Он так и не осознал, что дорогу осилит идущий! Я неспроста привела в своем рассказе эту древнюю крылатую фразу, которую многие народы могут назвать своей и рассказала эту красивую легенду. В далеком ноябре 2007 года первые сотрудники КННКИ прибыли на место будущего поселка и будущего завода. Среди них были: Дэн Миньминь, Лю Тинфу, Юй Чжицин, Чэнь Хуайлун, Ли Гаочао, Юй Чжэнтао, Фэн Ядун, Сайликэ Сежоубай, Хекимов Б., Ровшанов С., Куртов Ф., Худайбердыев Р., Бабаков М., Ниязов Т. Хыдыров Р. Так же, как и герои нашей притчи, их тоже точил червь сомнения: - А разве удастся нам сделать немыслимое?

Здесь же голые пески, здесь нет питьевой воды и условий, а жара и знойный ветер гоняют кусты верблюжьей колючки... Но не зря еще в Древнем Китае великий Конфуций говорил, что "Путь в тысячу ли начинается с одного шага". И этот шаг был сделан благодаря поддержке и дружбе двух богатых историей народов - Китая и Туркменистана. Эти десять лет сотрудничества пролетели как один миг. Но результаты этой совместной работы будут осмысливать будущие поколения, и удивляться произошедшим переменам. Даже, если мы коротко перечислим, что сделали сплоченные одной целью, не взирающие ни на какие трудности китайские и туркменские сотрудники знаменитой на весь мир Китайской Национальной Нефтегазовой корпорации за такой короткий исторически срок, то поразим воображение не только бывалых и видавших виды специалистов-газовиков, но и приведем в сильнейший эмоциональный шок простых людей.

Как в знаменитой поэме Владимира Маяковского, среди бескрайних барханов пустыни вырос город-сад – офисы и жилые поселки сотрудников, в которых созданы все условия для плодотворной работы и полноценного отдыха. Как нити паутины интернета, растянулись трубопроводы от многочисленных СП, ЦСП к Газоперерабатывающим заводам. Среди знойной пустыни на необозримых просторах возник целый промышленный комплекс и создана мощная производственная инфраструктура.

Мы все знаем, что промыслы Самандепе являются промыслами высокой температуры, высокого давления и высокого содержания серы и их трудно эксплуатировать. С 1993 года эти промыслы газа в свое время прекратили производство и закрылись без всякой эксплуатации. В те далекие времена так же, как и один из путников усомнился в правильности выбора дороги, так разработка промыслов была заброшена в сомнении эффективности их разработки. И только благодаря старту нового проекта CNPC, работа на месторождениях была возобновлена. На договорной территории Багтыярлык выполнен большой объем работ по обустройству Самандепе и подготовке эксплуатационного фонда скважин. Произведен капитальный ремонт большой группы ранее эксплуатируемых скважин, а также пробурен ряд новых колодцев. Важные открытия сделаны в разведке южной, восточной и центральной частей блока Б и открыты новые направления разведки. Построены два современнейших газоперерабатывающих завода, дожимная компрессорная станция, газопровод, соединивший два дружественных государства - Китай и Туркменистан.

Всего за несколько лет туркмено-китайское партнерство в области энергетики продвинулось далеко вперед, отвечая современным реалиям, огромному потенциалу, широким перспективам и интересам не только двух государств, но и всей Средней Азии.

А я горжусь тем, что и мой труд вливается в труд моей компании. Мне посчастливилось начать свою работу в апреле 2008 года и потому я являюсь не только свидетелем всех произошедших преобразований и достижений, но и полноценным участником всего строительства проекта на правобережье Амударьи. Интересным фактом является и то, что преобразования коснулись не только места нашей работы, но и нас самих, и наших семей. Договорная территория не зря названа «Багтыярлык», что в переводе с туркменского означает счастье. Здесь действительно нашли свое счастье много наших коллег. За время работы КННКИ было создано более десятка дружных семей. Работая в нашей компании, мы все значительно повысили свое благосостояние: построили новые дома, приобрели новые квартиры и машины, получили возможность путешествовать по миру. Благодаря мудрой политике руководства компании нам предоставили возможность повышать свою квалификацию не только в нашей стране, но и далеко за ее пределами. Трудясь на благо наших стран, мы обрели новые умения и навыки, освоили множество новых программ, выучили китайский язык, улучшили знания английского языка. Каждый из нас, стараясь соответствовать требованиям компании, совершенствуется и занимается самообразованием. Так что же хочет сказать нам эта древняя китайско-библейская фраза. Каким бы ни было ее происхождение, для тех, кто ее произносит или слышит, она сообщает о поступательном движении к цели и пути к ней. И если копнуть глубже, то она говорит о жизни. Действительно, Жизнь– это дорога, которую каждый человек проходит по-своему. Как бы ты ни уставал, как бы ни опускались руки – идти все равно придется. Таков закон мироздания и выживания человека и человечества – как вида, как народа, как личности. Фраза Дорогу осилит идущий – прямое указание к появлению у вас активной жизненной позиции, той самой, когда, собрав волю в кулак, без всяких понуканий, нытья и помощи – ты сам становишься творцом своего счастья. Твой выбор – есть твой путь. Что ж тут еще сказать? Любые преграды, встреченные в дороге – не повод отчаиваться, но - преодолеть их, стать сильнее, обрести ценный жизненный опыт, найти свое счастье, и при случае – разбогатеть. Если в пути вы упали – имейте мужество встать и продолжать идти! Ведь только идущий осилит дорогу! Волноваться не стоит – в любом деле необходима размеренность и упорство. Ни один писатель не написал гениального романа без кропотливой работы над черновиками, ни один участник соревнований не установил мировой рекорд, если до этого ни разу не занимался спортом. Так же, как и сотрудники нашей компании, не прояви они упорства и трудолюбия, не трудись они в холод и зной, преодолевая все трудности, то не достигли бы мы этих великих достижений. Для тех из нас, кто жаждет перемен в жизни, она дает короткий, но эффективный ответ – "действуй, если хочешь достичь цели". Сделай первый шаг, а дальше – только держись!

В связи с этим вспоминается стих, сочиненный Бильбо Бэггинсом и представленный на страницах романа "Властелин Колец" Джона Рональда Руэла Толкиена: Бежит дорога все вперед. Куда она зовет? Какой готовит поворот? Какой узор совьет? Сольются тысячи дорог В один великий путь. Начало знаю; а итог - Узнаю как-нибудь. Что должны усвоить мы с вами? А то, что если ты хочешь найти свое призвание, для этого нужно прилагать определенные усилия – идти по своему пути, искать для этого СВОЮ ДОРОГУ! Тут не обойтись без терпения и железных нервов. Ведь далеко не факт, что сделав всего два шага в выбранном направлении – вы сразу же достигните желаемой цели. И учит дорога не бояться трудностей, неудач, ошибок и падений, ибо благодаря трудностям мы становимся сильнее, благодаря ошибкам можем отыскать истину, а благодаря неудачам и падениям — стать выносливее. То, что для первого так и осталось невозможной, невероятной, несбыточной мечтой и сказкой, для второго стало реальностью. Верь своему сердцу и иди за своей мечтой, даже если она тебе кажется недостижимой и нереальной, и если кажется, что пути дальше нет. Может, и ты, сделав несколько шагов, увидишь «чудо» и тебе откроется следующая часть пути, доселе казавшаяся несуществующей. Помни, от тебя зависит, чем обернётся твоя мечта сказкой или реальностью! Как и для нас всех проект КННКИ в Туркменистане стал сказкой, воплотившейся в реальность!!!

⑫ 中土相隔万里，我们握起双手——索科洛夫·阿列克谢

Соколов Алексей

中国人千里迢迢，穿越多国，
不顾严寒酷暑，风沙肆虐，
从遥远的北京来到我们的家乡，
不遗余力地建成中土天然气管道。

阿姆河畔采气人

穿过沙漠，草原，山脉，河流，
干线管道带来了清澈洁净的天然气，
它不仅仅是一条能源运输大动脉，
对于亚洲各国都是互惠共赢的工程！

为了把温暖和光明送进千家万户，
为了让明亮的火焰在炉子上闪耀，
中国石油的工作人员，
担负着作业安全风险，全力以赴。

专家们夜以继日恪守工作制度，
监督管理最复杂的技术，
通过中土天然气管道，
把蓝色燃料送到遥远的地方。

在领导的英明指引下，
一个团结的队伍正在努力工作，
国家经济实现快速增长，
甲烷标准气量成倍增长。

厂站和设备都在运转、全体员工都在奋斗，
中国和土库曼斯坦的经济蓬勃发展！
中土相隔万里，我们握起双手，
共同推动中土两个友好国家走向繁荣！

На расстояние тысяч километров .

Сквозь множество границ, с далёкого нам края,
Не зная холодов, жары и бешеных ветров.

От самого Пекина, к нам жители Китая
Не покладая рук, построили газопровод.

Через пустыни, степи, горы, реки
Несёт артерия кристально чистый газ.
Несёт она не просто той энергии потоки,
А для народов Азии взаимовыгодный заказ!

Чтобы тепло и свет в дома пришли,
Чтоб на плите горело пламя ясным,
В рабочей форме сотрудники CNPC
Увлечены трудом небезопасным.

И днём, и ночью порядок соблюдая
По магистрали Туркменистан – Китай
Сложнейшей техникой специалисты управляя
Направляют голубое топливо в далёкий край.

Под руководством мудрого начальства
Усердно трудится сплочённый коллектив.
Ускоренными темпами цветёт хозяйство,
В разы переполняется объём метана норматив!

Работает вся техника, заводы, люди,
Экономически цветёт Китай, Туркменистан!
На расстояние тысяч километров жмём мы руки
Во благо процветания содружественных стран!

6

回望阿姆河

幸福之道在于多条管道

1. 建成并运行中土管道

油气管道建成投产成为中国与中亚国家 21 世纪在油气能源领域合作的最大亮点。进入 21 世纪，中国与中亚国家在油气领域合作的最大亮点就是主导完成我国与周边国家互利合作的标志性工程，分别于 2005 年和 2009 年竣工投产的我国第一组境外油气管道——中哈原油管道（单线）和中土天然气管道（三线并行）。自投产以来，截至 2021 年 6 月 30 日，通过上述"三气一油"管道已分别向中国输送原油、天然气达 1.4 亿吨和 3036 亿立方米，占同期中国进口原油、天然气总量的 5% 和 45%。不仅实现了中亚资源大国哈萨克斯坦、土库曼斯坦、乌兹别克斯坦油气出口多元化战略目标，使中亚国家的油气出口通道由北向俄罗斯一路，改为东向中国多路。价格由"固定＋易货"改为与国际油价挂钩，照付不议。特别是中国—中亚天然气管道投产运行 12 年来，不仅有效缓解了我国"富煤""缺油""少气"的资源瓶颈，而且与中亚周边气源国（土库曼斯坦）、过境国和气源国（乌兹别克斯坦、哈萨克斯坦）形成真正意义上的责任共同体、风险共同体和利益共同体，成为新时代中国与周边国家"亲、诚、惠、荣"的典范。2009 年 12 月 14 日，中、土、乌、哈四国元首在印有四国文字的中国—中亚天然气管道投产竣工纪念册上签字留念。上面写道：

中亚天然气管道于 2009 年 12 月 14 日投入使用。该管道始于独立中立的土库曼斯坦境内，沿着古老的丝绸之路穿越了四个国家，是 21 世纪全世界同类项目中规模最大的设施。

该条管道创造了连接中亚与远东的全新能源体系，为地区内经济的发展提供了广泛的保障。

愿我们的合作伙伴和来自土库曼斯坦、乌兹别克斯坦、哈萨克斯坦以及中国的项目建设者们不断进取、再创佳绩。

愿这第三个千年的世纪工程为全世界的人民的和平、友谊与合作服务！

2. 阿姆河项目特殊意义

在中国—中亚天然气管道的主供气源中，由中方100%控股、主导产品（天然气）100%输往中国的阿姆河右岸气田群的建成投产，适应了中国天然气消费"阶梯式上升""峰谷差明显"的市场需求，实现了中方既掌控资源又调控资源，既开拓通道又开拓市场的战略目标。更为重要的是，阿姆河右岸天然气项目这种涵盖上游勘探开发、中游生产运行、下游油、气、硫黄销售全产业链的合作模式，已成为中国企业"走出去"的样板工程，促进了与俄罗斯、缅甸等国的天然气合作，改变了中国在中亚、俄罗斯地区的地缘政治地位，为提高中国在该地区油气能源市场的话语权提供了鲜活案例。

3. 中亚油气合作重点

① "哈油"与"土气"：经过20多年的实践探索，特别是中哈油管道、中土气管道的成功运行，中国与中亚五国的油气合作定位在了哈萨克斯坦的"油"，土库曼斯坦的"气"，乌兹别克斯坦、吉尔吉斯斯坦、塔吉克斯坦的"道"。哈萨克斯坦、土库曼斯坦分别为中亚原油、天然气的储量、产量大国。乌兹别克斯坦为已经运行的中国—中亚天然气管道 A/B/C 三线和计划中的 D 线过境国，也是中国—中亚天然气管道唯一四线过境国。塔吉克斯坦和吉尔吉斯斯坦为计划中的 D 线过境国。在哈萨克斯坦的"油池"中，仅三大巨型油田——田吉兹、卡沙干、卡拉恰甘纳克的原油产量（6000万吨）、储量（85亿吨），就达到2019年哈萨克斯坦全国原油产量、储量的2/3以上。在土库曼斯坦的"气库"中，三大气田——复兴、雅什拉、达夫列达巴特的储量分别位居世界第二、第十二和第十四大气田，总储量达33.9万亿立方米。土库曼斯坦政府计划分三期开发复兴气田，钻井177口，建成930

亿立方米产能，分别向中国—中亚天然气管道 A/B/C/D 四线和 TAPI 管道供气，成为中亚地区第一大气源国。

②做实"哈油"、做大"土气"、做畅乌、吉、塔"道"：当前和今后一段时间，与中亚油气合作的重点是做实哈萨克的"油"、做大土库曼斯坦的"气"、做畅乌、吉、塔的"道"。通过加大俄油过境哈国串换和哈国西油东送解决中哈管道油源问题，通过做大阿姆河天然气产品分成合同项目、加快已签钻井合同的执行等措施，做大土库曼斯坦的"气"，稳妥推进中亚天然气管道 D 线建设，加快推进塔吉克斯坦风险勘探，解决吉、塔两国"气荒"，以此辐射南亚市场，打造西部开放新格局，互利双赢新亮点。

4. 中亚兼具战略重要性和脆弱性

印度学者拉贾特·纳格和德国学者约翰内斯·F. 林以及美国学者哈瑞尔达·考利在他们合著的《2050 年的中亚 Central Asia 2050》一书中就中亚的战略地位写道："中亚是一块历史悠久之地，占据欧亚大陆地缘政治的重要中心。中亚地处欧洲和亚洲的十字路口，是贸易线路的交汇点，历来具有重要的战略意义。历史上的'丝绸之路'应是诸多贸易线路中最著名的一条。过去三个世纪里，这个地区所处的中心位置能确保其与欧亚大陆上的五个大型经济体，包括中东、欧洲、印度、俄罗斯、中国进行直接贸易联系……然而，中亚的地理位置也是这个地区的弱点。中亚遭受过来自东西两边的军队侵略，比如两千年前亚历山大大帝的东征军……这段历史体现了中亚兼具战略重要性和脆弱性。"

5. 当今中亚于中国，类似于 30 年前中东于美国

当今中亚于中国的地位，无论从地缘政治还是能源保障，都类似于 30 年前中东于美国的地位。中亚五国中有哈、吉、塔三国与中国新疆维吾尔自治区接壤，占与我国接壤国家数（14 个）的 1/5 以上，三国与中国边境线长度为 3367 千米，其中哈、吉、塔分别为 1770 千米、1100 千米和 497 千米，超过我国陆上边境线总长度（2.28 万千米）的 1/7。目前运行的中哈油管道（单线）、中土气管道（三线）分别经过阿

拉山口口岸、霍尔果斯口岸进入中国境内。在中亚五国中，哈萨克斯坦、土库曼斯坦分别为世界第九大石油资源国（原油储量 300 亿桶以上）、第四大天然气资源国（天然气储量 50 万亿立方米以上）。此外，乌兹别克斯坦、吉尔吉斯斯坦、塔吉克斯坦三国为中土天然气管道主要过境国。我国一位著名军旅作家曾写道："习惯上，人们把哈萨克斯坦、吉尔吉斯斯坦、乌兹别克斯坦、土库曼斯坦、塔吉克斯坦和新疆统称为中亚地区。它是上天赐给当今中国人最丰厚的一块蛋糕"。一个长期稳定的中亚能源通道和油气供应，有利于缓解中国油气对外依存度过高的趋势，为我国能源转型、加快国内勘探开发力度、缓解国内冬季保供压力，早日破解一批'卡脖子'技术提供宝贵的缓冲时间。

人文交流稳步提升　阿姆河畔再创佳绩

1. 抗疫期间

①**最早向中国提供防疫口罩**：2020年2月21日，正值中国处于新冠肺炎疫情防控的关键时期，上海浦东机场迎来了从土库曼斯坦运来的100万只防疫口罩，这是别尔德穆哈梅多夫总统特批的、用于支援兄弟的中国人民抗击新冠肺炎。这批防疫口罩占当时土库曼斯坦全国库存防疫口罩的1/3，土库曼斯坦也因此成为最早向中国提供防疫口罩的国家。从中国石油阿姆河右岸天然气项目与中国石油工程建设公司（CPECC）联合申请、到我国驻土使馆向土库曼斯坦政府照会，到土库曼斯坦外交部、卫建部组织采购会议，再到落实机组发运，仅用10天时间，土库曼斯坦政府全部特事特办。一个月之后的2020年3月21日，在土库曼斯坦传统节日（穆斯林传统节日，类似中国农历春节）纳吾鲁孜节（每年的3月22日）来临之际，土库曼斯坦总统新闻办公室在俄语网站上报道了有关中国国家主席习近平致函土库曼斯坦总统别尔德穆哈梅多夫，就（土方）支持中方抗击新冠肺炎疫情表示感谢并祝土库曼斯坦人民纳吾鲁孜节快乐的文章。

②**紧急相救中方员工**：2020年5月13日，在土库曼斯坦坚守工作岗位达半年之久的阿姆河天然气公司副总经理陈怀龙（现任阿姆河天然气公司总经理），在天津医科大学总院眼科手术治疗右眼急性视网膜脱落获得圆满成功。在他患急性视网膜脱落的100多个小时里，面对全球肆虐的新冠肺炎疫情，中土两国多个部门协作，京津两地政府强援的跨国转运在争分夺秒地上演。当时正值新冠肺炎在全球蔓延之际，土库曼斯坦政府为确保国民安全，已经关闭了土库曼斯坦

境内所有国际往返航班和陆路通道，禁止所有外籍人员入境。在这种情况下，中国驻土使馆立即启动应急预案，时任大使孙炜东两次向土方照会，说明事关中方员工生命安全，需送陈怀龙紧急回国实施眼科手术，土库曼斯坦内阁为此紧急召开会议并报总统批准，获别尔德穆哈梅多夫总统特批后，土库曼斯坦副总理兼外交部长梅列多夫第一时间通知我国驻土使馆，批准陈怀龙作为特殊情况乘坐SOS（国际紧急救援）组织派出的包机回国治疗，并成立由土库曼斯坦外交部礼宾局局长挂帅的救援中方员工临时工作组，快速高效的协调解决各种出入境限制豁免许可，这在土库曼斯坦的历史上极为罕见，充分彰显了中土传统友谊的强大基础。由于抢救及时，手术非常成功，用陈怀龙自己的话说："我深深感受到来自祖国温暖的力量，我会全力回报祖国的关怀和组织的关爱，用我的第二次光明点亮更加辉煌的海外油气事业。"

③**反对疫情政治化**：2020年6月28日，中国国务委员兼外交部长王毅同土库曼斯坦副总理兼外交部长梅列多夫通电话。双方认为任何情况下都不应将疫情政治化，这不利于国际抗疫合作。土方始终致力于加强同中国传统友好关系，愿以灵活方式保持两国高层和各部门的沟通，推进双边各领域交往与合作。

④**感谢中国援助疫苗**：截至2021年7月31日，中国已向土库曼斯坦提供了350万剂国药疫苗，超过土库曼斯坦总人口的一半以上，

2007年10月，时任阿姆河天然气公司现场作业部经理的陈怀龙率中方工作组赴阿姆河右岸萨曼捷佩气田与土方进行现场交接。讨论交接计划（左），会见土方采气局主要领导（右）

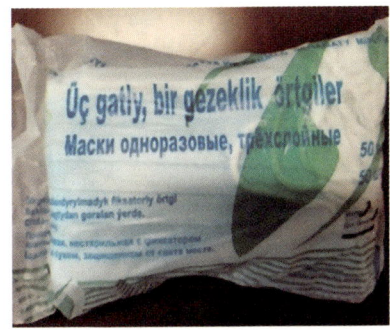 

2020年2月，土库曼斯坦向中国捐赠的防疫口罩（左）、中土双方工作人员、时任中国石油工程建设公司土库曼斯坦分公司总经理管松军（右图右数第三）、中国石油阿姆河天然气公司副总经理靳风兰（右图右数第五）等在土库曼斯坦向中国捐赠口罩前合影（右）

包括先后两次无偿提供的新冠疫苗150万剂，另协助土方在华采购200万剂疫苗。土库曼斯坦政府官员，包括别尔德穆哈梅多夫总统、梅列多夫外长等多次在不同场合对中国援助疫苗表示衷心感谢。

2. 洪灾期间

2020年7月14日，土库曼斯坦国家通讯社报道称，土库曼斯坦总统古尔班古雷·别尔德穆哈梅多夫就中国多个省份发生的特大洪灾造成的人员伤亡和重大损失向中国国家主席习近平表示慰问。在这一困难时刻，土库曼斯坦总统代表土库曼斯坦人民、土库曼斯坦政府和其本人，向遇难者家属表示同情和支持，并祝愿伤者早日康复。2020年7月23日，土库曼斯坦国家通讯社用"中华人民共和国国家主席感谢土库曼斯坦总统对发展中土关系的重视"为标题发布消息称，中华人民共和国主席习近平给土库曼斯坦总统别尔德穆哈梅多夫写信，感谢土库曼斯坦总统对发展中土关系的重视。2021年7月23日，土库曼斯坦国家广播电视台晚间新闻报道，土库曼斯坦总统别尔德穆哈梅多夫就中国河南省多地强降雨导致洪涝灾害向中国国家主席习近平致慰问电。别尔德穆哈梅多夫总统在慰问电中代表土全体人民向遇难者家属致以诚挚的慰问，并祝愿所有伤者早日康复。

3. 中立25周年

2020年12月12日是土库曼斯坦获得联合国批准的永久中立25周

年纪念日。当日，中国国家领导人向土库曼斯坦总统别尔德穆哈梅多夫致贺信，祝贺土库曼斯坦获得永久中立国地位 25 周年。同一天，土库曼斯坦政府俄文报纸《中立土库曼斯坦报》发布消息称，土库曼斯坦总统别尔德穆哈梅多夫表示，俄罗斯和中国是该国在欧亚大陆的战略伙伴国。别尔德穆哈梅多夫是在有关土库曼斯坦获得永久中立国地位 25 周年的政府扩大会议上做出这一表示的。公告称，别尔德穆哈梅多夫总统谈到外交路线关键方面时指出，俄罗斯和中国是土库曼斯坦在欧亚大陆的战略伙伴国，土方将与两国在政治、经贸、文化人文等各个方向继续开展合作。别尔德穆哈梅多夫总统指出，亚太地区发展迅速，正在逐渐变为全球经贸发展推动力量，是土库曼斯坦外交政策的重要方向。

4. 人文交流

①**总统生日**：2020 年 6 月 29 日是土库曼斯坦总统古尔班古雷·别尔德穆哈梅多夫 63 岁生日。土库曼斯坦国家通讯社报道：包括中国国家主席习近平、俄罗斯总统普京在内的多国国家元首电贺别尔德穆哈梅多夫总统 63 岁生日。

②**总统新著**：2020 年 10 月 7 日和 10 月 29 日，土库曼斯坦总统古尔班古雷·别尔德穆哈梅多夫新书《土库曼民族的精神世界》中文版首发仪式分别在土库曼斯坦首都阿什哈巴德和中国北京中国石油大厦举行。中国驻土库曼斯坦使馆临时代办向波和土库曼斯坦驻中国大使杜尔德耶夫分别出席两地的发行仪式并讲话，他们在讲话中表示，《土库曼民族的精神世界》一书展示了土库曼民族世代传承的独特风俗习惯和价值观，是土库曼人民数百年来智慧的集中体现。该书刻画的丰富的精神世界是独立、中立的土库曼斯坦在国家发展道路上不断前行的坚实支撑。中方在较短时间内完成中文版翻译和出版工作，体现了中土两国人民的传统友好情谊，相信该书中文版将帮助中国读者更好了解土库曼民族丰富悠久的历史文化和精神世界，进一步增进两国人民的传统友谊和民心相通。新书中提及以和平方式增进各国间友好关系的重要性。中土两国人民精神价值观相似，都致力于开展广泛国际

合作。在当前百年未有之大变局加速演进，特别是新冠肺炎疫情为全球带来前所未有冲击的背景下，各国利益休戚相关，命运紧密相连，各国应坚定奉行多边主义，坚定维护联合国权威，坚定走和平发展、合作共赢道路。中方愿同土库曼斯坦及世界各国一道，坚守和平、发展、公平、正义、民主、自由的全人类共同价值观，推动构建人类命运共同体，共创世界更加美好的未来。中土与

2020年10月7日和10月29日，土库曼斯坦总统古尔班古雷·别尔德穆哈梅多夫新书《土库曼民族的精神世界》中文版首发仪式分别在土库曼斯坦首都阿什哈巴德和中国北京中国石油大厦举行

会者积极评价《土库曼民族的精神世界》一书在土库曼斯坦庆祝中立25周年之际出版发行的意义，表示该书中文版为中国读者增进对土库曼斯坦历史文化的了解提供了契机，有助于进一步扩大两国人文等领域交流，巩固中土传统友谊。

③主流媒体：2020年10月17日，在第25届土库曼斯坦国际石油与天然气大会召开前夕，土库曼斯坦东方通讯社刊发"CNPC"（中国石油）——第二十五届土库曼斯坦国际石油与天然气大会白金赞助商主题文章，点赞中国石油，并列举了中国石油对当地社会发展所做出的主要贡献。十二年间，中国石油在巴格德雷合同区块（即阿姆河右岸合同区块）的油田开发投资超过80亿美元。土库曼斯坦是世界上天然气资源储量最富有的国家之一，而在中国对天然气需求成稳定上升趋势，因此能源合作对双方是互惠互利的且前景广阔。目前，"土库曼斯坦—中国天然气管道"共有A、B和C线三条管道运营，计划铺设D线。"土库曼斯坦—中国天然气管道"自通气时刻起，10年来已向中国输送约2400亿立方米天然气。中国石油作为一个负责任的合作伙伴，非常重视社会发展事业，尤其是土库曼斯坦体育运动发展事业。中国石油是土库曼斯坦所有大型体育运动项目的赞助商，包括各项世界锦标赛和亚洲锦标赛。此外，中国石油还是土库曼斯坦各曲棍球和足球俱乐部的赞助商，是一些体育联合会和残奥会公共组织的赞助商。中

国石油为一些土库曼斯坦青年留学中国、在中国高校接受职业教育提供赞助。这是土库曼斯坦主流媒体时隔几年以来首次长篇、全面评价中国石油。

④油气大会：2020年10月28日至29日，第25届土库曼斯坦国际油气大会以线上视频方式在土库曼斯坦首都阿什哈巴德召开，会议以线上和线下相结合的方式进行讨论，大会主题定为"土库曼斯坦能源外交——地区能源安全和可持续发展的保障"。别尔德穆哈梅多夫总统向大会致贺信，他在贺信中表示，能源与燃料行业是土库曼斯坦经济的战略组成部分，目前正通过能源供应和出口多元化加快融入全球能源体系。土库曼斯坦内阁分管能源事务的副总理梅列多夫在开幕式发言指出，目前中国是土库曼斯坦天然气最大的进口国，土库曼斯坦每年通过管道向中国出口天然气约400亿立方米。中国石油党组成员、副总经理黄永章在北京首次通过视频出席会议并做题为《中土天然气合作成就互利共赢典范》的主旨发言，引起资源国油气领域高层及国际油气公司参会人员的强烈反响。黄永章在发言中指出，在两国元首的亲切关怀和两国政府的大力支持下，在中国石油和土库曼斯坦天然气康采恩的共同努力下，中土天然气合作在投资、金融、技术服务、工程建设等方面取得了辉煌成绩，两国已互为最大的天然气贸易伙伴。在过去13年天然气合作过程中，中国石油始终严格遵守资源国法律法规，依照产品分成合同和国际油气合作惯例，坚持合法经营、合规管

2020年10月28日至29日土库曼斯坦第25届国际油气大会主会场，参加大会的中国石油领导黄永章（左图，左三）、中油国际领导叶先灯（左图左二）、中国石油国际事业（中联油）公司领导张永祥（左图左一），阿姆河天然气公司时任总经理李书良（右图右一）

理，当地员工参与业务全流程管理，注重社会公益事业和企地和谐发展，创造了良好的开发效果、经济效益和社会效益，为中土两国人民带来福祉，成为中土经济合作之路、文化融合之路和友谊之路。

⑤ "复兴丝路"：2020年10月30日，土库曼斯坦总统古尔班古雷·别尔德穆哈梅多夫在韩国首都首尔举行的"北方经济合作国际论坛——各国文化发展和人道主义对话的新平台"上发表视频讲话时说："伟大的丝绸之路作为一个重要历史现象，不仅是一个贸易方向，而且其自身一直伴随着巨大的文化功能，确保文化和传统相互贯通。"这是别尔德穆哈梅多夫总统又一次高度赞扬"丝绸之路"。

2020年12月2日，"中土关系暨纪念土库曼斯坦中立25周年"中土论坛在中国兰州大学举行。源自兰州大学土库曼斯坦研究中心

⑥ 中土论坛：2020年12月2日，"中土关系暨纪念土库曼斯坦中立25周年"中土论坛在位于中国西部重镇兰州市的兰州大学举行。兰州市也和土库曼斯坦首都阿什哈巴德市结为友好城市。论坛期间，土库曼斯坦驻华大使巴拉哈特·杜尔德耶夫回顾了土库曼斯坦中立国的历史，强调中立地位已成为土库曼斯坦内政外交的主要原则，中立的价值观和世界观符合土库曼斯坦的国家利益，也符合联合国可持续发展的目标和任务。同时，他还概述了土库曼斯坦与周边国家的友好关系，并强调了中土两国战略伙伴关系，表示两国关系未来将进一步取得积极进展。兰州大学副校长沙勇忠表示，兰州与土库曼斯坦的友好关系源远流长，早在1992年土库曼斯坦独立之初，兰州便同土库曼斯坦首都阿什哈巴德市结为友好城市，两个城市的人民成了好兄弟，近30年来两市兄弟友谊不断发展，为中土友谊做出了重要贡献。论坛上，杜尔德耶夫和沙勇忠为兰州大学土库曼斯坦研究中心揭牌。该中心于2020年7月成立，致力于向中国公众传播土库曼斯坦综合国情知识，其网站已成为汉语版《土库曼斯坦日报》，目前网站点击人数已经超过137万人次，成为中国公众了解当今土库曼斯坦动态的一扇窗口。与会

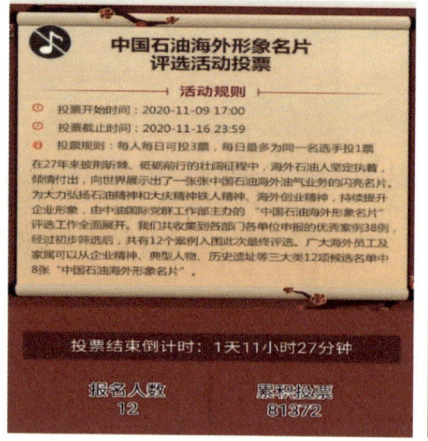
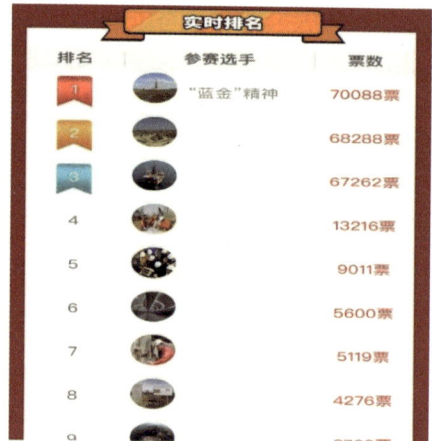

2020年11月,中国石油天然气勘探开发公司(CNODC)举办的《中国石油海外形象名片评选活动》主页(左),评选结果,反映阿姆河右岸天然气项目艰苦创业历程的"蓝金"精神以70088票获得第一名(右)

代表还对即将迎来永久中立25周年的土库曼斯坦以及中土人民友谊表示了美好祝愿。

⑦ "形象"评选:2020年11月9日至16日,中国石油天然气勘探开发公司(CNODC)从38项优秀海外项目中筛选出12项有代表性的项目,举办"我心中的中国石油海外形象名片"评选活动,一周7天时间共有25.0583万人次参加投票评选,评选结果以反映土库曼斯坦阿姆河右岸天然气项目艰苦创业历程的"蓝金"精神获得70088张选票,占总投票人次数的28%,获得本次评选第一名,充分彰显了"阿姆河畔铺就蓝金之路,卡拉库姆见证添绿之情,中华大地感受送暖之心"的磅礴气势。

⑧ "宝马"合作:2020年12月2日,中国马会与土库曼斯坦国家马业联合会在线签署《2020—2025年合作框架协议》及执行工作计划,这是中土两国马业组织签署的第二份合作协议,标志着两国马业正式开启新的计划及目标。值得一提的是,《协议》重申世界汗血马

骏马奔腾在土库曼斯坦

协会承认由中国马会登记的汗血马,并对中国马会登记的汗血马信息进行记录存档。2019 世界马文化论坛在呼和浩特举办,世界汗血马协会主席、土库曼斯坦总统别尔德穆哈梅多夫高度重视论坛,派遣特使佩里·巴伊拉姆杜尔迪耶夫向大会致辞,并指出阿哈尔捷金马(汗血马)是土库曼斯坦的国家象征,土库曼斯坦和中国的马文化交流频繁,建立了良好的合作渠道。

阿姆河天然气公司"云开放"主页

⑨ 阿姆河"云开放":2021 年 6 月 3 日,中国石油阿姆河天然气公司开启"幸福之路 蓝金之源"云开放活动,全面系统介绍中土天然气合作 14 年来取得的巨大成绩,为当地社会发展、民生改善做出的积极贡献,受到当地政府、公司员工的热烈欢迎。大家表示一定倍加珍惜来之不易的合作成果,继续努力为中土友谊多添"福气"。

5. 增供保障

① 累计供气 1000 亿立方米:2020 年 7 月 29 日,阿姆河右岸天然气项目累计向中国供气达 1000 亿立方米,最高日供气量达 4500 万立方米,实现了"百口井、百亿方、千万吨级当量"的奋斗目标。1000 亿立方米天然气相当于标准燃煤 1.33 亿吨,减少二氧化碳 1.42 亿吨,减少二氧化硫、硫化物排放 220 万吨和 148 万吨,阿姆河右岸天然气项目作为中方 100% 控股的我国境外第一个天然气民生保障项目,为我国低碳减排,冬季保供做出了积极贡献。

② 东部气田投产:2020 年 11 月 30 日,阿姆河天然气公司 B 区东部气田二期工程西召拉麦尔根集气站及两口单井(Wjor-21,Wjor-101D)比计划提前一个月成功投产。西召拉麦尔根集气站是 B 区东部气田二期工程三个集气站之一,集气规模 150 万米^3/日,本次两口生产井将直接增加产能 120 万米^3/日。一个月之后的 12 月 27 日,阿姆河天然气公司 B 区东部气田二期工程达什拉巴特气田一次投产成功,日增天然

气 100 万立方米，上述冬季保供工程的提前竣工，使阿姆河右岸天然气项目向中国日供气量达到 4000 万立方米以上，占中国—中亚天然气管道冬季供气的 1/3 以上，阿姆河项目为国内冬季保供再添"底气"。

③**增供措施：**2021 年 6 月 18 日，土库曼斯坦总统别尔德穆哈梅多夫在土库曼斯坦内阁会议上宣布中国石油川庆钻探公司中标土库曼斯坦复兴气田三口高难度井的钻完井工程，工程款项将通过目前已执行的土库曼斯坦天然气康采恩向中国年供气 170 亿立方米合同款支付，此举标志着土库曼斯坦政府首次同意以向中国供气的气款作为向中国石油工程技术服务单位支付的进度款。3 口井设计单井产量 250 万至 300 万立方米，完工后将提高土库曼斯坦天然气康采恩向中国年供气能力 30 亿立方米。2021 年 7 月 13 日，中国石油工程建设公司土库曼斯坦分公司中标阿姆河右岸巴格德雷合同区西区 6 个气田 EPCC 建设项目。按照招标项目要求，加登（Гадын）、北加登（Северный Гадын）、伊尔金克（Илджик）、东伊尔金克（Восточный Илджик）、基什图万（Киштуван）、西基什图万（Западный Киштуван）6 个气田地面工程建设为"交钥匙"工程，在 6 个气田区域将建设 22 口井、4 个集气站、铺设管道及供电、供水、网络等地面基础设施，整个工程建设完成后将为阿姆河项目增加向祖国供气能力 18 亿米^3/年。据中国驻土库曼斯坦大使馆报道：2021 年 8 月 23 日，土库曼斯坦总统别尔德穆哈梅多夫在马雷州出席中国石油川庆钻探工程有限公司"复兴"气田钻井项目启动仪式。驻土库曼斯坦大使钱乃成、中国石油阿姆河天然气公司总经理陈怀龙应邀参加。别尔德穆哈梅多夫总统发表讲话，高度评价土中关系，表示土中各领域合作潜力巨大，土方视中方为战略伙伴，双方在能源领域积累了丰富合作经验。中国—中亚天然气管道建成投产 11 年来，土对华供气超过 3000 亿立方米。土方感谢中方对发展两国关系的高度负责态度，愿同中方一道，推动土中天然气合作规模迈上新台阶。钱乃成大使积极评价中土战略伙伴关系和各领域合作发展，表示今天"复兴"气田 3 口钻井项目启动，标志着中土天然气合作又迈出新步伐。中方愿同土方加强合作，共同打造全产业链的能源战略伙

在2021年8月23日由中国石油川庆钻探公司承担的土库曼斯坦复兴气田3口重点井开钻仪式上，中国驻土库曼斯坦大使钱乃成（左）、中国石油阿姆河天然气公司总经理陈怀龙（右）在现场发言

2020年冬季保供期间阿姆河项目达什拉巴特现场调试（左），中土员工冒着刺骨寒风在雪地里巡检（右）

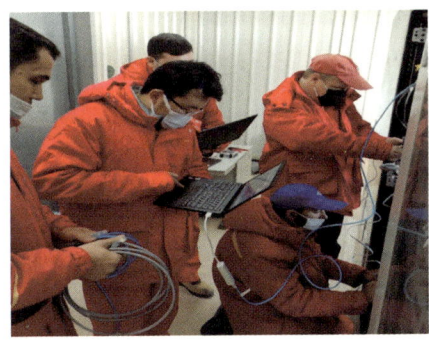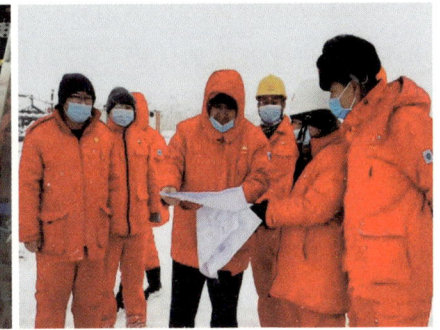

2020年冬季保供期间阿姆河项目西召拉麦尔根现场调试（左），现场作业经理柴辉（图右拿图纸者）在组织现场交接（右）

伴关系，实实在在造福两国和两国人民。陈怀龙总经理表示，中国石油将科学管理、精心组织、规范施工，高质量完成钻井任务，努力打造高科技环保项目。

6. 创建一流企业

2021年3月，经过认真分析、对标，总结中土天然气合作15年（从2006年长庆石油勘探局开始钻井计算）的经验，中国石油阿姆河天然气公司提出了《关于建设世界一流天然气合作项目的实施方案》，方案中提到牢牢把握中国境外最大天然气项目、清洁能源基地、可靠保供气源的定位，从自身发展愿景、战略目标、责任使命和价值观出发，提出率先建成世界一流天然气合作项目并提出达到世界一流天然气合作项目的主要指标和预期成效。

①**铸就技术优势**：改革发展步伐更稳，创新驱动成效愈加显著。到2021年，钻修井、地面工程等重点产能建设任务按期推进，各项稳产措施有序实施，天然气生产供应平稳，设备完好率稳中有升，勘探开发、钻修井等重点技术取得有效突破，储量、产能与产量的矛盾得到初步缓解。2022—2025年，全面完成新气田开发、储量动用、钻修井、新建产能任务目标，实现油气当量1000万吨以上持续稳产。储量、水体分布、地质认识、递减接替、措施增产、未动用区块和低效井等问题得到有效解决，天然气资源储量更有保障，生产形势更加主动，整体技术达到世界一流水平。

②**建立沟通优势**：双边合作水平更高，共享共赢努力结出硕果，建立一流企业的沟通优势。到2021年，与中国石油、中土两国使馆、当地政府机构、相关企业沟通机制逐步完善，公关外联方向更加明确、措施更加具体、成效初步显现。人员入境、跨区作业、物流清关等限制得到有效缓解，双方互信水平得到实质性提升。2022—2025年，自下而上外联公关取得明显成效，双方互利互信、共建共享水平更高，得到双方高层认可，自上而下推动新项目开发、新领域拓展，初步建成资源国最大、最强、最优外资企业，一流水平、一流效益、一流贡献的优势更加巩固，进一步发挥中土战略伙伴关系和能源合作"压舱石""稳定器"作用。

衷心祝愿由两国元首引航指路的中土关系就像"汗血马"飞奔一样快速发展，中土天然气合作就像阿姆河水一样奔腾向前！

来自阿姆河畔的感悟

1. 建功阿姆河

①向祖国报告——写在阿姆河天然气项目一期工程投产之际

作者：孟庆璐（时任中国石油报驻土库曼斯坦记者）

2009年12月14日，土库曼斯坦巴格德雷合同区，阿姆河天然气项目一期工程第一天然气处理厂。随着胡锦涛主席、土库曼斯坦总统别尔德穆哈梅多夫、乌兹别克斯坦总统卡里莫夫、哈萨克斯坦总统纳扎尔巴耶夫四位领导人共同将阀门开启，凝聚着万名中国石油建设者无限心血的萨曼捷佩气田的天然气，从这里开始了新的旅程。再过十几天，它们将穿越乌兹别克斯坦、哈萨克斯坦、中国新疆，从霍尔果斯开始奔向祖国的大地。中土天然气合作开发项目历时18个月，一期建设工程胜利完工。

大漠为纸，热血为墨。古老的阿姆河，浩瀚的卡拉库姆沙漠见证了海外石油儿女无限的拼搏和荣光，建设者们向祖国递交了一份沉甸甸的报告。

从不可能到成为现实：536天写下一段石油人光荣的历史（2008年6月27日至2009年12月15日）

从我们祖国西部名城喀什出发，沿着古老的丝绸之路，一直向西，翻越白雪皑皑的帕米尔高原，穿过绵延不断的阿富汗群山，在雄浑的伊朗高原和古老的阿姆河之间横亘着一片广袤的沙漠——卡拉库姆沙漠,在沙漠和绿洲之间,就是土库曼斯坦。

这里曾经是古老的"丝绸之路"上一处重要的驿站,在历史的浩瀚中,尘烟漫卷,一路走来。如今,在中亚这片广袤的土地上,我们正跋涉在一条能源新丝路上——随着天然气储量不断被发现,土库曼斯坦以其位居世界前茅的天然气储量引起了世人的瞩目,成为全球油气资源市场里的一片热土。

随着中土天然气项目的全面启动,中国石油建设者来到了这片沙漠里。

对于石油行业的外国同行们来说,这是一项无法完成的任务。在不到两年的时间,要将天然气送往万里之遥的中国。

对于中国石油的建设者们来说,这是一项必须要完成的任务,不论遇到多大的困难。

作为中亚天然气管道这条跨国能源大动脉的主气源,阿姆河天然气项目启动以来受到广泛关注。这也是中国石油迄今为止在海外最大的天然气合作开发项目,也是中国在海外最大的天然气项目。

这个项目得到了党中央、国务院的高度重视和关怀。胡锦涛主席、温家宝总理、李克强副总理等党和国家领导人都曾出席项目有关合作签字仪式,并在土库曼斯坦接见工程建设者代表,对项目早日建成寄予厚望。

对于中国石油而言,这个项目更是建设能源大通道中的一项战略工程,对于中国能源建设的影响将发挥巨大的作用。根据两国签署的协议,在合作期内,每年将向中国提供 300 亿立方米的天然气,通过中亚天然气管道与国内的西气东输二线工程相连接,成为名副其实的气源基地。

天然气有一个美丽动听的名字——"蓝金"。中国石油的建设者们成为广袤大漠的"炼金人"。当蓝色的火苗从遥远的土库曼斯坦走进珠三角、长三角的千家万户时,我们的生活已经悄然发生了变化。300 亿立方米的天然气进入国内后,与用煤相比,每年可减少二氧化碳排放 1.3 亿吨,二氧化硫排放 144 万吨,烟尘排放 66 万吨。到那时,祖国大地的蓝天将更加清澈。

　　土库曼斯坦由于社会依托条件差，各种物资匮乏，对于这样的大项目，更是难上加难。面对匮乏的资源和恶劣的环境，曾经想在这里合作开发的美国、日本等一些国际知名企业都相继离开，唯有中国石油人，不仅来到这里，而且还扎了根，把一片蛮荒之地变成了热闹非凡的"战场"。

　　自2007年4月起，中土天然气合作开发项目进入紧张的谈判阶段。中国石油组成了项目谈判组，在此后的日子里，经过项目组成员的紧张谈判和国家发展与改革委、集团公司高层领导与土库曼斯坦政府的多次会谈，很快确定了合作开发的主要内容与条款。

　　双方合作的时机已经成熟。

　　2007年7月17日，中土天然气合作开发项目迎来了难忘的时刻。在别尔德穆哈梅多夫总统访华期间，中国石油天然气集团公司与土库曼斯坦总统下属油气资源利用和管理署正式签署了《土库曼斯坦"巴格德雷"合同区域产品分成合同》和《中土天然气购销协议》，从此拉开了两国能源合作的新篇章。

　　面对日趋紧张的能源形势，时间成为中国石油人超赶的目标。

　　仅仅4个月过去，2007年8月29日，在合同区内的萨曼捷佩气田的现场举行了阿姆河右岸项目开工庆典。别尔德穆哈梅多夫总统在庆典中向中国石油集团颁发了合作区勘探开发许可证和承包商许可证。中土两国政府高层人士出席并见证了这个难忘的时刻，从此这里，成为世界关注的一个焦点。

　　世界发展到今天，能源已经成为一种重要的物资和特殊的商品。它不仅关乎经济和生活，更加关系到政治与安全。在能源的博弈中，合作是未来，合作是双赢。中土天然气合作开发项目从立项到启动，得到了两国政府的大力支持，两国企业间紧密合作，使项目建设取得了良好的开端。

　　2007年11月3日，国务院总理温家宝访问土库曼斯坦，温家宝总理对中国石油在土库曼斯坦的广大员工寄予了殷切的希望，并提出了

"建设一流工程、创造一流业绩，结下一流友谊"的高要求。

2008年6月27日，巴格德雷合同区域第一天然气处理厂建设奠基庆典在萨曼捷佩气田举行。中国政府特使、中国国家发展与改革委副主任、国家能源局局长张国宝率政府代表团出席庆典。奠基庆典的成功举行，标志着阿姆河右岸项目历经10个月的工程准备期已全面进入实质性的工程建设阶段。

也就是从这一天开始，中国石油人开始挑战各种极限。

2008年8月29日，胡锦涛主席访问土库曼斯坦，在两国领导人的见证下，中土两国签署了《中国石油天然气集团公司与土库曼斯坦国家天然气康采恩关于扩大天然气合作的框架协议》《中国石油天然气集团公司与土库曼斯坦国家天然气康采恩天然气购销协议技术协议》。根据该协议，中土两国石油企业将在已有的天然气合作基础上，进一步加大合作开发力度，扩大对中国的天然气供应规模。

中土两国在能源领域里的合作又现新的曙光。

2008年9月18日，土库曼斯坦总统别尔德穆哈梅多夫来到刚刚开始建设的第一天然气处理厂的建设工地视察，寄予希望这里早日建成投产，表达了土库曼斯坦与中国友好合作的信心。

2009年6月24日，国务院副总理李克强视察了中国石油阿姆河天然气公司总部，要求中国石油建设者将阿姆河天然气项目建成中土合作的典范项目。

此后，随着工程建设的紧张进行，地震采集、钻井勘探、气田评价等工作都在紧张进行。

进入2009年，面对11月底投产送气的新目标，他们又迅速建立起项目投产的协调组织机构，加紧了生产准备、投产等工作的进程。员工招聘、技术培训、工程验收、生产准备等各项工作紧锣密鼓，有条不紊地进行着。

就工程建设而言，这个项目一般需要四到五年才能完成，而留给建设者的工期只有18个月。中国石油人面对困难，迎难而上，不畏艰险。

"人拉肩扛"也要把建设材料送到施工现场，项目建设的决策者们如是说。

当年"有条件要上，没有条件也要上"的铁人精神，在异国他乡又重新绽放。一根根焊条，一颗颗螺母，在建设者们的手中、行李里，被带到了工地。就是靠着这种蚂蚁搬家的精神，点火开焊，让空旷的沙漠变成了现代化的工厂和钢铁森林。

踏冰卧雪，茫茫沙海里，就着狂风，啃着咸菜，喝着冰冷的矿泉水，在茫茫雪原上安营扎寨，犹如星星之火，唤醒了沉睡的巴格德雷合同区地下的每一口气井。

在激情燃烧的岁月里，建设者们喊出了"宁可两年不回家，拼命也要按时输气到咱家"的铮铮誓言。

"铿锵玫瑰"绽放大漠。四川油建参与巴格德雷合同区第一天然气处理厂建设的"女子焊工班"的9名女同志，成为环境艰苦的沙漠里绽放的"美丽川花"。她们巾帼不让须眉，在一座座塔架上，焊花飞溅，汗水飞扬。不论是作为人母的"80后"，还是谈恋爱的"90后"，她们克服了许多常人难以想象的困难，硬是在大漠里竖起了一座谁说女子不如男的丰碑。刚来时由于条件有限，每天十几个小时的工作完成之后，要用冷水洗澡，从国内过来，还没有领略到异国风情，她们就一头扎到大漠里，一干就是几个月。

石油热血男儿为国舍家。来到这里，很多故事虽然普通平淡，但是只有置身这样的恶劣环境中你才能体会到那种平淡背后的感人至深。晚上睡觉时，会有毒蛇悄悄爬进你的房间，毒蜘蛛会在烈日下瞪着狰狞的目光，地表60℃的高温让你的鞋底在不经意间熔化。更加难以忍受的是那种沉静的寂寞。但是，很多热血男儿延期休假，甚至刚刚结婚一周，还没有度完蜜月就赶回了营地工作的现场。有的同志亲人离去，将悲痛埋在心里，自古忠孝两难全，报效祖国，就要放弃个人的情感。连续奋战十几个小时，连续奋战十几天，连续工作9个月不休假，早八晚九的连续紧张工作，一些同志晕倒在办公桌前，这样的故事很多，感人至深。

践行科学发展观：万名石油人组织起一场海外大会战

这是一次充分发挥中国石油综合优势的大战役。从项目管理公司到技术服务公司，从海外项目建设现场到国内各个支持中心，大家只有一个信念：按期投产，保证国脉如期供气。

这是一次对中国石油整体实力和综合优势的检验，也是面对外国同行的一次大考。从项目立项开始，国外政府和一些石油公司就对能否按期建成并持续稳定供气持怀疑态度。这项工程已经不仅仅是一个能源合作开发项目，更加成为对两国政府能否顺利合作、中国石油是否具备实力和勇气的一种考量。

在"同举一面大旗、齐树一项目标、共维一种形象"的理念指引下，参建企业采取一个协调组、一个党委统一领导的方式，统一指挥、统一协调、统一调度，开始了一场海外石油大会战。

随着气田开发和工程建设的深入，中国石油更多的企业加入工程建设之中。国内国外，中国石油十几家企业，上万名中土方员工成就了一幅波澜壮阔的画卷。

坚持技术的高起点，坚持管理的高水平，让工程成为"优质工程、形象工程、友谊工程"，成为项目建设者的己任。

为了使项目真正成为两国人民合作的"示范工程"，中国石油在技术、人员和装备投入方面，都集中了精兵强将和当今先进的技术与成套设备。还在北京、成都、新疆等地成立了技术支持中心。中国石油在技术、装备、人力以及上下游、产学研等方面的优势开始绽放异彩。

为了加快项目建设进程，仅川庆钻探就投入设备机具1500台套，固定资产1.79亿美元，采用陆、海、空立体运输方式，经过5个国家中转，将建设器具和材料运到现场。

地质科研人员在极其艰苦的条件下，冒着高温在沙漠里奋战，勘探出新的天然气储量。合同区内首期供气主力气田萨曼捷佩气田已从可研时的数百亿立方米增至目前的千亿立方米以上，其他区块勘探前景良好，为稳定持续供气提供了坚实的保障。

钻井队伍高歌猛进。通过运用先进成熟的综合配套技术，钻井31

口，完井 22 口，累计进尺 9.1 万余米。中国石油海外钻井工程首次动用 13 台钻机一次到位施工，创造了包括钻井地质和钻井工程成功率双 100% 在内的 7 项钻井新纪录，形成了特殊地质条件下 9 项钻井工艺配套技术。中国石油用技术和实力征服了世人挑剔的目光。

在工程建设如火如荼的同时，项目建设管理独特的运作方式也日益受到关注。

"1+N" 模式如今已经成为海外项目建设的一条成功经验，即以一家项目公司为核心，N 家技术服务公司为合作伙伴，共同完成工程建设。

在实践中，拥有丰富海外管理经验的阿姆河公司针对各技术服务单位的不同情况，在坚持"全面介入式"管理的基础上，他们采用"对口支持+市场化"的运作模式，"统分结合"的技术服务公司管理模式，甲乙方融合的生产运作机制，"实时沟通"的例会协调机制，保证了项目的顺畅运行。在这里，既有竞争也有合作，没有单纯意义的甲方、乙方，一面大旗引领建设者们克服困难走向成功。

上万名建设者在大漠里摸爬滚打，上千台各种运输车辆和施工机械每天在不停地运转，安全管理难度超乎想象。高温、大风、严寒、风沙、毒虫，恶劣的自然环境和不变的工期，都对安全管理提出了挑战。"安全为天""人的生命至上""不破坏每一处环境"，成为石油建设者的不懈努力和追求。正是在这种理念的引领下，阿姆河天然气项目创造了 4000 万安全人工时的佳绩，也创造了中国石油海外项目安全人工时的最高纪录。

巴格德雷合同区第一天然气处理厂是阿姆河天然气项目的关键工程。地处沙漠里的这座现代化工厂正在成为土库曼斯坦油气工业的新地标。这座工厂将由中土员工共同操作。

如今，这座现代化的天然气处理厂已经成为名副其实的"钢铁森林"。整个处理厂占地 79.9 万平方米，地上地下管道 315 千米。在整个建设过程中，共使用混凝土 72942 立方米，钢结构 8500 吨，电器仪表电缆 1589 千米。这个工厂有大型设备 634 台套，其他设备 1.5 万台套，有焊口 11.5 万道，焊接达因数量 63 万。建设高峰时期中土建设者 15000 余人奋战在广袤的大漠里。工程量之大，建设速度之快，都成为国内天然气处理厂建设之最。

在建设之初，处理厂建设就经历了各种严峻的考验。面对一个个突发事件，建设者们沉着应对度险关。2008 年年初，阿姆河右岸区域发生了 50 年不遇的超低温天气，制约前期设备机具动迁，并对现场勘探开发组分及地勘工作造成很大影响。

2008 年下半年爆发全球性金融危机，造成多家供货厂商资金不足、正常的供货周期受到影响；甲型 H1N1 流感，土库曼斯坦加强了对外来人员的入境限制，凡是来自疫区人员必须在新疆隔离 3~7 天，外国厂家现场服务人员也必须绕道新疆隔离后入境，同时，正常休假受到影响。

这些突如其来的困难没有阻挡建设者们前进的脚步，不讲条件，延期休假，周密部署，抢工期，按期投产不动摇，最终创造出"阿姆河速度"。

提速，再提速，只有抢进度的计划，没有工程延后的安排。在这里，和时间赛跑成为建设者们实现如期投产送气的唯一选择。

面对物资匮乏、运输能力有限和恶劣的自然环境及炎热的气候，项目建设者们不等不靠，发扬大庆精神和铁人精神，在海外树立起中国石油人顽强拼搏的形象。

项目建设期间，CNPC 同时在中亚实施中亚管道、中哈原油管道二期、阿姆河等特大型项目，阿拉山口和霍尔果斯口岸通过能力严重不足，物资运输成为制约项目进度的主要瓶颈。

土库曼斯坦工业基础薄弱，项目建设需要的绝大部分物资都只能依靠进口。由于土库曼斯坦为内陆国家，进口物资运输主要依靠铁路。阿姆河上只有 1 座铁路桥，汽车只有浮桥，大型设备运输只能通过铁路。气田位于卡拉库姆大沙漠中，风沙、高温，自然条件恶劣；水、电、路、讯、营地等基础设施必须全部新建，社会依托差，工程区域无水、电、气、讯保障，生产资源缺乏，工程需要的水泥、砂石、钢筋都不能保证，需要从四百千米以外的地区或国外采购运输，其他工程物资必须全部从国外进口。同时，土库曼斯坦服务市场不发育，生活后勤保障、运输及施工机具、基本的分析、实验、检测等都必须自力更生。

据统计，就是在这种困难条件下，项目启动以来，从土库曼斯坦境外输送物资13535车皮，其中80%的物资来自中国。从此，沙漠里修起了第一条运送物资的公路，旷野中建起了第一栋营房。

茫茫沙海之中，建设者们在忍受地表57℃的高温灼烤时，还要时刻提防毒蛇、蝎子和毒蜘蛛的伤害。

在工程最为艰苦时段，他们从2009年6月15日到7月25日开展了为期40天的质量安全月活动。通过"查质量责任意识、查质量安全水平、查质量保证制度、查标准执行情况、查计量检测保证、查现场管理、查质量损失"等活动，提升了全员的质量、安全意识，消除质量安全隐患，全面实现了质量、安全管理目标，收到较好的效果。安排"六道"质量检查防线，确保工程质量一流，开车一次成功。加强技术交流沟通多次组织与西南油气田公司及塔里木公司进行交流，通过对国内公司优秀管理经验的借鉴学习，提高了项目管理水平，实现了项目的快速、优质、平稳推进。

提前15天，处理厂实现机械完工。2009年10月29日，第一口供气井投产。2009年11月5日，处理厂试产。2009年12月15日，合格天然气送往中国。

随着一个又一个喜讯的到来，中土天然气项目一期工程将展开新的一页。这个世人瞩目的能源建设大工程必将载入世界能源建设和工程建设的辉煌画卷之中。

赠人玫瑰手有余香：友谊工程竖起合作典范的丰碑

2008年8月29日，胡锦涛主席在土库曼斯坦访问期间，对中国石油集团公司叮嘱道，不仅要按时建成中土天然气项目，还要让土库曼斯坦百姓得到实惠，要让中国人民的友好情谊在这里扎根发芽。

中国石油牢记总书记的嘱托，在项目建设进程中，积极开展各种社会公益活动，受到广泛的欢迎。

多年前，土库曼纳巴特市还只是一个小城，如今，这里街道宽了，色彩艳丽了，车流穿梭，有了一派新气象。城里过去最高的建筑是五层，而现在十几层高的建筑正在紧张建设之中。同样变化的是这里居民脸上的自信和微笑。

中土天然气合作开发项目启动以来，已为土库曼斯坦直接提供就业岗位10000余个，而80%以上的就业人员来自这个人口十几万的城市。为中石油项目间接提供各种服务和参与建设的当地公司几十家，这些都有力地带动了当地的经济建设。原本不发达的土库曼纳巴特市现在也越来越繁荣。

中国石油企业来到这里之后，在参与两国天然气合作开发建设的过程中，还将爱心带到这里。

土库曼纳巴特市棉织品厂是一家残疾人企业，这家工厂目前有40多名残疾人，生产棉被等制品。虽然产品质量很好，但是因为市场有限，销售成为难题。从去年开始，很多来到土库曼斯坦的中国石油企业获悉他们的困境后，主动在这里购买了许多棉被和其他棉制品，使原本生意萧条的企业焕发了生机。列巴普州残疾人联合会主席恰列耶夫告诉记者，非常感谢中国石油企业购买他们的产品，增加了工厂的收入，他代表这些残疾人感谢中国石油企业，祝愿中土天然气合作项目早日建成投产。

中国石油企业赞助了列巴普州足球队，中国石油阿姆河天然气公司赞助了这个俱乐部队员的训练器材和服装。主教练米哈伊洛维奇告诉记者，非常感谢中国石油赞助我们训练装备，正因如此，我们把俱乐部的名字叫"巴格德雷"，因为你们的合同区就叫"巴格德雷合同区"，这个名字很好，汉语的意思叫"幸福之地"。我们希望中土天然气合作项目的建设给我们带来好成绩。目前，全队上下正在进行紧张的训练，我们要以优秀的比赛成绩回报中国石油的资助。

对于土库曼纳巴特市第五残疾儿童寄宿学校的师生们来说，他们永远不会忘记去年冬天的那场暴风雪。两场暴风雪后，使长年最低气温在 4 度左右的城市气温急剧下降到零下 26℃。巨大的冰块很快将连接阿姆河两岸的浮桥冲断，导致整个陆路运输中断。

这场 50 年不遇的严寒也使学校遇到了前所未有的困难，学校里的供暖设施和水管全部被冻坏。师生们在严寒中企盼供暖设施能够尽快修复，但是没有修复的供暖管材又使他们愁眉苦脸。阿姆河天然气公司获悉后，公司领导立即前往，察看灾情。在详细察看了被冻坏的供暖设施后，看着学校师生们眼里期盼的目光，公司要求有关部门一周之内要把所有维修材料采购到位。这对于缺少供暖材料的当地来说，已是最快的供货时间了。当维修材料在最短的时间送到学校，将供暖设施修复后，学校师生们在暖洋洋的房间里又开始重新上课时，对于中国石油的雪中送炭，他们留下了深深的印象，感激之情，难以言表。学校专门给公司写来感谢信，并组织学生为中国石油员工演出文艺节目。

不仅如此，从今年开始，中国石油还启动了留学生 5 年滚动培养发展计划。每年选送 20 名土库曼斯坦学生到中国石油大学学习。届时，100 名在中国学成归来的土库曼斯坦留学生将服务于中土两国石油领域的项目之中。

为当地提供先进的医疗器材，解决土库曼人民的生活急需，改善周边的生活环境，修路筑桥，一桩桩、一件件，将中国人民的友好情谊留在了这里，生根发芽。

每年选送优秀土库曼斯坦员工到中国休假、进修，如今已成为土库曼斯坦员工翘首以盼的事情。曾经在塔吉克斯坦工作过的公司最佳员工萨沙每次谈起"中国行"，都是激动不已。萨沙认为中国行虽然时间短暂，但是在中国结识了很多新朋友，这是意外收获。自从到中国石油工作以来，萨沙就在巴格德雷的合同区内，和中国同事一道参与了营地建设、道路修建等前期准备工作。对于在这里工作，萨沙感触更深。

"中国公司到来后，带来了许多新气象。电脑、网络、现代化的通信等技术手段以前没有或很少听说过。这个项目工期很紧，任务很重，公司内部和中国公司之间解决起问题来非常快速。中国公司的专家、材料、设备到位的很快，修井、物探、钻井和营地建设进展得非常顺利。"萨沙最大的感觉就是"快！"萨沙又说，"中土两国的员工在这里关系融洽，合作得很好，现在大家都以在 CNPC 工作为荣，CNPC 的工作服和通勤大巴车在查尔朱和法拉普非常显眼，员工们以此为荣。"

据统计，中国石油自项目启动以来，已投入 505 万元用于履行社会责任等方方面面，也成为当地最受欢迎的外资企业。

（原文发表于 2009 年 12 月 15 日中国石油报，略有改动）

②蓝金梦——献给中土天然气合作十周年和在阿姆河创业的石油人
作者：李红飞、闫鸿毅（中国石油技术开发公司，CPTDC）

翻开斑驳的竹简，
拨开岁月的幕帘，
一幅幅历史画卷跃然眼前。
花剌子模❶扬起的硝烟，
成吉思汗麾下的金鞭，
穿越古丝绸之路的驿站，
梦中的驼铃声依旧萦绕耳畔。

岁月更迭，时空轮转，
历史向石油人发出了激情的召唤，
赴一场异域的蓝金盛宴，翘首期盼，
飞跃两万里的黄沙漫漫，一马当先。

轰鸣的塔钻吹响了集结的号角，

---

❶ 古国名称，旧译"火寻"，位于中亚西部的地理区域，阿姆河下游，咸海南岸，位于今乌兹别克斯坦及土库曼斯坦两国土地上。

跳动的火焰映红了远航的旗帆，
无畏的石油人在阿姆河右岸挥洒血汗，
巴格德雷管网如织、灯火璀璨，
卡拉库姆一座座钢铁之城奇迹般惊现。
四国元首欢颜齐聚转动能源合作的轮盘，
中国—中亚天然气能源大动脉新生流转。
这一头承载着数万石油人无怨无悔的奉献，
那一端赢得了华夏大地十几亿人民的赞叹。

时光荏苒，十个春秋弹指一挥间，
十年风雨诉不完石油海外创业的曲折辛艰，
十载成就道不尽阿姆河人胸中的铮铮誓言，
十年合作铭刻了中土两国人民的情谊悠远，
十载坚守书写了睦邻互利共赢的光辉典范。

古丝绸之路，今"一带一路"，
沐浴着"新丝绸之路"经济带的阳光，
睿智果敢的石油人必将谱写出新的诗篇，
靓丽的宝石花在中亚绽放出最美的一瓣。

③ 破阵子——土库曼斯坦项目建设有感
作者：卜新生（时任工程建设公司土库曼斯坦分公司副总经理）
醉看土国照片，
梦回项目现场。
八十座气井投产，
三千里管网建成。
供祖国蓝金。

供气合同达标，

建设进度创新。

大漠八载筑丝路,

阿姆河畔写人生。

速度与激情。

④家

作者：安国亮（时任工程建设公司土库曼斯坦分公司工程师）

孩子,

你在家,

而我,

在一个遥远的国家,

远隔,

我知道,你想妈妈。

玩具熊,

陪你入眠,

它,

就当我陪着你走过春秋冬夏。

病痛,

心疼的是妈妈,

孤独,

牵挂的是妈妈,

梦里,

妈妈定拉着你的手陪你说话。

孩子,

我也想家,

为了,

你更好地长大，
妈妈，
这两年只能陪你在天涯。
金秋，
妈妈回去休假，
陪你，
日日夜夜。
你，
是我和你爸心中的家。
   题记：谨以此首小诗献给所有奋战在海外一线的伟大母亲们

⑤今夜无眠——丙申年中秋节期间项目投产有感
作者：房连仲（时任工程建设公司土库曼斯坦分公司副总经理）
月圆之夜两相伴，听风听雨伴月行。
井站投用新生诞，悉心呵护保运行。
仔细巡查排隐患，静听唰唰气流声。

巡检路上蛐蛐叫，车过惊飞鹧鸪情。
细数稀星藉婵娟，同是月明牵两情。
今夜有我众无忧，阿姆河畔续誉升。

⑥西江月 别来数日尚魂牵——乘坐列车巡视自建异国铁路
作者：汪桃义（时任工程建设公司安全总监）
两侧黄沙作证，
建成只用一年。
地烘日烤万人担，
高效质优赢赞。

喜乘车头巡视，

风吹壮志无边。
别来数日尚魂牵，
总现恢宏场面。

此诗作于 2015 年 8 月 12 日

⑦离亭宴 勇立能源前哨——阿姆河气田开发建设礼赞
作者：汪桃义（时任工程建设公司安全总监）

云淡天高光耀，
荒漠沙丘枯草。
油气暗藏分布广，
采收净输求好。

千万汇激流，
喜涌回家通道。
惯看朝霞颜俏，
总睹余晖风貌。

七载拼搏酷暑史，
尽在两国传效。
怀揣报恩情，
勇立能源前哨。

此诗作于 2015 年 7 月 31 日

⑧筑梦"蓝金"
作者：陈艳（时任工程建设公司土库曼斯坦分公司工程师）

当历史的画卷定格在 2009 年 12 月 14 日，卡拉库姆沙漠中的萨曼捷佩成了举世瞩目的焦点，阿姆河天然气项目的建成投产将富有"蓝金"美誉的天然气汇入绵延万里的中亚管道，送往祖国。从此，这个名不见经传的地方闻名于世，"蓝金"成为传承中土友谊，造福两国人民的幸福之源。这国脉源头艰苦的建设征程中，记载了中国石油海外建设者无悔的拼搏和奉献。

在阿姆河天然气公司领导的悉心关怀和指导下，中国石油工程建设公司的海外建设者们在苍茫的大漠中用坚毅和汗水铸就了"蓝金"梦想！作为一名亲历者，我用手中的相机记录下了那一场场与时间赛跑、与恶劣环境抗衡的艰苦场面和感人瞬间。那段只有挑战而没有极限的岁月，成为我永生难忘的记忆。

2008年10月，在"建好集输工程，按时为祖国输气"的铮铮誓言中，项目建设吹响了号角。从此，我们的建设大军穿荒漠、跨河流，奋力拼搏。那艰难跋涉的背影，将石油之花撒遍人迹罕至的沙漠，那彻夜奋战的建设队伍，用灿烂的焊花点亮了夜幕下古老的阿姆河。

千难万难开头难！在这里，大家用行动诠释了"有条件要上，没有条件创造条件也要上"的大庆精神。"没有水、没有电，吃饭躲着太阳转"是前期筹备人员的生动写照。为给外输站开工创造条件，两名年轻的技术员住进了荒漠村落，凭着生硬的俄语与当地人同吃同住，在风沙弥漫中踏线、立标、选址。每天伴随他们的只有荒漠中嬉闹的沙鼠和依稀摇曳的白刺树。没有舒适的环境，有的只是对事业的忠诚和攻坚克难的意志。他们被誉为"集输项目的尖刀兵"。

在项目快速建设的链条上，每个岗位、每位员工都是重要的一环。强烈的责任意识、精湛的技能和无私奉献的忘我精神，为这台高速运转的"机器"不断供给动力。主持项目建设的土库曼斯坦分公司总经理陈意深，这位"拼命三郎"，为了协调组织好项目实施，经常往返奔波于"两国四地"，带领团队顽强拼搏。工程建设如火如荼，工期迫在眉睫……一名共产党员突然接到母亲去世的消息，清晨他默默来到营地的一角，朝着家乡的方向磕了三个响头。在责任与愧疚的纠结中，他选择了坚守！一位焊工，孩子刚满月就踏上出国征程，一年多没能休假，晚上躲在被窝里看宝宝的视频，时而露出憨笑，那份甜蜜冲淡了一天的苦累。他们让我读懂了一名共产党员的内心世界，一名石油建设者的责任。管道长龙匍匐延伸着希望，沙柳丛中，梭梭树下，到处都是石油人为按期完成任务而坚毅的守候。

酷暑中,火辣的烈日已将那白皙的脸变成黝黑的花脸,只有安全帽檐下还存有白色的记忆。这脸庞正是石油人为祖国奉献能源的记号,是最坚强、刚毅的脸,是最美丽、可爱的脸!

高温下,褪了色的工服上是白色线条勾勒的"地图",那是作业人员的汗水被瞬间蒸发后留下的印迹。欣赏着这一幅幅抽象派的素描,我不由得想起了万里之外的祖国,心中泛起由衷的敬意。我想说,你们——是托起国家海外能源事业的脊梁!

正是有了这样一群精诚团结、忘我奉献的海外建设者,仅仅14个月时间,优质高效地完成了集输项目建设任务,保障了阿姆河天然气项目一期工程的按期投产,为祖国奉上了清洁能源,铸就了"蓝金"之梦!

在他们身上,我看到一种精神叫"大庆精神",我感受到一种情怀叫"无私奉献",我感悟到一种责任,那就是"一切为了祖国的能源事业"!

他们是我永远的榜样,心中的楷模!

今天,来自土库曼斯坦的天然气已输到祖国的大江南北,进入千家万户。我为参加筑梦"蓝金"能源事业的建设而自豪,我为身处这样的团队而骄傲!因为我们是光荣的海外石油建设者!

⑨浮云游子意 海外物探情

作者:薛飞(东方地球物理公司 [BGP] 土库曼项目 8634A 队)

里海之滨,阿姆河畔;
雄踞沙漠,遥望天山。
荒凉的黎明里,
那一团团橘红色的火焰,
跃动着热情,承载着期盼;
誓将那大地深处的能量点燃。

可能我们的面孔不太熟悉，
也许我们的名字并不常见；
然而我们都有一个共同的根系——
东方物探！

身在他乡的铮铮男儿，
铆足了劲儿埋头苦干，
为了千里之外的东方，
伟大的祖国如日中天。
五千年的蕴涵与积淀，
六十载的拼搏与奋战；
用我们的青春与汗水，
用探索出的滚滚能源，
让几代人的民族复兴之路，
走得更加踏实、稳健。

不曾忘记，那高温里额头上的咸汗，
不曾忘记，那暴风雪中咬紧的牙关；
不曾忘记，那出工前，
父母的叮咛嘱咐，
和妻子默默无语的挂牵；
不曾忘记，久不回家，
刚学会说话的儿子，
张嘴叫自己"叔叔"的心酸。

虽然远离万家灯火，
但是我们并不孤单，
祖国的关注，人民的挂念，
给了我们内心满满的温暖。

阿姆河畔采气人

公元二零零九年十二月的那一天，
在通气阀门转动的瞬间，
我们欣喜地向祖国母亲，
递交了"西气东输"的成绩单。
来不及领取嘉奖，
顾不上享受称赞，
热血男儿们早已踏上新的征途，
去书写又一章更美的诗篇。

听啊，
井炮，是我们的高呼，
震源，是我们的呐喊，
让中亚大地为之而颤抖、而震撼。
豪情会激起千层波浪，
壮志要飞入九霄云端。
这就是物探人的气魄，
创造和谐，奉献能源！

看啊，
汗水，是我们的拼搏，
泪水，是我们的奉献，
寻油找气的伟大使命，我们一肩承担。
面对付出，我们无怨无悔，
笑看风云，我们孜孜不倦。
这就是物探人的情怀，
爱国，创业，求实，奉献！

为了祖国的蓬勃发展，
为了人民的幸福美满，

我们心甘情愿,
我们携手并肩,
一同创造更为美好的明天!

此诗作于 2010 年 1 月 16 日

⑩前行
作者:张贺巍(时任中国石油工程设计有限公司西南分公司工程师)

风卷黄沙
尘遮斜阳
大漠向西
驼铃飘荡

循着丝绸之路的痕迹
我们来到了这里

那模糊的古墙
如先人的脸庞
笑颜相迎
不曾忧伤

那雄伟的庙宇
矗立千年
依然无恙
依稀还记载着汉时的兴旺

谁曾来过
谁不曾离去
谁又记得那悠远的过往

阿姆河畔采气人

天边与沙漠的交汇处
端坐一薄纱掩面的楼兰姑娘
纤指拂琴
万夫难当……

拾起忧伤
装上坚强
踏着来时的路
走向未来的远方

我的喜怒悲伤
我的寸断肝肠
我的稚嫩青春
我的遥遥希望
皆因为你……

夜深 月明
心如明月夜
透明 舒畅
为机组运行平稳打下夯实基础
机组运行一天设备保障一天
为西气东输二线工程贡献自己那份微薄之力

茫茫沙漠留下我们开拓者的脚印
只为那一方幸福
我们不离不弃坚持着
回首望去天边一片彩霞

作于2011年5月30日

⑪ 建设者之歌

作者：侯丽红（时任寰球项目管理[北京]有限公司工程师）

我们来自大山——
怀揣着对天然气的梦想
我们来自平原——
背负着祖国的期望
我们来自五湖四海——
把缥缈的梦幻变成创业的荣光

我们是西气东输建设者
在土库曼49万平方千米的土地上
用沾满尘土的双手
用挥汗如雨的背脊
书写施工建设的辉煌篇章

巴格德雷是我们的战场
塔罐高耸 迎着朝阳托起希望
吊臂林立 擎天巨手挥动激情
在漫天卷起的沙尘中
在烈焰沸腾的荒漠里
我们无所畏惧
艰难中磨炼团结求实的品格
困郁中积蓄发展创新的力量

飞舞的焊花绣出精细的纹理
平凡的瓦刀雕刻着建筑的繁华
输电线路是我们谱写的美妙音符
采气树是我们浇灌的灿烂生命之花
我们的眼睛充盈希望

阿姆河畔采气人

我们的呼吸痛快酣畅
我们与西气东输大业紧紧融合在一起
用智慧与坚韧开启
神话般崭新的篇章

跨越千山万水
我们饮沙漠的雨尝北方的雪
风霜烈日侵蚀着黝黑的肌肤
生离死别折磨着灵魂的痛楚
十分念想
喧闹的城市宁静的乡村
不会忘记
孩子的娇嗔妻子的温柔
但面对肩头的责任
铮铮傲骨让我们选择前进

寒冬酷暑,阻挡不了我们飞扬的激情
坚韧不拔,传承着万千中国石油人的荣光
我们的拼搏,赢得了万家炊烟袅袅升起
我们的奉献,托起了举世震惊的民族之光

当我们站在高耸入云的塔架上
遥望沧海桑田
我们知道,在太阳升起的地方
中华民族像巨人一样
站在了世界的东方
挺直了威严的脊梁
我们骄傲 我们是祖国光荣的建设者!

⑫ 阿姆河之歌
作者：李世群（时任阿姆河天然气公司生产部工程师）
带着党和人民的重托
怀揣捍卫祖国能源安全的使命
2007 年
中国石油人开始了阿姆河右岸寻梦蓝金之旅

一个个意气风发的身影
穿越古丝绸之路
茫茫戈壁，万里黄沙
留下了阿姆河人无数的足迹

勇敢的开拓者们在异域的土地上
用生命的博大和永恒
展开了一幅幅豪气的画面
高耸的井架如朵朵蓓蕾在异域悄然地撒开
巴格德雷处理厂如一朵奇葩在卡拉库姆沙漠耀眼地绽放

每一个果实都承载着阿姆河人无穷的斗志
阿姆河人把五彩的青春寄予了同一个生命
他们用最鲜艳的色彩濡染着这个生命
他们用最炽热的激情为这个生命而奋斗
这个生命就是所有阿姆河人的希望与梦想——
为远在千里之外的祖国输送能源

酷热的沙漠燃不尽阿姆河人的凌云壮志
巍巍的钻塔压不倒阿姆河人的傲骨铮铮
清凉的月光隔不断阿姆河人的情意绵绵
英雄的阿姆河人用阿姆河的速度创造了世界的奇迹

阿姆河畔采气人

2009年12月14日，中、土、乌、哈四国元首
共同出席中亚天然气管道贯通仪式
在阿姆河第一天然气处理厂共同开启通气阀门
古丝绸之路的天然气源源不断地输进祖国的四面八方

机遇与挑战一同缭绕
执着与激情一同燃烧
睿智果敢的阿姆河人
在阿姆河右岸架起了中土友谊的桥梁
凝视前方
思索未来
在中亚这片辽阔的土地上
异域奇葩正在向全世界昭示
"潮平两岸阔，风正一帆悬"的雄伟气魄

⑬ 我的选择——"蓝金"之旅
作者：李世群（时任阿姆河天然气公司生产部工程师）

走出青涩的象牙塔
徘徊在人生的十字路口
一个声音响亮地召唤—
来吧，请走近我！

崇高的敬意在心中激荡
我毅然走进石油之门
开始人生一个新的征程
这是我的选择

怀着无限的向往，飞跃千里
穿越卡拉库姆的漫漫黄沙

在丝绸之路寻找新的起点
这是我的选择

阿姆河畔，钻机轰鸣
我从容地穿上蓝色工装
与高耸的钢铁巨人相伴
这是我的选择

谁不爱巴山蜀水的葱灵秀美
却爱在烈日烘烤大地上风餐露宿
谁不爱故乡晓月的温婉动人
却爱在异乡清凉的夜色中孤独守望
这是我的选择

谁愿舍妻儿甜美的笑脸
却愿与荒漠戈壁的胡杨为邻
谁愿舍梦中的百转千回
却愿为了祖国的嘱托远赴他乡
这是我的选择

浩渺的天空下，苍鹰在盘旋
茫茫的荒漠里，蓝金在闪烁
一个坚定的信念在心中扎根
誓为海外石油事业奋斗终生
这是我的选择

我的选择，蓝金之旅
扬帆启航在花剌子模这片金色的国度
在这里，我要让青春的激情尽情挥洒

阿姆河畔采气人

在这里，我要让生命的能量无限释放
在这里，我要让人生的梦想不断延续

广袤沙海，鏖战拼搏
伟大的中国石油人创造一个又一个奇迹
"巨龙"蜿蜒在中亚大地
"蓝金"向东流向祖国
阿姆河人奏响了中国石油海外事业的凯歌！

热血，总要选一个地方
灿烂燃烧
溪流，总要汇入大江
滋润万物
我愿用更多的捷报告诉祖国——
这是无悔的选择！

⑭ **祖国，我心中铭记着光荣的使命**
作者：谢国勇（阿姆河天然气公司生产运行部）
晨光熹微，
古老的阿姆河奔向远方，
钻机轰鸣，
打破戈壁的宁静，
犹如豪迈激昂的曲调，
在耳畔响起，
祖国，我心中铭记着光荣的使命！

烈日当空，
绵延的戈壁滩一望无际，
火花飞溅，

映出黄沙的光芒，
犹如气宇轩昂的巨龙，
飞向天际，
祖国，我心中铭记着光荣的使命！

难忘啊，
四国元首开启阀门的时刻，
那是四国人民的福祉，
那是四国友谊的见证，
那是携手共赢的里程碑。

难忘啊，
海外气龙到达祖国的时刻，
我向着东方深情凝望，
我向着东方放声高歌，
我向着东方欢欣起舞。

难忘啊，
每当漫天沙尘拍打脸庞，
每当烈日酷暑汗湿衣襟，
亲爱的祖国，
您是我坚韧的动力，
您是我奋斗的源泉，
因为，我践行着豪迈的誓言，
因为，我心中铭记着光荣的使命！

作于 2011 年 6 月 26 日

2. 情系阿姆河
①土库曼·初夏
作者：冷有恒（时任阿姆河天然气公司开发部经理）

土库曼，初夏，
步履姗姗，
伴着羞涩气息的微喘，
蹋过春雨连绵，
孕育了这翠绿满山。

土库曼，初夏，
凉风习习，
扭捏着窈窕的身躯，
穿过茵茵的草原，
不小心划破了嫩嫩的肌肤，便有了这红花尽染。

改变

一身童装，
走过少年；
一份天真，
响声彻天；
一点点学识，
在心中积满；
而今红色的工服，
将黄沙缀点。

一份份考卷，
精心演练；
一纸文凭，

十年窗寒；
一次留学，
将心绪点燃；
而今海外的工作，
更是人生新的呐喊。

一个个气藏，
恬静悠闲；
一口口老井，
长睡依然；
一份份设计，
重绘历史的画卷；
巴格德雷，
昏睡的雄狮已咆哮向前。

一片厂房，
立足荒原；
一座营地，
开拓争先；
一个个井架，
将英雄的气息渲染；
阿姆河啊，
冲刷着历史的昨天。

一个故事，
讲述新的诗篇；
一盏盏明灯，
照亮石油人的笑脸；
一份收获，

阿姆河畔采气人

托起祖国的蓝天片片；
中国石油人啊，
在土国的大地上开启新的明天。

赴土国项目之初

西气东输项目坚，
党和国家瞩目看；
土中首脑挥手签，
公司战略指向前。

学成归来逢锻炼，
土国项目在召唤；
投身海外出天山，
满怀激情豪气添。

阿姆河畔旌旗展，
归国学子总动员；
携手奋进把梦圆，
丝绸路上书新篇！

零八工作总结

零八公司起步艰，
寒流冰冻战天险；
临时营地豪杰现，
公司大旗立心间。

地震采集炮声传，

处理厂外高楼建；
修井作业真功显，
钻机轰鸣豪气添。

勘探开发技术难，
技术支持护航前；
井位论证优中选，
萨曼捷佩方案全。

零九号角响彻天，
年末通气举国盼；
阿姆河畔旌旗展，
定献祖国蔚蓝天。

祝愿公司永发展，
男儿壮志昂首前；
携手奋进把梦圆，
丝绸路上书新篇。

秋天里（阿姆河项目版）

还记得几年前的秋天
那时候的我刚到项目
没有桌子也没有暖气
没有热水网络的宾馆
可当初的我是那么充实
虽然仅一台笔记本电脑
在办公室在宿舍在梦中
书写那错综复杂的方案

阿姆河畔采气人

等到有一天项目全投产
请把我留在那时光里
如果有一天我悄然而去
请把我留在这秋天里

还记得那些繁忙的秋天
那时的我依然忙忙碌碌
没有中秋节家人没团聚
没有我那可爱的小公主
可我觉得一切没那么糟
虽我只有对工作的激情
在清晨在夜晚在梦中
书写那错综复杂的方案

等到有一天项目全投产
请把我留在这时光里
如果有一天我悄然而去
请把我留在这秋天里

凝视着此刻烂漫的秋天
依然像那时繁忙的模样
我依然如此的忙忙碌碌
曾经的困难都随风而去
可我感觉还是那么充实
岁月留给我更深的记忆
在这阳光明媚的秋天里
我的眼颊忍不住的湿润

等到有一天项目全投产

请把我留在这时光里
如果有一天我悄然而去
请把我留在这秋天里
秋天里

注：根据汪峰－春天里改编

土库曼·情人节

二月北风寒
土国春盎然
情人佳节至
孤影对窗怜

举目苍茫远
思绪如缕烟
对影成双人
举杯独自酣

归家渐近兮
忙里巧偷闲
工作分飞舞
征程举步艰

三月春风暖
捷报喜心田
企盼归家切
再与爱人欢

②彩虹与梦

作者：吕桂海（时任阿姆河天然气公司第二处理厂工程师）

阿姆河的五月，
分不清是春是夏。
天空流下了几滴珍贵的眼泪，
转眼就破涕为笑了，
但是划出了两道美丽七彩弧痕。
世界像刚被洗过一样，
干净且透明，
祥和又安静。
空气里混合着淡淡的草香，沙枣树的浓郁和泥土的芬芳，
沁人心脾。
夕阳藏在了一小片乌云的后面，
挡不住散射出来的丝丝光芒。
办公楼前的绿色应景，
展示了勃勃生机，
也映衬了彩虹的分外美丽。
看不清，
它像个孩子一样，
一边躲在了树丛的后面。
另一边扎根到沙漠里。
看清了，
一边来自中国的土地，
另一边架在了土库曼斯坦。
它搭建了两国人民的友谊，
承载着两国合作发展的希望。
遥想二十千米外处理厂的石油人，
拿着扳手，
戴着安全帽，

穿梭于塔罐之间。

驻足几秒钟吧，

也来目睹一下这美不胜收的霓虹。

营地的三面旗帜在风中飞舞，

红的象征激情，

蓝的象征梦想，

绿的象征生命。

是啊，

生命里应该总是充满着激情与梦想。

阿姆河的六月，

一定是酷夏。

不畏艰苦的我们时刻准备着，

迎接新的挑战。

只要心中有梦，

只要心中有彩虹，

中土员工同舟共济，

阿姆河四季都是春天。

此诗写于 2016 年 5 月 11 日

③为了谁
作者：龚幸林（阿姆河天然气公司勘探部）

一

我是父亲。

我也是一名石油工作者。

几年前我离开祖国，奔赴千里之外的土库曼斯坦，去寻找深藏在地下的宝藏。

看看表，现在已经上午 9 点了。

不知道在北京那边的家人怎么样，是不是正在吃午饭？

二

我是母亲,

在遥远的土库曼斯坦有我的爱人。

在隔壁屋子里有我的小乖。

6点了,小乖该起床上学了。

他是不是已经睡了?那边现在是凌晨3点吧?不知道他昨天工作累不累。

三

我是儿子,

我是爸爸的儿子,

我是妈妈的小乖,

几年前爸爸去海外工作了,我和妈妈在一起。

不知道海外的爸爸怎么样了,那里的生活一定很艰苦吧?

四

我正在工作。

我们是一支优秀的队伍,我们是找气的先锋。

在大漠上,有我们无数的工作者在勘探,钻井。

在办公室里,有我们无数的工程师在电脑前昼夜奋战。

一次次的探索,一次次的实践,我们终于找到了那如同金子般珍贵的资源。

我为我们骄傲,我为公司骄傲,我,为祖国骄傲!

五

我正在做饭。

已近黄昏,小乖要放学回家了,

一天的学习累了吧?一定要给他多做点好吃的。

不知道他在那边怎么样了,是不是累得不行了?

听说他们那里又一次获得了重大的进展,

我为你们骄傲,我更为你,亲爱的你,骄傲!

六

我正在学习。

漆黑的夜晚,已经9点钟了,

一天的学习很累,但我想到远在海外的父亲,

便更加的努力。

西气东输,一个多么伟大的工程,

造福炎黄子孙,使得华夏大地熠熠生辉。

爸爸,你知道吗?当老师讲到西气东输的时候,

我脑海里浮现的——

是您昼夜奋斗的背影,谨慎细心的态度,

还有—

您在向我们讲述海外的生活时,那爽朗的笑声。

我为您,骄傲!

七

又是一个忙碌的日子。

我已然身心疲惫,但我,

不能停下。

因为前方和后方,都有我爱的人,

前方的兄弟们,让我们一起奋斗,

为了祖国的繁荣昌盛!

后方的家人,

即使相隔千里,千里之外的距离,

也无法阻断彼此的思念。

让我们一起奋斗,

为了你们,更为了祖国的未来!

八

又是一个平凡的日子。
我仍然日复一日重复着每天的工作。
虽然枯燥，但却很有意义。
我知道远方的你，还有小乖，都在，
依靠着我，
所以，我要为了你们，不断前进，
小乖，妈妈希望你成为像爸爸一样顶天立地的男子汉。
亲爱的你，我希望你能为国争光，让我们以你为骄傲！

九

又是一个充实的日子。
我仍然伏案学习。
虽然艰难，虽然有压力，
但我知道，远在海外的爸爸您，
是我前进的动力，
也是我奋斗的标杆。
3个小时的时差，意味着，
我比您更先接触到未来。
那么，我会沿着您走过的路，
为了您心中的目标，
前行！

④我在阿姆河的朋友
作者：程欣（长城钻探公司 GWDC-CNLC 工程师）

当我们看到一亿光年以外的星星时，射入我们瞳孔的那束星光已经在浩瀚宇宙里飞奔了一亿年。所以，我们看到的仅仅是它一亿年之前的样子！现在的它是什么样子，只有再等待一亿年才能看到。而一个人，看到他的"样子"，需要十年。

2007年阿姆河右岸勘探项目启动，平时安静的小镇查尔朱（即土库曼纳巴特），顿时热闹起来，整队的设备运输车辆行驶在乡间路上，当地的群众好奇地看着来来往往的货车，好奇地看着戴眼镜、黄皮肤、黑头发的中国人，好奇地预测着这些设备和这些外国人将为他们带来的新鲜和改变，其中一个出租车司机停下自己90年代的车，手动摇下车窗，打量着这些"外来的"人和物，冥冥中，他已经和中国石油开始了缘分。

2008农历戊子鼠年，12生肖轮回第一年，我第一次来到国外，来到中亚土库曼斯坦，一个一米九的瘦高小伙出现在我面前，"外国人就是高啊"我想，卷发，大长腿。完全没有预知到，日后我会与这个和我同一年出生的国外小伙共事多年。土库曼斯坦阿姆河右岸勘探新项目刚刚启动，我作为新毕业的大学生，和在当地新招聘的土方员工一起技能培训，做一样的工作。因为很多土方员工的受教育水平没有达到大学文化水平，理解能力和执行能力都相对不是很高，工作完成的没有我们新毕业的大学生完成得快，所以油然而生了一些优越感，换句话说，阶级层次在心坎上产生了，进而，一年匆匆而过，很自然地没有记住他的名字，路人甲而已。

2009年，入职第二年，土库曼斯坦业务迅速扩大，队伍也随之壮大，有部分本地雇员开始兼职司机，每天接送上下班。路途中，看着司机那么高的个子，蜷缩在驾驶室里有点不协调，就好奇地问他的名字，Serdan，这是一个在当地辨识度不是很高的名字，有很多人都叫这个名字，我说"我给你起个中国名字吧，叫旦旦吧！"，他很爽快地答应了。

2010年，第三年，工作的基地由城市搬到了沙漠边缘，远离了城市，就远离了繁华，工作开始和生活无法合理剥离开来。每每从井上作业回来感觉还是一样，像是从一个井场来到了另外一个井场，直到Serdan邀请我去他的生日聚会。再一次回到城市里，在饭桌上，我们进行了热烈的交谈，就以后工作方式交换了意见，对中土友好许下了美好的祝愿，并对双边合作关系的继续维持达成了一致。我觉得，他把我当朋友了。

2011年，第四年，由于当年勘探业务减少，在看守营地和设备之余，每天我都会给当地雇员讲解一些石油的基础知识，Serdan总是问一些问题，比如，开采了这么多天然气，那是不是会把地下都抽空了，我们这里是不是会发生地震，我们国家的土地是不是会塌陷下去，于是我给他讲了讲孔隙度、渗透率，他听得似懂非懂的，我去找实验室专门拍照了一块岩心，打消了他的顾虑，他越发地崇拜我，我发给他好多动画演示PPT。这一年他用3个月工资，买了一台笔记本。

2012年，第五年，钻井大面积开工，我们有了大显身手的机会。Serdan冲在最前面，脏活累活一肩挑，兜里必须有一支笔，身上必须有一个本子，潦草而又认真地记下每一个工序，经常图文并茂，旁人根本看不懂。白天，炎炎烈日，Serdan发明了一种只露两个眼睛和鼻子的头套，可以防风沙、防晒。晚间，Serdan拿着小本，把不明白的问题从头到尾问一遍，经常问到我语塞，话说，气体在井筒里流动的速度有多快？我怎么就没注意过这个事情。于是，在不停地补询问中，我也跟着学习很多基础的知识，受益匪浅。

2013年，第六年，Serdan和那个给他做头套的姑娘结婚了，我一直想去参加他的婚礼，可是错过了，便买了礼物给他，他和我说："给我一次单独带队上井的机会。"土库曼斯坦井况复杂，地层压力动不动70MPa，井口50MPa也是常事，高含致命的H_2S，井控安全一定要掌握好，这是天天的事，不是儿戏，还得再考查考查他。

2014年，第七年，Serdan生了个儿子。当了爹，他的性格稳重了很多，公司也派他来中国学习了测试技术和井控。当然，对于简单的作业他已经可以单独组织施工。在中国培训毕业以后，回到土库曼斯坦，由Serdan主导进行了第一次当地化施工作业，完全不需要中国工程师跟队监督，Serdan的一小步，却成了公司当地化进程的一大步。他对我说："你以后也生个儿子，让他和我儿子当兄弟。"

2015年，第八年，Serdan同志参加了当年十月初的钢丝静压试井大会战，一共7天时间完成了20口井，高强度密集作业。通过大家的努力，既保证了安全也保证了质量，并且和时间赛跑取得了领先，来井场监察监督的中国人和当地人，都对坐在钢丝车上的 Serdan 竖起了大拇指。这一战，赢得了口碑，也获得了认可。这个高个子的小伙，已然在业内小有名气了。

2016 年，第九年，是 Serdan 学业上丰收的一年，在乌克兰的四年本科进修顺利毕业，当他把他的石油工程专业毕业证递给我看时，那一脸的兴奋，就像一个孩子，公司派遣他学习压力容器与锅炉培训，也合格结业。这一年，Serdan 参加了 HSE 驻井监督初级培训，可以在井上与 1 名中方人员进行对倒班，并任职过 A 区钢丝作业的 HSE 监督人员，每每看到他一丝不苟地去纠正其他人的不安全行为的时候，我都觉得，他已经把这份工作当作自己的事业在经营。Serdan 在这一年所组织的风险分析里，分析了很多项安全隐患，并提出了相应的预防解决措施，已然加入项目管理的阵营。

2017 年，青春进行时，好多故事未完待续，从最初的相识，到同事，再到朋友，又到兄弟，经常能感觉到，我们两个人的友谊不正是在阿姆河地区中土两国之间情感的缩影吗？

在 2008 年年末的时候，"当你追逐梦想的时候，与你有同样梦想的人定会与你相遇"，Serdan 在新年卡片上如是说。

十年，青年在进步；

十年，跨越种族和国籍；

十年，当我的样子映入他的瞳孔时，他的样子，也被我真真切切地看到。

本文作于 2017 年 5 月 1 日

⑤巴格德雷的春天

作者：徐刚（时任阿姆河天然气公司经营计划部经理）

春天来了 春天来了

你看那蒙蒙的细雨

润湿着饥渴的大地

阿姆河畔采气人

那草儿那花儿
呼吸着春的气息
俏立着
唱响生机盎然的沙漠奇迹

春天来了　春天来了
巴格德雷的春天如期而至
你听那轰鸣的钻机声响彻山谷
你看那震源车队在山脊间蜿蜒前行
沙漠里、草原上、山峦间
忙碌的红衣身影
迸发着"幸福之地"的勘探激情

春天来了　春天来了
巴格德雷的春天已奏响序曲
那星棋罗布的钻塔
那繁忙的处理厂工地和一夜之间悄然耸立的罐塔
那不断延伸的管道长龙
那放喷火焰耀亮的疲惫脸庞上 明亮的双眼
请感受 那石油人战天斗地的豪迈情怀
请凝视
那阿姆河西气东输
横贯大江南北
造福中土子孙后代的宏伟画卷
已在这春天
悄然展现

⑥随想

作者：余祥利（阿姆河天然气公司自备电厂）

历　炼

刚来这里见到一望无际的平原沙漠，

心中不时感到一种强烈的震撼感，

植被的稀少，却为此而枯萎，

显得绿色生命十分短暂和荣耀，

在繁忙的施工现场是忙碌而有序，

遵循各项工艺安装规定坚信不疑，

对施工过程中出现的问题集中归纳、分专业进行一一处理，

再开会时进行逐一技术澄清和消项，

领导们不辞辛苦亲临现场进行座谈解决工程问题，

这一切是那么井井有条、一幕幕显得是那么繁忙有序，

同时我们积极参与协助把关，

我们坚守在异国他乡的工作岗位上，

利用业余时间强化语言学习，

时时锻炼自己接触的每项新任务，

让自己尽快熟悉、适应新的流程而努力着，

结合实际做好各项准备工作

为机组运行平稳打下夯实基础，

机组运行一天设备保障一天，

为西气东输二线工程贡献自己那份微薄之力。

茫茫沙漠留下我们开拓者的脚印，

只为那一方幸福。

我们不离不弃坚持着，

回首望去天边一片彩霞。

作于 2011 年 5 月 30 日

⑦这个冬天不太冷——阿姆河畔的随想

作者：李小斌（阿姆河天然气公司天然气事业部）

又是1月16日。难得不值班，可以休整片刻。下午，我漫步在阿姆河畔，遥望着东方，那里，有我的祖国、我的城市、我的家。

今天，天气很好，前几天的积雪尚未融化，阳光照在大地上，依然觉得冷。踩在冰雪路上，发出咯吱咯吱的声响。昨天在处理厂区内骑车巡检时，自行车在转弯处的冰雪路上滑倒，我从车上像要杂技似的一个前空翻摔了下来，还好，所穿的劳保服较厚，也戴了防寒手套，总算没摔伤，看来，正确穿戴确实重要啊，我暗自笑了笑。这里的空气冷冽而清新，完全不同于我的故乡，我不由得深深吸了一口气。快过春节了，我不在家不知道老婆的年货置办得怎么样了，儿子爱玩的鞭炮买好了吗？父母今年过节回不回老家呢？

我一个人继续迎着落日向前走着。去年的今日，我第一次踏上土库曼斯坦的国土，第一次看到阿姆河，第一次经历严寒而漫长的冬季，第一次独在异乡过春节……这里的冬天真是萧瑟呀，天地苍茫，所有的植物都已枯萎凋落，尚未融化的白雪零星点缀在植物的根系处，在大片沙漠的映衬下分外显眼，其他季节随处可见的小动物也全都没了踪影，也许，他们正在自己的某个巢洞里呼呼大睡吧。

我继续走着，享受着瞬间的清闲。前几天配合完成采输、净化系统的冬季安全检查后，我们又对Sam-60井8号阀门进行了更换，会同生产技术人员对凝析油装车操作人员再次进行了系统安全培训……在春节前的这个节骨眼上我们都绷紧了安全这根弦，不敢有丝毫的疏忽大意，因为我们都清楚肩上所承担的"政治、经济、社会"三大责任。我们的天然气正源源不断地输送到国内，现在天寒地冻，马上就要过年了，正是国内的用气高峰期，可不能因为我们的疏忽而影响了千家万户过年的心情。其实，就在两个多月前，处理厂先后发现了5起安全阀前短接焊缝、三通本体裂纹泄漏隐患，所幸及时进行了处置，消除了潜在的安全隐患。特别是在11月9日这天，喻泽汉总经理带领我们及时发现了第二套脱硫单元安全控制阀前的三通本体裂纹泄漏，避免了一起因为没有控制阀而可能产生的失控事件。想到这里，我不由得感到非常欣慰，不管多忙多累，这一切都值！

太阳渐渐西斜，气温似乎降了一些，我紧了紧衣服。随手拉了一下路边的枯枝，居然拉不断。怎么回事？我不由得蹲下身子仔细打量起来。不看不知道，一看吓一跳，枯枝的根部并不枯，折一下，鲜亮的绿色就露了出来。再留心看看，雪底下的矮小灌木居然也是活的！原来这里的冬天并不萧瑟，地底下，冰天雪地中，依然有新的生命在孕育！等到春风再起时，又会跟我看到的第一个春天一样，天地间会有蓬勃的绿意在生长，小松鼠会睁着清澈的小眼睛打量着我们……我的心情不由一振，天气依然严寒，心里却感觉温暖如春，这个冬天不太冷！

我不由自主地向远处的厂区眺望，那些火红的工衣在雪地的映衬下分外耀眼！万里雪飘之下，我们就是一簇簇的火苗，也许微不足道，但是，当我们聚在一起，聚在远离祖国遥远的阿姆河畔，我们就是光明与温暖的使者。我们用火热的心点燃这些激情燃烧的岁月，成就中国石油这个最大的海外项目！能够参与到公司最大的海外项目中，我无比骄傲与自豪！在阿姆河畔"为国添绿"，我坚定而温暖！

⑧家书
作者：**程旭（阿姆河天然气公司钻井作业部）**

亲爱的老婆：

一切可好？此时已是深夜，现场基地静悄悄的，皎洁的月光照着浩瀚的沙海，远处井架上一朵朵灯光不断闪烁，在静寂沙漠里格外醒目，现场工作的钻井工人还在紧张地忙碌着。白天，我们钻井部同事一行人到现场进行例行检查工作和技术指导，现在，劳累了一天的同事们都已睡下，而此时此刻我竟不能入眠，心中像是有无数条藤蔓，肆意地向着家乡的方向蔓延伸长。

时间说长也长，说短也短。我几乎已经忘记今天是在土库曼斯坦度过的多少个日子，也忘记这是多少个因思念而不眠的夜晚，但是，

阿姆河畔采气人

我清楚地记得家中的一切，记得每次离家之前你千叮咛万嘱咐，当然，更记得我当初所做的去阿姆河右岸奋战的决定！或许，我可以选择在国内工作，每天下班回家就闻到一股熟悉的饭香；闲暇时陪同你牵着孩子的小手在小区里悠闲散步；周末，我们一起带着孩子郊游……那是多么惬意而又舒适的生活！但是，有一份责任我不能忘记，有一份使命我必须去履行，在阿姆河畔，我们挥洒着汗水与泪水，只因为我是"中国石油人"！

每个人都有"家"，一个小家是家庭，一个大家是国家！我们也都爱"家"，为了这个家，我们可以不辞辛劳，为家添砖加瓦！我们也常常说爱祖国爱人民，可是，怎么才能真正做到为了大家而不惜一切呢？我相信很多时候不是我们不愿意，只是没机会让我们去实现。作为一名石油人，我们最熟悉的旋律是"我为祖国献石油"，最常记于心的是"为祖国加油，为民族争气"。现在，在国家最需要我们石油人的时候，我们没有理由退缩，就算再苦再累，就算与你两地分隔，为小家而舍大家的事儿不是石油汉子的做事风格，相信每个石油人都会义不容辞地选择为祖国找油气！

虽然我对你的思念如同这阿姆河水一样绵延流长，闲暇时刻更是思乡情切，恨不得立刻回家。但是，我不得不坚守在此，这儿是中土两国领导人高度重视的地方，有我们中国石油的责任，更有阿姆河公司每位员工的责任。阿姆河右岸天然气合作项目是中土两国在天然气领域里迄今为止合作的最大项目，也是中国石油海外最大的陆上天然气合作开发项目，西气东输二线的主要气源地，在这里生产的天然气将输送至上海、广州以及沿途十多个省市和地区，为我国经济社会发展和人民生活提供更多清洁高效的天然气资源，我为能有幸参加这一伟大工程的建设而倍感自豪！

作为钻井项目任务的建设者，肩负在短时间、零基础、安全勘探开发这个"高压力、高含硫、高产量"气田的重任，能否如期钻探获得气源量，按期投产输气，事关中国石油的海外形象。面对阿姆河右岸物质匮乏、自然环境恶劣、地质条件复杂、钻探风险大等诸多困难和生产风险。为了能"打一场硬仗、打赢这场硬仗",我们钻井部的全体同志都斗志昂扬,披星戴月、马不停蹄的工作,加快推进钻井工程进度,以钻井提速为目标,在这个区域创造了多项钻井新纪录,"安全、快速、优质"地实现了钻井目标,为中国石油扬威中亚付出了辛勤的劳动和汗水,我们热泪盈眶,振臂高呼,如期探明了可靠的气源量!

值得骄傲的是,项目建设三年来,阿姆河右岸气田,这块被国际石油界公认的高风险油气区,开始扬眉吐"气"。2009年12月14日,是我终生难忘的,全世界的目光都聚焦在这里,时任中国国家主席胡锦涛与中亚三国元首一起来到工区现场,为阿姆河项目通气剪彩。这一天,是我们每一位参战员工的光荣,是中国石油的骄傲,是中国人民的自豪!时隔2000多年之后,沿着古丝绸之路,一条横跨中亚的万里气龙,"底气十足"地昂首东进。

"露从今夜白,月是故乡明""明月有情应识我,年年相见在他乡"。以前总觉得这样的文字太矫情,现在竟然如此喜欢它们,这些诗句能将我内心的牵挂、思念表达得淋漓尽致。我的爱人,你现在是否与我同望着这一轮明月?好,时间不早了,明天还有新的工作等着我去完成,新的探区工作更加艰辛、更具挑战!就先写到这里,照顾父母和孩子的重任就只能拜托你,辛苦你了!保重!

想念你!想念孩子!

此文作于2013年

⑨我和土库曼
作者:张思宇(阿姆河天然气公司供应处)

2003年,我被派往土库曼斯坦工作,那年我24岁。当我踏上中亚这片陌生的土地时,我没有想到,我将与这个神奇的国家,结下不解之缘。

说实话,在来到土库曼斯坦之前,这里对我来说,只是地图上的一个名字,它究竟是怎样的国家,我心里对它充满了好奇。

首都阿什哈巴德是个非常美丽的城市,它独特的伊斯兰风格建筑、白色大理石的高楼、整齐干净的街道、造型独特的喷泉、五彩绚烂的夜景，都给人留下十分深刻的印象，让人驻足观赏，流连忘返。

当然，同样留给人深刻印象的，还有土库曼斯坦广袤的沙漠，和漫长炎热的夏天。土库曼斯坦国土面积的 80% 是沙漠，我们中国石油的项目就位于沙漠腹地。这里夏季比较长，一般是从 5 月份到 9 月份，阳光照射十分强烈，城市温度一般在 40℃～50℃，沙漠温度一般在 50℃～60℃。我长期在土库曼斯坦的沙漠里工作。在钻机、修井机现场，我当过翻译和售后服务经理，在阿姆河项目，我负责到货设备的清关、运输和物资管理工作。回忆起在沙漠里总共工作的 18 年，很多难忘的场景就会浮现在我眼前：沙漠里美丽的日出日落，我不会忘记；沙漠里艰苦的生活条件、危险的自然环境，我不会忘记；同样，中国石油工人，不怕苦不怕难、艰苦奋斗的精神，我也不会忘记。

从 24 岁到 42 岁，人生中最宝贵的 18 年青春时光，我在土库曼斯坦度过。与国内青年人丰富多彩的生活相比，土库曼斯坦的工作和生活显得单调乏味。但我觉得，作为一名中国石油的海外员工，我的人生非常有意义。是我们，把中国的石油设备大规模的销售到土库曼斯坦，这些设备极大地促进了土库曼斯坦油气工业的发展。是我们，在短短的 2 年时间里，建成了让世人瞩目的"中土天然气管道项目"，完成了祖国和人民赋予的任务。

我热爱土库曼斯坦，热爱这里善良淳朴的人民。我要用自己的实际行动，为促进中土两国人民的友谊添砖加瓦。

我更加热爱中国石油在土库曼斯坦的事业，我要做好自己的本职工作，为中土天然气管道项目贡献力量！

本文作于 2012 年，修改、完善于 2021 年

⑩我愿留奉献满乾坤

作者：李宏鑫（阿姆河天然气公司天然气事业部）

水滴相对大海是多么的渺小，人相对整个地球同样非常渺小，每个人都有自己闪耀的光芒，但是每个人的光芒却大不相同，极少数人

是光芒四射的，大多数人是默默无闻的，然而，却在这默默无闻里迸发着无穷的力量，那就是奉献的力量。

11年前我刚脱去了学生的装扮，来到了石油企业工作，成为一名石油人。当时的我，满腔热血，意气风发，却被石油开发现场的艰苦所吓倒，又苦又脏又累，但是看到师兄们脸上的笑容，却又心甘情愿、默默的工作。作为大学毕业的高才生，怎么会在这么艰苦的环境下工作呢？我不禁问自己，说服不了那颗跳动的心。这时候，想起了在学校老师向同学们讲述老一辈石油人的奉献精神，艰苦奋斗的作风。不禁有些愧疚，作为新一代石油人，怎么就不能吃一些苦，怎么就不愿意奉献了呢？

热血男儿怎会无志向，自从踏入石油院校，就立志成为一名合格的石油工程师，为祖国的石油事业添砖加瓦，奉献水滴的作用，实现自己的人生价值。一名老石油人给我讲了"凡人与大师"的故事：

凡人对大师说："我像你一样勤奋努力，也像你一样执着追求，然而我依然是个凡人，而你却成了大师，这是为什么？"

大师没有正面回答，而是给他出了一个题目："假如现在横亘在你我之间是一条河流，你怎样跨越？"

凡人回答道："第一条路径，如果有座桥，我就直接过桥跨越。第二条路径，如果有渡船，我就乘船跨越。第三条路径，如果我会游泳，我就游泳跨越。"

大师说道："你第一条路径过河，是依靠别人造的桥过河，不能算你完成了跨越。你第二条路径过河，是依靠别人造的船过河，也不能算你完成了跨越。你第三条路径过河，只能说明你凭借自己的资质偶尔从此岸到了彼岸，假如大雨滂沱或大雪纷飞，你还能游泳过河吗？所以也不能算你彻底地完成了跨越。"

凡人听了大师的话，若有所思地说："不过还有一条很难的路径，就是我亲自造座桥跨越，但我没有造桥的本领，尊敬的大师，看来我是无法跨越这条河流了。"

这时大师微笑地对他说："你是个聪明人，你知道造桥既能实现你跨越的追求，也能成全别人过河的愿望，但你却因为难而不为，现在我告诉你，凡人与大师的区别就在这里。"

凡人总是追寻自己的梦想，成全的也不过是自己的愿望。而大师不仅追寻自己的梦想，而且成全的也是众人的愿望。

听了这个故事，我毅然决定留下来从事这个事业。为了个人的理想，只有脚踏实地，安心扎根于油田矿区，默默地成长，边工作边学习，逐渐觉得自己从事的行业是多么的重要，为国家能源战略奉献自己的微薄之力，快乐的享受工作每一天。

4年前，根据工作需要，我加入了中国石油海外工作的行列，作为海外石油人，承受着比国内石油人更多的艰辛。孤独、思念是每个人都必须经历的煎熬，需要家人万倍的理解与支持。海外石油人面对人员少，工作量大，每年只有几个月时间可以回家休假，每个海外石油人，都是那么无私地奉献自己的青春，默默地为祖国的能源战略奉献自己的水滴力量。

记得曾经有位教授做过这样的测试：如果以下这些人你最后只可能选择一位的话，你会远择哪一位呢？是选择朋友、父母还是选择孩子、爱人。有个女大学生忍痛割爱地选择了爱人，然后哗的一声哭了，全场震惊。她的解释是，朋友最终都是要各奔东西的，父母是会比自己先走的，孩子最终都是要离开自己独自生活的，只有爱人才是和自己相伴一生的人。

看了以上的测试，我哽咽了。家里的爱人正在独自承受整个家庭的负担，怀孕的她是多么需要爱人的关心，可是我却不在身边，在异国他乡，她没有埋怨我，一如既往地支持我。

为了谁，为了什么，我不禁问自己。想到了奉献，可能我这不算什么奉献，但是，我却在为了那个心中的信念，默默奉献着自己的青春，无怨无悔，发挥着我的那点光芒，我愿留奉献满乾坤。

此文作于 2011 年

3. 惜别阿姆河
①采气人
作者：李德树（阿姆河公司 A 区采气厂首任厂长）

按照中国石油党组安排，西南油气田公司派出海外管理团队，对口承担土库曼斯坦阿姆河项目生产运行管理。我和肖启强、李明国 3 人是西油公司首批派遣对口支持土库曼斯坦的采气人员。我从 2008 年 12 月初进驻阿姆河项目，2016 年 5 月离开。在土库曼斯坦的 8 年时间，我带领的西油采气团队充分发挥中国石油整体优势，利用四川油气田成熟的技术、管理、人才优势，克服重重困难，实现阿姆河项目 A 区 2009 年 12 月 14 日开工投产和四国元首庆典，并实现"安、稳、长、满、优"运行。A 区成功投产运行，为后续包括阿姆河 B 区、复兴气田等项目积累了宝贵经验，为中国石油、中国人树立了良好形象，为中土以后不断扩大合作奠定了重要基础。

形势与任务

管理范围：为阿姆河右岸合同区 A 区块萨曼捷佩气田新建的内输系统和外输系统，包括单井、采集内输系统及净化气外输系统、增压站、贸易计量等的管理以及合同区 A 区 54 口老井的巡检管理。A 区新建设场站和管道：气井 31 口、集气站 2 座、缓蚀剂混配站 1 座、外输增压计量站 1 座、采集输管线 35 条共 176.4 千米、离心式压缩机组 4 台、贸易计量装置 2 套、柴油发电机组 4 套。

生产特点：经过 18 个月施工建设，阿姆河项目 A 区于 2009 年 12 月 14 日投产试运。采输生产系统体现出"全、大、高"的特点。一是涉及专业全。主要涉及井下工艺、井口安全控制、气液混输、SCADA 系统、采输、防腐、增压、贸易计量、外输自用发电和 ESD 紧急截断系统等。二是天然气处理能力大。日处理能力最大达 1800 万立方米，单井日产最高达 125 万米^3/日。三是气田属于三高气田（高产、高压、高含硫化氢）。

面临挑战：一是安全风险"高"。由于建设时间紧，遗留安全隐患多。投产初期，边运行、边整改、边完善，酸性气田开发的共性问题多，安全生产风险高。投产运行过程中，陆续又出现管线振动、位移、泄漏、冻堵、自控联锁、闪停等突发重大问题频发，远多于国内相似气田，并且许多问题在国内尚未出现过，安全责任如履薄冰。二是产业工人"缺"。资源国无成熟的操作员队伍，以及素质不匹配、数量不充足的管理人员，边生产、边培训、边招聘，融合式管理和本土化推进面临巨大挑战。三是后勤保障"匮"。资源国基础设施落后，社会依托条件差，外供电、生产物资保障不足，应急处突的实效性受限。四是气候环境"恶"。合同区块处于卡拉库姆大沙漠中，严重干旱，夏季漫长，炎热干燥，昼夜温差大，风暴沙尘多，毒蛇、毒蝎、毒蜘蛛等时有出没，员工健康及设备正常运行受到严重影响。五是政策变化"快"。资源国限制条件多、政策多变，中方专家拒签严重，双语沟通交流人员不足，本土化推进时限紧迫，管理增效任务艰巨。

主要措施

一是优化简化生产工艺，实现生产技术"数字化"，从设计源头入手，大量应用新工艺、新技术，实现生产自动控制和数字化管理。二是精简机构，实施运行管理"扁平化"，通过优化机构和人员配置，实现人员优先充实一线和工作重心前移。三是探索海外管理体系，实现制度体系"国际化"，逐步探索完善建立采气厂"三大管理体系"和"三大保障体系"。三大管理体系为海外特色HSE管理体系，生产受控管理体系，生产完整性管理体系。三大后勤保障体系为物资管理体系，依托甲方后勤保障体系，国内技术支持体系。四是探索海外企业文化建设，推动实施项目"本土化"，不仅引导中方人员推进本土化责任感和紧迫感，并且加强对当地员工培训，采取"分级培训"措施大力推进土方员工的培训工作。

主要成效

100%安全高效完成"项目建设、投产准备、开工投产"三大攻坚战；100%成功处置投产初期重大险情；100%解决投产初期重大安全隐患；安全顺利完成首次海外装置大修和系统高限测试；超额完成年度生产任务，实现中亚管线主供气源安全平稳供气；培养了一批适应海外天然气生产的中土融合式管理团队。

主要体会

领导重视是海外项目快速推进的根本保证；专业化管理是确保海外项目安全高效运行的保障；提前介入是实现海外项目高质量发展的有效方法；"铁人"精神和"川油精神"是战胜海外项目各种困难、挑战的精神法宝。

回首在土库曼斯坦的 8 年时间，是我一生中最难忘的岁月。我能有机会参加土库曼斯坦海外大会战，并有两次参加国家领导人出席的开工庆典，是我人生最难得经历。其中，既有经历初出国门迷茫与兴奋，又有参与国家能源项目所承担中国专家的责任与自信。既有历经千难万险的艰辛与执着，更有开工成功和参加国家元首庆典的激动与自豪。

回首在土库曼斯坦的 8 年，我把人生中最美好的岁月贡献给了土库曼斯坦项目。在此我真诚感谢，感谢西油公司和重庆气矿领导给我提供难得机会！感谢阿姆河公司领导和同事们给我海外现场的大力关心和帮助！感谢西油海外中方团队与当地同事们大力支持和团结协作！感谢国内支撑单位和同志们鼎力支持和无私帮助！感谢我的夫人，她一边忙于工作，一边含辛茹苦，独自承担照顾女儿上学和一家老少的家庭重担！

②净化人

作者：喻泽汉（时任阿姆河公司第一处理厂厂长）

2008 年 12 月，组织安排我来到阿姆河项目，先后担任阿姆河第一天然气处理厂建设项目的开工部经理，西南油气田公司阿姆河项目部常务副经理、党委委员兼阿姆河第一天然气处理厂厂长。

七年来，作为国家建设"一带一路"和中国石油建设世界一流综合性国际能源公司伟大进程中的一名"过河卒"，我自觉加强党性修养，努力提高政治素质、领导能力、业务水平，完善自身，建设团队、创新业绩。为阿姆河第一天然气处理厂的顺利开产，装置"安、稳、长、满、优"运行、技术难题和生产瓶颈的突破、"五型"海外团队的建立、海外项目 HSE 文化的营建、中土融合式天然气净化管理和操作团队的建设等,尽了自己的心血。

七年中,我父母等四位亲人先后离去,因工作原因,我或是未及时赶到,或是未能在病榻前以尽孝心,虽然留下了永久的愧疚,但为国家"一带一路"倡议的实施和"大中亚能源合作区、大国脉能源新通道"的构筑,我无怨无悔。

在带队伍、抓落实的科学管理中真抓实干、创新业绩

担当作为、精细生产,连续7年超额完成各项生产任务和业绩指标。阿姆河第一天然气处理厂及其上下游配套工程于 2009 年 12 月 14 日开产以来,均实现天然气产量超产,全面完成各类业绩指标。"十一五"期间生产商品气 37.17 亿立方米。"十二五"期间,外输商品气 274.12 亿立方米,同比提高七倍以上商品气量连续六年超额完成计划任务。

秉承优良传统,着力打造"五型"团队。一是"学习型":坚持每周进行技术交流会活动,各专业轮流讲课、相互学习。二是"复合型":为应对资源国不断缩紧的签证政策带来的人员不足,实施两级机关联合办公。对采输气、净化等专业实施跨岗位交叉协助,达到优势互补。三是"技能型":结合海外现场实际,继承和发扬国内"以岗位责任制为中心"的班组建设经验,不断摸索具有跨国文化特点的高含硫处理厂班组建设经验。四是"融合型":中方人员在土库曼斯坦严格遵守外事纪律,尊重当地风俗习惯。注重情感融合,系牢中土友谊纽带,增强土方员工对企业的认同感、归属感,做好思想疏导工作并及时解决土方员工提出的困难和问题,中土双方人员的友谊之花在阿姆河项目中尽情绽放。五是"奉献型":面临沙漠中夏冬季的极端高低温、沙尘暴频繁肆虐、空气干燥、水质差、毒虫蛇频现等环境困难,面对签证不确定因素带来的困扰,全体员工以加强"能源合作"、搭建"中土友谊"的大局为重,为迎战停产检修及阶段性重点工作,保障项目更多地向祖国输送优质天然气,许多员工主动减少、调整回国休假。根据资源国加快员工"本土化"的要求,持续推进以当地员工"独立顶岗"为目标的"本土化"进程。针对阿姆河项目特点和当地员工实际情况,

采取"分级培训、差异教学、目标引导"等有效措施大力推进土方员工的培训工作。"十二五"期间，共计组织新员工岗前培训538人、特殊工种取证培训共计590人。采用"一对一""一对多"和"组对组"形式培训土方员工42935人次。"十二五"期间实现了中土员工比例从3∶7下降到2∶8。

迎难而上、周密部署，圆满完成3次系统大检修。2010年10月，完成中国石油首次在海外进行的天然气项目全系统停产检修。2013年5月至6月和2015年5月至10月又先后进行了二次全系统检修。三次检修合计完成2113项检修项目，为超额和安全完成历年生产任务奠定坚实基础。按国内天然气净化装置的大检修惯例，频率应是一年一次，但由于资源国各方面条件限制，项目部积极探索二年一修模式，仅此一项，每年可多向祖国供气6亿立方米以上。七年来累计减少外援检修项目1/4以上，每年节省检修成本100万美元以上。

深耕细作、精心组织，2次扩能技改均一次投运成功。2012—2013年和2014—2015年，阿姆河公司先后二次对第一天然气处理厂及其配套的内外输工程进行了扩能技改，即65亿立方米和80亿立方米扩能技改。项目部所属三厂（指采气厂、机修厂、处理厂）在全力保障高负荷生产的同时，不仅积极配合二次扩能技改的建设，还负责了二次扩能技改的投产工作。项目部上下齐心，协调一致，发挥在川渝油气田积累的50年天然气净化经验，优化组织现有力量，以各种措施全力确保装置的按期投产，其中仅"三查四定"就发现问题几十项，使两次扩能技改均一次性安全投运成功。

探索海外示范区管理模式，管理能力不断提升。2011年，阿姆河项目部全面接管联合公司天然气事业部，创立了"小机关、大服务，小运行、大保障"的新模式。将原来10个科室整合为5个科室，并以综合协调保障、计划经营管理、生产技术管理、HSSE管理等四大业务版块为主线来推动各项工作开展。2014年8月起实施了"B区中方员工整体借聘到甲方阿姆河公司，生产运行由甲方自主管理"的海外管理新模式。2015年适应联合公司将土方员工控制在2000人以内的要求，大力压缩非生产性部门土方人员编制以充实生产性岗位。保障了 A 区陆续投运的麦捷让气田、硫黄成型装置、第 V 列净化装置、凝析油硫黄外运火车站等方面的人力需求。

在攻难关、破瓶颈的技术进步中实现管理水平的提升

七年来，我带领项目部组织大力开展技术攻关，消除生产和安全瓶颈，实现降耗增产，在天然气净化技术方面取得十四项重要成果。如通过实施不停产在线更换或检修重沸器、在线清洗脱硫贫液后冷器、不停产改造装置给水泵出口阀门、采用脱水装置三塔运行等技术，使处理厂原料气的年处理能力增加约 1.75 亿立方米。通过实验和摸索、调整，总结出"脱硫脱碳装置溶液发泡的原因及控制措施"，并形成制度，定期对脱硫脱碳装置排油甩水作业，有效控制了装置高负荷脱硫吸收塔频繁出现溶液发泡拦液的问题，等等。这些成果的应用，不仅为公司节省大量资金，而且提高商品率 3 个百分点，等于在冬季每天多向祖国输气 6 万立方米。

在高站位、严管理的 HSE 管控中固本强基、构建文化

七年来，在自然环境恶劣，安全风险高，资源国依托条件差及政策多变，人力资源不能满足要求等诸多不利条件下，项目部和第一天然气处理厂取得了骄人的安全环保业绩，未发生一起"一般 A 级以上事故"。形成了"以中为本，因地制宜；以外为基，突出实用；固本强基，简捷有效"的海外 HSE 管理模式。

践行有感领导、狠抓责任落实，确保安全清洁生产。在实际工作中，我带头践行有感领导，落实直线责任和属地管理。对涉及本质安全、应急设备的投入等项目，必参加审定和督促，带头开展安全生产联系和安全经验分享活动。主持每季度的 HSE 管委会和每月的安全例会，在布置工作的同时必布置安全生产事宜。在安全防护器材"人人过关"考核活动中，HSE 部门对我一视同仁实施佩戴空气呼吸器等安防器材的考核。涉及工艺变更、重要方案的审定、操作规程的变更等事项，我均指导和参加审核。每逢特殊危险作业，必到现场，签发作业票，非特例不委托他人代签。

汇管理之术，固安全之根，中土融合，营建海外特色安全文化

创建中土员工能方便理解，便于实施，操作性强，简洁有效的海外 HSE 管理模式。推行"212"HSE 管理：即中土员工分别签订《HSE 责任书》和《HSE 承诺书》、中方员工制定《个人健康安全行动计划》、制定各种制度和措施强化直线责任和属地责任。根据土库曼斯坦法律规定，不能对土方员工实施罚款，而在发生劳动争议时，当地执法部门重视书面证据的特点，制定了土方员工《HSE 承诺书》，在通过法律部门审定后，所有土方员工全部签订。

全方位、全覆盖的 HSE 培训。在土方员工中推行"01234"安全培训教育法，即"零起点、一种机制、二个结合、三种模式、四个阶段"。零起点：从普及基础入手，要求全员参与。一种机制：建立技能提升和语言达标激励机制。二个结合：专业知识与实际操作培训相结合，技能与汉语培训相结合。三种模式：一对一，一对多，组对组，师带徒。四个阶段：第一阶段普及知识培训，第二阶段初步操作技能培训，第三阶段独立顶岗培训，第四阶段专业升级培训。

科学化、全员化的应急管理。坚持有险必有案，有案必有练，辨识风险，知险必练，应急演练步入常态化和规范化。每年初制定演练计划，每季度组织厂级应急演练，车间和班组每月组织演练。根据发现的隐患情况，在计划外增加针对性的演练。与土库曼斯坦内务部下属消防、气防队联合举行"凝析油罐区火灾爆炸应急演练""处理厂硫黄堆场重大火灾事故应急演练"等联动演练，这些联动演练受到土库曼斯坦相关政府部门的关注和支持，派出了内务部官员和政府代表到现场观摩和指导。这种以演代训、贴近现场、讲求实效的定期演练，对员工安全器材使用、应急程序、汇报程序、应急预案的掌握、中土员工间有效沟通等起到了很好的效果，也为阿姆河 B 区、复兴气田的安全运行提供了宝贵经验。

就要离开阿姆河项目了，不管今后组织把我安排在任何岗位，我都将继续以忠诚和担当，以敬业和努力，牢记党对党员，特别是对领导干部赋予的使命和要求，认不足，补短板，持续加强自身学习和党

阿姆河畔采气人

时任阿姆河天然气处理厂厂长喻泽汉（左数二）、采气厂厂长李德树（前排右数一）在现场工作

性修养，持之以恒地勤奋工作，以实实在在的工作业绩提高自己，服务社会，报效国家和企业。

注：喻泽汉同志在土库曼斯坦工作的七年（2008—2015年）间，因在高含硫天然气处理方面承担独当一面的"台柱子"角色，业绩突出、表现出色，2011年获土库曼斯坦总统别尔德穆哈梅多夫授予的杰出贡献奖；2011年获中国石油海外油气合作优秀员工；2012年获中央企业劳动模范；2012年获中国石油"建功中亚西二线、石油工人做贡献"主题劳动竞赛劳动模范；2013年获阿姆河天然气公司杰出员工；2014年获西南油气田公司劳动模范等诸多荣誉。

写于2015年12月28日

③川庆人

作者：郑重（时任川庆钻探公司土库曼斯坦分公司总经理）

中国石油土库曼斯坦项目，一曲感天动地的英雄赞歌，一座镌刻着光辉业绩的丰碑，一部中国石油人勠力同心的奋斗史。该项目取得的每一项业绩，都彰显了中国石油作为大国央企的责任担当。

川庆钻探公司作为中国石油土库曼斯坦项目油气工程技术服务商，通过不断攻克钻探技术难题，在"六高"油气田勘探开发上取得了一个又一个突破，树立了"复杂油气攻坚者"的良好形象。

回望2006—2008年，项目刚刚成立，对于这个坐落于中亚陌生的穆斯林国度，困难与挑战不胜枚举。项目亟待动工，最棘手的问题便是钻修设备、施工机具、运输车辆发运。从中国到中亚，此前并无成熟的发运路线与经验可以借鉴，这让所有负责发运的人员不禁眉头紧锁，开辟一条货物发运通道无疑成为首个需要解决的难题。为了尽快拿出方案，公司组织召开了若干次专题座谈会，会后立即组织人员从不同渠道了解、调研可行性发运路线，同时派员远赴边疆口岸现场咨询。对于形成的路线方案，反复研究推敲，最后终于在既定日期内确定了从国内各城市—阿拉山口口岸（换装）—哈萨克斯坦—乌兹别克斯坦—土库曼斯坦的发运路线，运输采取铁路方式，陆路货运通道就此打通。这一发运路线的确定，使得2007年和2008年，从国内顺利发运钻机设备20余部，给项目顺利运行奠定了坚实基础。然而路线的确定只是难题的开始，接下来的报检报关问题又似巨石一般横亘在了所有人的面前。首先，石油钻井设备均由不同具有独立功能的设备组装而成，且体积大，为满足运输需要，只能拆分装车发运。其次，成套设备配件及耗材发运由于工程项目大、合同约定的工期紧、各类物资多且集中发运，致使报关时归类的数目太多。同时，口岸海关不接受成套设备整体申报、分批放行、统一核销的报关方式，直接导致拆分的设备需要分开报关、材料种类繁多、涉及多种海关监管条件。为了解决这些难题，加快报检报关进度，公司主动出击，积极应对，多方协调，多次前往商务厅、海关、检验检疫局、外汇管理局等政府部门沟通，政府部门了解到土库曼斯坦项目作为跨国能源战略项目，将有力推动中国能源建设的发展，因而得到了政府有关部门的大力支持与配合，并将问题逐一解决，包括外汇核销单的申领，国家检验检疫局还为此成立了专门机构，开辟了专用报检通道等。

  钻机设备的集中发运顺利完成，然而，日后设备的集中到达又让分公司负责清关的人员满面愁云。土库曼斯坦的火车站普遍老、小、破、旧，接货能力非常有限，吞吐能力更差，且当时项目之初，车站配备的海关人员数量不足，这对于卸货、清关进度来说都是极大的阻碍。大批物资的集中到货，让原本冷清的阿姆达利亚火车站似乎一下子变得热闹起来，甚至导致火车站陷入瘫痪状态，积压车皮最多的时候高达130个。由于车站内的车皮积压过多，停留在铁路沿线直至边境的车皮都停滞不前。分公司第一时间针对车皮积压问题制定响应机制，首先是动员一切力量，寻找当地的社会吊装机具和车辆资源，临时租用吊车、叉车等，阿姆达利亚、法拉普、南约洛坦、马雷等附近可利用的火车站全部为我方所用。另一方面，协调海关、检验检疫、边防等当地政府部门对物资加班加点进行查验，对于查验后的车皮，立即开始吊装、拉运作业。同时，抽调专人组建清关队伍，到海关办理物资清关手续，日清关数最高达 200 多单。在这一特殊时期，川庆人啃干馍、喝冰水，"5 + 2""白 + 黑"，都已成为常态，大家只有一个念头，就是想尽一切办法，确保及时卸货、尽早释放车皮，加快施工进度，实现早日向祖国供气。凭借着这股不服输的干劲，历时月余，积压的车皮全部卸货完成。面对困难，最好的办法就是想方设法克服，川庆石油人就是这样做的。面对困难，他们从未气馁，始终保持"攻坚克难、争创一流"的战斗姿态，越是艰难越向前。

回首来路，每每忆起这些艰苦奋斗的场景，总是让人心潮澎湃、热血沸腾。在十几年的时间里，像这样无怨无悔、不懈努力的故事，一直都在土库曼斯坦这片广袤无垠的土地上上演。广大中国石油人战严寒、斗酷暑，秉持"奉献能源，创造和谐"的责任使命，以"特别能吃苦、特别能忍耐、特别能战斗、特别能奉献"的精神，以坚毅挺拔的铁人姿态，一步一个脚印，为海外油气事业贡献力量，为保障国家能源安全和"一带一路"沿线国家的发展，谱写了一部部可歌可泣的壮丽诗篇！

④ 转场人
作者：王永武（中国石油川庆钻探公司工程师）

不同的国度不同的地域，不相识的你我来到异国大漠；
不同的言语不同的习惯，没有阻融彼此间的兄妹情谊。

两年时光共聚亚希杰佩，渡过的沙漠冬夏有苦更有乐。
参与工程近万名建设者，都是我的兄弟姐妹我的珍爱。

我曾经相识的中土姐妹，随着庆典的成功已各奔他乡。
惜日笑脸我用镜头收藏，想念时打开相册且行且珍惜。

王永武在接受四川电视台采访

真想时光倒回至两年前，我们在一起快乐工作和生活。

真想天下有不散的宴席，中土两国的兄弟姐妹长相守。

此诗写于 2014 年 5 月 13 日，王永武同志离开土库曼斯坦阿姆河现场 B 区亚希杰佩赴 A 区萨曼捷佩工作的第一天。2017 年春节期间，王永武参加四川电视台《中国老爸》大型纪实真人秀节目（上图左、右）。节目中，谈到海外经历的荣耀、责任、无奈与痛，他几度哽咽，展露出中国石油人艰难的付出与丰富的感情。

⑤修井人

作者：朱怀顺（时任阿姆河天然气公司井下作业部经理）

感激阿姆河公司领导、师长，给我在阿姆河公司四年工作锻炼的机会，在工作中给我教诲，在生活中给我关爱，在心灵上给我关怀！

感谢各部门同事的鼎力支持！感谢井下作业部同仁的共同创业！感谢技术支持部专家的智慧汗水！

我经历了：

震惊中国的 1993 年 "9·28" 特大井喷事故。1993 年 9 月 28 日，华北油田赵 48 井射孔，硫化氢井喷，死亡 21 人。钻井、录井、测井均无 H_2S 显示。

鲜为人知的海外 2003 年 "12·23" 事故。2003 年 12 月 23 日凌晨 1 点，主持苏丹 6 区 Naha C-1 试油，遭遇 H_2S/CO，坚持作业 18 天，熏倒 2 人。钻井、录井、测井均无 H_2S/CO 显示。

在中土两国业界的注目下，我主持了：

阿姆河公司第一口20年老井萨-34井的修井，面对土库曼斯坦政府合同要求三个月内必须作业，采用海陆空从五国动员设备工具。2007年12月至2008年3月施工时，又逢五十年一遇的严寒，浮桥冲断，供给困难，资源匮乏。

我们住在集装箱改装的简易房里，室外温度-29℃，室内滴水成冰，为了取暖，大家靠几个空矿泉水瓶灌装热水放在身上腿上，战战兢兢地转动了潘多拉魔盒的钥匙，恐惧中揭开了"三高"气田修完井作业的序幕！

在万众的祝福中，九选一的筛选中，萨-34井成为唯一，取得了超级成功，坚定了CNPC开发萨曼捷佩的信心，及时奠定了"修井为主、新井为辅"的开发策略！

曾勇敢地向院士敬酒，请领导只留翻译。为降低井口安全失控的风险，深夜库房砸锁取工具。2008年3月7日得知井口起压后，悲喜交集地向家人报告了5个字：我们胜利了！

在紧迫、轰轰烈烈、宏大、融入式的一期产能建设中，充分体现了"爱国、创新、包容、厚德"的萨-34井精神！

安全风险依然在后续的生产和整改中，措施不要在渐渐的舒适中淡忘！防止地下的火冲腾！希望是蜀人忧天！

出国十年征战忙

印尼苏丹阿塞疆

汗血宝马发祥地

喜获日产百万方

三十四井玫瑰日

祖国石油新篇章

希望今后我能继续为阿姆河一期成就提升、二期工程展开、国家专项深入、三厂规划建设，增砖添瓦！

⑥财务人
作者：刘晨云（阿姆河天然气公司财务部副经理）

2005年，在中亚哈萨克斯坦阿克纠宾项目工作的刘晨云即将离开哈萨克斯坦奔赴乌兹别克斯坦工作，离开哈萨克斯坦时，时任哈萨克斯坦阿克纠宾项目总经理助理兼供应处长的俞颐和先生亲笔赋诗表达送别战友刘晨云的依依不舍之情。四年后的2009年7月，刘晨云又从乌兹别克斯坦调土库曼斯坦阿姆河项目工作至今，任公司财务部副经理，12年来，刘晨云一直将老领导俞颐和的这首送别手写诗珍藏在他土库曼斯坦阿姆河公司的宿舍床头柜前，作为激励自己做好阿姆河公司财务工作的动力之一。

异国弹指间
天涯共事缘
海外手足情
泪别里海边
踏遍丝绸路
万里一线牵
壮志迎风雨
探油保国安

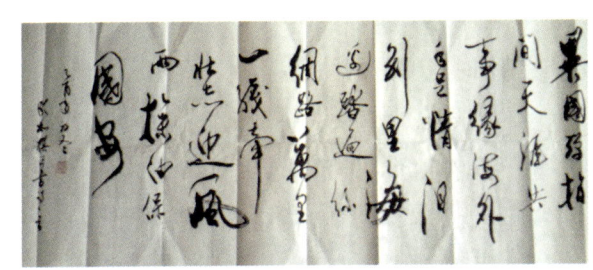

⑦媒体人
作者：孟庆璐（中国石油报社驻土库曼斯坦记者）

——此文为开发部工程师冷有恒送《中国石油报》驻土库曼斯坦记者孟庆璐同志回国，有感而发！

孟老师要走了，在今晚，
他要走了，在今晚，
要离开一起奋斗过的同事，
要告别20个月辛勤忙碌的光阴，
要挥手阿姆河，
要离开我们，

离开土库曼炙热的大地。

他要走了，在今晚，
处理厂有他的身影，
沙漠上有他的足迹，
一座座井架旁，
他依然弯着腰，相机对准石油人的身影，
面颊上的汗珠，播撒在滚烫的心里。

他要走了，在今晚
祖国新的岗位在召唤，
不舍啊，
留下时光岁月的使者，
不会忘记，
张张的笑脸，全部对着他，
而他，记录着我们的欢愉。

再见了，
家乡的亲友准备好了美酒，
祖国已经张开了臂膀，
飞机的马达即将轰鸣，
我们的心将随他远去！

⑧ "老土"人

作者：邓民敏（时任阿姆河天然气公司总经理）

尊敬的各位战友、同事：

至此中土天然气合作10周年之际，也是我本人在中亚三个国家六个项目从事海外油气业务20周年之际，中国石油党组从干部有序轮换和关爱海外员工角度出发，安排我回国从事国内油气对外合作，担任中国石油天然气股份公司对外合作经理部总经理。我坚决拥护党组决定，服从组织安排。

10年来，阿姆河天然气公司全体干部员工牢记职责和使命，克服了万丈深渊的艰辛，应对了万箭穿心的痛苦，依靠集团公司驻土单位、中土方万众一心的拼搏，实现了从一厂系列扩产，到二厂提前达产，到勘探、开发、钻完井高效投产，在中亚气源大国土库曼斯坦建成百口井、百亿立方米供气能力、1000万吨级油气当量的天然气战略民生保障项目。与此同时，从大局、全局和战略高度出发，积极主动协助协调土库曼斯坦康采恩按计划向国内峰谷供气，从而确立了土库曼斯坦天然气作为中亚管道主供气源、中国调峰主要气源的战略地位，为国家低碳减排，清洁能源发展做出了应有贡献，为集团公司天然气全产业链价值的提升积累了宝贵经验。这些成绩的取得，得益于国家"一代一路"战略的顶层设计和落地生根，得益于集团公司党组的正确决策和海外板块的大力支持。

20年中亚风雨同舟，10年土库曼斯坦汗血相伴，值此离任之际，作为一名中亚老兵，我更加感恩组织的培养和信任！感谢同事的支持和帮助！感动员工的辛勤和奉献！感怀大家的包容和理解！

凡是过去，皆为序曲，立足新的工作岗位，我当竭尽全力履行职责，从严从细要求自己，不辜负党组信任，大家期望。同时尽快与书良同志做好平稳交接，确保集团在土各项业务，尤其是冬季保供战略民生任务平稳有序。

最后，祝奋战在一线的战友们身体健康，家庭幸福，事业有成！祝中土天然气合作在以书良同志为班长的领导下行稳致远！担当为国添绿主力军，为民送暖排头兵！

谢谢大家！

写于2017年7月15日

Прощальные слова

Уважаемые соратники, коллеги:

Накануне 10-летнего юбилея сотрудничества Китая и Туркменистана в области природного газа, а для меня на пороге 20-летия моей профессиональной деятельности на 6 нефтегазовых проектах, расположенных в трех странах Центральной Азии, руководство КННК исходя из необходимости последовательной смены костяка сотрудников и заботы о сотрудниках зарубежных проектов, переводит меня в Китай для продолжения работы по внешнему сотрудничеству в нефтегазовой сфере на должность генерального директора департамента внешнего сотрудничества. Я намерен твердо поддерживать решение руководства и подчиниться ему.

В течение 10 лет все сотрудники КННКИ Туркменистан, твердо помня свои обязанности и миссию, преодолели сложности тяжелейшего положения, пронзительные страдания, опираясь на основанные КННК в Туркменистане подразделения, объединив в борьбе усилия китайской и туркменской сторон, осуществили ряд проекты, как расширение производительности ГПЗ-1, выход на проектную производительность ГПЗ-2 раньше намеченного срока, а также разведочные и разработочные работы, бурение, освоение скважин и высокоэффективный ввод их в эксплуатацию, создав на богатой газовыми ресурсами туркменской земле стратегический проект народного благосостояния мощностью 10 миллион тонн нефтяного эквивалента, способный поставить природный газ в объемах 10 миллиардов кубометров. В то же время, исходя из общего положения, ситуации в целом и стратегических высот, активно проявляя инициативу и способствуя Государственному Концерну «Туркменгаз» в поставке в Китай газа в соответствии с изменением сезонного спроса. И, таким образом, установили статус туркменского газа в качестве главной сырьевой базы магистрального газопровода Туркменистан – Китай, стратегическое положение основного источника газа при сбалансировании сезонного перепада потребности в природном газе в Китае, внеся вклад в снижение выбросов углекислого газа и развитие экологически чистой энергии, накопив драгоценный опыт для развития всей производственной цепочки газовой промышленности КННК. Все эти достижения стали возможны благодаря планированию на верхних уровнях стратегии «Один пояс и один путь» и осуществления ее на местах, верным решениям руководством КННК и активной поддержке КННК Интернационал.

20 лет профессиональной деятельности в Средней Азии, 10 лет совместной работы плечом к плечу в Туркменистане, проходя бури и грозы, живя одной судьбой, разделяя пот и кровь, сейчас на пороге расставания, будучи ветераном среднеазиатских нефтегазовых проектов, я еще больше хочу выразить благодарность КННК за обучение и доверие, а также

признательность коллегам за помощь и поддержку!

растроганность усердием и отдачей сотрудников!

эмоции от всеобщей толерантности и понимания!

Все прошедшее, пусть будет прелюдией, на новой должности, я приложу все усилия для наилучшего выполнения своих обязанностей, буду строг и требователен к себе, не подведу доверие руководства и оправдаю общие надежды. В то же время в ускоренном порядке произведу прием-передачу работ с товарищем Ли Шулян для обеспечения устойчивости и порядка всех аспектов деятельности КННК в Туркменистане, особенно таких стратегических задач народного благосостояния, как обеспечение поставки природного газа в зимний сезон.

В заключение желаю соратникам на проекте здоровья,

семейного счастья, трудовых успехов!

Желаю сотрудничеству между Туркменистаном и

Китаем в области природного газа устойчивого развития и перспективных успехов под руководством менеджерского состава во главе с товарищем Ли Шулян!

Давайте возьмем на себя роль основной силы в

улучшении окружающей среды страны, авангарда в обеспечении потребности народа в энергоносителях!

Спасибо всем!

Дэн Миньминь

7 附录

近邻送福气 温暖中国心
——写在土库曼斯坦向中国累计供气 3000 亿立方米之际

在中国西部近邻中，就油气资源与战略通道而言，当以哈萨克斯坦的"油"，土库曼斯坦的"气"，乌兹别克斯坦的"道"而著称。三国分别是中国第一组境外油、气管道的主供国和过境国。

2021 年 5 月 21 日，中国—中亚天然气管道的主供气源国——土库曼斯坦向中国累计供气达到 3000 亿立方米，接近中国 2020 年全年天然气消费量（3172 亿立方米），惠及了中国长三角、珠三角地区超过 5 亿人口，3000 亿立方米"蓝金"气的引进，相当于减少中国碳排放量 5.85 亿吨，折合成标准燃煤达 1.85 亿吨。

真可谓近邻送福气，温暖中国心。有关"中亚近邻"土库曼斯坦，需要了解几个基本情况。

1. 中土关系

①中土两国关系的显著特点是元首战略引领，民间、企业积极推进。在 2021 年 5 月 6 日晚中土两国元首电话通话中，双方重申愿本着高度信任的精神，继续相互支持，进一步挖掘潜力，加强天然气、经贸、跨境运输、医疗卫生等领域务实合作，深化人文交流。在 2007—2017 年的 10 年间，别尔德穆哈梅多夫总统曾先后七次亲临现场出席中土天然气合作项目颁证、开工、竣工典礼，有力推动了中土天然气项目发展。

阿姆河畔采气人

②土库曼斯坦是习近平主席就任后访问的第一个中亚国家。两国确定为战略伙伴关系，中国成为奉行永久中立国策的土库曼斯坦历史上第一个以政治文件形式确立的战略伙伴。在此次出访期间，习近平主席在别尔德穆哈梅多夫总统陪同下，专程驱车赴马雷州，参加由中国石油川庆钻探公司承建的复兴气田一期工程（规模为100亿米^3/年）投产竣工仪式并亲笔题词：加强能源合作，造福中土人民。习近平主席的题词，极大鼓舞了奋战在一线的中土员工。

③中国与中亚国家间签订的第一个，也是唯一一个标准互认协议，是中国和土库曼斯坦两国签署的《中华人民共和国政府和土库曼斯坦政府在标准、计量和认证认可领域的合作协议》，于2011年11月23日，在两国元首的见证下签署。目前已有超过157项中国国家标准（GB）、136项行业标准纳入了土库曼斯坦国家标准目录清单。

④中国是土库曼斯坦最大贸易国，土库曼斯坦是中国在中亚—俄罗斯地区第三大贸易国（排在俄罗斯、哈萨克斯坦之后）。

⑤中土两国有着长达2000多年的传统交往和友谊。中国唐代《通典》中提到的："在葱岭（即今天的帕米尔高原）西，大国，一名栗特，一名特拘梦……"中国有学者认为，"特拘梦"就是"土库曼"那时的汉字音译。土库曼斯坦境内的阿姆河流域（也称为中亚母亲河）是古代丝绸之路的核心区域。

⑥土库曼斯坦历史上迎接的第一批外国人就是中国人，为张骞西域"凿空之旅"第二批人员到达所在地。

⑦人类历史上两国间签署的第一份条约即为中国与土库曼斯坦（当时为匈奴所在地）签署的第一份条约，它在历史中被称为"誓约"。誓约上是这样写的："自今以后，汉与匈奴，亲如一家。如违此誓，必遭天谴。子子孙孙，谨遵誓约！"。

⑧土库曼斯坦不仅历史悠久，而且思想文化底蕴丰富。土库曼斯坦将其开国始祖奥古兹汗（中国称乌古斯汗）、思想家马赫图姆库里比作中国的开国始祖黄帝和大思想家孔子，由总统牵头对两位先祖思想进行系统整理并每年定期举行纪念活动。

⑨土库曼斯坦是古丝绸之路重要的"隘口"。其历史古城马雷和尼撒是中国商人及商品进入伊朗波斯帝国、到达西方的必经之路,反之亦然。而马雷被称为"梅尔夫——世界的女王"。

⑩中国的撒拉族是土库曼斯坦主体民族的一个分支。为土库曼斯坦始祖奥古兹汗的24个孙子之一、手持宝剑的撒洛尔支系的后裔。

⑪ 土库曼斯坦是近10年来在华留学生增长速度最快的国家。从2009年的50人,增长至2019年的2500人以上,10年间增长50倍。土库曼斯坦也是第一个在全国中小学开设汉语课程的中亚国家。

⑫ 在2008年中国四川"5·12"汶川大地震中,中国接受的最早一批海外捐款(5月14日),即来自土库曼斯坦阿姆河右岸天然气项目101名员工的募集捐款1.375万美元。

⑬ 在2020年新冠肺炎疫情期间,土库曼斯坦是最早向中国提供防疫口罩的国家。2020年2月21日,经别尔德穆哈梅多夫总统特批,土库曼斯坦向中国提供了100万只防疫口罩,占当时土库曼斯坦全国战略储备的1/3。与此同时,中国先后两次向土库曼斯坦捐赠新冠疫苗150万剂,约占土库曼斯坦人口的1/4。

⑭ 中国在中亚最大的单项援助项目是在土库曼斯坦的"米干村水厂",投产后一次性解决了当地5000人的饮水困难。

⑮ 土库曼斯坦是中国在涉疆、涉港等核心利益问题上最坚定支持中国的国家之一。土库曼斯坦政府官员多次在不同场合下坚定重申:土方认为香港、新疆问题纯属中国内政,根据联合国宪章宗旨和原则,任何国家都不得干涉。

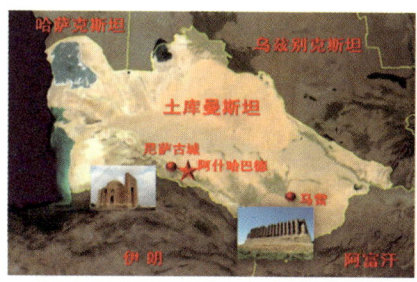 

土库曼斯坦历史名城马雷、尼萨所在位置(左)、某工区又发现文物(右)

2. 有关土库曼斯坦

①土库曼斯坦是历史最悠久的文明古国之一。在 5000 多年的历史中，土库曼人曾建立过 70 多个国家。中国人所熟知的古代"大宛国""安息国"就在现今土库曼斯坦境内。中国人所熟知的古代"冒顿王"（为发明响箭的匈奴王），在土库曼斯坦称为麦杰汗。

②土库曼斯坦是全世界最安全的国家之一。2020 年 11 月 5 日，美国权威民调机构盖洛普（Gallup）公布了 2019 年全球法律和秩序指数排名，据此列出了全球最安全的国家，土库曼斯坦与新加坡并列第一，两国得分均为 97 分（满分 100 分），远高于中亚其他四国及俄罗斯。

③土库曼斯坦不仅是丝绸之路上最可靠、最安全的地段，而且还被"丝绸之路"商队称为"人间七条路的十字路口"。人间七条路通常解释为：为人之道是宽容；处事之道是赤诚；夫妻之道是包容；父子之道是孝敬；母女之道是倾听；教子之道是培养；朋友之道是真诚。

④中国"一带一路"倡议与土库曼斯坦"复兴丝路"战略高度吻合。

勤劳、美丽、善良的土库曼斯坦民族：受人尊敬的长老（上）、身着民族服装，载歌载舞的土库曼斯坦少女（下）

⑤土库曼斯坦是"硬汉标配"——天马、神犬的故乡。前者称为阿哈尔捷金马（即中国所熟知的汗血马），后者称为阿拉拜犬（有研究认为与中国藏獒有血缘关系），这两种生物均有 3000 多年的历史。

汗血马和阿拉拜犬深受土库曼斯坦从总统到民众发自内心的喜爱并被列为土库曼斯坦国家遗产，两者均为土库曼斯坦国宝。作为国宝，土库曼斯坦曾先后向中国三任国家领导人赠送三匹汗血马。同样作为国宝，土库曼斯坦将一只阿拉拜犬幼作为礼物送给俄罗斯总统普京，庆贺普京总统65岁生日。

⑥土库曼斯坦"油盛气旺"。在土库曼斯坦49.12万平方千米的国土面积中，有油气显示的占90%以上。其高峰年油气产量当量超过8000万吨（原油1620万吨，天然气878亿立方米），目前保持在6000万吨以上（原油产量1200万吨，天然气产量650亿立方米）。

⑦土库曼斯坦境内有中亚第一、世界第四大沙漠——卡拉库姆沙漠。不同时期钻探遗留的景观有直径长达百米、燃烧半个世纪之久的"地狱之火"、时断时续的"火坑""水坑""天坑"等"三坑"景观，这些历史痕迹足以证明土库曼斯坦是站在"气泡上的国家"。其天然气储量排名世界第四（排在俄罗斯、伊朗、卡塔尔之后）、中亚第一。其人均消费天然气量为2900立方米，是中国的10倍以上。

⑧土库曼斯坦境内建于俄罗斯帝国时代的外里海铁路（长达2500千米）、苏联时代的卡拉库姆运河（长达1400千米）、"中亚—中央"天然气管廊（长度5000千米），开创了人类在极端缺水的流动沙漠、酷热环境、悬殊温差下建铁路、凿运河、修管道的先河，是同时期世界最大规模的三项"世纪工程"。外里海铁路的开通，首次将土库曼斯坦的"海"（里海）与"河"（阿姆河）联通并成为境内第一条跨境铁路（经过阿姆河通往乌兹别克斯坦），实现了沙皇开疆中亚、俯视南亚（阿富汗）的战略目的。而卡拉库姆大运河的开通，不仅彻底解决了土库曼斯坦西部工业区极度缺水的状况，更为重要的是引入的阿姆河水灌溉了超过60万公顷的土地和1500万公顷的牧场，使土库曼斯坦一跃成为世界产棉大国。"中亚—中央"天然气管廊的开通，奠定了土库曼斯坦作为天然气原料主要出口区向苏联、乌克兰供气的历史格局。

"三条腿"
（中立柱）

⑨土库曼斯坦不"土"，还"洋"。土库曼斯坦首都阿什哈巴德（突厥语中为"爱之城"的意思）新城为法国人设计、土耳其人施工（老城在1948年大地

震中基本被毁），外部由进口白色大理石装饰，有"白色大理石之城"的称号，这在异常炎热的夏季给人以清爽凉快的感觉。

⑩以"数条腿"支撑的土库曼斯坦首都建筑物，即显底气，又展大气。它们是"三条腿"支撑的中立门，象征土库曼斯坦中立、独立和民族团结；"六条腿"支撑的独立柱，柱高91米，象征土库曼斯坦1991年获得独立，是土库曼斯坦作为独立、主权国家的象征；"40条腿"支撑的国家独立十周年公园，内有十匹汗血马群雕等。

3. 中土天然气合作

①天然气合作是中土关系的"压舱石"。两国互为最大的天然气贸易国。新中国外交史上第一次由两国元首签署的合作协议是中华人民共和国与土库曼斯坦签署的关于在天然气领域合作的文件，是2006年4月6日由时任中国国家主席胡锦涛与土库曼斯坦首任总统尼亚佐夫签署的。

②土库曼斯坦是第一个通过管道向中国供气的国家，也是目前中国最大的天然气供应国。每年由中国石油国际事业公司执行的贸易合同量达400亿立方米，接近中国2020年国产天然气的1/4、消费量的1/8，相当于中国最大气田长庆油田的天然气年产量，可减少碳排放7800万吨，折合成标准燃煤2470万吨。高峰时中土天然气贸易额占两国贸易总额的3/4，占土库曼斯坦国家GDP总额的1/5。

③土库曼斯坦是中国企业在境外布局天然气产业最早、产业链最全、成果最丰硕的国家。中国石油于1993年，即土库曼斯坦独立一年多之后即成立中国石油驻土库曼斯坦办事处，整体协调整个中亚的业务。之后于1993—2007年的15年间，先后派出上百人次到访土库曼斯坦进行先期谈判。中国石油于2002年1月正式启动的《土库曼斯坦古姆达格油田提高原油采收率技术服务合同项目》，在合同期限5年内累计增产原油23.4万吨，超额70%完成原油生产任务，产值接近1亿美元，成为"小项目、大效益"的典范。2007年中土天然气合作正式启动之初，中国石油即以党组会议纪要形式明确了拥有50多年天然气设计、勘探开发、生产运行经验的川渝地区作为中土天然气合作的主

要对口支持单位：中国石油工程设计有限公司西南分公司（CPE-SW）完成了总计 600 亿米^3/年、五座当时亚洲规模最大、功能最全的天然气处理厂设计，其规模相当于 2020 年土库曼斯坦全国产量、2020 年中国天然气产量的 1/3。中国石油川庆钻探公司（CCDC）完成各类风险探井、开发井 173 口井，总进尺 65.51 万米，成功率 100%，成为土库曼斯坦"六高"气田（高含硫、高含二氧化碳、高含氯离子、高温、高压、高产量）钻完井行业的引领者。中国石油西南油气田公司（SWOG）派出 320 多名生产骨干同时运行土库曼斯坦阿姆河、复兴气田两大气藏共计 300 亿米^3/年的生产规模，为土库曼斯坦培养天然气运维骨干上千人。拥有 50 年工程建设经验的中国石油工程建设公司（CPECC），承担了阿姆河右岸天然气项目的处理厂建设、自备电站及集输等配套工程。与此同时，中国石油勘探开发研究院、寰球工程公司、长城钻探、东方物探、中国石油技术开发公司、新疆油田公司、运输公司等单位都给予中土天然气合作项目以大力支持。中国石化于 1997 年进入土库曼斯坦老井修井市场，2010 年进入阿姆河右岸天然气钻修井市场。在 1997—2017 年的 20 年间完成土库曼斯坦老井修井作业 1200 多井次，增产原油 560 万吨，增产天然气 5 亿立方米以上。高峰时中国石油、中国石化雇用土库曼斯坦当地员工超过 2 万人，约占土库曼斯坦全国用工总量的 1%。2008 年 5 月中国四川"汶川 5·12"地震期间，土库曼斯坦阿姆河右岸项目部分川籍员工的受灾亲属急需露天帐篷宿营，由阿姆河公司申请，中国人民解放军新疆军区南疆某部队快速调拨 15 顶军用帐篷发往四川，成为中国人民解放军支持中土天然气合作的一段佳话。

④土库曼斯坦境内的阿姆河天然气项目是中国在境外规模最大、也是唯一一个中方 100% 控股，主导产品（天然气）100% 回输中国的天然气民生保障项目，项目在土库曼斯坦被定位于国家级战略项目，由土库曼斯坦国防军守卫，项目启动 14 年来已经落实六个千亿立方米气区格局，项目投产 11 年来已累计向中国供气超过 1100 亿立方米。

⑤土库曼斯坦是中国—中亚天然气管道 A/B/C/D 四线的主供气源

阿姆河畔采气人

（三线已投产）。高峰时仅土库曼斯坦一个国家向中国日供气量达 1.3 亿立方米，占全国大管网输气量的 1/3，占中亚三国（哈萨克斯坦、乌兹别克斯坦、土库曼斯坦）供气量的 3/4，冬季保供时超过 90%。

⑥ 12 年来，中国国家开发银行向土库曼斯坦提供金融贷款数十亿美元，用于土库曼斯坦开发其境内的复兴气田（为世界第二大单体气藏，天然气地质储量达 27 万亿立方米）。中土两国在天然气领域的这种"以投资拉动建设，金融支撑项目"的合作模式，成为中国与相关国家在天然气领域合作的样板。

⑦ 土库曼斯坦是第一个颁布总统令，将每年国家的法定节日——石油工人节，改为中国—中亚天然气投产竣工日（12 月 14 日）的中亚国家。2009 年 12 月 14 日，举世瞩目的中国—中亚天然气管道投产竣工仪式在土库曼斯坦阿姆河右岸天然气合作项目所在地——巴格德雷营地隆重举行，中、土、乌、哈四国元首出席，成为中国与中亚国家友好合作的里程碑事件。

值此中亚近邻——土库曼斯坦向中国累计供气 3000 亿立方米之际，作为一名曾经在"宝马故乡"工作生活 10 年的"老土"，谨向远在千里之遥的阿姆河畔采气人、向守护这条丝路古道的输气人表达敬意，向 30 年来为中土天然气合作殚精竭虑、出谋献策的两国老前辈们、驻外使节、政府官员、企业家们，表达深深的谢意，他们中有的已经退休、离岗、离职，有的已经离世，其中当以两国能源行业的主管领导张国宝先生、卡卡耶夫先生最为典型。

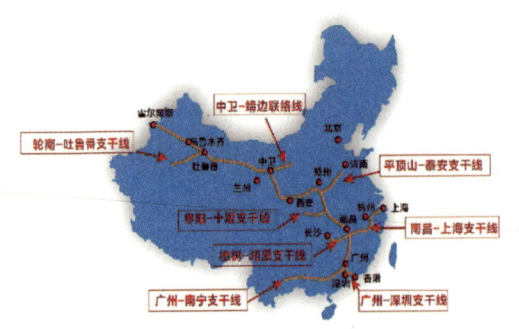

中国—中亚天然气管道在中国境内"一干八支"管道示意图

张国宝先生在任中国国家发展改革委副主任、中国国家能源局首任局长期间，多次率团出访土库曼斯坦主导谈判、参加项目开工、竣工庆典，中国—中亚天然气项目投产之后，国宝主任在一首"中亚天然气管道"词中发自内心地写道："中亚天然气管，穿越大漠，飞渡长江，蓝流达湘赣，不是梦幻，钢龙万里，腾起阿姆河畔。土乌哈，石油壮士，誉满天山。"充分表达了张国宝主任对中国—中亚天然气合作项目的深情厚望。在张国宝主任去世前出版的《筚路蓝缕》一书中，他详细介绍了中土天然气合作的历史背景和艰苦历程。

卡卡耶夫先生在2007—2020年的13年间曾先后担任国土库曼斯坦国家天然气康采恩总裁、总统下属油气资源管理署署长、土库曼斯坦政府内阁油气副总理、总统能源顾问等四个职务，是业内公认的专家型领导，十年（2007—2017年）间，卡卡耶夫先生为中土天然气合作亲力亲为、呕心沥血、贡献卓著，曾协调解决项目运行过程中多个涉及土库曼斯坦跨部门、跨专业协调的问题，如劳务许可、边境检查、年度预算与调整等，为阿姆河右岸天然气项目的发展做出了不可磨灭的贡献。

为纪念卡卡耶夫先生为土库曼斯坦油气工业做出的卓越贡献，2020年根据总统令，土库曼斯坦国家最重要的大学——土库曼斯坦油气大学被命名为"卡卡耶夫大学"。

当前，做好"压舱石"（天然气），开启"发动机"（新项目），已成为中土合作新共识。对国人而言，土库曼，绝非"土""苦""慢"，只要"精""耕""细"，就是"洋""甜""快"。

谨以此文：
祝贺土库曼斯坦向中国供气3000亿立方米！
献给两周前离世的敬爱的母亲万淑珍（1931.4—2021.5）

写于2021年5月16日

邓民敏

缅怀国宝

初识张国宝主任是在15年前的2004年，他以国家发展改革委副主任身份率发展改革委、中国石油、新疆维吾尔自治区代表团赴哈萨克斯坦里海之滨的北布扎奇项目调研。北布扎奇项目本身规模不大，当时仅为年产原油30万吨的一个试采区，但却是当时中国唯一一个里海项目，也是中国油企从国际大公司——美国雪佛龙—德士古公司收购的第一个上游项目。这次调研，用张国宝主任自己的话说是得益于项目的快速发展，才使我们实现了到国际关注的热点地区——里海来看一看的愿望。乘直升机到现场参观后，张国宝主任站在里海边深情地对大家讲道："我们可是在人家的出海口在运行项目，你们责任重大啊。"在会见哈方州（省）长时，张国宝主任向对方阐明：中国不仅是能源消费大国，更是能源生产大国，中国的原油产量位居世界第五位，我们不追求将国际项目生产的原油运回中国，而是要求中方按国际规则办事，为资源国、为股东创造效益。张国宝主任的讲话，对后续北布扎奇项目妥善处理与哈萨克斯坦当地政府关系，中哈双方共同努力，将一个30万吨的试采区，建成200万吨大油田，跨入中国石油海外最佳效益的项目之一，起到了重要的指导作用。

一年之后的2005年，同样在哈萨克斯坦，作为时任中国国家主席胡锦涛特使的张国宝主任与哈萨克斯坦首任总统纳扎尔巴耶夫共同见证中哈原油管道的开通。这条被称为"丝绸之路第一通道"，同时也是中国第一条境外原油管道，自开通以来，截至2019年上半年，已累计向国内输送原油超过1亿吨，约占同期中国原油进口总量的5%。

二次见面已是2009年，张国宝主任先后作为中国政府代表团团长、主席特使等身份多次参加与土库曼斯坦的气价、气量谈判。期间即经历飞机起飞后一只发动机被鸟撞坏，险些酿成重大事故，有成员建议取消去现场行程，但张国宝主任坚持在土方更换飞机后继续前行；也经历过在零上50℃以上酷暑，零下20℃严寒的卡拉库姆沙漠参加处理厂开工和竣工庆典；经历过从气源国参加完庆典之后又马不停蹄穿过边境赶到过境国再次参加庆典。最后一次与张国宝主任同行是在2010年国庆长假期间，他率团再次赴土库曼斯坦进行增量气谈判。正是由于国宝主任在每个重要节点的鼓励、睿智与远谋，促成了中国第一组（3条）境外天然气管线的投产。投产之后，他在一首"中亚天然气管道"词中发自内心地写道："中亚天然气管，穿越大漠，飞渡长江，蓝流达湘赣，不是梦幻，钢龙万里，腾起阿姆河畔。土乌哈，石油壮士，誉满天山。"

之前的2008年6月30日，中亚天然气管道在乌兹别克斯坦布哈拉的沙漠中开工。张国宝主任作为中国特使见证这一值得纪念的时刻，写下《遐想》一词，以贺中亚天然气管道开工。

当第一条焊缝电弧点燃，
当西域情调乐曲奏响，
我陷入跨越时空的遐想。
丝绸之路故事源远流长，
驼铃叮当，
商路漫漫。
张骞出使气节悲壮，
唐僧取经历经万难。
有大雪满弓刀的惨烈战场，
有古来征战几人还的哀叹，
有西出阳关无故人的怀乡。
时光越千年，
世事沧桑。

阿姆河畔采气人

当沪穗燃起蓝色火苗，

可曾会想起这来自万里之遥的丝绸古道？

可曾会想起石油人异域沙漠中的挥汗奋战？

目前土库曼斯坦已成为中国最大的天然气进口国，在执行合同供气量达 400 亿米^3/年，约占 2019 年中国天然气消费量的 1/7。

我们再次相见是在 2017 年 10 月，在北京 301 医院，他刚做完眼部手术。在这次见面中，张国宝主任详细询问我在中亚三国、六个项目近 20 年的工作经历，感叹之余，张国宝主任以他多年的经历谈了许多中亚能源合作的收获与启示，他说与中亚的能源合作具有战略性、全局性，应认真总结、不断提升，尤其是谈到历任国家领导人对中亚能源合作的关心，讲到习近平主席 2013 年中亚、俄罗斯之行首访土库曼斯坦，与中立之国土库曼斯坦建立战略伙伴关系，江泽民总书记两次过问中哈合作项目，李鹏、温家宝两任总理在其回忆录中均提及中土合作等。我惊叹于张国宝主任的这些"国宝"级史料，兴奋的是这些中亚能源合作的细节均在国宝主任出版的新作——《筚路蓝缕》一书中予以描述。这次会面之后，张国宝主任专门还为我作一首打油诗：

少壮离国老大还，青春脸庞已沧桑。

昔日小邓今何在，已届天命返故乡。

"五十而知天命"。

张国宝主任令我终生难忘的一次指导、启发当属 2018 年 2 月，当时我受命从土库曼斯坦协调保供后回国。而张国宝主任正密切关注如何借助他见证、参与的"中亚之道"，缓解"中国气荒"，他要我提供一些素材，准备给主管部门提一些有关中亚气如何给中国冬季保供的建议。之后不久他就发来底稿，可贵的是一位正部长级干部将他的手稿发来，请我反复确认每一组数据。不久，《以战略眼光处理好中亚能源合作的建议》一文，发表在发展改革委《经济情况与建议》上并得到国务院领导和发展改革委领导的批示。现在回想起来，当时他已是身患绝症晚期且刚做完手术不久，70多岁的老人硬是将责任与担当顶住了手术后的痛苦与煎熬，又一次践行了家国情怀。

我们最后一次联络是在2019年6月底，经张国宝主任引荐，我有幸认识了从清华大学派出援疆的一位高校领导同志，就张国宝主任所提出的新疆"一带一路"核心区建设，加强校企合作等事项进行了很好的交流。微信汇报后张国宝主任回复："很好的想法"，可见主任当时的欣慰之情。这，就是我所了解和知道的张国宝，一位共和国部长，尽管他人身已逝，但人品永在，令我等品味无穷，回味无限，受益终生。

此文作于2019年10月6日

邓民敏

作者与张国宝主任在哈萨克斯坦（上）、土库曼斯坦（中）、中国（下）的合影

阿姆河畔采气人

怀念老卡

从昨天开始核实老卡同志的信息，到今天终于确认：土库曼斯坦总统能源顾问、土库曼斯坦内阁原油气副总理、总统下属的油气资源与管理署原署长、土库曼斯坦政府天然气康采恩原主席（总裁）、中土天然气合作的具体执行者、管理者，也是中国人民的老朋友——卡卡耶夫·亚格系格尔季·埃利亚索维奇（Какаев•Ягшыгелди•Элясович）先生走完了他61岁的人生旅程。作为与"老卡"先生合作10年的战友、朋友，悲痛之余，更多的是思念。清晰记得他在阿姆河右岸第一天然气处理厂投产之前的2009年12月，以总统下属的油气署长名义常驻现场一个月，及时协调中方团队解决了大到全流程投产，小到四国元首讲话音响调试的诸多难题，当时他已年过半百，由于现场条件非常有限，而各项作业，包括钻完井、工程建设、生产运行、投产庆典等都是交叉进行，很多时候一天都吃不上一顿饭，大家都是围地而坐，经常见到老卡同志和大家一样，啃一口干馕，喝一口矿泉水，然后就几粒他的药片。当年的12月14日，中国中亚天然气投产竣工仪式如期在阿姆河右岸现场举行，中、土、乌、哈四国元首参加，盛况空前，举世瞩目，而其中卡卡耶夫先生作为土方主管官员为此做出了重要贡献。五年之后的2014年，又是老卡先生以油气副总理身份直奔二厂，协调中土团队在3个月时间内完成了90亿立方米天然气处理厂所剩1/3的工作量，包括300多套大型设备、仪器、土建工作，创造了国际工程建设史上的奇迹，全厂提前半年满负荷投产。与此同时，应土库曼斯坦政府要求，又同步组织了复兴气田二期（规模达300亿米^3/年）工程开工仪式和"米干村水厂竣工投产仪式",三个庆典仪式,别的不说,光是三地的庆典距离就超过 800 千米,人员、设备、场地的准备与动迁无一不在考验着双方每一位参与者,最终三个重大工程庆典的圆满举行,为两天之后别尔德穆哈梅多夫总统圆满访华献上厚礼。投产之后的 2015 年 1 月,在中国农历新年——春节来临之际,老卡同志以土库曼斯坦政府内阁油气副总理名义亲笔签名,对英雄的中国建设者——川庆钻探公司(CCDC)、中国石油工程建设公司(CPECC)和从事中土天然气贸易的中国石油国际事业公司三家单位给予通报表扬并祝中国朋友农历新年快乐。

卡卡耶夫先生参观土库曼斯坦油气展时观看中国石油展板(右一为时任中国驻土库曼斯坦大使孙炜东)

得益于有老卡这样精通业务,熟悉国际合作,勇于担当负责的土库曼斯坦官员鼎力落实,亲力亲为,中土天然气合作取得巨大成功,高峰时土气占中国

在阿姆河右岸 A 区现场听取项目总体汇报

天然气消费量的 1/7,土库曼斯坦已经成为中国石油工程建设、工程技术服务的主战场之一,2021 年即将迎来土库曼斯坦向中国累计供气 3000 亿立方米输气量。❶

从 2007 年 8 月至 2017 年 7 月的十年间,我见证了卡卡耶夫先生从土库曼斯坦天然气康采恩总裁,到总统下属的油气资源管理署署长,再到土库曼斯坦内阁油气副总理,再到总统能源顾问的变迁。职务多次升降,工作数次调整,唯一不变的是他对事业的热爱,对合作伙伴的尊重,对中华文化的热爱。说起来可能有些国人不相信,除周日下午之外,每周七天,每天早晨 6 点之前上班,晚上 10 点之后离开(办

---

❶ 实际土库曼斯坦于 2021 年 5 月 21 日向中国累计输气量达到 3000 亿立方米。

阿姆河畔采气人

卡卡耶夫先生在阿姆河右岸 B 区现场在公司副总经理刘廷富（左数第二）的陪同下检查工作

公室），已成为像老卡这样的土库曼斯坦政府官员的常态。更难能可贵的是，只要中土天然气合作项目有问题、有困难、有需求，老卡同志即使再忙、再累，也会在第一时间安排见面，及时给予协调处理。这就是我所知道的土库曼斯坦资深专家型领导卡卡耶夫先生。

老卡同志，我们永远怀念您。

此文作于 2020 年 7 月 10 日

邓民敏

阿姆河天然气项目大事记

（2006—2017 年）

2006 年：启动元年　实现突破

1 月 19 日：尼亚佐夫总统向中国访土代表团成员张国宝、鲁桂成、汪东进讲述土库曼斯坦天然气出口多元化战略设想。

4 月 2—8 日：尼亚佐夫总统第三次访华，双方签署《中土联合声明》。

10 月 28 日：土库曼斯坦奥斯曼 -3（Osman-3）井发生井喷事故，中国石油第一时间应邀参加灭火。

2007 年：签署合同　启动项目

7 月 17 日：别尔德穆哈梅多夫总统访华期间，中国石油分别与天然气康采恩、油气署在北京签署了《中土天然气购销协议》和《土库曼阿姆河右岸天然气产品分成合同》。

8 月 9 日：中国石油下文正式成立中亚天然气管道公司筹备组和阿姆河天然气公司筹备组。

8 月 29 日：土库曼斯坦政府在现场举行阿姆河右岸项目开工庆典，别尔德穆哈梅多夫总统向中国石油颁发勘探开发和承包商许可证。

9 月 12 日：《土库曼斯坦"巴格德雷"合同区域产品分成合同》完成在土库曼斯坦法律注册程序，合同正式生效。

9 月 24—27 日：中国石油集团公司分两次下文《关于成立中石油阿姆河天然气公司的通知》和《关于吕功训等 7 人任职的通知》。任命吕功训为总经理，邓民敏、刘廷富为公司副总经理。

10 月 2 日：中国国家发展改革委核准批复《阿姆河右岸勘探开发

项目及中土天然气购销协议》。

10月24—25日：中国石油勘探开发公司董事长吴耀文率团一行，莅临公司检查指导工作。

10月31日：阿姆河天然气公司正式接管萨曼捷佩气田。当日举行了该气田开工典礼，标志着气田资产交接工作正式结束。

11月2—4日：中国石油集团公司总经理助理汪东进率团一行，莅临公司检查指导，并召开了中资协调会议。

11月3—4日：时任国务院总理温家宝访问土库曼斯坦，对中国石油在土员工给予殷切期望，并提出了"三个一流"（即一流的工程、一流的友谊、一流的业绩）的要求。

2008年："六开六完" 全速推动

1月：开始修井作业；完成8口老井修复。

1月29日—3月7日：中方接手阿姆河右岸天然气项目后的第一口老井修井—萨曼捷佩气田老井34号井大修成功（测试无阻流量100万米^3/日，有阻流量63万米^3/日）。

2月：开始作业区临时营地—处理厂道路建设，至8月完成临时营地、道路建设。

3月：开始3D地震采集，至当年底完成2900平方千米采集。

4月：开始萨曼捷佩第一部钻机搬迁开工，至当年底完成开钻13口、完钻6口任务。

4月10日：阿姆河右岸项目一号营地竣工及第一天然气处理厂场地平整开工。

5月：开始处理厂场地平整，至7月完成场地平整工作。

5月20日：川庆钻探公司第10钻井队施工的阿姆河右岸天然气项目第一口新井萨53-1井开钻，比预期提前2个月开钻。

6月27日：第一天然气处理厂开工典礼隆重举行。中国政府特使、国家发展改革委副主任张国宝率政府代表团出席庆典。中国石油天然气集团公司相关领导，中国驻土库曼斯坦大使鲁桂成，驻土库曼斯坦各国使节，土库曼斯坦政府有关部门领导出席了剪彩典礼，标志着阿姆河项目公司由工程准备阶段全面地进入工程实施阶段。

7月1日:"纪念建党88周年暨总结表彰大会"在巴格德雷营地举行。同日巴格德雷固定营地1号举行入住典礼剪彩仪式。新营地建筑面积11500平方米,安排房间212间,可满足270人同时就餐。

8月8日:土—乌管线下管、穿越、焊接完成,标志着土—中天然气管线土—乌段全线贯通,为项目开工投产迈出了坚实一步。

8月28—30日:时任中国国家主席胡锦涛访问土库曼斯坦。访问期间,在胡锦涛主席和别尔德穆哈梅多夫总统的见证下,中国石油与土库曼斯坦签署了《中土扩大100亿立方米天然气合作框架协议》,与土库曼斯坦国家天然气康采恩签署了《中土天然气购销协议技术协议》。

8月30日:时任中国外交部部长杨洁篪等,在时任中国驻土库曼斯坦大使鲁桂成的陪同下,看望慰问了阿姆河天然气公司全体员工。要求项目公司"以科学发展观为指导,勇于创新,锐意进取,以该项目带动中土关系的发展"。杨洁篪部长表示:"外交部和驻土使馆将一如既往地为项目提供全力支持!"

2009年:投产庆典　气壮祖国

4月23—24日:《可靠和稳定的能源过境运输及其在保障可持续发展和国际合作方面的作用》的国际高级别会议在阿什哈巴德举行,中国国家发展和改革委员会副主任张国宝率团出席会议并呼吁"能源产业链的各方要致力于保障共同利益"。随张国宝出席会议的还有时任中国石油天然气集团公司副总经理汪东进等一行。出席会议的500余名代表,分别来自85个国家、国际组织和国际能源机构。阿姆河项目公司和中国石油驻土企业代表也参加了会议。

6月24日:时任国务院副总理李克强访问土库曼斯坦期间与阿姆河右岸项目现场中土员工进行视频互动,希望建设者不负重任,按期高质量完成工程,持续加强合作,把项目建成中土合作的典范。

8月2日:110kV外电接入。

8月8日:阿姆河外输管线与中亚管道在土乌两国边境胜利会师。

8月26日：开工原料气一次性点火成功；

8月31日：集气总站、处理厂机械完工。

10月15日：外输增压站机械完工。

11月22日：阿姆河项目生产出合格商品气。

12月1日：阿姆河项目生产的合格天然气送至土乌边境并对中亚天然气乌、哈两国全长1830千米管道进行全流程通管吹扫。

12月14日：一期工程顺利投产通气，中、土、乌、哈四国元首齐聚阿姆河项目第一天然气处理厂现场出席投产竣工典礼并共同开启输气阀门。

12月29日：中国石油川庆钻探工程公司与土库曼斯坦国家天然气康采恩签署《南约洛坦气田$100×10^8m^3/a$商品气产能建设交钥匙（EPC）合同》。

12月31日：土库曼斯坦阿姆河项目生产的合格天然气抵达中国霍尔果斯口岸。

2010年：挺进东部　夯实基础

5月1日：别尔德穆哈梅多夫总统赴上海出席世博会开幕式。

6月18日：时任中共中央政治局常委、中央纪委书记贺国强视察阿姆河天然气公司并慰问在土工作的中国员工。

11月25日：时任中共中央政治局委员、国务院副总理王岐山视察阿姆河天然气项目。

12月：经过两年的勘探实践，阿姆河天然气项目合同区内东部阿盖雷构造带千亿立方米的大气田雏形基本形成，圈闭面积×××平方千米，探明控制储量×××亿立方米，预测储量×××亿立方米；项目三级储量由评估时的××××亿立方米提高到××××亿立方米，增加××××亿立方米，探明+控制地质储量××××亿立方米，确保了年产商品气量从130亿立方米增加到×××亿立方米，资源基础进一步夯实。

2011年：土气南下　二厂开工

9月9日：土库曼斯坦向中国累计供气超过150亿立方米，中国超过俄罗斯、伊朗成为土库曼斯坦天然气当年出口量最大的国家。

11月24日：土库曼斯坦天然气抵达广东通气点火仪式在深圳、广州举行，别尔德穆哈梅多夫总统与时任中共中央政治局委员、广东省委书记汪洋出席通气点火仪式，中亚气流惠及羊城百姓。

12月13日：土库曼斯坦政府在阿姆河现场举行第二天然气处理厂开工庆典，别尔德穆哈梅多夫总统与时任中国石油总经理周吉平出席开工庆典。

2012年：合作升级　连创新高

1月5日：由阿姆河项目公司管理的阿富汗项目正式启动运行。阿富汗政府向中油国际阿富汗项目签发生产作业许可证，10月20日，Angot油田建成投产；11月28日，KAHAARI投产试运成功。

4月16日：阿姆河项目外输商品气突破100亿立方米。

6月1日：土库曼斯坦两气源累计外输突破300亿立方米大关。

6月6日：别尔德穆哈梅多夫总统访华期间签署年增供250亿立方米商品气企业间协议。

7月15日：中国石油在成都召开土库曼斯坦增供项目协调会，增供气项目正式启动。

11月5日：土库曼斯坦向中国累计供气达400亿立方米，日均供气量7400万立方米，中土天然气合作跨上新台阶。

12月10日—12日：中国石油集团汪东进副总经理赴土就产能建设EPCC、融资、天然气购销等问题与土方交流。

2013年：习近平主席访土　助推新丝路

2月18日：阿姆河项目一期工程的投资实现静态回收。

3月23日：土库曼斯坦累计向中国供气超过500亿立方米。

9月3日：习近平主席对土库曼斯坦进行国事访问期间，在中土两国元首见证下签署《中土两国关于建立战略伙伴关系的联合声明》，并签署300亿立方米EPCC框架合同、增供250亿立方米商品气购销协议、融资合作协议。

9月4日：习近平主席、别尔德穆哈梅多夫总统驱车前往复兴气田，参加一期工程竣工典礼并题词。

2014年：二厂投产　复兴奠基

5月7日：阿姆河项目第二天然气处理厂竣工投产，阿姆河右岸项目由此步入跨越式发展新阶段，同日，中国石油赞助建设的土库曼斯坦米干村水厂交付使用。

5月8日：复兴气田二期项目举行盛大开工庆典，别尔德穆哈梅多夫总统、时任中国国家能源局局长吴新雄出席典礼。

5月10日：别尔德穆哈梅多夫总统访问中国；

5月22日：土库曼斯坦累计向中国供气突破800亿立方米。

8月27日：时任中央政治局常委、国务院副总理张高丽访问土库曼斯坦并参加中土政府间合作委员会第三次会议。

12月23日—24日：土库曼斯坦环保部、卫生部、国防部及标准局等八部委联合对阿姆河项目工区硫黄存储、运输及危化品进行检查，要求在最短时间内清空硫黄库存。

2015年：扭住重点　紧盯三线

1月26日：土库曼斯坦累计向中国供气达1000亿立方米，中国石油时任董事长、总经理周吉平发去贺电表示祝贺。

2月14日：阿姆河天然气公司外输商品气达300亿立方米。

5月—10月：自备电厂5—7#机组、铁路二期、B区基尔桑、鲍塔乌、捷列克古伊集气站、一厂80亿扩建相继投产。

11月11日—12日：别尔德穆哈梅多夫总统对中国进行工作访问，访华期间会见中方企业代表，中国石油做主题发言。

2016年：多措并举　提质增效

6月23日：上合组织峰会期间中土两国元首会晤。

8月23日：时任国务院副总理张高丽会见来华访问的土库曼斯坦内阁油气副总理卡卡耶夫。

7月7日—9日：中国石油代表团赴阿姆河项目现场调研并在列巴普州拜会别尔德穆哈梅多夫总统。

7月15日：土库曼斯坦油气署撤并至天然气康采恩，项目合作伙伴变更。

9月15日：阿姆河天然气公司累计外输商品气超500亿立方米。

10月15日：土库曼斯坦移民局要求劳务比例由2∶8变为1∶9，并于2017年1月1日强制执行。

2017年：再获新突破　跨上新台阶

5月21日：提前40天完成293平方千米地震采集作业。

6月2日：全年累计向中亚管道输送商品气达58.50亿立方米，提前29天完成上半年生产任务。

6月9日：上合组织阿斯塔纳峰会期间中土两国元首成功会晤。

6月14日：阿姆河天然气公司累计向中国输送商品气600亿立方米。

6月18日—20日：时任中国石油副总经理、党组成员、股份公司总裁汪东进就深化中土天然气合作开展工作调研。

上半年完成8口新钻探井测试，其中6口获100万立方米以上高产；新增探明储量×××亿立方米，提前7个月完成年度计划的211%，全年SEC储量奋斗目标×××亿立方米。

后 记

　　岁月如歌，一眨眼，从中亚"气源"大国土库曼斯坦回国已经 4 年多时间了，4 年多来，或许是由于工作调整的缘故（从国际合作到国内业务对外合作）；或许是由于年龄增长的缘故，每每回忆起与中土两国战友们 10 年（2007—2017）期间在中亚气源大国土库曼斯坦的"采气"经历、"凿金"历史，总是心潮澎湃。那些"洪流"般的队伍，铸就的"钢铁"般的森林，铺设的"长龙"般的管道，正在阿姆河畔、卡拉库姆沙漠，穿越土、乌、哈三国，源源不断地向祖国输送着绿色"蓝金"，期间发生的"传奇"般的故事，"史诗"般的乐章，令人终身难忘。尤其是经历 2017—2018 年冬季保供，奉命再次赴土协调，2019 年 10 月和 2020 年 7 月，中土两国能源行业的资深领导张国宝先生和卡卡耶夫先生先后病逝，对我震动很大，两位领导生前对我的影响使我在冥冥之中感受到了一种责任和使命，将中土天然气合作的艰辛历程、丰硕成果、宝贵经验和启示予以认真总结，特别是在当前中国"双碳"目标指引下，中国天然气市场已经呈现出"刚性增长、淡季不淡"的情况下，中土天然气合作这种"元首引领、政企推动、上、中、下游一体运作、投资拉动建设、金融支撑项目"的运作模式，显现出独特的引领和示范作用。

　　2021 年 5 月，我敬爱的母亲万淑珍离世，母亲是 20 世纪 50 年代"八千湘女进天山"的一员，从湘江大地到西北边陲近 70 年。在我中亚三国、近 20 年的海外生涯中，如同天下所有母亲一样，她老人家对出征海外儿子的牵挂表现在家里对儿子的默默祈祷，保佑儿子在异国他乡一切平安，更是表现在每次的电话问候、百般叮咛中，而每当回国、在家短暂停留期间，品味着母亲大人提前沏好的热茶，感受着母亲大人及时添加的棉被，那是天底下、人世间最美好的时刻。可惜，这一切，都随着2021年5月2日，母亲刚过完90岁生日不久，她老人家的突然离世而成为美好的回忆。这本书的出版，也是我和妻儿对母亲大人和10年前去世的父亲大人邓福月养育之恩的深深感谢！

在近4年编写本书过程中，得到了各方面大力支持和帮助。他们是：

1. 国际勘探开发公司（CNODC）：贾勇、张品先、朱怀顺等
2. 阿姆河天然气公司：陈怀龙、巴巴古力、李力、尤素普、高彬、李宏鑫、杨杰、杨诚、吴先忠、谢尔达尔、张思宇、阿塔别克、李高潮、李坤、柴辉、范嗥、刘达林、刘铭初、汪向东、王冬梅、雷惠博等
3. 川庆钻探公司：王治平、金学智、郑重、石昕、李天喜等
4. 西南油气田分公司：姜鹏飞、何晓、文绍牧、张培军、喻泽汉、李德树、刘成根等
5. 工程建设公司：李小宁、陈意生、管松军、郭成华、杜通林、王菲等
6. 东方地球物理公司：苟量、张庆红、王大庆等
7. 勘探开发研究院：马新华、窦立荣、史卜庆、张兴阳等
8. 长城钻探公司：马永峰、韩敏、顾伟康、王德有、黄威等
9. 新疆油田分公司：李滨、刘爱新、任辉等
10. 运输公司：陶冶等
11. 技术开发公司：张晗量、刘渭、张智勇、罗佳、李红飞、闫鸿毅等
12. 国际事业（中联油）公司：王俭、王海燕等
13. 国际管道公司：孟凡春、孟向东、金庆国、张毅敏等
14. 中国石化
15. 胜利油田公司：李广庆等

特别感谢中国驻土库曼斯坦前大使吴虹滨先生、前参赞向波先生，中国兰州大学土库曼斯坦研究中心主任王四海教授对本书的大力支持

和热心指导。

在编写过程中，还得到过中国石油天然气股份有限公司原对外合作经理部孙强、张焱、王琦、张睿达，中国石油集团公司国际部韩文阁，发展计划部杨冬等同志的热情帮助，在此一并表示感谢。在编写过程力求一事一物一照片、一图形等都实事求是，完全尊重历史，但本人写作水平有限，又主要是在业余时间写作，难免有不少失误和缺憾，敬请各位读者给予批评指正。

最后，特别要感谢我的爱人程梅，在我土库曼斯坦10年以及之前在中亚哈萨克斯坦、吉尔吉斯斯坦近10年的的工作历程中，默默持家，辛勤操劳，此文中也有部分照片来自爱人相伴在土库曼斯坦的拍摄作品。

参考书目详情请扫描二维码查看或下载。